这是一条富含黄金的

在遭遇大海咸涩的边缘时

明

（又译名：发光体）

THE LUMINARIES

上

〔新西兰〕埃莉诺·卡顿 著
Eleanor Catton

马爱农 于晓红 译

译林出版社

目　录

献给爸爸，他看到了星星

献给嘉德，他听到了他们的音乐

第一章

球中球

1866年1月27日

南纬42° 43'0"/东经170° 58'0"

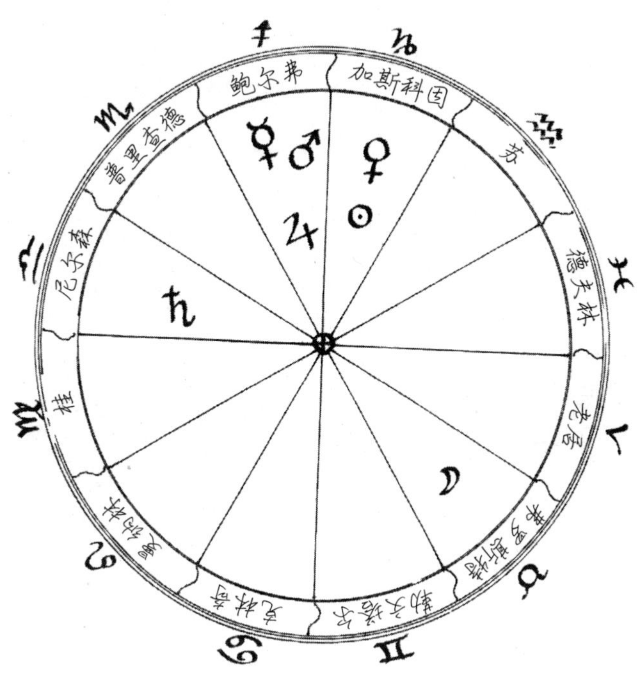

水星在射手座

一个陌生人来到霍基蒂卡；一次秘密会议被惊扰；沃尔特·穆迪隐瞒了自己最近的记忆；托马斯·鲍尔弗开始讲述一个故事。

十二个男人聚集在皇冠旅馆的吸烟室，貌似一次偶然的相会。他们的举止与衣着五花八门——工装外套、燕尾服、配兽角纽扣的诺福克夹克、黄鼹鼠皮装、麻布衣，还有斜纹布衣服——看上去很可能是十二个搭火车的陌生人，奔向一个迷雾笼罩、潮汐涨落的城镇，然后各奔东西，走入不同的角落。的确，若单独观察每个人，无论他是在仔细研读报纸，还是倾身向前将烟灰弹入壁炉炉栅内，还是将手呈八字展开、架在羊毛台呢桌面上击打台球，这种肢体静止的特定场面，活脱脱是深夜公共火车上的一幕情景——只不过这里的声音不是被火车的嘈杂声与铿锵声扼杀，而是被大雨的哗哗声淹没。

沃尔特·穆迪先生手扶着门框站在门口，此时此刻他的身心知觉就是如此。他并未干扰任何形式的秘密会议，因为屋里说话的人一听见走廊上的脚步声，便立即缄口不言。穆迪先生把门打开时，十二个男人全都重新开始忙自己手头的事情（那些玩台球的人那么随意地操起球杆，因为他们已经忘记了自己刚才的位置），他们过于刻意地表现出专心致志的样子，以至于穆迪先生走进房间时，居然没有一个人抬起头来。

这些男人动作夸张且步调一致地故意不理会穆迪先生，如果是在穆迪先生身体舒服、心情颇佳的时候，这可能早已唤起他的兴趣。然而此刻，他正陷入头晕恶心与情绪困顿之中。虽然明知道前往坎特伯雷[①]西部的航程在糟糕的情况下可能会丢掉性命，那些泛着白色泡沫的滔滔巨浪无穷无尽地翻滚着，一直延伸到霍基蒂卡浅滩上被冲毁的墓地才算尽头，但穆迪还是没有料到旅程会恐怖到如此地步，到现在也无法用言语来描述，连自己都不敢回想。穆迪生性不容忍自身的任何缺点——恐惧与疾病使他变得内向——正因如此，他一反常态，走进房间后未能马上觉察出这里的气氛。

穆迪生就一副机智而专注的表情。那双灰色的大眼睛不动声色，柔软而男孩气的嘴巴镇定自若，常常带着礼貌的关切。他有一头紧致细密的鬈发，少年时代曾长发披肩，现在只留着紧贴头皮的短发，偏分头，用了芳香的头油将其抹平，金色逐渐变深而成为油亮的棕色。额头与脸颊方方正正，鼻子直挺，皮肤光滑。他年龄不足二十八，依然身手敏捷，动作精确，带着一股顽皮劲儿，兼具既不轻信又不狡猾的纯真活力。他的仪态犹如谨慎而头脑灵活的执行大管家，就连最沉默寡言的人都喜欢向他吐露心声，或邀请他为刚见面的人做调解中介。简而言之，他的外貌很少能泄露出他的内在性格，是一副能够立刻赢得别人信任的模样。

穆迪并非没有意识到自己无懈可击的典雅所带来的优势。正如大多数过于美貌的人那样，他早就仔细研究过自身的形象，换句话说，他最了解自己的相貌。他总是格外留神通过外表感知自己。他将大量的时间花费在私人更衣室的壁龛中，用那里的镜子映照出他的三面形象：侧面、半侧面与正面，如同，凡·戴克[②]笔下的查理[③]，只是更加耀眼炫目。这

① 坎特伯雷（Canterbury）是1853年至1876年间使用的地名，当时包括新西兰南岛的东、西海岸。

② 指安东尼·凡·戴克爵士（Sir Anthony van Dyck，1599—1641），比利时佛拉芒族画家，英国查理一世时代首席宫廷画家。

③ 指英国国王查理一世（Charles I，1600—1649），1625年至1649年在位，是唯一一位被处死的英格兰国王。

是秘不可宣的私事，他可能会公开否认——因为关注自我形象会招致我们这个时代的道德先知们何等严厉的谴责啊！仿佛自我与本人毫无关系，人照镜子只能证明他的傲慢；仿佛注重自我的行为，不像是双胞胎之间的心灵感应那样微妙、悸动和瞬息万变。穆迪更痴迷的是掌控自己的容貌，而不是为了追求他人的赞誉。当然，每当他瞥见自己的身影，无论是在房子外的玻璃窗前，还是夜幕降临后室内的窗户前，他都有一种心满意足的快感——而这种感觉，就如同一位工程师发现自己巧妙设计的某个装置能按照他预测的方式顺滑而完美地运作时的感觉一样。

此刻，他能看见自己优雅地站在吸烟室的门口，而且知道自己现在的形象依旧是一个完美的剪影。其实，他已筋疲力尽到发抖的地步，恐惧如铅砣般沉重地压在心头。他感到阴影笼罩，甚至是十面埋伏。他内心充满恐惧，却带着事不关己的礼貌与尊重的神情打量着室内。这个房间看似凭借着陈年旧月的记忆而重建，许多东西都已被遗忘（柴架、窗帘、壁炉周边像样的地幔），而一些小小的细节却被顽固地保留了下来：比如一幅已故亲王[①]的画像——从杂志上剪下来，用鞋钉按在了朝着院子的那面墙上；台球桌中间有一条接缝，桌子在悉尼码头被锯成两半，以便更好地承受海上运输的颠簸；写字台上堆着陈旧的大报，报纸已被无数双手摸得变薄，字迹模糊。从壁炉侧翼两个小窗户可以看见旅馆的后院，一块散落着板条箱、生锈桶的沼泽地，只有补丁般的小灌木与矮蕨丛将它与邻居的地盘隔开，北边是一排产蛋鸡的笼子，门上锁着防贼的链条。在这道模糊的边缘外，能看见朝东一条街房子后面的一排排悬垂的晒衣线，原木格子栅、猪圈、废料堆、铁板，以及破旧的摇臂洗砂床和水槽——以及各种各样的废弃物和年久失修的东西。迟暮的钟声敲响，所有的色彩似乎顿时失去了丰富的质感，室外滂沱大雨正下着；透过皱纹玻璃，可以看见后院渐渐地褪色发白。房间里，酒精灯在傍晚的蓝色暮光中尚未发挥作用，这份苍白使室内原本就很冷清的装潢显得更加惆怅落寞。

---

① 指维多利亚女王的丈夫阿尔伯特亲王（1819—1861）。

对于穆迪这样习惯于爱丁堡的俱乐部的人——那里红黄色的灯火交织，带有黄铜饰钉的沙发臃肿发亮，与坐在上面的绅士们的宽大腰围十分相称；一进门，就有人递上一件散发着茴香或薄荷芳香的柔软上衣，接下来，只需稍稍抖一抖服务铃铛的绳子，就能招来一瓶波尔多红酒，用银托盘托着呈上——相比之下，眼前的景象未免粗俗寒碜。然而，穆迪不是达不到标准就郁闷不乐的那种人：此处的粗糙简陋只是令他退守到内心深处，就如同富翁在街上碰到乞丐时那样神情漠然，迅速躲开。当他将目光投向四周时，只是内心有所触动，脸上温和的表情丝毫没有改变，他泰然自若地面对目之所及的每一个细节——这支蜡烛下有一堆肮脏的烛泪，那只杯子上蒙着一层灰土——这些只令他更加默然沉思，腰板愈发坚挺地面对眼前的局面。

他的这种内敛，虽是无意识的反应，但并非完全归功于世俗偏见的富贵身世——实际上穆迪只能算手头宽裕，不过，他经常给穷人施舍铜板，并且（必须承认）总是为自己的慷慨解囊感到些许快慰。这种内敛，不如说是源自一种内心的不平衡，而他正在悄悄地拼命地想要战胜这种心理。毕竟，这是一座黄金之镇，新建于文明世界最南端的丛林与大海之间，他未曾期冀过奢华。

事实上，不到六个小时之前，穆迪还在那条把他从查默斯港①带到西海岸②这片野滩的三桅帆船③上，他见证了一幕场景，那一幕场景是那么非同寻常，令人震撼，以至于怀疑起一切现实。当时的情景依然历历在目——仿佛一扇大门被吱呀打开了一条缝，在他心中的某个角落里出现了一束灰白的光，他便再也不可能希望重回黑暗了。他需要极力克制自己，

① 查默斯港（Port Chalmers）是新西兰达尼丁市的主要港口。

② 这里说的西海岸（the Coast）是当地人对新西兰南岛西海岸（the West Coast）的习惯称呼。

③ 三桅帆船（Barque）在这里特指一种挂帆方式的帆船，最后一根桅杆挂纵帆，其余均为横帆，也有多于三桅的，操作人手少，运作方便，是当时航海运输中的佼佼者。

才能阻止那扇门被继续打开。在这种脆弱的情况下，任何非正统的事情或困难都将构成对他个人的刺激。他感觉眼前这一幕凄惨的情景，仿佛处处提醒着他刚刚遭遇的种种考验，他沉默内敛是为了防止自己的脑子继续进行这样的联想，防止退回到过去。鄙夷派上了用途，给了他一种稳固的分寸感，一种他能够调遣并感到安然的合理性。

他认为这个房间寒酸潦倒，而且沉闷——这么想是为了抵御室内装潢的冲击，然后他转向房间里的十二个人。他想，这是一个倒置的万圣殿，在放纵了自己的狂妄之后，他再次感到更加镇定自若。

这些男人像所有的拓荒者那样，有着古铜色的皮肤，饱经风霜，嘴唇干裂发白，体态无言地述说着匮乏与损耗。其中两个是中国人，穿着一模一样的布鞋与灰色棉褂；他们身后站着一个当地的毛利人，脸上文有蓝绿色的旋涡图案。对于其他人，穆迪无法猜测他们的来历。他依然不明白，淘金究竟如何在数月之内将人催老；他环顾四周，估计自己是这里最年轻的，而实际上有好几个比他年龄更小或与他同龄，他们青春的光芒几乎消失殆尽。他们将永远满腹牢骚，烦躁，冲动，身体饱经沧桑，将灰尘咳到刻着棕色皱纹的手掌中。穆迪认为他们粗野，甚至古怪，认为他们是无足轻重的人，并不奇怪他们为何如此沉默。他希望喝杯白兰地，有个能够坐下的地方，然后闭目养神。

他进门后，在门口稍站片刻，等候着有人来接待他，见无人做出任何欢迎或送客的姿态，他便向前迈了一步，将身后的门轻轻带上。他朝窗户的方向含糊地鞠了一躬，又朝壁炉的方向鞠了一躬，权当是向所有的人打了个招呼，然后挪向边桌，用专门供自助的酒具为自己调了一杯酒。他挑选了一支雪茄，切好头，将雪茄咬在牙齿间，转身面对室内，再次扫视众人的面孔。似乎无人因为他的存在而受任何影响。这正中他下怀。他在唯一空着的扶手椅上坐下，点燃雪茄，悄然叹息一声，放松下来，他感觉到这种日常的安逸，仅此一次，是自己完全有资格享受的。

可惜他的满足好景不长。刚伸展开双腿，交叉起脚踝（裤子上的盐已经干了，留下波纹状的白道道，十分扎眼），穆迪右边的那个男人便朝着他的扶手椅倾过身，用自己手中的雪茄屁股戳着空气，说道："喂——你在皇冠这儿，有事儿？"

措辞相当冒昧，但穆迪却是一副见怪不怪的表情。他礼貌地点点头，解释说他的确在楼上订了一间房，是当天晚上才来到镇上的。

"刚下船，你是说？"

穆迪再次点头，确认自己正是这个意思。他补充说，他从查默斯港来，目的是来尝试淘金的，这样一来，男人就不会小看他了。

"那好，"男人说，"那好。滩北有新发现——遍地都是金子。黑沙子，那就是你将听到的召唤；北上查尔斯顿[1]那边的黑沙子；当然是从这儿向北——查尔斯顿。虽说这峡谷一带照样能捞钱。你有搭档了，还是自个儿来的？"

"只是我自己。"穆迪说。

"无隶属关系！"男人说。

"对，"穆迪说，再次为他的措辞感到吃惊，"我打算自己发财，仅此而已。"

"无隶属关系。"男人重复道，"没什么事儿，你没什么事儿，在皇冠这儿？"

真是鲁莽——重复追问同样的信息——但这男人似乎态度和蔼，甚至心不在焉，手指拨弄着他的马甲翻领。穆迪心想，可能是自己说得不够明白。他说："我在这家旅馆的目的只是休息。接下来的几天里，我将咨询淘金方面的事宜——哪一些河川产量高，哪一些峡谷是干的——让自己熟悉熟悉淘金汉的生活，就这样，我打算在皇冠这里待一个星期，然后向内陆进发。"

"这么说，你以前没有淘过金。"

---

① 查尔斯顿（Charleston）位于新西兰南岛霍基蒂卡以北一百一十三公里处，是在淘金潮时期建立的一个淘金村，于1867年达到淘金热的巅峰。

"没有，先生。"

"从来没见过黄金？"

"只在珠宝店里见过——手表上，或者金纽扣上；从来没见过纯粹的金子。"

"但是你肯定梦见过，纯金！你梦见过——跪在水里，从沙砾中筛出那种贵金属！"

"我想……嗯，没有，实际上，我没有。"穆迪说。他觉得这个男人说话夸张，风格非常奇怪：这里所有的男人看上去都心不在焉，而他却急切地说话，带着几乎是纠缠不休的劲头。穆迪环顾四周，希望能跟其他人交换一个同情的眼神，但他捕捉不到任何人的目光。他咳嗽一声，补充道："我想，我梦见过淘到金子后会怎么样——也就是说，金子会带来什么，可能会变成什么。"

男人听了这个回答似乎很高兴。"反向炼金术，我喜欢这么说，"他说，"我是说整个这桩买卖——探金矿。反向炼金术。你看啊——这个转化过程——不是变成金子，而是变出金子……"

"这个观点不错，先生。"很久以后穆迪才想起来，这个概念与他自己刚才的倒置万圣殿的幻想几乎如出一辙。

"你要咨询，"男人说，他频频点头，"你要咨询——我猜你肯定要打听的——用什么样的铁锹，什么样的摇臂洗砂床——还有地图，各种家什。"

"对，没错。我要按正确的方法做事。"

男人将身体靠回扶手椅背上，显然感到这十分有趣。"在皇冠旅馆吃住一个星期——只是为了提问题！"他发出一声短促的大笑，"然后到泥土里滚爬两个星期，再把钱赚回来！"

穆迪再次交叉起双脚。他没有心情去回敬对方的强大精力，他的教养又过度拘泥，不能做出无礼之举。他完全可以道歉说自己不是很方便，承认某种身体不适——那个男人似乎有足够的同情心，手指正不停地拨动着，笑声不断提高——但穆迪不习惯对陌生人开诚布公，更不会向别的男人坦白身体不适。他内心振奋了一下，开始用一种比较明快的声音说话。

“那你呢，先生？我想，你在此功成名就了吧？”

“唔，是的，”对方回答，“鲍尔弗船运，你肯定见过的，过了原料场就是，黄金地段——码头街，你知道。鲍尔弗，就是我。托马斯是我的教名。在矿区，你需要一个这样的名字：这峡谷里可没有人称呼先生。”

“看来我必须练习使用我的名字。”穆迪说，“我叫沃尔特。沃尔特·穆迪。”

“是的，人们叫你什么都有可能，唯独不会叫你沃尔特。”鲍尔弗说，一边敲打着膝盖，“也许是‘苏格兰沃尔德’。也许是‘左右开弓沃尔德’。还有‘金块沃利’。哈！”

“这个名字得靠我挣来。”

鲍尔弗大笑。“谈不上挣来。”他说，“大得像女士手枪，我见过一些。大得像女士的——但是，我告诉你，要想弄到手可不容易呢。”

托马斯·鲍尔弗年约五十，身体结实而健壮。他的头发已经花白，从头顶向后梳，齐到耳边。他留着一副铁锹形的大胡子，感到什么事情有趣时，便用手掌向下捋胡子——正如现在这样，为自己说的笑话沾沾自喜。他对自己的成功十分安逸满足，穆迪心想，看得出来，这个男人一贯的乐观态度得到成功的正反馈之后，他获得了一种安逸的资格感。他身着长袖衬衫，领巾虽然是丝绸质地，而且是细缎，却沾有肉汁污迹，松松垮垮地绕在脖子上。穆迪将他归类为自由主义者——无害，有叛逆精神，爽快奔放。

“我不胜感激，先生，”他说，“我相信，这只是我完全不知道的许多习俗中的第一个。我真会在峡谷一带错误地用姓氏称呼别人呢。”

事实上，他脑子里对新西兰淘金的概念极不准确，其信息主要来源于加利福尼亚金矿的素描——圆木小屋，平底峡谷，尘土中的货车——

还有一种模糊的印象（不知是从哪里得来的），这个殖民地在某种程度上依然是英伦三岛的影子，是大英帝国管辖与核心的尚未充分发展的、野蛮的对应面。大约两个星期前，他绕过奥塔哥①半岛海角时，惊奇地看到了山丘上的豪宅、码头、街道，还有标绘的花园——此刻，他又惊讶地目睹一位衣冠楚楚的绅士将火柴递给一个中国佬，然后在他面前倾身拿回酒杯。

穆迪毕业于剑桥，出生于爱丁堡的中产家庭，家里有三个佣人。他的社交圈轨迹，先是三一学院，近些年来是内殿法学院，这些地方都丝毫没有贵族阶级的那种僵硬刻板，贵族之间的历史与背景大同小异，只是程度不同罢了。然而，穆迪所受的教育令他孤立于人群，根据他的教育经历，理解任何社会系统的正确方式都要采用居高临下的视角。他与大学密友一道（身披斗篷，莱茵酒喝得醉醺醺），会以青春的所有烦恼与活力去捍卫阶级，但是在实践中遇到同样情况时，他总是感到惊恐。他还不知道金矿是一个充满渣土与危险的地方，每一个家伙对于身旁的人来说都是陌生人，对于这里的土地来说都是外来人。一个杂货商的摇臂洗砂床里可能有金子，而一个律师的摇臂洗砂床里却一无所获。人与人之间没有等级之分。穆迪比鲍尔弗大约年轻二十岁，所以他说话时带着尊重，但是他意识到鲍尔弗的社会地位比他低，同时意识到周围这些人是个奇怪的大杂烩，他无法猜测他们的阶层与来历。他的礼貌因此显得有点呆板，仿佛是个不常与孩子说话的人，无法把握恰当的交流方法，因而产生距离，变得僵硬，不管多么想表示亲切都无济于事。

托马斯·鲍尔弗感觉到了这种俯就，满心欢喜。他对善于言辞的人抱有一种调侃般的厌恶，认为他们“说得太漂亮”，他喜欢刺激他们——不是惹恼他们，那样太无聊了，而只是将其庸俗化。他似乎将穆迪的生硬看成一种时装衣领，以某种贵族风格制作，对于穿它的人来说是一种

① 奥塔哥（Otago）位于新西兰南岛东南部，建立于1852年，其中达尼丁是最早的移民点，建于1848年。

无法忍受的拘束——他对上流社会的所有规矩都是这种看法，如同毫无价值的装饰——让他感到好笑，觉得此人的优雅只是令自己感到如此不安。

鲍尔弗的确出身卑微，恰如穆迪猜测的那样。他的父亲在肯特的一家马具店工作，若不是鲍尔弗十一岁那年的一场大火烧死了父亲、毁掉了马厩，他可能会子承父业——但他是个躁动不安的男孩，穿着磨破袖口的衣服，尽管经常挂着梦幻般的、心不在焉的表情，内心却充满了不安分，死心眼儿地工作不是他喜欢的风格。无论怎么说，马儿跟不上火车的步伐，正如他喜欢说的那样，马具行业经不住时代变迁的风浪。鲍尔弗非常想成为时代的弄潮儿。当他提到过去时，以前的每十年都仿佛是一支粗制滥造的蜡烛，早就烧掉、报废了。他对男孩时代的生活没有丝毫怀旧之情——鞣革大缸里的深色液体，晒革张架，父亲装钉子和锥子的小牛皮袋——他很少回忆，除非是拿来与新兴的工业做比较。矿，才是有钱的地方。煤矿、钢厂，还有黄金。

他从玻璃业起家。数年学徒后，创立了自己的玻璃厂，后来卖掉这个中等规模的工厂，换成了煤矿股份，并适时扩展为竖井式开采网，脱手给伦敦的投资家而获大笔现金。他没有结婚。在三十岁生日那天，他买了一张飞剪式帆船的单程票前往维拉克鲁斯[①]，这第一次的航程历时九个月，将他带到加利福尼亚金矿。淘金汉生活的光辉对他来说迅速黯淡，但他对这个领域的无休止的冲动与希望并未消失。他用第一桶金购买了一家银行的股份，四年内建立了三家旅馆，逐渐发迹。当加利福尼亚被淘干以后，他变卖一切，启航前往维多利亚——一个新目标，一片新疆域——在那以后，他再次听见横跨海洋的召唤，好似罕见的微风中飘来的丝丝缕缕的仙乐，引导他前往新西兰。

在艰苦矿区摸爬滚打的十六年中，托马斯·鲍尔弗遇到过许多类似沃尔特·穆迪这样的人，多亏了他的性格，这些年来，他对初出茅庐、

① 维拉克鲁斯（Veracruz）位于墨西哥中部，东临墨西哥湾。

未经历练的初来乍到者依然保持着浓厚的感情与关切。鲍尔弗欣赏有远大抱负与特立独行的人，作为一个白手起家的人，他有宽宏大量的精神。干事业令他高兴，欲望令他高兴。穆迪敢于追求自己看上去就了解甚少的目标，一定期待着巨大的回报，单凭这个原因，他就对穆迪有了好感。

然而，在这个特定的夜晚，鲍尔弗并非无所事事。穆迪的闯入使聚集在这里的十二个男人颇感吃惊，因为他们事先采取了相当严密的防范措施，以确保不受惊扰。皇冠旅馆的前厅因为当晚的私人活动而关闭，一个男孩被安排在雨篷下看守大街，以防有人想在那里喝酒——虽然那不大可能，皇冠的吸烟室在当地社区不算出名，不是什么大雅之堂，常常空无一人，甚至是周末的晚上，淘金汉们成群结队地从山区返回，在镇上的小酒馆里用他们的金矿石换酒喝。负责守望的男孩是曼纳林的人，手里攥着大把的顶层楼座戏票免费发送。当晚演出的《来自东方的风情！》是新编剧目，保证好看。歌剧院的门厅里准备了数箱香槟，是来自曼纳林本人的礼物，以纪念首场演出。这些障眼法都做得很到位，而且相信没有船只会冒险在天气如此恶劣的暗夜登陆（《西海岸时报》航运版预报的船只均已如期到达），聚会者没有想到要对付一个偶然出现的陌生人，他可能已在傍晚前半小时便登记入住这家旅馆，因此当曼纳林的男孩开始在街上的滴水门廊下站岗时，陌生人已经在旅馆里了。

沃尔特·穆迪，尽管他的面容让人放心，尽管他带着事不关己的礼貌，说到底依然是个不速之客。男人们实在不知道如何劝他离开，除非直言明说他构成了打扰，但那样一来就会暴露他们集会的隐秘性质。托马斯·鲍尔弗承担起审查他的任务，只因为他们正好靠得最近，都坐在壁炉旁——一个令人愉快的巧合，因为鲍尔弗虽然大言不惭、热情洋溢，但具有穷追不舍的性格，习惯于将任何情形都转为有利于自己的局面。

“对，嗯，”此刻他说道，“一个人很快就能学会习俗，每个人都得从你现在的位置开始——我的意思是：作为新手，一无所知。那么，恕我冒昧，你是如何萌生这种念头的呢？我个人很感兴趣的是——究竟是什么将一个男人带到这里，你知道，带到这天涯海角——是什么擦燃了一个男人的心灵火花？”

穆迪吸了一口雪茄才做出回答。“我落得今日，原因复杂，”他说，“家庭纠纷，说来痛苦，这是我独自漂洋过海的原因。”

“嗨，你的境遇绝非孤立事件，”鲍尔弗兴高采烈地说，“这里的每一个少年都在逃脱着什么——这点毫无疑问！”

“的确。”穆迪说，心想这是一种相当令人忧虑的前景。

“每个人都来自他乡，”鲍尔弗接着说，“对，这就是核心。我们都来自他乡。至于家人，在峡谷一带你准能找到许多兄弟与长辈的。”

“多谢您的善意安慰。”

鲍尔弗立刻咧嘴大笑，“这话说的。”他夸张地挥舞着雪茄，以至于羽毛般的烟灰洒遍了他的马甲，“安慰——！如果这也算得上安慰，那你肯定是个十足的清教徒，我的孩子。”

穆迪对这番话无法给出一个得体的回答，便再次颔首——然后，仿佛是否认与清教徒有任何瓜葛，他喝了一大口酒。外面，一阵风打乱了大雨连续不断的节奏，将成片的雨水砸到西窗上。鲍尔弗检查着他的雪茄尾部，一边仍在哧哧地笑。穆迪将自己的雪茄放在唇间，脸转向一边，轻轻吸了一口。

就在这时，十一个沉默的男人中的一个站了起来，他将报纸对折两次，朝写字台走去，为的是换一份报纸。他身穿无领黑色外套，打着白色领结——穆迪惊讶地意识到这是一身牧师礼服。这就奇怪了。为什么一个牧师会在一个星期六深夜，选择在一家普通旅馆的吸烟室里看新闻？为什么他会与大家一起保持沉默？穆迪注视着这个神职人士，看他翻动那堆大报，没有理会那几份《殖民者》，却选择了《灰河英雄》，他发出愉快的咕哝声将报纸抽出来，伸直胳膊举起报纸，赞赏地将它倾斜一个角度，转向光亮。穆迪在内心再次与自己理论：或许这并不是太奇怪，今夜雨特别大，镇上所有的会所与酒馆可能都十分拥挤。也许这位牧师有任务，出于某种原因来这里暂时避雨。

“所以你跟人吵了一架。”只听鲍尔弗说道，似乎穆迪刚答应要给他讲一个激动人心的故事，然后又忘记讲了。

“我只是参与了吵架，”穆迪纠正他，“也就是说，争吵不是我造成的。”

“我猜是跟你父亲。”

“说来痛苦，先生。”穆迪朝对方瞥了一眼，希望用严厉的眼神止住他，但鲍尔弗的回应是身体更加前倾，将穆迪的严肃表情当成了鼓舞，更相信他的故事值得一听了。

“啊，快说说！”他说，“放下你的包袱。”

“这不是一个可以放下的包袱，鲍尔弗先生。”

“我的朋友，我从来没有听说过这样的事儿。”

“请原谅我转换话题……”

“可你已经激起了我的兴趣！你已经唤起了我的注意！”鲍尔弗冲着他嘻嘻笑。

“我恳请能拒绝您。”穆迪说。他努力压低语气，以防整个房间的人都能听到他们的谈话。“我恳请保留我的隐私。我的动机非常单纯，就是不想给您留下一个坏印象。”

“可你是蒙冤的一方，你说了——争吵，不是你造成的。”

“没错。”

“嗯，好！这个没必要隐藏！”鲍尔弗大喊，“难道我说得没道理？没必要避讳另一个家伙的错误！也没必要为另一个家伙的——行为感到耻辱，你知道！”他嗓门特别大地说。

“你想知道的是一个人的耻辱，”穆迪轻声说，“我指的是带给一个家族的耻辱。我不愿意玷污我父亲的姓氏，当然那也是我的姓氏。”

“你的父亲！可我都告诉过你什么来着？你会找到许多父辈，我说过，在这峡谷一带！这可不是随便说说的——这是传统，是必须的——事情的传统就是这样！让我告诉你在矿区什么算得上是耻辱。谎卖假矿区——

这个算。争执认领区上的界桩——这个算。抢人、骗人、杀人——这些都算。可家族耻辱！把这个讲给更夫听一听，在霍基蒂卡街上来回喊一喊——他们会以为多新鲜呢！连家都没有，谈何家族耻辱？”

鲍尔弗结束这番训词的同时，用手里的空酒杯潇洒地敲打了一下他的椅子扶手。他神采飞扬地看着穆迪，举起张开的手掌，似乎表示他那非常有说服力的观点已经表达完毕，没有进一步补充的必要了，可他还是愿意得到某种形式的赞赏。穆迪不由自主地点了点头，回答时的语气第一次流露出了神色疲惫，“您的话很有说服力，先生。”

鲍尔弗依然神采飞扬，挥挥手表示对他的夸奖不以为意。“说服是鬼点子和小聪明。我说话直截了当。”

“我为此感谢您。”

“好，好。”鲍尔弗欣然说道，似乎十分自得其乐，“现在你必须跟我说说你的家庭纠纷，穆迪先生，听完我才能裁断你的名字究竟是否被玷污了。”

“请原谅。”穆迪轻声说。他环顾四周，察觉到牧师已经回到自己的座位上，正在聚精会神地看报纸。他身旁的那个男人——服饰华丽，留着帝国八字胡子，红头发——好像睡着了。

托马斯·鲍尔弗没有退让之意。“自由与安全！”他大喊，再次挥舞手臂，“归根结底不就是为这个？你瞧，我已经知道争论什么了！也知道争论的形式！自由高于安全，安全高于自由……供应来自父亲，儿子争取自由。当然父亲可能会控制过严——这个可能会发生——而儿子可能会铺张浪费……败家子……总是同样的纠纷，无一例外。情人之间也是，”他补充道，穆迪没有插话，“情人之间也是一样。归根结底，总是同样的纠纷。”

但是穆迪没有听他说话。一时间，穆迪忘记了他的雪茄已悄然烧成了灰，变暖的白兰地停滞在酒杯底上。他忘记了自己置身此处，在一家旅馆的吸烟室里，在一座建设不到五年的镇子上，在天涯海角。他的注意力悄悄溜走，重返那一幕：血淋淋的领巾，那只紧攥着的银手，那个名字在黑暗中挣扎着唤出，一遍又一遍，玛格达莱纳，玛格达莱纳，玛格达莱纳，这一幕突然闯入到他的脑海，如同不速之客，好像一道阴影，凄凉地掠过太阳的脸。

穆迪乘三桅帆船“一帆风顺号”离开查默斯港，这艘敦实的小帆船有着弧线精美的船首和涂漆的橡木破浪神——一只雄鹰，代表圣约翰。在地图上看，航线迂回，呈发夹形状：帆船向北启航，横穿两海之间狭窄的海峡，然后再向南航行，来到矿区。穆迪能买得起的船票是甲板下的一个狭窄空间，但是气味太臭，空气憋闷，他在整个旅程的大部分时间里不得不待在甲板上，他把湿漉漉的小皮箱抱在怀里，弓腰坐在舷沿下，竖起衣领遮挡着浪花。如此背朝大海蹲伏着，他看不见什么海岸线上的风光——东面的黄色平原，接下来是微微倾斜的更绿一些的山坡，再远处就是群山，因遥远而呈蓝色；再向北，是青翠的峡湾，静水一片安谧；而在西面，纵横交错的小溪汇入大海时，将海滩刻蚀得斑痕累累。

当“一帆风顺号”绕过北方的海岬朝南行驶时，晴雨表的刻度便开始下降。假如穆迪不是病得那么可怜，可能还会感到害怕，发毒誓：码头上的男孩们早就告诉过他，溺水是西海岸病，他是否能够自称是个幸运儿，这个问题早在他达到金矿之前，早在他第一次蹲下把淘金盘碰着沙石之前，就得到了回答。路上丢掉性命的人不少于到岸的人。这条船的主人——名叫卡弗的船长——曾经从高甲板的船长台上目睹了太多的旱鸭子被冲进大海，一命呜呼，说整条船是一座坟墓都不过分——他说最后这句话时神情肃穆，双眼圆睁。

绿色的大风带来了暴风雨。刚开始人们感到舌根处有一种铜锈味儿，金属般的疼痛随着滚滚涌来的黑云不断加剧，暴风雨袭击时，犹如一个愤怒绝情的巴掌。甲板在沸腾，头顶上噼啪作响与猛然受力的船帆投下诡异的光影，如同一道道鞭子，水手们挣扎着维持帆船的航线，一副惊慌失措的样子——这是一场噩梦，当船越来越靠近金矿时，穆迪有一种噩梦般的感觉，似乎是帆船本身发飙，招来地狱般的暴风雨。

沃尔特·穆迪并不迷信，但觉得别人迷信是很好玩的事，他从不轻易被印象蒙骗，却精心经营自己给别人的印象。这不是因为他聪明，而更多是出于经验——在来新西兰之前，他的经验既谈不上广泛，也谈不上多样。生活至今，他所经历过的怀疑都是适度的、安全的。他只知道嫌疑、犬儒、概率——绝对不是当一个人不再相信自己的信任能力时的那种恐怖的崩溃感；绝对不是崩溃后的那种心惊肉跳；绝对不是尘埃落定之后的沉闷空虚。上述这些变幻莫测的情形，幸运的是他至今尚未体验过。他的想象力天生缺乏华丽浪漫，除非考虑实际用途，他极少诉诸理论。对于他来说，他本人的死亡观只具有一种知识性的魅力，像干巴巴的亮釉；而且，由于没有宗教信仰，他不相信有鬼魂。

最后这段旅程中发生的所有细节都属于穆迪个人的经历，一定要留给他自己。在这个关口，我们觉得可以说出来的，只是当“一帆风顺号”离开达尼丁[①]的港口时，船上共有八位乘客，但是当三桅帆船到达西海岸时，乘客却变成了九位。这第九位不是在旅途中降生的婴儿，也不是偷渡者，更不是船上的瞭望台发现一个人在水上漂流，死死抓住一片残骸，大喊大叫后被拖上船来。但若继续说下去，就是盗窃沃尔特·穆迪的个人故事了——这不公平，就连他自己都无法完整地回忆起那个幽灵，更别说一个叙述者为了第三者的消遣而做解说了。

在霍基蒂卡，连绵的大雨毫不留情地下了两个星期。穆迪看见镇子的第一眼是在迷雾中飘浮的隐约变幻的一抹。在海岸线与突起的阿尔卑斯山脉[②]之间，只有一条狭窄的平地走廊，不停撞击着海岸的浪花在沙滩上变成白雾；厚厚的积云剪断高山侧翼，使它变矮，如同灰色天花板一般压在镇

① 新西兰南岛东南岸港市。

② 指的是贯穿整个新西兰南岛的南阿尔卑斯山脉（Southern Alps），终年积雪，大小冰川 300 余座，最高峰海拔为 3754 米。它是整个南岛的天然分水岭，也是西海岸地区与东部坎特伯雷地区的分界线。

子里拥挤的屋顶上，平地似乎显得更平坦，更被包容。港口坐落在镇南，夹在弯曲的河口处。这是一条富含黄金的河流，在遭遇大海咸涩的边缘时化作一片泡沫。海岸口的河水呈棕色，空空荡荡，而上游的水据说凉爽白净、波光粼粼。河口本身平静，一个小湖中桅杆林立，蒸汽船成群，等候着晴朗的日子。他们知道最好不要冒搁浅的风险，水下暗藏着浅滩，并随海潮移动。大量沉没于浅滩上的船舶凄凉地散落着，像幽怨的遗嘱一般提醒着人们水下的危险。这里大约有三十具沉船残骸，有好几艘是最近沉没的。四分五裂的船身筑成一道奇怪的障碍线，似乎悲戚地守护着镇子，以应付大海的不测。

三桅帆船的船长不敢在天气好转之前让船进港，发信号招来一条平底船，将乘客从翻滚的白浪尖上转运到岸边。平底船上有六名船员——仿佛是人们眼中冷酷的卡戎[①]，当乘客坐在椅子里从"一帆风顺号"颠簸的侧舷被放下来时，船员们只是瞪眼看着，一言不发。缩在小船里，抬头看帆船上难如登天一般的索具操作真是恐怖——帆船摇动时投下黑色的阴影，最后绳索终于捆放停当，他们离开帆船，进入宽阔的水域，穆迪感到自己的皮肤一阵松快。其他的乘客都很快活。他们慨叹天气，慨叹躲过暴风雨的一劫是多么美好。他们惊愕地路过遇难的船舶，读出它们的名字；他们谈论金矿，谈论他们将在那里碰到的运气。他们的欢呼令人憎恨。一个女人将一只挥发盐药瓶按在穆迪的髋关节骨上——"悄悄地拿着，免得人人都想要"——但是穆迪将那女人的手推开。她没有看到他所看到过的一切。

当平底船接近岸边时，暴雨似乎加剧了。海涛激起的浪花高于船舷，大量海水涌入船内，穆迪必须帮助船员排水，一个男人沉默地将一只皮制水桶塞进他手里，这个人除了最里面的臼齿，别的牙齿都掉光了。穆迪甚至没有退缩的力气。他们被白浪推过浅滩，进入平静的河口。他没

---

① 卡戎（Charon）是希腊神话中冥王哈得斯的船夫，负责将付钱的亡魂渡过冥河。

有闭上眼睛。当平底船停泊后，他是第一个下船的人，落汤鸡一般，头晕目眩，天旋地转，以至于在梯子上绊倒，导致船身突然剧烈地倾斜后退。他仿佛是一个被追杀的人，摇摇晃晃、半瘸半拐地走下码头，来到坚实的大地上。

他转过身，只能模糊地看见弱不禁风的平底船在码头的一端，微微跳动着，似乎要挣脱泊位一般。三桅帆船本身早已在迷雾里消失，大雾如同一片片模糊的玻璃悬挂在空中，遮蔽了沉船、锚地里的蒸汽船，以及远处无垠的大海。穆迪步履蹒跚。他朦胧地意识到船员们将袋子与提包从船上搬下来，其他乘客都在奔走忙碌，挑夫与码头工人在雨中叫喊着指令。眼前的情景如同蒙了一层纱，人物模糊——仿佛整个旅程，以及与旅程相关的一切，都已经被令人神志恍惚的灰雾掳去；仿佛他的记忆遭遇了克星，正在自行退缩，迷雾与暴雨魔术般地现身为幕布、鬼影，遮掩住他刚刚经历的过去。

穆迪没有徘徊。他转过身，匆匆走上沙滩，路过海岬沿岸一带的屠宰场、厕所、挡风棚，以及被两星期的灰色雨水压得下垂的帐篷。他低着头，紧紧地抱着他的皮箱，根本看不见什么：看不见牲畜围栏，看不见仓库的高山墙，看不见沿码头街的办公室的直棂窗，窗户后面有无形的身影在点灯的房间里移动。穆迪挣扎着，泥浆齐小腿深，当皇冠旅馆的假门脸赫然出现在他面前时，他冲了过去，扔掉皮箱，腾出双手扭动门把手。

皇冠属于那一类实用的、没有多余修饰的旅馆，唯一的可取之处是靠近码头。这个特点虽是一种便利，却谈不上是优点：这里距离畜栏太近，屠宰场的血腥味儿与大海的馊咸味儿交织在一起，总是让人联想到一只被遗忘的冰盒子，里面都是未熏制好的臭肉。正因如此，换了平常穆迪可能会对这种地方不屑一顾，他会继续沿着雷维尔街向北走。那里的旅馆门脸更宽，色彩更明亮，带廊柱的门廊连接着客房，窗户高高的，有精致的镂空工艺，所有这一切，都确保了他作为一个有钱人所习惯的富裕与舒适……但是穆迪将所有挑剔的感官都留在了三桅帆船“一帆风顺号”簸荡的船舱中。他需要的只是一个容身之所，以及独处的空间。

进屋关上门后，空无一人的门厅里的宁静，便立刻令雨声遁去，也在他身上即刻产生了生理性的作用。我们已经提到过，穆迪从自身的相貌中获取了极大的个人利益，对这一事实他完全心知肚明：他在一个不熟悉的镇子上第一次露面，不会让自己的模样像个幽魂。他拍掉帽子上的水，用手理了理头发，跺跺脚以停止膝头的抖动，让嘴巴做了几个剧烈的动作，仿佛在测试它的弹性。他快速地完成了这些步骤，毫无尴尬之感。等到女仆出现时，他的脸上已经挂着惯有的善意而淡定的表情，正在鉴赏前台角落里的燕尾榫。

女仆是一个看似呆滞的女孩，头发黯然无光，牙齿跟她的皮肤一样焦黄。她背诵了吃住的条款，收了穆迪十个先令（她把钱币投入桌子底下一只上锁的抽屉里，发出沉闷的哗啦声），然后疲惫地带他上楼。穆迪意识到留在身后的雨渍，还有他在门厅地板留下的一大摊水，便塞给女仆一个六便士硬币。女仆可怜巴巴地接过去，想要离开，但立刻又似乎想表现得更热情些。她红了脸，停顿片刻后，提议穆迪或许想从厨房叫一份晚餐上来——“把你的身子骨收收干。”她说着，嘴唇向后扯出微笑，露出一嘴黄牙。

皇冠旅馆刚建成不久，依然可见新鲜刨光木料蜂蜜色的痕迹与锯末粉。墙上依然挂着树浆沿每个沟槽结出的宝石般的圆珠珠，没有炉灰与污渍的炉膛依然干净。穆迪房间的家具与哑剧里的布景十分相近，似乎单凭一张椅子就能演绎出奢华的豪宅。床上有一只薄薄的枕垫，里面的填充物像是扭曲的纱布。毯子稍微大了点，边缘皱巴巴地堆积在地板上，使床显得抽缩了许多，憋屈地摆放在粗糙的斜屋顶下。空荡荡的房间散发着令人心悸的阴气与未完成感，仿佛是透过玻璃碎片看见的属于不同街道、不同时代的景象。但是对于穆迪来说，这种空荡令人舒心。他把湿透了的手提箱放在床边的宝塔架上，把衣服尽量拧干，喝了一壶茶，夹着火腿吃了四片黑面包，然后，透过窗户打量着被大雨模糊得什么都看不清楚的街道，决定把进镇子办事推迟到第二天早上。

女仆将昨天的报纸留在了茶壶底下——作为一份六便士的大报，显得多么单薄啊！穆迪拿起报纸时笑了。他喜欢廉价新闻，并且饶有兴味地看到该镇“最诱人的舞娘”同时登广告说自己是“最持重的助产士”[①]以招揽业务。报纸用了一整栏专门刊登下落不明的探矿者（若埃默里·斯坦斯读到这条消息，或任何人知道他的下落……），还有一整版“招聘女招待”。穆迪把报纸从头到尾读了两遍，包括航运通知，住宿与出行的广告，几篇全文照印、十分乏味的政治竞选演讲。他发现自己感到很失望：《西海岸时报》读起来就像教区公报。可他期待的到底是什么呢？期待金矿如同异国情调的幻象，充满了光耀与承诺？或所有的淘金汉都臭名昭著、诡秘狡诈——人人都是谋杀犯，人人都是强盗？

穆迪慢慢叠好报纸。思绪又回到“一帆风顺号”，回到船舱中的那只血腥木桶，他的心又开始怦怦剧跳。“够了。”他大声说，却又立刻感到愚蠢。他站起来，将叠好的报纸扔到一旁。不管怎么说，他心想，日光已经渐渐暗去，他不喜欢在暮色中阅读。

他离开自己的房间，回到楼下。只见那个女仆窝在楼梯下的小隔间里，正在用黑鞋油擦一双马靴，穆迪问她这里是否有一间客厅能让他消磨这个夜晚。旅行的劳顿使他身心俱疲，他急需一杯白兰地和一个安静的地方闭目安歇。

女仆现在殷勤多了——她得到六便士的机会一定少之又少，穆迪想，这对于日后需要她的时候倒是大有好处。她解释说今夜皇冠旅馆的客厅已被私人晚会预订——“天主教友谊赛。”她进一步说明，又露齿笑了笑——但是如果他愿意的话，她可以为他引路，带他到吸烟室去。

穆迪猛然回到现实中，发现托马斯·鲍尔弗仍然盯着他看，一脸好奇的期待表情。

---

① 原文为法语。

“请原谅，”穆迪迷惑不解地说，“我想我一定是恍恍惚惚陷入了自己的思绪里——一时间走神了。”

“你在想什么呢？”鲍尔弗说。

他都想了些什么呢？只不过是那条领巾、那只银手、那个名字，在黑暗中喊出的那个名字。那一幕就像一个小世界，穆迪想，拥有它自己的维度。当他的思绪迷失在那里时，任何一段俗世常理意义上的时间都可能飞逝而过。这个大世界有滚动的时间与移动的空间，而那个小世界则是一个充满了恐怖与不安的凝固的世界。两者相互容纳，球中之球。多么奇怪，鲍尔弗一直看着他。真实的时间一直在流逝——在他周围旋转，与此同时。

“并没有特意想什么，”他说，“我经历了一次艰难的旅行，仅此而已，感到非常疲倦。”

在他身后，一个台球玩家击了一杆球，噼啪两响，球扑通一声轻轻落袋，其他玩家发出一片赞赏。牧师大声地抖开他的报纸，另一个男人咳嗽了一声，又一个男人拍打衣袖上的灰尘，在椅子里转动。

“我在问你吵架的事。”鲍尔弗说。

“吵架——”穆迪刚说了一个词就停住了。他突然觉得筋疲力尽，简直连说话的力气都没有了。

“纠纷，”鲍尔弗提示道，“你和你的父亲之间。”

“我很抱歉，”穆迪说，“详情复杂，一言难尽。”

“钱的问题！我说中了吧？”

“请原谅，您没说中。”穆迪用手揉脸。

“不是钱！那就是——爱情问题！你恋爱了……但是你父亲不同意你选择的姑娘……”

“不，先生，”穆迪说，“我没有恋爱。”

“真令人遗憾。”鲍尔弗说，“好吧！我的结论是，你已经结婚了！”

“我没有结婚。”

“你是一个年轻的鳏夫，也许！”

“我从未结过婚，先生。”

鲍尔弗放声大笑，举起双手，表示他觉得穆迪的沉默寡言令人恼火，十分荒谬。

当他大笑的时候，穆迪靠一双手腕撑着抬起身子，回头从他椅子的高背上方张望身后的房间。他有意以某种方式将其他人吸引到他们的谈话中，或许这样就会转移那个男人的意图。但是没有人抬头迎接他的目光。穆迪觉得他们似乎都在主动地回避他。这就奇怪了。但是他的姿势别扭，态度粗鲁，所以他不情愿地回到先前的位置上，再次交叉起双脚。

“我并不想令您失望。”当鲍尔弗的笑声平息后，他说。

“失望——不！”鲍尔弗大喊，“不，不。你有你的秘密！”

“您错怪了我，”穆迪说，“我的目的不是隐瞒。这个话题令我本人痛苦，仅此而已。”

“哦，”鲍尔弗说，“可历来如此嘛，穆迪先生，一个人年轻的时候——为他自己的过去感到痛苦，你知道——希望能把一切埋在心里——秘不示人——我的意思是，不跟别人说。”

“这是一个睿智的观点。”

“睿智！就没有点儿别的？”

“我不明白，鲍尔弗先生。”

“你决意要挫败我的好奇心！”

“我承认我的确感到有点惊愕。”

“这是一座黄金之镇，先生！”鲍尔弗说，“一个人必须相信他的伙伴——一个人必须信任他的伙伴——真的！”

这就更奇怪了。穆迪首次发现——也许是不断增强的挫败感有助于他集中精力，正视眼前的情形——他的兴趣被激发起来了。房间里这种奇怪的沉默，很难证明他们是分享一切、分担一切的兄弟会……再者，鲍尔弗几乎没有披露自己在镇上的人品与声誉，而有了这类信息穆迪才会更信任他！穆迪将目光转向两侧，看着最靠近壁炉的那个胖男人，他的眼皮因为合眼装睡而轻轻战栗，然后他又看着身后的金发男人，他把台球球杆在双手间来回传递，但似乎已经完全失去了打球的兴趣。

穆迪心想其中定有蹊跷，对此他突然感到十分肯定。鲍尔弗正在扮演一个角色，代表其他人掂量他。但出于什么目的呢？连珠炮一般的问题背后有一套体系，鲍尔弗过分热烈的举止，巨大的同情与魅力，都巧妙地遮掩着一个计划。其他人都在侧耳倾听，却佯装随随便便地翻阅着报纸，或者假寐。意识到这点后，房间里的局势似乎突然变得明朗了，如同眼睁睁地看着散落的星星聚集成一个星座。鲍尔弗看起来不再像穆迪刚开始相信他时那样爽快或热情洋溢；相反，他似乎过度紧张，不自然，甚至有些绝望。穆迪暗自猜想，此刻迁就这个男人是否比拒绝他更能达到目的。

沃尔特·穆迪深谙推心置腹的艺术。他知道通过坦白自己的秘密，可以反过来获得听取对方忏悔的微妙权利。一个秘密交换一个秘密，一个故事交换一个故事。含蓄地期待同样的回应，他知道如何运用这种压力。对鲍尔弗吐露真情，比公开怀疑他更能有助于了解情况，如果穆迪将自己的信任全部地、无保留地交给对方，那么很简单，鲍尔弗也必须付出他的信任作为交换。为什么不讲讲他的家庭故事呢——无论这段回忆多么令人烦恼——以求换取他人的信任。当然，他无意泄露在“一帆风顺号”船上发生的事情，也没有必要刻意掩饰，因为那不是托马斯·鲍尔弗要求听的故事。

做了这番思考后，穆迪改变了他的策略。

“我明白我必须赢得你的信任。”他说，“我没有什么可隐瞒的，先生。我会说出我的故事。”

鲍尔弗带着极大的满足感将身子靠回椅子背上。“你称它为故事！”他说，再次兴高采烈起来，“这让我感到惊讶，穆迪先生，因为它既不牵扯爱情也不涉及金钱！”

“恐怕唯独缺少这两者。”穆迪说。

“缺少——没错。”鲍尔弗说，依然微笑着。他示意穆迪继续说下去。

“首先我必须让你详细了解我的家族史。”穆迪说完便陷入一阵沉默，他眯起眼睛，噘起了嘴。

他坐的椅子面朝壁炉，所以房间里几乎一半的男人都在他身后，他们或坐或站，假装从事着各式各样的活动。穆迪故意思索片刻，为自己赢得了几秒钟的时间，以便用目光扫视左右，留意围坐于壁炉旁、离他最近的那些听众。

坐得离壁炉最近的，是那个假寐的胖男人。到目前为止，他是这个房间里打扮最张扬的人：厚重的金项链，跟他自己的胖手指一样粗，横跨胸前，挂在天鹅绒马甲的口袋与麻纱衬衣的胸兜之间，链子上间隔均匀地固定着指关节大的金疙瘩。胖子旁边的男人，坐在鲍尔弗的另一旁，他扶手椅的侧翼将他遮挡了一部分，所以穆迪只能看见他光滑的前额和闪亮的鼻尖。他的外衣是人字呢做的，羊毛编织，厚厚的，对于靠壁炉很近的他来说也太热了，一副汗出如浆的样子和他安排自己坐在椅子上故作轻松的姿势非常不符。他不抽雪茄，一遍又一遍地用双手把玩着一只银烟盒。穆迪的左边是另一把翼背扶手椅，这把椅子拉得如此靠近穆迪自己的椅子,穆迪甚至能听见邻座呼吸时的鼻哨音。这个男人一头黑发，身材纤细，个子非常高，合膝而坐时好像被折叠成了两段似的，一双鞋的鞋底紧贴在地板上。他正在看一份报纸，总的来说，他佯装漠不关心要比其他人装得更逼真，可即便如此，眼神依然带有几分呆滞，似乎目光并未聚焦在报纸上，他已经好久没有翻动一页报纸了。

“我是家里两个儿子中的老二，”穆迪终于开讲了，“我的哥哥，弗雷德里克，比我大五岁。母亲在我即将结束学业的时候去世了——我匆匆回了一趟家，只为安葬她——此后不久，父亲再婚。我当时对他的第二任妻子一无所知。那女人的性情是——现在依然是——文静而秀气的，易受惊吓，体弱多病。细腻的她与父亲正好相反，父亲举止粗鲁，好酒贪杯。

“这一对很不般配。我相信双方都感到遗憾，认为这场婚姻是个错误，说来惭愧，我父亲对待他的新婚妻子非常糟糕。三年前他消失了，把妻子丢在爱丁堡。她没有生活来源，有可能变成乞丐或更糟糕。她就这样身陷突如其来的贫困中。她向我求援——我是说给我写信。我当时身在国外——我立刻赶回了家。说句不夸张的话，我成了她的保护者。我为她安排一切，她也都接受了，虽然略带苦涩，因为她的命运经受了这么大的改变。”穆迪尴尬地干咳了一声，“我确保她有口饭吃——有份工作，你明白的。然后，我前往伦敦，目的是寻找我的父亲。我想尽了一切办法在那里寻找他，其过程耗费了大量的钱财。终于我开始明白，必须将我的教育转换成某种收入，因为我不能再依靠继承家产作为保障了，而且我在城里的信誉已经变得非常糟糕。

“我哥哥丝毫不知晓我们的继母被抛弃的事：在父亲消失的几个星期之前，哥哥已经离家到奥塔哥金矿寻求发财的机会。他是喜欢异想天开的那一类人——有一种探险精神，我想你们可能会这么说他，然而，自童年之后我们就不曾亲密过，我坦承我对他不甚了解。几个月过去了，甚至几年过去了，他一直没有回来，也没有来自他的任何音讯。我写给他的信都石沉大海。确实，我依然不知道那些信是否真的送到了他的手里。最终，我也预订了来新西兰的船票，目的是把我们的家庭变故告诉我哥哥，而且——当然，我是说如果他还活着——说不定我可以和他一同在矿区联手创业。我自己已经钱财殆尽，那些永久持有债券的利息早已枯竭，我背负了重债。在伦敦的时候，我曾在内殿法学院求学。我想我可以继续留在那儿，等待日后成为大律师……但是我对法律没有真正的激情。我的兴趣不在那儿。因此，我乘船来到新西兰。

“不到两星期前我在达尼丁登陆时，了解到奥塔哥的金子已经因为西海岸这里的新发现而黯然失色。我犹豫了，不知道应该先去哪里尝试，我的犹豫以最意想不到的方式奖励了我：我遇到了父亲。”

鲍尔弗发出一声轻叹，但没有插嘴。他正凝视着炉火，嘴里叼着雪茄，嘴唇审慎地噘起，一只手松松地拢在酒杯底部。另外十一个人也同样一动不动。台球游戏肯定已被放弃，因为穆迪没再听见身后有球相碰的声音。沉默中带着紧张的气氛，仿佛听众们正等待着他揭示某件不同寻常的事情……或者害怕他会揭示。

“我们的相聚很不愉快。”穆迪继续说。他说话声音很高，盖过了雨声，足以让房间里的每个人都能听见，但又不是太高而暴露了他已意识到他们对他的注意。“父亲喝醉了，他因为我找到了他而感到十分愤怒。我得知他已经变得极其富有，而且又结婚了，娶了一个对他的历史一无所知的女人，确切地说，那女人不知道他与另一位妻子依然有着法律婚约。当时我，现在我依然抱歉地承认，我并不感到惊讶。我与父亲关系向来不好，况且这也不是第一次他在可疑的场合被我抓住……但不得不说，从来没到这种犯罪的程度。

“当我问起哥哥的情况时，我才真正感到惊愕，我得知哥哥从刚开始就是父亲的经纪人。他们共同导演了遗弃的一幕，并作为合作人一同南下。我也不必等着见弗雷德里克了——我无法忍受看见他们俩在一起——我非走不可。父亲变得气势汹汹，企图把我扣留。我逃脱之后，立刻计划到这里来。我有足够的盘缠直接回伦敦，如果我愿意的话，但那种悲伤真是一种——”穆迪顿住了，用手指做了一个无奈的手势。“我也说不好，”他终于说，“我相信就眼下而言，矿区的筋骨之劳对我身心有益。而且我不想做律师。”

一阵沉默。穆迪摇了摇头，坐在椅子上，身体前倾。“这是一个不愉快的故事，”他说，语气轻快了一些，“我为我的血脉感到耻辱，鲍尔弗先生，但是我不想纠缠过去。我想创造新的生活。”

“的确是不愉快！”鲍尔弗大声说，终于将他的雪茄从嘴里抽出来，拿在手里挥舞着，“我为你感到遗憾，穆迪先生，同时，我也很赞赏你。而且你的行为正是金矿的做法，不是吗？再创造！可以说是——革命！

一个人可以重新开始——可以更新自己——脚踏实地，立足现在！”

“这些都是励志的话。”穆迪说。

“你的父亲——我猜想，他也姓穆迪吧。”

“是的，”穆迪说，“他的教名是阿德里安。莫非您听说过他？”

“没有。”鲍尔弗说，随即，察觉出对方的失望后，又补充道，“——这当然并不能说明什么。我从事船运行业，我跟你说过，这些日子里我跟矿区的人不怎么见面。我在达尼丁待过。在达尼丁住了差不多三年。如果你老爸是在矿上发的财，他应该是在内陆，在山区，他有可能在任何地方——图阿坡卡[①]，克莱德[②]——任何地方都有可能。但是——听着——就说眼下吧，穆迪先生。难道你就不怕他来追你？”

“不，”穆迪直截了当地说，“我在离开他的当天，刻意制造了一个立刻前往英格兰的假象。在码头上，我发现一个人正在寻求去利物浦的船票。我向他解释了我的情形，经过简短的谈判，我们交换了证件。他把我的名字给了售票员，我也依法炮制。假如我的父亲到海关查询，工作人员可以给他出示证据，说明我已经离开海岛，在回家的路上了。”

“但是，也许你的父亲——和你的哥哥——会为了他们自己的缘故，来到西海岸。为了淘金。”

“这我就无法预测了。”穆迪表示同意，“但是照我对他们情形的理解，他们在奥塔哥已经有了足够的黄金。”

“足够的黄金！”鲍尔弗似乎又要大笑。

穆迪耸一耸肩。“唉，”他冷冷地说，“当然，我应该有所准备，他们是有来的可能性。但我期望不会。”

“不会——当然，当然。”鲍尔弗说，他的大手拍了拍穆迪的衣袖，“让我们说一说更有希望的事情吧。告诉我，一旦你聚敛了一笔可观的钱之后，你想要干什么？回苏格兰，是不是，在那儿挥霍你的大钱？”

---

① 图阿坡卡（Tuapeka，毛利语：远方）是奥塔哥地区的一个地名。

② 克莱德（Clyde）是一个位于奥塔哥地区中部的小镇。

“但愿如此吧。”穆迪说，“我听说一个人可以在四个月内获得一定的财力，可以在冬季最恶劣的天气到来之前离开这里。在您看来，这种期望有可能吗？”

“完全有可能，”鲍尔弗说，笑眯眯地看着炉子里的煤，“的确，完全有可能——是的，可以这样期待。那么，你在镇上没有同伴？没有老乡在码头上接你，跟你联手——没有家乡来的伙计？”

“没有，先生。”穆迪告诉他，这是当晚的第三次了，“我独自旅行到了这里，而且，我已经跟您说过了，我打算创造自己的财富，不要其他人的帮助。”

“哦，是的，”鲍尔弗说，“创造你自己的——嗯，用现代的说法，是去追求财富。但是一个淘金汉的伙伴好比他的影子——这是另一桩需要知道的事情——是他的影子，或者他的老婆。”

听了这话，房间里又传来一片感到有趣的慨叹声：不是公开大声发笑，而只是安静的出气声，同时发自不同的地方。穆迪扫视四周。他察觉到空气中逐渐松弛的气氛，那些人听完他的故事结局，都松了一口气。不知道这些男人害怕什么，他想，他的故事给了他们把恐惧搁置一旁的理由。他第一次感到好奇，他们的不安是否与他在“一帆风顺号”上见证的恐怖有某种联系。这想法莫名地令人感到不快。他不愿相信能向别人解释清楚自己的记忆，更不愿相信别人能替自己分担。（苦难，他后来想，可以夺走一个人的同情心，可以使人变得自私，可以使人轻视所有其他的受难者。这种领悟令他感到惊愕。）

鲍尔弗嘻嘻笑着。“对呀——他的影子，或者他的老婆。”他又说了一遍，冲穆迪感激地点点头，仿佛这个笑话是穆迪说的，不是他自己说的。他用弯曲成杯子形状的手捋了捋胡子，轻声笑了笑。

因为他确实松了一口气。丢失的继承权，婚姻中的欺骗，出身高贵的女人不得不工作——这类背叛属于一个完全不同的世界——鲍尔弗心想——一个有着客厅、名片、礼服的世界。对他来说这个故事很可爱，这小小的不幸居然被当作悲剧——这个年轻人居然带着严肃的、有节制的尴尬做这番坦白，因为他那个阶层的人从出生起就被教导并且相信自己的地位永远不会改变。讲述这样的故事，在这里——在这个文明世界的先锋站！霍基蒂卡的发展比旧金山还快，报纸上说，而且完全是从无到有……它的发展，出自蛮荒丛林中的凄惨生活……出自潮汐沼泽、移动的沟壑与缥缈的迷雾……出自富含金矿的险峻河川。在这里，当男人们蹲在泥沙中淘洗时，他们不仅是白手起家，而且是塑造自我。鲍尔弗抚摸着自己的翻领。穆迪的故事很可怜，激发了他身上一种父亲般的、惯纵的感觉——因为鲍尔弗很喜欢知道自己非常摩登（有创业精神，无牵无挂），而其他人依然深陷于迂腐时代的禁锢中。

当然，这是一份无视阶下囚、仅表明法官意志的裁判书。鲍尔弗意志太强而不承认哲理，除非是最具实用价值的一类哲理。他的开朗豁达使他无法理解绝望，对他来说绝望就像一口深不可测的矿井，有深度而无宽度，因为与世隔绝而窒息，只能靠触摸来寻找方向，任何形式的好奇心都会被扼杀。他对灵魂没有真正的兴趣，只把它看作更活跃、更深刻的幽默与探险之奥秘的托词。关于灵魂的黑夜，他没有任何想法。他常说，在任何程度上，他赋予关注的唯一内在空洞就是他的胃口，他说这话时放声大笑，似乎感到非常开心，确实，在需要同情的场合下，他极少表现出恻隐之心。他对别人未来的开放空间很宽容，但对他们关闭在百叶窗后的历史却很不耐烦。

“无论如何，”他接着说，“记住给你的第二条忠告，穆迪先生。给自己找个朋友。周围有许多人都很愿意多一个帮手。这才是正道，你知道——找个伙伴，然后合伙干。从没听说单打独斗成功的。你有工作服吧，有帆布行囊吧？”

“恐怕我只能祈祷天气发发慈悲了。”穆迪说，“我的行李箱还在船上；今晚天气太糟糕，无法冒险过浅滩，他们说我的行李将于明天下午到达海关。我本人是乘一只平底船过来的——由一小组船员划船，他们非常勇敢地将乘客接了出来。”

“嗯，是的，”鲍尔弗更清醒地说道，“仅在过去一个月里，我们就已经看见三艘沉船，都是在入港时搁浅的。这是件可怕的事。但是我告诉你，这也是桩有钱可赚的买卖。船舶进港时，无人留意。它们出港时——它们出港时，船上可装着金子呢。”

“我听说，霍基蒂卡这儿的码头是出了名的险峻。”

“出了名的——嗯，是啊。要是一艘蒸汽船卡在一百英尺长的浅水沙洲上，那谁都没辙。蒸汽炉烧到最大也无法强行通过。像是精彩的烟火表演，火花四起。可话又说回来——不仅是蒸汽船。不仅是大船。在霍基蒂卡的浅沙洲上，每个人都得赌一把运气，沃尔特。一旦赶错了潮流，就连水上飞[①]也照样搁浅。”

“对此我完全相信。”穆迪说，“我们的船是一条三桅帆船——不算太大，非常灵活，坚固得足以抵御最可怕的风暴——即便如此，船长仍然不愿冒险。他选择在锚泊地抛锚，等第二天早晨再说。”

“你那条船的名字，叫‘滑铁卢号’吗？它常来，在查默斯出出进进。”

“实际上是条私人包船，”穆迪说，“名叫‘一帆风顺号’。”

这个船名所产生的惊愕反应，比他从口袋里掏出一把枪来还要震撼。穆迪环顾四周（他的表情依然温和），看见此刻整个房间里的注意力都公然集中在他身上。几个男人放下手中的报纸，打盹的人都睁开了眼睛，玩台球中的一个朝他迈近一步，进入煤油灯的光圈中。

鲍尔弗一听说那条三桅帆船的名字，也不寒而栗，但那双灰色的眼睛冷静地注视着穆迪的目光。“说实在的，”他说，一贯热情洋溢、粗声大气的做派似乎在顷刻间消失了，“我向你坦白，我不是不知道那条船的名字，穆迪先生——不是不知道——可我还是想确认一下船长的名字，假如你不反对的话。”

---

① 水上飞（Schooner）是双桅纵帆船，18世纪流行于北美，速度快，抢风能力强。

穆迪在对方脸上寻找异样的蛛丝马迹——寻找他不便于说出口的那种神情。他试图弄清鲍尔弗是否心中有鬼。穆迪可以肯定，对方一旦陷入内心活动，或者回忆，穆迪本人在“一帆风顺号”上经历的那种超自然的恐怖情景，那么其结果一定会在外表流露出来。但鲍尔弗的脸上只有警惕，仿佛一个人听说他的债主回来时，开始在心里盘算着托词与脱身之术——他看上去并没有感到痛苦或者害怕的样子。穆迪可以肯定，任何见证过与他同样经历的人，一定会在表情上留下烙印。不过，鲍尔弗还是有点变化——面容里多了一丝精明，目光中多了一分敏锐。穆迪对这种变化感到兴奋。他激动地意识到自己低估了对方。

“我记得船长的名字叫卡弗，”他慢条斯理地说，“弗朗西斯·卡弗，如果我没记错的话；一个十分强壮的人，神情忧郁，脸颊上有一块白色的伤疤——请问，这番描述符合您说的那个人吗？”

“符合。”这时轮到鲍尔弗打量穆迪的表情了，“我很好奇你和卡弗先生是怎么熟络起来的，”他停顿了一下，说，“当然啦，如果你不嫌我冒昧的话。”

“对不起，我和他并不相识，”穆迪说，“也就是说，倘若他再看见我，我敢肯定他不会认出我来。”

他下定决心，他的战略是对鲍尔弗彬彬有礼，有问必答，毫无保留，以获得他自己问题答案的许可证。穆迪在外交艺术上颇有天赋。小时候他就本能地懂得，心甘情愿地说出部分真相，总比以防御性的姿态说出全部真相要好。貌似合作的态度具有重大价值，它能强化互惠，公平来往。他不再环顾四周，而是睁大眼睛，保持一副天真的表情，只冲着鲍尔弗一个人说话，仿佛周围死盯着他看的十一个男人对他没有丝毫影响。

“那样的话，”鲍尔弗说，“我斗胆猜测你的船票是从大副手里买的。”

“钱直接进了他的腰包，先生。”

“你跟那个男人私下交易的吗？”

“这个办法是由船员制定，船长批准的，”穆迪回答，“我想，这是一个很容易赚外快的办法。根本没有什么床位——在甲板下给每人分配一个地方，喝令他当心点，别碍手碍脚。不用说，这种安排完全不理想，但你知道，我因情势所迫，必须立刻离开达尼丁，在我要走的那天，'一帆风顺号'是唯一预定启航的船。我事先不认识跟我做交易的那位大副，也不认识其他船客和船员。"

"这样的安排共招来多少船客？"

穆迪正视着鲍尔弗的目光，"八位。"他将雪茄含在嘴里。

鲍尔弗快速追问："也就是你和另外七位？总共八位？"

穆迪不愿直接回答这个问题。"船客的名单将登在星期一的报纸上，您完全可以自己验证。"他说，稍微带着一些难以置信的表情，仿佛暗示鲍尔弗没有进一步打听的必要，而且那么做也不礼貌。他补充道："当然，我的真名不会被登出来。我旅行用的名字是菲利普·德·莱西，这是我在达尼丁购买的证件上的那个名字。根据官方记录，沃尔特·穆迪此刻正在南太平洋某处——我估计正在向东航行，驶向合恩角。"

鲍尔弗的表情依然冷静，"请允许我再询问一件事，我想知道——仅此而已——你是否有理由对他产生好感或恶感。我指的是卡弗先生。"

"我不敢肯定能否公正地回答您，"穆迪说，"我只有怀疑和如实汇报的权利。我相信此人是在某种胁迫下离开达尼丁的，因为尽管预报有暴风雨即将来临，他仍然急于拔锚启航，但我完全不知道他被迫仓促出发的原因。我从未与他正式见面，只在航程中远远地看见过他，而且这种机会也很少，他大部分时间都待在自己的船舱里。所以您瞧，我的说法没有什么价值。可是——"

"可是……"看到穆迪没有继续说下去，鲍尔弗催促道，等候着下文。

"坦白地对您说，先生，"穆迪转过身直视着对方，"我在船上的时候，发现了船载货物的一些具体情况，怀疑这条船在跑不正当的活儿。有一件事可以肯定，那就是，假如有能力避免的话，我绝对不愿意与卡弗先生为敌。"

穆迪左边的黑发男人身体突然变得僵硬。“你说在货物中发现了某些蹊跷？”他身体前倾，插嘴问道。

啊哈！穆迪心想，那么，现在是发挥我的优势的时候了。他转身对那个新发言的人说话。“请原谅，我没有把话说清楚。”他说，“我绝没有不尊重您的意思，先生，但你我素不相识，或者更确切地说，您对于我来说是一位陌生人，因为我与鲍尔弗先生今晚的对话已传到不只他一个人的耳朵里。如此说来我便处于劣势，责任不在我方，因为我已经诚实地介绍了我自己；责任在于你们，因为你们未经介绍就认识了我，没有受到邀请或得到许可就听到了我说的话。关于我的这次航行或其他任何一次航行，我没有什么需要隐瞒的，不过我承认，”（他转回身面对鲍尔弗）“被一个毫不泄露自己真实目的的审问者如此无情地责问，难免令人愤愤不平。”

这番话的攻击性远远超出穆迪平时说话的习惯，但他冷静而威严地把话说出来，并知道自己有理有据。他一双温和的眼睛睁得大大的，一眨不眨地盯着鲍尔弗，等待着对方的回答。鲍尔弗的目光颤颤巍巍地转向侧面那个插嘴的黑发男人，然后又收回来与穆迪对视。他呼出一口气。他从椅子上站起来，把雪茄的残端抛进炉火里，伸出一只手。“你的酒杯空了，穆迪先生，”他平静地说，“请好心地允许我。”

他在沉默中走向餐具柜，身后跟着那个黑发男人，那人完全挺直站立时，几乎能碰到房间里低矮的天花板。他倾身靠近鲍尔弗，开始在他耳边急切地嘀咕着什么。鲍尔弗点了点头，低声回答了几句。一定是下了某种指令，因为高个子男人随后走向台球桌，向金发男人招招手，示意他靠近，然后轻声向他传达了一条口信。金发男人立刻开始猛烈地点头。穆迪观察着他们，感觉自己渐渐恢复了平时的敏锐。白兰地唤醒了他；他暖和起来，身上不再潮湿；什么都不如一个故事更能令他精神振奋。

事情往往如此，当一个被压迫的灵魂不得不应对另一份苦难，一份与他毫不相干的苦难时，那么这第二份苦难就仿佛一种药膏，以毒攻毒地对付前者。穆迪现在就有这种感觉。自从下了平底船后，他第一次发现自己能够清楚地思考最近的一连串不幸遭遇。面对这个新的秘密，他的内心记忆获得了某种自由。他可以自如地回忆困扰他的那幕场景——爬起来的死人，他那血淋淋的喉咙，他的呼唤——并发现它如同寓言一般，令人触目惊心。虽然依旧很恐怖，却不知怎么变得比较容易解释了。这个故事有了一种新的价值：他可以通过交易，从中获得益处。

他看着消息由一个人耳语传达给另一个人。他听不清具体的专有名词——陌生口音的混杂，使人不可能听清——但很显然，正在讨论的事项与房间里的每个人息息相关。他强迫自己谨慎而理智地评估眼前的局势。注意力不集中已经导致他在当晚有过一次判断失误，他不能重蹈覆辙。他猜测，某种预谋正在酝酿中，或许他们正在形成联盟对付某一个人。说不定就是卡弗先生。他们是十二个人，这使穆迪联想到了陪审团……但是有中国人和毛利土人在场，这似乎又不可能。他是否打断了某种秘密会议呢？但是什么样的会议，能包含如此众多的种族、收入水准以及阶层呢？

无须指出，沃尔特·穆迪的脸色丝毫没有暴露他的内心活动。他将自己的表情精确地限定在极度困惑与歉意之间，仿佛想表达他完全明白自己造成了麻烦，但不知道这麻烦到底是什么，对于何去何从，他宁愿接受别人的建议，而不擅作主张。

外面，风向变了，潮湿的风顺着烟囱灌进了屋里，余烬复燃，现出通红的火光，一时间，穆迪闻到了大海的咸味儿。壁炉里的动静似乎吵醒了靠火最近的胖男人。他咕哝一声，将自己从扶手椅里挣脱出来，拖着双脚，走到站在餐具柜旁的众人身边。他走后，穆迪发现壁炉前只剩下他自己和那个身穿人字呢西服的男人。这时那男人凑上前来，开口说话。

“如果您不反对的话，请允许我做个自我介绍。”他说完啪的一声，第一次打开了他的银烟盒，挑出一支香烟。他一口明显的法语口音，举止干脆而不失礼貌。“我的名字叫奥贝尔·加斯科因。请原谅我已经得知您的名字。”

“嗯，碰巧了，”穆迪说，带着一丝惊讶，“我相信我也知道了您的名字。”

“那么我们幸会了。”奥贝尔·加斯科因说。他一直在寻摸火柴，这时将手停放在胸兜上，如同一位潇洒的上校为画素描摆姿势。“可我感到好奇，您是如何知道我的名字的呢，穆迪先生？”

“我今晚读了您的文章，刊登于星期五出版的《西海岸时报》——我说得对吗？如果我没有记错，您代表地方法院[①]表达了观点。”

加斯科因笑了，他掏出火柴。“现在我明白了。我是昨天的新闻。”他抖出一根火柴，把靴帮翘在膝头上，在靴底上划着了火柴。

“请原谅。”穆迪担心自己冒犯了对方，但加斯科因摇了摇头。

“我并不介意。”加斯科因把香烟点着后，说道，“那么，你作为一个陌生人来到一座不熟悉的小镇，你的第一个举动是什么呢？你找一份头天的报纸，阅读法院公告。你一方面知道了违法者的名字，另一方面又了解了执法者。这可真是一个好策略。”

“谈不上什么方法。”穆迪谦虚地说。

加斯科因的名字出现在报纸的第三版，排在一篇简短的布道下面，也许只有豆腐干那么大，论犯罪之罪孽。文章前面是本月所有被捕人的名单。（他记不清名单上的任何一个名字，只记住了加斯科因，其实是因为从前他有个拉丁语老师叫加斯科茵——这种相似性吸引了他的目光。）

“也许吧，”加斯科因回答，“但不管怎么说，它把你带到了我们烦恼的正中心：两星期来人人挂在嘴边的一个话题。”

穆迪皱起眉头，“那些小罪犯？”

“其中一个很特殊。”

“要我猜吗？”看到对方不再说话，穆迪轻声地问。

加斯科因耸一耸肩，“其实无关紧要。我指的是一个妓女。”

---

① 地方法院（Magistrate’s Court）是英式法律制度下的最初级法院，负责裁判较轻微的罪行，处理日常法律事务。

穆迪扬起眉毛，试图在心里回想那份逮捕名单——是的，也许其中有一个女人的名字。他想知道霍基蒂卡的人对一个妓女的逮捕有什么说法。他沉吟片刻，字斟句酌地想做出回答，不料令他吃惊的是，加斯科因突然大笑起来。“我只是逗你玩的，”他说，“你不用把我的话当真。那女人的罪行当然没有登出来，但若是你看报时带有一点想象力，就能看见。她自己交代的名字是安娜·韦瑟雷尔。”

“我恐怕不知道如何带着想象去阅读。”

加斯科因再次大笑，喷出一大口烟雾，“可你是个大律师，不是吗？”

“只是通过教育培训，”穆迪生硬地说，“还没有拿到大律师执照。”

“好吧，听我说，裁判官的公告总是有弦外之音。”加斯科因解释道，“韦斯特兰①的绅士们——这是你的第一条线索。耻辱与堕落之罪——这是你的第二条线索。”

“我明白。”穆迪说，其实心里并不明白。他的目光瞟到加斯科因的肩膀上方：胖男人已经移至两个中国人面前，正在他的笔记本扉页上涂写着什么，拿给中国人看。“也许那个女人被起诉是冤枉的？也许正是这点吸引了每个人的注意力？”

“哦，她不是因为卖淫被关进监狱的，”加斯科因说，“警官们根本不在乎那个！只要男人够谨慎，警察们完全乐于睁只眼闭只眼。”

穆迪等待着下文。加斯科因说话的方式有一种令人不安的感觉：既戒备森严，又推心置腹。穆迪感觉不能信任他。这个司法文员约三十五六岁。浅色的头发已在耳根处开始变成银色，留着灰白色的小胡子，从中间梳向两旁。那套量身定做的人字呢西服十分贴身。

“嘿，”加斯科因片刻后接着说道，“那警官本人还向她寻求服务呢，就在她入狱之后！”

“入狱？”穆迪跟着说了一句，感觉自己显得有些愚蠢。他希望对方

① 韦斯特兰（Westland）是新西兰南岛西海岸的分区，霍基蒂卡当时是该地区的中心重镇。

说话时少一分神秘，多一点内容。对方带着一种有教养的自信（相比之下，托马斯·鲍尔弗就像门挡一样粗钝了），但这种教养不知怎的有些苦涩。他说话时像个失意的人，似乎对他来说，完美只在记忆中存在过——然后便是懊悔，因为完美已不复存在。

“她因企图结束自己的生命而受审，”加斯科因说，“这里面有着一种对称性，难道你不觉得吗？因企图而受审[①]。”

穆迪无法苟同他的说法，而且他本来就不愿意按照这个思路说下去。为了改变话题，他说：“那么，我乘的那条船的主人——卡弗先生呢？我想，他跟这个女人存在着某种关联吧？”

“哦，是的，卡弗是有关联的。”加斯科因说。他看着手里的香烟，似乎突然对它感到厌恶，挥手把它丢进了炉火中，“卡弗残杀了自己的孩子。”

穆迪惊恐地退缩了一下，“你说什么？”

“当然，他们无法证明，”加斯科因神秘地说，“但那男人是个畜生。你想要避开他是对的。”

穆迪盯着对方，又一次全然不知如何回答。

“每个人都有自己的通用货币，”片刻后加斯科因又说，“也许是金子，也许是女人。安娜·韦瑟雷尔，你明白吧，是个双料。”

就在这时，那个胖男人回来了，拿着重新倒满的酒杯坐了下来，先看着加斯科因，然后又看着穆迪，似乎隐约意识到有必要做个自我介绍。他身体前倾，用力伸出手来，“我叫迪克·曼纳林。”

“幸会幸会。”穆迪说，用的是一种十分机械的声调。他感觉有点晕头转向。真希望加斯科因不是在这个时刻被打断，他本来可以进一步追问有关那个妓女的话题。现在再想重拾这个话题只怕有伤大雅，因为加斯科因已经退回自己的扶手椅里，面无表情。他又开始用两只手把玩起了他的香烟盒。

---

① 原文是“Tried for trying”，读起来有对称的感觉。

“威尔士王子歌剧院，就是鄙人的。”曼纳林一边补充道，一边把后背靠在椅子上。

“真了不起。”穆迪说。

“只是小镇上的演出罢了。”曼纳林用手指关节敲着椅子扶手，想方设法寻找话题。穆迪瞥了一眼加斯科因，那位司法文官正闷闷不乐地盯着自己的腿。显然,胖男人的再次出现使他感到非常不快。同样明显的是，他觉得没有理由掩饰自己的不满——穆迪尴尬地察觉到，加斯科因的脸色已经变成了酱紫色。

“刚才，我就在不由自主地欣赏你的表链，”穆迪终于开口，对曼纳林说道，“这是霍基蒂卡的黄金吗？”

“上等货色，是不是？”曼纳林说，没有低头看自己的胸前，也没有抬起手指触摸受到赞赏的表链。他再次敲着椅子扶手，“事实上是克鲁萨[①]金块。我在卡瓦劳[②]和邓斯坦[③]待过，后来去了克鲁萨。”

“我承认我对这些地名比较陌生。”穆迪说，“我猜想它们都是奥塔哥的金矿吧？”

曼纳林表示确实如此，然后就矿采公司以及挖泥机价值的话题大发议论。

“在座的都是淘金汉吗？”对方说完后，穆迪问道，用手指在空中画了个小圈，泛指整个房间里的人。

“一个都不是——当然啦，中国佬除外。”曼纳林说，“确切的叫法是跟营客，虽然我们大多数人都是从峡谷里开始的。但金矿的大部分金子是在哪儿找到的呢？在旅馆，在窝棚。汉子们一找到金子就会马上花掉。告诉你吧，你开个买卖可能比进山强。给自己弄个营业执照，开始卖格

---

① 克鲁萨（Clutha）位于奥塔哥南部。

② 卡瓦劳（Kawarau，毛利语：灌木丛）位于奥塔哥西北部。

③ 邓斯坦（Dunstan）位于奥塔哥中部山区，是最先发现黄金的地方之一。

罗格酒[1]。”

“如果这是您的现身说法，那一定是个高明的建议。”穆迪说。

曼纳林坐回他的椅子里，似乎感觉这句夸赞十分受用。是的，他已经不再挖矿，现在雇人在他的认领区工作，用其产量的一个百分点支付工钱。他来自苏塞克斯。霍基蒂卡是个好地方，但姑娘太少，与如此规模的镇子不相称。他喜欢各式各样的和声，他的歌剧院是仿照伦敦西区的艾德非剧院设计的。他觉得老式的晚餐演唱会无与伦比。他无法忍受客栈酒馆，淡啤酒令他倒胃口。邓斯坦的洪水太可怕了——实在可怕啊，霍基蒂卡的大雨难以忍受。他一再宣称没有什么比四部和声更美妙——美妙的声音如同丝绸中的细丝线。

“精美。”穆迪轻声应道。加斯科因在这段独白的过程中几乎一动不动，只是当他在腿上翻转他的银烟盒时，细长而苍白的双手发出强迫性的节奏。曼纳林眼里似乎根本没有这个文官的存在，事实上，他是冲着穆迪头上方三英尺的地方发表讲话，仿佛穆迪的存在其实也与他无关。

终于，正在四周悄然上演的戏剧开始接近尾声，似乎即将达成某种协议，而胖男人噼里啪啦的讲话声也平息下来。黑发男人回来了，坐回到先前在穆迪左边的位置上。鲍尔弗跟在他身后，端着两大杯白兰地。他递给穆迪一杯，挥手回答对方的谢意，然后坐了下来。

“我欠你一个解释，”他说，“我刚才质问你的时候态度粗鲁，穆迪先生——你不必提出异议，这是事实。真相是——真相是——唉，真相，先生，足够说书人忙碌的，我只能尽量长话短说。”

“如果您能非常好心地为我们保守秘密。”加斯科因补充道，他在鲍尔弗的另一边，相当粗陋地表演假惺惺的礼貌。

黑发男人突然在椅子上身体前倾，追问道：“在场是否有谁持保留意见？”

穆迪环顾四周，眨了眨眼睛，但没人开口。

---

① 格罗格酒（Grog）是一种掺水烈酒。

鲍尔弗点了点头。他又等候片刻，仿佛是将自己的礼貌叠加在加斯科因的上面，然后才继续说话。

“让我一口气告诉你吧，”他对穆迪说，“一个男人被谋杀了。你说的那个浑蛋——我指的是卡弗，我绝不会叫他船长——他就是杀人凶手，要是我能告诉你这事的前因后果，那我也是会遭诅咒的。可我就是知道，就像我能看见你手里的酒杯那么肯定。现在，假如你肯赏脸，听我讲一段那个恶棍的历史，那么你可能……嗯，你处于你的位置上，可能愿意帮助我们。”

“对不起，先生。”穆迪说。听到谋杀案，他的心开始怦怦地狂跳起来。也许这归根到底还是跟“一帆风顺号”上的那个幽灵有关系。“我处于什么样的位置呢？”

“他的意思是，你的行李还在那条三桅帆船上，”黑发男人说，“以及你明天下午在海关有预约。”

鲍尔弗看上去有点儿不高兴，挥了挥手，“咱们稍后再说那个，我恳求你先把这个故事听完。”

“我当然会听。”穆迪回答，最后一个字里带着一丝强调，仿佛警告对方不要有太多的期望，或过高的要求。他似乎看见加斯科因苍白的脸上闪过一丝嘲笑，但紧接着那个男人的表情又变得闷闷不乐了。

“当然——当然。”鲍尔弗接受了他的观点。鲍尔弗放下他的白兰地酒杯，十指交叉，娴熟地按响手指。“好，那好。穆迪先生，我会尽我所能让你了解我们集会的原因。”

木星在射手座

救济院的功绩被讨论；一个家族的姓氏遭受质疑；阿利斯泰尔·劳德柏科狼狈不堪；船运商说了一个谎。

鲍尔弗的叙述，因被打断而变得有些迂回重复，总的来说，被那个男人抒情式的讲话风格拖累，讲述变得十分混乱，过了好几个小时，穆迪才终于彻底明白了事件的前因后果，以及在旅馆吸烟室举行秘密会议的原因。

旁人的插嘴十分讨厌，而鲍尔弗的叙述方式也枝枝蔓蔓，十分啰唆，所以不值得将他的话忠实地全篇记录下来。对于这部关于船运商混乱思维的措辞焦躁的纪实，我们将在这里为其删除缺陷，加强结构；我们将运用我们自己的灰浆弥补这座建筑的裂缝与缺口，使其重获新生，如若不然，这样的建筑，如果单独回忆起来，只能作为一座废墟而存在。

我们的故事开头和鲍尔弗本人的开场白一样，要从他那天早晨在霍基蒂卡的一次遭遇说起。

Φ

在西海岸淘金潮的黎明到来之前——当时霍基蒂卡只不过是一个朝

海洋张开的棕色小口，黄金在它的沙滩上宁静地闪闪发光，无人看见——托马斯·鲍尔弗住在奥塔哥省，在达尼丁港口前街一个瓦片小房子里做生意，房子上方挂着一条白布横幅，上面写着“鲍尔弗 & 哈奈特船运商”的字样。（哈奈特先生已经放弃了这份他曾拥有三分之一股份的合资企业，此刻正在奥克兰享受殖民地的退休生活，远离了奥塔哥的霜冻，以及黎明前寒冷时分峡谷中凝聚的白色迷雾。）该公司所处地段优越——位于中央码头广场的正面，享受着遥望海港远方海岬的美景——这给它带来了许多尊贵的顾客，其中一位是昔日坎特伯雷省的议会总督，他是个巨人，双手大如铁锹，拥有坚定的信念、极强的开拓性以及满腔热忱的信誉。

阿利斯泰尔·劳德柏科——就是这位政治家的名字——在他的职业生涯中，一直享受着恒定加速度的感觉。他出生于伦敦，在一八五一年漂洋过海到新西兰之前，接受过成为律师的正规教育——他这次远航带着两个目标：首先是发大财，其次是翻倍发大财。他的野心非常适合政治生涯，尤其是一个年轻国家的政治生涯。劳德柏科不但崛起了，而且青云直上。在法律圈里，他是一个以办事有主见、不达成功誓不罢休而备受钦佩的人。凭着这种优良的品质，他在坎特伯雷省议会获得了一个席位，并应邀参加了省议会总督的竞选，以压倒绝大多数的选票获选该职位。在踏上新西兰土地之后的五年里，他的关系网已经铺展到斯塔福德[①]政府部门，包括总理本人。他第一次敲响托马斯·鲍尔弗的门时，扣眼里插着寇槐[②]鲜花，立领的领角（鲍尔弗注意到）经女人之手浆熨得平整挺括，那时的他，不再被称为拓荒者了。他浑身散发着持久的影响力。

论长相和仪表，劳德柏科的威风多于帅气。他的大胡子，如同鲍尔

---

① 指爱德华·斯塔福德爵士（Sir Edward Stafford，1819—1901），他是一位新西兰政治家，曾任三届新西兰总理（1856—1861，1865—1869，1872）。

② 寇槐（kowhai，毛利语：黄色）是一种新西兰特有的槐树，开黄花，被认为是新西兰的国花。

弗的那样浓密而粗钝，几乎水平地从下颚冒出来，给他的脸平添了几分庄重，眉毛下的一双黑眼睛闪闪发光。他个子很高，身材上宽下窄，使他显得更高。他声音洪亮，在宣布自己的野心与观点时带着一种坦诚，可以称之为傲慢（如果有人对他持怀疑态度的话），也可以说是无畏（如果不持怀疑态度的话）。他的听力稍弱，出于这个原因，他仔细倾听时经常低着头，腰微微地弯着——由此使人产生的印象在政治场上非常有用，仿佛他总是给予别人严肃的、天赐般的关注。

在两人第一次见面时，劳德柏科说话时的能量与自信就给鲍尔弗留下了深刻的印象。当他向鲍尔弗宣布自己的来意时，表现出的激情并非完全圈定在政治范畴内。他同时也是一位船东，从孩提时代起，就满怀着对大海的热爱。他总共拥有四条船：两条飞剪式帆船，一条水上飞帆船，还有一条三桅帆船。其中两条船需要船长。到目前为止，他已将它们以包租的方式租赁出去，但这种做法的个人风险高，他期望将船租赁给买得起合理价格保险的正式的货运公司。他滚瓜烂熟地按顺序列出船的名字，如同一个人数点自己的孩子：飞剪式帆船“美德号”与“南冕座号”，水上飞帆船“舞厅淑女号”，三桅帆船“一帆风顺号”。

无巧不成书，“鲍尔弗 & 哈奈特”当时正迫切需要一条飞剪式帆船，恰好是劳德柏科所描述的大小与容量。鲍尔弗用不上劳德柏科提供的另一条船——三桅帆船“一帆风顺号”，因为它太小，不符合他的用途——虽然“美德号”有待检查与试航，但将非常适合做每月一次的航程，往返于查默斯港与飞利浦港[①]之间。是的，鲍尔弗告诉劳德柏科，他会为“美德号”配备船长。他会购买一份保费公平的保险，并按一年的期限租赁这条船。

从年龄上说，劳德柏科是鲍尔弗的同辈人，然而从第一次见面起，鲍尔弗就对劳德柏科言听计从，几乎像儿子服从父亲一样——也许带着

① 飞利浦港（Port Phillip）位于澳大利亚维多利亚州南岸的飞利浦港湾，墨尔本位于该港北岸。

些许虚荣，因为鲍尔弗孜孜以求的个人素养，恰恰是在劳德柏科身上体现出的、令他极为欣赏的那些素养。两人之间建立起某种友谊（因鲍尔弗过于崇拜对方而无法发展成亲密关系），在接下来的两年中，“美德号”一帆风顺地往返于达尼丁与墨尔本之间。至于保险条款，经过如此精心设计一番之后，再没有任何商榷改动。

在一八六五年一月，罗伯特·哈奈特宣布了退休意愿，并将股份卖给他的合伙人，搬到了北边气候更温和的地方。鲍尔弗向来就不是个多愁善感的人，立刻卖掉海滨的地盘。奥塔哥的繁荣大势已去，他扬帆前往西海岸，在霍基蒂卡河口购买了一块荒瘠的土地，搭起他的帐篷，开始建造仓库。“鲍尔弗 & 哈奈特”变成了“鲍尔弗船运”，鲍尔弗买了一件绣花马甲和一顶绅士帽，眼看着霍基蒂卡镇在他的四周开始崛起。

数月后，当三桅帆船“一帆风顺号”驶进霍基蒂卡海湾时，鲍尔弗想起这个名字，并认出这条船是属于阿利斯泰尔·劳德柏科的。出于礼貌，他向船长弗朗西斯·卡弗做了自我介绍，此后还与他保持着亲切的关系，这关系是建立在共同关系网的信誉上的——然而在私底下，鲍尔弗认为卡弗先生十分凶残，将他归为恶棍一类。但这个想法并未给他带来困扰。鲍尔弗不会被意志的力量威慑住——除非是劳德柏科显示的那种人格魅力，甚至令他痴迷的那一类——他不可能喜欢一个坏蛋。追随着卡弗先生的那些谣言既不会吓倒他，也不会令他心生男孩般的敬意。他就是对卡弗不感兴趣，也不想在他身上浪费精力。

一八六五年下半年，鲍尔弗在报纸上读到，阿利斯泰尔·劳德柏科将竞选国会在韦斯特兰的席位[①]，几个星期后，鲍尔弗收到劳德柏科的一封亲笔信，再次要求与船运商合作。劳德柏科写道，在他努力赢得韦斯特兰的竞选活动中，希望以韦斯特兰人的形象出场。他恳求鲍尔弗为他在霍基蒂卡中心地带选定一个住所，布置得体的家具，并负责运输一个

① 这里指的是新西兰国会第四任期国会议员的普选，于一八六六年二月十二日至四月六日之间举行，产生了七十名国会议员。

装有个人物品的行李箱——法律书籍和文件等——这在选举期间对他至关重要。每一事项均用饱满而夸张的字体写就。鲍尔弗心想，这只能来自一个可以在花体书法上浪费墨水的人。（这个想法让他感到好笑，他愿意原谅劳德柏科的诸多奢华。）劳德柏科本人将不随船到达。他要选择内陆旅行，骑马横跨山脉，在绿玉神舟峡谷[①]的尽头粉墨登场。他不会以一个坐头等舱、享受舒适旅行的娇生惯养的政治家的面貌示人，而是以身患鞍疮、浑身泥泞、汗迹纵横的人民之子的形象出现。

鲍尔弗根据指示做了相应的安排。他为劳德柏科选定了俯瞰霍基蒂卡海滨的套房，凡是声称有花旗骰和美式保龄球的俱乐部，都注册上了他的名字。他在杂货店里写了订单，预订了梨、洗皮奶酪和牙买加姜蜜饯，征用了一位理发师，在歌剧院租好了二月份与三月份的私人包厢。他告诉《西海岸时报》的编辑，劳德柏科的行程将从坎特伯雷出发，翻越阿尔卑斯山关口，建议报社对这种英雄壮举进行善意的报道。反过来，该报纸在劳德柏科未来执政时将得到最有利的推荐。劳德柏科应该能够赢得韦斯特兰席位，这自然是意料之中的事情。然后，鲍尔弗给查默斯港送去消息，指示“美德号”的船长，一旦劳德柏科的行李箱从利特尔顿[②]运出，就要负责接收，并在飞剪式帆船下次返回西海岸的航行中运回霍基蒂卡。所有的任务都完成后，他在烤架旅馆买了一坛黑啤酒，抬高双腿坐下，将啤酒一饮而尽，这时他想，没准儿他会喜欢搞政治呢——演讲、竞选活动。是的，他可能真的会非常喜欢。

但事与愿违，当阿利斯泰尔·劳德柏科到达霍基蒂卡时，欢迎这个政治家的不是他预料中的大张旗鼓的热烈场面，不是他起初在给鲍尔弗的信中计划的那样。他穿越阿尔卑斯山脉的远征，的确抓住了西海岸每

---

① 绿玉神舟（Arahura，毛利语）峡谷中有一条56公里长的绿玉神舟河，河口位于霍基蒂卡以北8公里处，河下游在淘金潮中是主要的黄金产地，后来发现也是绿玉产地。

② 利特尔顿（Lyttelton）是一个位于新西兰南岛东岸临接班克斯半岛的港口小镇，距离基督城约12公里，在历史上被称为坎特伯雷的大门。

一个淘金汉的注意力，他的名字的确出现在镇上每一份报纸的非常显眼的头版专题报道中——可惜完全不是出于他原本计划的原因。

故事由值班警官记录，发表在第二天早晨的《西海岸时报》上。故事是这样的：距离最终目的地还有约两个小时的行程，劳德柏科和随行的助理们刚好经过一位隐士的住所。距离他们最后一次吃茶点已好几个小时了，此时夜幕已经降临，他们停下来，打算要一瓶水（如果住所的主人愿意接济的话），再讨一顿热饭。他们敲响木棚的门，没有听见回音，但煤油灯的灯光和烟囱冒出来的烟都说明里面有人。门没有上闩，劳德柏科便推开门走了进去。他发现住所的主人瘫倒在厨房的桌子上，已经死了——刚刚咽气。他后来告诉警官，水壶还在炉台上沸腾，尚未烧干。隐士似乎死于醉酒。一只手仍拢在一瓶烈酒的瓶底旁，面前桌子上的酒瓶几乎空了，房间里散发着浓烈的酒味儿。劳德柏科承认，他们三人在继续上路之前，为了给自己补给能量，喝了茶，吃了隐士炉台上的硬面包。他们停留的时间不超过半小时，因为考虑到屋里有死人——幸好死人的头靠在手臂上，眼睛是闭着的。

在霍基蒂卡的郊外，他们一行人的行程再次被延误。当他们向镇子推进时，碰到了一个躺在大路正中央的女人，浑身湿透，完全失去了知觉。虽然还活着，但只剩下一口气。劳德柏科猜测可能是药物中毒，但是除了女人的呻吟声之外，他无法从她身上搜出任何有效线索。劳德柏科打发助理们去寻找值班警官，自己将女人从泥浆中抱起来，等待助理们返回，同时不禁顾虑他的竞选活动——一开始就这样凶多吉少。他在镇上首先见到的三个人物，将是裁判官、验尸官和《西海岸时报》的编辑。

劳德柏科在厄运笼罩中到达霍基蒂卡，之后的两个星期里，人们对即将来临的选举并不大在意。一位隐士的死亡和一个妓女（劳德柏科很快就会发现，这就是路上那个女人的职业）的命运，这样的话题似乎无助于一位候选人在竞争中获胜。在《西海岸时报》上，劳德柏科横跨阿尔卑斯山脉的旅行只被简单地一笔带过，却用两个版面专门描述了死者克罗斯比·韦尔斯。劳德柏科对此泰然自若。他以轻松镇定的涵养期待着议会选举，如同等待天意的一切行为和一切奖励。他判断自己会获胜，因为他必胜无疑。

沃尔特·穆迪到达霍基蒂卡的那天的早晨——也就是我们开始听鲍尔弗讲故事的那天上午——这位船运商与他的老相识坐在雷维尔街宫殿旅馆的餐厅里，侃侃而谈帆船的索具装置。劳德柏科身穿浅黄褐色的羊毛西装，这种颜色潮湿之后很难看。他的肩膀部分被雨打湿后还没有完全干，所以看上去像是佩戴着肩章一般，翻领颜色发暗，显得毛茸茸的。但是，劳德柏科这种人的风度气质，任何服装缺陷都不可能对其产生负面作用——事实上恰好相反，潮湿的西服只是让他看上去更加出类拔萃。他的手在那天早晨用上好的肥皂搓洗过，头发抹过发油，皮裹腿如同擦亮的铜器一般闪闪发光。他在扣眼里插了一小束某种淡颜色的当地小花，鲍尔弗叫不出这种花的名字。最近横跨南阿尔卑斯山脉的旅程在劳德柏科的脸颊上留下一种健康的红润。总之，他看起来的确气色良好。

鲍尔弗凝视着桌子对面的朋友，只是心不在焉地听着政治家绘声绘色地神侃，说的是他为主力战舰辩护的案例——举起两个手掌作为中桅和后桅，利用盐罐做前桅。鲍尔弗通常会觉得这种辩论引人入胜，但此刻，这位船运商脸上的表情却带着焦虑与游离。他一直用酒杯底敲击着桌子，在座位上挪动身体，每隔几分钟，都会抬起手来使劲拉拉自己的鼻子。因为他知道，眼前的话题离不开船舶，用不了多久，就会谈到“美德号”的事情，还有它负责运输到西海岸的那批货物。

装着阿利斯泰尔·劳德柏科行李的那只板条箱，已于一月十二日上午到达霍基蒂卡，比劳德柏科本人早到了两天。鲍尔弗看见货物被卸下，就发出指示将板条箱从码头转运到仓库中。据他所知，他的指示都被执行了。但是，真是造化弄人（由于劳德柏科在鲍尔弗心目中地位极高，这种不幸更令人难过），板条箱在转运途中竟然消失得无影无踪了。

鲍尔弗发现板条箱不见后，完全被吓坏了。他立刻全力以赴地寻找它——在码头上来回奔走，敲开每一扇门询问，问遍了每一位码头工人、挑夫、水手和海关官员——但是一切努力都付诸东流。板条箱就是不见了。

劳德柏科在宫殿旅馆楼上的套房里还没有住够两个晚上。在过去的两个星期里，他访问了西海岸上上下下的营地与移民点，向人们介绍自己。这天早晨，他刚刚完成这项最初的巡回宣传计划。因此他有点心不在焉，相信“美德号”还在从达尼丁过来的途中，他还没来得及询问他的船运问题——但是鲍尔弗知道这个问题早晚会被提起，而一旦问起来，他就必须向对方说实话。他喝了一大口葡萄酒。

面前的餐桌上摆的残羹剩饭是他们的“中午茶”，劳德柏科用这个词泛指非正餐时间以外的一切餐饮与菜肴，无论是早晨还是晚上。他已经吃得饱饱的，并敦促鲍尔弗也多吃，但是船运商一再拒绝他的邀请——他不饿，尤其是面对腌洋葱和煎羊杂[①]，这两道菜的气味总是让他的舌头打卷儿。由于是对方掏口袋买单，作为对东道主的妥协，他喝掉了满满一大罐葡萄酒，外加一大杯啤酒——借酒壮胆，他可能会这么说，但是用酒来战胜焦虑很不奏效，现在他感觉一阵阵恶心。

“再来一块羊肝吧。”劳德柏科说。

“很棒的东西，”鲍尔弗咕哝着，“很棒——但是我已经满足了——我的体质——非常满足了，谢谢您。”

“这是坎特伯雷的羊羔。”劳德柏科说。

“坎特伯雷——是啊——非常好。”

“高原鱼子酱，汤姆。”

“非常满足了，谢谢。”

劳德柏科低头盯着羊肝看了一会儿。“我自己都有可能赶着一群羊过来呢，”他改变了话题，“上高山，过关口。五英镑一头，十英镑一头——嘿，卖光以后，我没准儿就发了一笔财。你应该事先告诉我，这个镇里

---

① 煎羊杂（lamb’s fry）是用洋葱与腌肉煎制的羊内脏，主要是羊肝，常常外加羊脑与睾丸，煎制的睾丸又被誉为高原鱼子酱，接着就会被劳德柏科提及。

的每块肉不是腌的就是熏的，我完全可以带来一个月的餐食。只需两条狗，我就能轻轻松松地做到。”

“谈何容易呢。”鲍尔弗说。

“让我自己趁机大赚一笔。”劳德柏科说。

“刨去每一头在急流中摔断脖子的羊，”鲍尔弗说，“刨去每一头迷失的羊，每一头不肯被赶着走的羊。再加上你花在数羊上的那些悲惨的时间——把它们赶上来——再追下去。我可不抱这种幻想。”

“无风险就无利润，”政治家回答，“旅程已经够悲惨的了，我至少会在最后赚到一些钱。天知道，那样也许会让我更受欢迎呢。”

“奶牛也许还有可能，”鲍尔弗说，“一群奶牛总是很听话的。”

“还要拜托你呢。”劳德柏科说，将羊肝盘子推向鲍尔弗。

“不行了，”鲍尔弗说，“真的不行了。”

“那你把剩下的吃掉吧，乔克，老家伙。”劳德柏科说，转向他的助理。（他称呼两位随从时用的是教名，因为他们同姓史密斯。两人的教名存在有趣的不对称性：一个叫乔克，一个叫奥古斯都。）“用一头洋葱堵住你的嘴吧，我们就不必再听你唠叨你那该死的劫匪帆船[1]了——怎么样，汤姆？堵住他的嘴？”

与此同时，他面带微笑，低头转向鲍尔弗。

鲍尔弗又拉拉自己的鼻子，心想这是典型的劳德柏科的做派。劳德柏科鼓励意见统一，哪怕是最微不足道的观点。在达成共识的时机尚未成熟时，他转弯抹角地朝共识推进——你还没反应过来，就已经站在他一边，为他搞宣传运动了。

“是啊——一头洋葱。”鲍尔弗说，然后，为了把谈话从船舶引开，他说，“昨天的《时报》提到了你在路上的那个女人。”

“算不上我的女人！”劳德柏科说，“而且，也算不上是提到。”

---

① 劫匪帆船（brigantines）又叫前桅横帆双桅船，是一种两根桅杆的帆船，前桅横帆，主桅纵帆。

“那个作者胆子够大的，”鲍尔弗接着说，“搞得好像整个镇子都该为了那个女人而遭受谴责——好像每个人都有错。”

“谁会相信他的说法呢？”劳德柏科不屑一顾地挥了挥手，“一个来自小额法庭的不起眼的文书，泄泄私愤罢了！”

（劳德柏科如此不大度地提及的那位文书，当然就是奥贝尔·加斯科因，他那篇刊登在《西海岸时报》上的简短训诫，在约十小时后也吸引了沃尔特·穆迪的注意。）

鲍尔弗摇了摇头，“搞得好像是我们的错——是我们集体的错。好像我们大家都犯了糊涂。”

“一个不起眼的文书，”劳德柏科又说了一遍，“靠在支票上写别人的名字度日。一肚子没人愿听的观点。”

“都一样——”

“都一样，没什么。微不足道地提了一下，辩词很拙劣。不必纠缠。”劳德柏科用他的指关节敲桌子，好像是法官敲木槌表示他的耐心已经用尽。鲍尔弗在政治家有机会开口之前再次说话，想要不顾一切地阻止他们重拾先前的话题。他问：“你后来又见过她吗？”

劳德柏科皱了皱眉头，“谁——路上的那个女人？那个妓女？没有，自从那天晚上就没有见过。不过，我倒是听说她又活过来了。你认为我应该去看望她，所以才问我的吗？”

“不是，不是。”鲍尔弗说。

“我这种地位的人可担当不起——”

“啊，是的。您担当不起——当然——”

“这倒让我又想起了那篇说教，我想。”劳德柏科说，换了一种反思的口气，“这正是那个文书的观点。在一定措施到位之前——如公共救济院、修道院等——由谁来对类似的情形负责呢？由谁来对类似她这样的女子负责呢？——孤身一人——在这样一个地方？”

这本来是个反问句，但是为了使谈话继续下去，鲍尔弗却做了回答。

“没有人负责。”他说。

“没有人！”劳德柏科显得有些吃惊，“你的基督教精神在哪里？”

“安娜企图结束她自己的生命——自我了断，你知道！除了她自己，没有人能为此负责。”

“你叫她安娜！”劳德柏科责备地说，“你对那个女人已经直呼其名了。那我要说，你应该为照顾她承担一部分责任！”

“直呼其名不等于给她点烟枪。”

“你要将她拒之门外——只因为她是个醉鬼吗？”

“我没有关闭任何门。如果我在大路上看到她，也会照你那样去做。跟你做的一模一样。”

“拯救她的生命？”

“把她交给监狱！”

劳德柏科挥挥手，不理会对方的更正。“然后怎么办呢？”他说，“在监狱里住上一夜——然后怎么办呢？当她再次点燃她的烟枪时，谁在那里保护她？”

“没有人能保护一个跟自己作对的人——连自己的手都管不住，你知道！”鲍尔弗懊恼了。他不喜欢这类讨论。确实，他想，比起讨论帆船索具装置与操作孰优孰劣来说，这个话题也好不了多少。（话又说回来，劳德柏科在过去两个星期里都算不上健谈，他语调专横，忽而闪烁其词，忽而气势逼人。鲍尔弗将这一切都归咎于焦虑。）

“精神安慰，他的意思是说——精神保护。”乔克·史密斯插话道，打算给劳德柏科帮腔，但劳德柏科举起手掌，他便不作声了。

“不说自杀——那得另当别论，并且是病态的。”劳德柏科说，“谁在那里再给她一次机会，托马斯？这才是我的问题。谁在那里给这个不幸的女人一次体面的重生机会，过一种完全不同的生活？”

鲍尔弗耸了耸肩，“有些人拿到一手坏牌。但是你不能依靠别人的良心过上你想过的生活。你得从自身现有的条件开始，你得奋斗。”

在这一番话中，船运商表现出了缺乏慈悲心的偏见，在愉快豪爽的外向气质下，存在着同样程度的倔强——因为，他像众多有魄力的人一样，非常谨慎地保持他的自由，也希望别人都能这样。

劳德柏科放松地坐着，上下打量着鲍尔弗的鼻子。“她是个妓女，”他说，“这就是你要说的话，对吗？她只是个妓女。”

“不要误会我，我没有任何反对妓女的意思。”鲍尔弗说，“但我不喜欢公共救济院，也不喜欢修道院。它们都是阴郁沉闷的地方。”

“你肯定是在刺激我！”劳德柏科说，“福利是文明的根本证据——是最好的证据，没错！如果我们要使这里变得文明——如果我们要修路架桥——如果我们要为这个国家的未来奠定基础——”

“那么，我们不妨给我们的筑路人夜里暖暖被窝，”鲍尔弗替他把话讲完，“那可是艰苦的工作，铲石头。”

乔克和奥古斯都笑出了声，但劳德柏科没有一丝笑容。

“妓女是一种道德上的苦难，托马斯，你必须实事求是。”他说，“你必须坚持一个标准，如果你要立足于尚待开发的边疆！”（最后这句话直接引自他最近的选举演讲）“妓女是一种道德上的苦难。这就是结论。好财富流向了坏阴沟。”

“所以你的补救措施，”鲍尔弗回答，“就是让好财富找个好去处，反正都是一样的消费，钱就是钱。不要搞公共救济院，不要把我们的女孩子变成修女。那将是该死的耻辱，尤其是眼前女孩子如此稀少的时候。”

劳德柏科哼了一声，“我知道，寡不敌众，力不胜智。”

“为妓女负责！”鲍尔弗摇了摇头，“她们会在下一届议会中占一个席位。”

奥古斯都·史密斯讲了个粗俗的笑话作为回应，他们都开怀大笑。

笑声平息后，劳德柏科说：“别再顺着这条线往下谈了。我们已经从各个角度和方面讨论过那一天——已令我感到疲倦了。”他用手画了一个大圈，表示希望回到他们先前的话题上，“说说船帆索具装置吧。我的论点很简单，一个人如何考虑优势，完全取决于他身处的位置。乔克作为一个称职的前水手，有着自己的视角，而我作为船东与绅士也有我的视角。我在我的脑海里看见船帆设计，而他呢，只看见焦油和麻絮，还有微风。”

对这番嘲讽，乔克·史密斯习惯性乐呵呵地报以回应，大家又恢复了这个争论。

托马斯·鲍尔弗的烦恼也同时降临。他觉得，他机智地探讨了救济院的问题——劳德柏科称赞了他的回答！——他希望坚持这个话题，说不定能再次抓住机会。关于船帆索具装置及其优点，他没有什么风趣的话好说——他闷闷不乐地想，乔克说不出什么来，奥古斯都也没话了，甚至劳德柏科本人也同样。但根据劳德柏科的习惯，谈话的开头与结尾都得由着他的性子，改变内容只是因为他厌倦了某个议题，或因为他的权威被别人压倒了。那天早上，这位政治家已经三次拒绝引进新话题，却又总是回到他那套关于船舶的专横的胡扯上。每次鲍尔弗开始谈论当地新闻，政治家就会声称，为那个隐士和妓女徒劳担忧简直令他不胜其烦——而事实上，鲍尔弗烦恼地想，他们还没有讨论过这两件事中的任何一个真正的细节，全方位的讨论就更谈不上了。

这种感情的内在表达，遵守着一种从未公开确认的模式。鲍尔弗对劳德柏科高度崇拜，这使他在两人意见不同的时候，宁愿贬低自己也不会批评劳德柏科，甚至私下里也不会有任何微词——但贬低总是伴随着争论，假如争论不成的话，就会变得恼羞成怒。在过去两个星期里，鲍尔弗一直对劳德柏科碰见死人克罗斯比·韦尔斯这个话题保持着沉默，尽管隐士死亡的情形已经引起了他巨大的好奇心。他也从来没有讨论过安娜·韦瑟雷尔，路上的那个妓女。他凡事都根据劳德柏科的意愿行动，等待着自己的意愿反过来得到确认——这样的事情需要对方很大程度的关怀，而这关怀是劳德柏科所不具备的，所以还是八字没一撇。但是，鲍尔弗在他如此崇拜的人身上看不到这样的瑕疵，因此他等待着，心里变得焦躁，并开始感到忧郁。

（我们应该用缓和的口气补充一句，他的忧郁只是非常表面的那种，只要劳德柏科说一句好听的话，他的好脾气就能立刻恢复。）

鲍尔弗把椅子推得远离桌子一点，希望用孩子气的方式将他的厌烦显示给他的东道主，他用目光扫视着整个房间。

餐厅里空荡荡的，因为不是正常吃饭的时间，透过服务窗口，鲍尔弗能够看见厨师已经摘下围裙，坐在那儿玩纸牌，一双胳膊肘放在桌上。壁炉前坐着一个大耳朵男孩，正在吸吮一根肉干棒。他显然是被安排在那里看着铁熨斗的，熨斗在煤炭上方的架子上加热，每过半分钟左右，男孩就打湿手指，贴近支架测试热度。在最靠近他们的餐桌旁，坐着一个牧师——一个满脸雀斑的男人，相貌平平，塌鼻子，下嘴唇耷拉着，像个单纯的孩子。他独自一人吃完早餐，此刻正在一边喝咖啡，一边阅读一本小册子——无疑是在排练第二天要宣讲的布道，鲍尔弗想，因为牧师阅读时慢慢地点着头，正如一个人默念演讲词时在打拍子那样。

大耳朵男孩又打湿了他的手指，贴近支架，牧师翻过一页，厨师在砧板的边缘摆正扑克牌。鲍尔弗拨弄他的叉子。终于，劳德柏科停住了抨击，喝了一口葡萄酒，鲍尔弗抓住了插嘴的机会。

“说到三桅帆船，”他说（他们一直在说劫匪帆船），“过去这一年里，我在港口的浅滩外看见过好几次你的‘一帆风顺号’。它是你的船，是不是——‘一帆风顺号’？”

令他意外的是，这番话之后是一片沉默。劳德柏科只是低下头，仿佛鲍尔弗向他提出了一个具有深刻哲学意义的话题，他希望能够独自沉思。

“它可是装备一流，”鲍尔弗又加了一句，“棒极了。”

两个助理交换了一下眼神。

“这确实验证了我们的论点，劳德柏科先生，”奥古斯都·史密斯终于说话，打破了沉默，“即便是三桅帆船也比劫匪帆船好操作得多，只需要一半人手，一半麻烦就全搞定。他是无法抵赖这一点的。”

“没错。”劳德柏科从沉思中醒过神来，转向乔克说道，“你不能抵赖这一点。”

乔克正在嚼东西，他鼓着嘴露齿一笑，“我就是要否认。我宁可索具重量减半，不要水手减半——是你小题大做了。我任何时候都会取速度、舍索具。”

“折中一下怎么样呢？”奥古斯都说，“三桅轻帆船[①]。”

乔克摇了摇头，“我再说一遍，三根桅杆就是多余了一根。”

“不过速度比三桅帆船快。”奥古斯都碰了碰劳德柏科的胳膊肘，“你的‘幻想飞翔号’呢？它的主桅是纵帆，不是吗？”

鲍尔弗没有觉察到这个助理的意图——要把谈话从他引入的话题上岔开——反而以为政治家可能听错了他的话。他提高嗓门，又试了一遍。“我说的是你的‘一帆风顺号’。它经常出现在这一带，装备一流。我觉得它似乎既有速度又好操作。要我说，它真是一件绝妙的工艺品。”

阿利斯泰尔·劳德柏科叹了口气。他把头往后一仰，眯眼看着上方的椽子，嘴唇颤动着露出一种傻乎乎的微笑——鲍尔弗后来才意识到，这种微笑属于一个不习惯尴尬的人。（在那天早晨之前，他从没听到劳德柏科承认自己有任何弱点。）

终于，劳德柏科说话了，依然眯眼看着上方，“那条三桅帆船已经不属于我了。”他的声音有气无力，似乎那个微笑使声音变薄了。

“是这样啊！”鲍尔弗吃了一惊，“换掉了，是不是——弄了条更大的？”

“不，我把它卖掉了，一了百了。”

“换成了黄金？”

劳德柏科停顿了一下，然后说：“对。”

“是这样啊！”鲍尔弗又说了一遍，“原来是这样——你把它卖掉了。谁买了呢？”

“它的船长。”

---

① 三桅轻帆船（barquetine）是三桅帆船与劫匪帆船的折中，是只有前桅挂横帆的三桅帆船。

“噢。”鲍尔弗说，乐呵呵地呼了口气，“我可不羡慕您。我们这一带流传着一些关于那个人的故事。”

劳德柏科没有回答。他依然面带微笑，研究着天花板上暴露的横梁和楼上房间地板间的缝隙。

“是的，”鲍尔弗又说了一遍，身子往后一靠，双手的大拇指插在翻领下面，“我们这一带流传着一些故事。弗朗西斯·卡弗！直说了吧，不是一个我愿意打交道的人。”

劳德柏科惊讶地低下头。“卡弗？”他说着皱起了眉头，“你是说韦尔斯吧。”

“‘一帆风顺号’的船长？”

“对——除非他又把船卖掉了。”

“一个粗大汉——深色眉毛，深色眼睛，断过的鼻子？”

“对呀，”劳德柏科说，“弗朗西斯·韦尔斯。”

“唉，我没有公然与您唱反调的意思，”鲍尔弗一边说，一边眨巴着眼睛，“可那人的名字叫卡弗。也许您搞错了，把他跟那个老家伙——”

“没搞错。”劳德柏科说。

“那位隐士——”

“没搞错。”

“死了的那个——您两个星期前撞上的那个人。”鲍尔弗毫不退缩地说，“那个死人。他的名字叫韦尔斯，你知道。克罗斯比·韦尔斯。”

“没搞错。”劳德柏科说，第三次表示否定。他稍微提高了一点嗓门。“我没有把名字搞错。当我签字卖掉三桅帆船的时候，写在文件上的名字就是韦尔斯。一直都是韦尔斯。”

他们望着对方。

“难以理解，”鲍尔弗终于说，“我只希望您没有受骗。奇怪的巧合，是不是——弗朗西斯·韦尔斯，克罗斯比·韦尔斯。”

劳德柏科迟疑了一下。“也不算什么巧合，”他谨慎地说，“我想，他们是兄弟吧。”

鲍尔弗放声大笑，“克罗斯比·韦尔斯和弗朗西斯·卡弗，是兄弟俩？想象不出还有什么比这更不可能的了。肯定只能是姻亲吧。”

劳德柏科又露出那种傻乎乎的微笑。他开始用手指捅一块面包屑。

“可这是谁告诉您的呢？”鲍尔弗看到对方没有说话，又追问道。

“我不知道。”劳德柏科说。

“卡弗提到过什么吗——当他在文件上签字时？”

“也许那时说过。”

“好吧！既然您这么说……可是看看他们的样子，我是绝对不会相信的。”鲍尔弗说，“一个那么高大气派，另一个是典型的浪子——那么一个小人物——！”

劳德柏科颤抖了，手在桌上不由自主地动了动，仿佛要伸手去抓什么东西。“克罗斯比·韦尔斯是个浪子？”

鲍尔弗挥了挥手，“您看见他死了。”

“但是只见到死人——从没见过他活着的样子。”劳德柏科说，“说来奇怪，如果没有动作，你就没法看出一个人到底长什么模样。没有灵魂。”

“噢。”鲍尔弗说。他思考着这种说法。

“死人看上去是创作出来的，”劳德柏科继续说道，“正如一座雕塑看上去是创作出来的。它使你惊叹作品的设计，使你想到它的设计师。皮肤光滑、细腻，像蜡，像大理石——但又与它们不同。它抓不住光线，而蜡像可以；它不能反光，而大理石可以。一位画家也许会说，它有一种哑光质地，没有光泽。”突然，劳德柏科似乎感到非常尴尬，草草结束这番话，十分粗暴地质问，“你见过刚咽气的人吗？”

鲍尔弗试图轻描淡写（“问这样的问题很危险——在金矿上——”），但政治家在等待答案，最终他不得不妥协，说自己没有见过。

“不应该说‘见过’，”劳德柏科补充道，像是自言自语，“应该说‘见证’。”

奥古斯都·史密斯说："乔克把手放在那家伙的脖子上——是不是，乔克？"

"是啊。"乔克说。

"我们刚进去的时候。"奥古斯都说。

"想叫醒他，"乔克说，"还不知道他已经死了。以为他正在睡觉。可情况是这样的，他的衣领潮乎乎的。你知道，被汗水浸湿了——汗还没干。我们估计他的死亡时间不会超过半小时。"

他还想多说一些，但劳德柏科用下巴做了个果断的动作，使他住了嘴。

"真不明白，"鲍尔弗说，"竟然把他的名字签成韦尔斯！"

"我们想的肯定不是同一个人。"劳德柏科说。

"卡弗的脸颊上有一块伤疤，就在这儿。白色的。形状如同——如同一把镰刀。"

劳德柏科噘起嘴唇，然后摇了摇头，"我不记得有伤疤。"

"但他是深色头发？身材粗壮？也可以说是粗野？"

"是的。"

"真是搞不明白，"鲍尔弗又说了一遍，"为什么要改变自己的名字呢？见鬼，兄弟！弗朗西斯·卡弗——和克罗斯比·韦尔斯！"

劳德柏科的嘴在小胡子下面嚅动，仿佛在咀嚼自己的嘴唇。他用一种完全不同的声音说："你认识他？"

"克罗斯比·韦尔斯？根本不认识。"鲍尔弗说。他放松地坐在椅子上，很高兴对方问了一个直截了当的问题。"他建造了一家锯木厂，远在绿玉神舟谷那边——唔，你见过他的小屋，你去过那儿。他通过我做货运——运送设备什么的——所以我见到他的话能认出他来。愿他的灵魂安息。他有个毛利人做搭档。他们一同办厂子。"

"他让你感觉——是哪一种人？"

"什么哪一种人？"

"随便哪种。"劳德柏科的手又抽搐了一下。他红了脸，把问题修改了一下，“我的意思是，他给你的印象如何？”

“没人抱怨过他，”鲍尔弗说，“他安分守己，你知道。听口音好像是伦敦出生的。”他停顿了一下，然后像要密谋似的探过身子，“当然，现在他死了，人们都在谈论他，说什么的都有。”

劳德柏科依然没有回答。鲍尔弗认为他这个样子很奇怪，这个人张口结舌，甚至脸都红了。仿佛他既希望鲍尔弗回答某个特别的问题，又希望鲍尔弗完全停止谈话。两个助理似乎已失去兴趣——乔克把一块羊肝在盘子里推来推去；奥古斯都把头扭向一旁，看雨水拍打窗户。

鲍尔弗用眼角的余光打量着他们。这两个人如同劳德柏科的卫星。他们睡在劳德柏科房间里的垫子上，跟他形影不离。两人在任何时候说话和办事都如出一辙，仿佛他们不但同姓，还共享着同一个身份。在那个早晨之前，鲍尔弗认为他们是令人愉快的朋友，欢乐而机智，他认为他们对劳德柏科忠心耿耿是一件美好的事情，尽管他们总在眼前晃也会偶尔刺激他的神经。但现在呢？他来回打量着他们，意识到自己心里没底。

劳德柏科几乎没有对鲍尔弗谈及他两星期前翻越阿尔卑斯山脉旅程的最后篇章。鲍尔弗所了解的他抵达那天晚上的情况，大部分来自《西海岸时报》，该报发表了劳德柏科交给法律部门的纪实说明的删节版。劳德柏科没有受到任何怀疑。这两宗死亡案件，一宗是企图未遂，另一宗是已成事实。克罗斯比·韦尔斯死于纯粹的自然原因，验尸官的报告排除了任何其他怀疑，而医生也能够证明差点让安娜·韦瑟雷尔丧命的鸦片是她自己的。但是，现在鲍尔弗想知道，报纸上的报道是否属实。

他看着乔克把那块羊肝推来推去。十分奇怪，劳德柏科似乎突然对克罗斯比·韦尔斯生前的性格产生了如此强烈的好奇心；更奇怪的是，克罗斯比·韦尔斯，一个温和、普通、没有任何影响力的人，竟然与臭名昭著的弗朗西斯·卡弗有亲戚关系——或其他任何形式的关系！鲍尔弗简直不敢相信。然后，还有路上那个妓女的事。那件事只是巧合呢，还是与克罗斯比·韦尔斯的不幸死亡有着某种联系？为什么劳德柏科如此犹豫——直到刚才都在犹豫，不愿意谈论他碰见的这两件事?

鲍尔弗说话了，一半是为了把谈话进行下去，一半是为了阻止自己的想象力飘游，以免他的朋友遭受自己的无端指责，“所以你把那条三桅帆船卖给了卡弗——但你以为他的名字是韦尔斯——他还告诉你，顺便提一下，他有个兄弟叫克罗斯比，藏在某个地方。”

“我现在记不清了，”劳德柏科说，“那是将近一年前的事情。早就忘了。”

“但后来——一年以后，你又碰上了这个人的兄弟——刚刚咽气！”鲍尔弗说，“而且，恰巧在阿尔卑斯山脉的另一边……在一个你以前从未涉足的地方！这该有多离谱啊，难道不是吗？”

劳德柏科的语气十分倨傲，“只有软弱的人会相信巧合。”——这是他的脾性，每当有压力时，总是采取居高临下的态度。

鲍尔弗没有理睬这句格言。“化名卡弗？”他若有所思地说，“或化名韦尔斯？”他一边说话，一边观察着政治家。

“我们要再来一罐酒吗，劳先生？”奥古斯都·史密斯说。

劳德柏科敲了一下桌子，“对，再给我们来一罐。好的。”

“‘一帆风顺号’约两个星期前起锚，”鲍尔弗说，“它来回跑广州，是吗——茶叶贸易？所以一段时期内我们不会在这一带看见卡弗。”

“别再谈这个话题了。”劳德柏科说，“是我把名字搞错了。一定是我把名字搞错了。这没什么意义。”

“慢着。”鲍尔弗说着，脑子里突然闪出一个新的念头。

“什么？”劳德柏科问。

“也许会有意义。鉴于他的房地产销售已经受到诉讼。如果克罗斯比·韦尔斯有一个雪藏的兄弟，对于那个寡妇来说，可能大有意义。”

劳德柏科又颤巍巍地微笑着，“寡妇？”

“对呀。”鲍尔弗语气阴沉，刚要往下说，但劳德柏科急匆匆地开口了，“那小房子里没有女眷的迹象——毫无迹象。从所有的表象来看，他——

那个家伙——是单身生活。”

“的确。”鲍尔弗说。他刚要展开来细说，却又被劳德柏科打断，“你说这可能有意义——关于那个兄弟的消息。可一个人的钱总是要归他的妻子，除非遗嘱另有说明。这是法律！我不明白兄弟怎么就会有意义呢。我不明白。”

他把头朝客人偏过去。

“没有遗嘱，”鲍尔弗说，“问题就在这儿。克罗斯比·韦尔斯从未立过遗嘱。根本没人知道他到底有没有家人。他死了以后，他们甚至不知道往哪里送信——只知道他的名字，你瞧，没有家庭地址，甚至没有出生证明，什么都没有。所以他的土地和房屋都归还给了英帝国……当然，国家有权变卖，所以它就进入市场，第二天就卖掉了。我实话告诉你，这一带没有什么东西会滞销。可是后来，这笔销售记录的墨迹还未干，却冒出来一个老婆！而在那天之前，没有任何人知道关于这个老婆的一点蛛丝马迹——然而她捏着结婚证明——她给自己的签名是莉迪娅·韦尔斯。”

劳德柏科的眼睛暴突出来。现在，托马斯·鲍尔弗终于完全抓住了他的注意力。“莉迪娅·韦尔斯？”他几乎是耳语般地说。

奥古斯都·史密斯看看乔克，然后又移开目光。

“这是在星期四，”鲍尔弗一边说，一边点了点头，“法院在她的文件上找不出毛病——又把文件送往达尼丁，当然只为了认证。但事情有点蹊跷。这女人这么快就跳出来，要染指克罗斯比的房地产——而克罗斯比从未提到过她。还有一件事令人费解，这位夫人是一等一的典雅高贵。克罗斯比·韦尔斯何德何能，竟然娶了这样一位夫人——嘿！——这也太离奇了，我本人都愿意出钱买个谜底。”

“你见过她——莉迪娅——在这里？她在这里？”

这名字从他嘴里说出来感觉很熟悉，这么说他认识那女人，鲍尔弗心想，那么他也一定认识那个死了的男人。“对，”他大声说，小心谨慎地不让自己的怀疑表露出来，“从蒸汽班船上下来，星期四。她打扮得花枝招展，像真正的水手一样从梯子上挤下来。裙子打了结堆在肩膀上，手里提着灯笼内裤。裙箍与扣带统统暴露在外。我真想知道克罗斯比·韦尔斯是怎么把她这样的尤物弄到手的——我真想知道。”

劳德柏科似乎仍然处于震惊之中，“莉迪娅·韦尔斯，克罗斯比·韦尔斯的妻子。”

“是啊——那女人是这么说的。”鲍尔弗仔细研究着他的老相识，随即突然放下酒杯，身体前倾，“听我说，劳德柏科先生，”他说，把手掌压在两人之间的桌面上，“你好像心里憋着什么东西，没法敞亮地说话。你为什么不把它说出来呢？”

这个要求提得如此直截了当，终于打开了阿利斯泰尔·劳德柏科心中的一道闸门。劳德柏科和许多执政的男人一样，习惯于最高质量的、忠心耿耿的服务，极少有个人独处的时候，他往往只从功利角度考虑他的侍从。鲍尔弗无疑是个不错的家伙——生意上精明，性情爽朗放纵，谈笑风生——但他作为一个人的价值只等于他的职能价值，在劳德柏科的心里，鲍尔弗是可以取代的。除了对方身上最直接可见的品质，政治家根本不会花工夫去了解更多。

当统治者首次将他的臣民作为人看待时，一般都是一个秘密灵魂裸露的时刻——或许还不是作为同等人，但至少是个人，一个不能削减的人，一个拥有脆弱、热情，拥有真实的过去，以及未知的将来的人。阿利斯泰尔·劳德柏科现在感觉到这种裸露，心生愧疚。他看见鲍尔弗献上了友谊，自己却只接受他的帮助；鲍尔弗付出了善意，自己却只利用其中的好处。他转向他的两位助理。

“伙伴们，”他说，“我跟鲍尔弗有些男人之间的话要说。去吧，留我们独自待一会儿。”

奥古斯都和乔克从餐桌旁站起来（鲍尔弗心头闪过一丝竞争胜利的得意——这对他来说很不寻常，他看见他们俩一副垂头丧气的模样），没有说什么就离开了餐厅。他们走了以后，劳德柏科深深地舒了一口气。他给自己又倒了一杯酒，却没有喝，只是用双手的掌跟扶着酒杯，凝视着它。

“你怀念英格兰吗，汤姆？”他说。

“英格兰？”鲍尔弗扬起眉毛，“上一次踏足阳光明媚的英格兰时——唉，当年我头发还没变白！”

“当然，”劳德柏科满怀歉意地说，“你去过加利福尼亚。我忘记了。”他沉默了，暗暗自责。

“在这一带，人们总是谈论自己的家乡，”鲍尔弗说，“总忍不住认为失去的才是快乐的。”

“是啊，”劳德柏科声音很轻地说，“正是如此。”

“为什么，”鲍尔弗继续说，因为得到对方的肯定而深受鼓舞，“其实大部分小伙子都是一只脚踏在船上。一旦淘出些金粒子，马上就回去。他们干什么呢？谋一份生活，找个心上人，安顿下来——然后，他们又梦想什么呢？他们又希望什么呢？他们梦想着矿区！怀念将金色的矿石握在手里的时候！可是在这儿，他们所做的一切就是谈论家乡。他们的母亲、约克郡布丁、地道的腌肉，全是这一套。”他用酒杯底敲了一下桌子，“英格兰——那是家乡。你想念家乡，当然会想，可是你不回去。”

在等候政治家开口的时候，鲍尔弗打量着四周。已经过了早晨十点，吃饭的人群还没有开始陆陆续续地到来——他们很快就会来的，因为今天是星期六，下了一周雨之后的星期六。壁炉旁的男孩已经不见了，把热烙铁的架子也拿走了。厨师收起了他的扑克牌，正在砍骨头。洗碗工从他们的小隔间出来，开始摆放餐具，发出一片噪音。邻座的牧师依然喝着咖啡，早就凉了的咖啡。他的眼睛盯着手里拿的小册子，因注意力集中而噘起了嘴唇。显然，他丝毫没有注意到他的邻座——即便如此，鲍尔弗还是将椅子拉得更靠近劳德柏科一些，这样政治家就不必那么大声地说话。

“莉迪娅·韦尔斯，”劳德柏科说道，“是达尼丁一家商行的女主人，商行的名字我只能说一遍，如果你不介意的话。那地方叫众愿楼。真是个愚蠢的名字。我估计你听说过的。”

鲍尔弗点了点头，但只是轻轻地，暗示他对此既不是完全熟悉，也不是全然不晓。劳德柏科指的这家商行是一个最堕落的赌场，以高风险和舞女名声远扬。

“莉迪娅曾经是——是我在那个地方的相好，”劳德柏科继续说，“不涉及钱的问题。根本没有金钱交易——你必须明白这一点。因为这是实话。”他试图瞪着鲍尔弗，但是船运商把眼睛低垂下去。“总之，”劳德柏科过了一会儿说，“只要我去达尼丁，就会去拜访她。”

他等候着，激对方说话，但是鲍尔弗继续保持沉默。过了片刻，劳德柏科接着说道：

“唉，我最初来到你的办公室时，汤姆，你应该记得‘一帆风顺号’需要一个船长。你当时不要那条船，在那之后的几个月里，为了找到一个可信赖的人来租它，我遇到了很多麻烦。它那时就停泊在达尼丁。‘淑女号’需要堵缝，我也掏不出钱来修理‘美德号’，这你可能还记得。还要支付各种各样的账单。最后，我当机立断，将‘一帆风顺号’私下租给一个名叫拉沃斯的老兄，他要在澳大利亚与奥塔哥矿区之间开设航线。他曾是海军。当然啦，已经退休。他在克里米亚战争[①]中指挥过一艘护卫舰——在波罗的海——还把一枚维多利亚十字勋章拿出来显摆显摆呢。他什么地方都去过。常说如果他身后拖着一根绳子，那他可以给整个地球打个大花结。他因患痛风而获准离开海军——疾病严重到长期离休的程度，他反正也应该退了，但还没有糟糕到完全抛锚的地步。‘一帆风顺号’

---

① 克里米亚战争（Crimean War，1853—1856）是俄罗斯帝国与奥斯曼土耳其帝国、大英帝国、法兰西帝国以及萨丁尼亚王国联军之间的战争，发生在克里米亚半岛、巴尔干半岛、黑海与波罗的海，史称“第九次俄土战争”。但因其最长和最重要的战役在克里米亚半岛上爆发，所以通常又被称为“克里米亚战争”，结果为联军获胜。

正好适合他——他是一个老派的家伙，而那条船也像个古典的女人。

“之后我回到了长港[①]，有一阵子没有听到拉沃斯的消息。但我在南岛来来回回跑得很勤，当我再拜访达尼丁时，我发现自己遇上了麻烦，冒出一个丈夫来。莉迪娅有个丈夫，他在我离开的时候回家了。”

鲍尔弗眯起眼睛，“克罗斯比·韦尔斯？”

劳德柏科摇了摇头，“不是他。是你所说的那个叫卡弗的畜生。对我来说他是韦尔斯。弗朗西斯·韦尔斯。”

鲍尔弗慢慢地点了点头，“但是现在，这个女人却声称她是克罗斯比·韦尔斯的妻子，”他说，“肯定有人在说谎。”

“不管怎样——”

“不是在婚姻关系上撒谎，”鲍尔弗说，“就是在名字上撒谎。”

“不管怎样，”劳德柏科烦恼地说，“这不要紧——眼下还不要紧。你必须按事情的顺序听下去。回到当时，我甚至不知道莉迪娅已经结婚。她在赌场的时候，用的是闺名，你明白——她叫莉迪娅·格林韦，我从来不知道她的名字是莉迪娅·韦尔斯。当然，一旦丈夫出现，我就知道自己错了。我试图立刻退出。试图妥善地解决这件事。但那个家伙要拿我一把。我刚当上总督，是个市议员。我自己也是新婚不久。我得考虑自己的声誉。”

鲍尔弗点了点头，“他玩仙人跳。企图捞几镑外快。”

劳德柏科弯了弯嘴角，“没有那么简单。”

“唉——那可是长盛不衰的手段，”鲍尔弗说着，试图表示出一些同情，“玩弄每个人内心深处的恐惧，当然——到头来，搞得你几乎把敲诈勒索当成一种解脱。出血买断，从此两清，无非如此。这是纠缠在女人关系里最常见的。我猜他还告诉你那女人怀孕了。”

劳德柏科摇了摇头，“不是这样。”他继续盯着手里的酒杯，“他比那

---

① 长港（Akaroa，毛利语）是新西兰南岛坎特伯雷省班克斯半岛的一个小镇，位于基督城以东 84 公里处。

个狡猾多了。他没有张口要钱——或者要别的东西。至少没有立刻就要。他告诉我他是个杀人犯。”

壁炉台上的座钟敲响了，整点差一刻。邻座的牧师抬起头，拍了拍大腿，从裤兜里掏出他的怀表，校准了指针。他转动发条，扭动表盘，用餐巾擦拭怀表的表面，将它重新放回口袋里。然后他的注意力又回到小册子上，双手作杯状放在眼睛两旁，缩小视野以便更加集中精力，重新开始了阅读。

“他说这话时泰然自若，”劳德柏科说，“甚至很有礼貌。他告诉我有个家伙盯上了他，是被他杀死的那个人的哥们儿。他没有告诉我他杀了谁，或者为什么——只是说他因为杀人而被别人追踪。”

“有没有告诉你什么名字？”

“没有，”劳德柏科说，“根本没有。”

鲍尔弗皱起眉头，“你在这里面扮演了什么角色呢？我听起来就像是别人的纠纷，或者别人吹的牛皮。但是不管怎样，似乎都跟你毫无关系。”

劳德柏科靠得更近了些。“关键在这里，”他说，“他告诉我，我已经被标记成他的同伙，他的同谋。等那个复仇者追上他，取了他的性命之后……唉，然后，那人就会来找我了。”

“你被标记成同伙？”鲍尔弗说，“怎么个标记法呢？”

劳德柏科耸了耸肩，身体靠在椅背上，“具体怎样我也不知道。当然，我在赌场的时间不少——跟莉迪娅出双入对，东走西逛，可能早就被盯上了。”

“盯上是一回事，”鲍尔弗说，“可一个人怎么可能被打上标记，而自己却一无所知呢？打上标记——像是文身——自己还不知道！快说吧——故事只说了一半，劳德柏科先生！关键的地方在哪儿呢？”

劳德柏科显得有些尴尬。“唉，”他说，“你听说过一种闪光吗？”

“一种什么？”

“一种闪光。就是一片玻璃，或宝石，或一小块镜片，嵌入雪茄的一头。雪茄含在嘴里的时候，你还能非常容易地绕着它继续抽烟，就像这样，你根本看不见它。是赌徒用的东西。赌徒在赌博的时候抽烟，他把雪茄从嘴里拿出来，像这样，手里这样拿着这玩意儿，闪光就能给他照出其他玩家手中的牌。如果玩双打的话，也可以用它把自己的牌透露给同伙。这是一种老千。”

鲍尔弗拿着一支不存在的雪茄，张开食指与中指的指节，把胳膊伸向桌子的另一头。

“唉，”他说，“听起来像是低劣死了的骗术。太容易穿帮了！如果你把一手牌合上了怎么办，嗯？如果你把牌扣在桌上了怎么办？你瞧，如果我把胳膊伸到桌子那头，像这样……你就会把你的牌收回去，是不是？没错——你肯定会缩回去的！”

“不要介意细节，”劳德柏科说，“关键是——”

“危险而愚蠢的做法。”鲍尔弗说，“雪茄头上卡了一小块镜片，他用什么借口来做解释呢？”

“关键是，”劳德柏科说，“唉，不要介意细节，关键是那个韦尔斯——我说的是卡弗——说他在我身上做了闪光。”

鲍尔弗依然弯曲着他的手腕，摆动着胳膊肘，眯眼看着手中无形的雪茄。此刻他停下来，攥起拳头，“意思是说，用某种方法偷看你的牌。”

“但我不知道到底是什么，”劳德柏科说，“我至今不明白。这都快把我逼疯了。”他伸手去拿那罐葡萄酒。

鲍尔弗脸上带着一副怀疑的神情。这是用的什么操纵伎俩呢？隐约提到复仇，没有确切的名字，没有前后关系，一些关于赌徒作弊的胡扯？也算不上敲诈勒索。显然，劳德柏科依然在隐瞒什么。他点头表示劳德柏科可以给他倒酒。

劳德柏科把酒罐放回桌上后，继续讲述。“他离开之前，”他说，“提了一个要求，唯一的一个要求。拉沃斯的‘一帆风顺号’上缺一个人手——已经在报纸上登了广告，韦尔斯得知了这条消息。”

“卡弗。”

“对，卡弗得知了消息。他问我是否愿意替他说句话。他早晨要去码头应聘，直接提出要我帮忙。”

“你照他要求的办了？”

“是的。”劳德柏科语气沉重地说。

“也许你身上又多了个闪光。”鲍尔弗说。

“你这是什么意思？”

“你们俩之间，嗯——因为那条船——又添了另外一层关联。”

劳德柏科思忖了一会儿，似乎非常懊丧。“是啊，”他说，“可我能怎么办呢？他吃定我了。”

鲍尔弗突然对对方产生了极大的同情，他为自己先前的心情不佳而后悔。“是啊，”他说，态度温和了些，“他吃定你了。”

“从那以后，”劳德柏科继续说，“什么事都没发生。绝对没有。我回到坎特伯雷。我等待着。一直想着那个该死的闪光，想得心脏都快停止跳动了。我承认我真希望那个卡弗被人干掉——那个恶棍能抓住他，这样我就能在那家伙来找我之前知道他的名字。我每天都看《奥塔哥见证人》，希望能在死人名单上看见那浑蛋的名字，愿上帝原谅我。但是什么事都没有发生。

“大约一年以后——也就是将近一年前，大概是去年二月，三月——我收到一封信。一份来自丹福斯船运的年度收据，上面写着我的名字。”

“丹福斯？杰姆·丹福斯？”

“正是，”劳德柏科说，“我从来没跟丹福斯做过船运——没有私人货运——但我当然认识他，他租了‘一帆风顺号’的部分船舱运货。”

“偶尔也用‘美德号’。”

“是的——偶尔也用‘美德号’。好吧，我查看了收据。发现‘一帆风顺号’在劳德柏科名下经常有船运货物，穿梭于塔斯曼海航线。我的名字反复出现在跨越塔斯曼海的西行航线上——每次航行都是那里，发货人丹福斯，载货者‘一帆风顺号’，船长詹姆斯·拉沃斯，个人物品，标准体积，由阿利斯泰尔·劳德柏科全额支付。实话告诉你吧，我浑身的血都凉了。我的名字，白纸黑字地写在上面，那一连串的数字，一直往下排。

“应付金额为零英镑，分文不欠。记录显示，每个月的账都是现金付讫。你明白吧，有人利用我的名字，不惜花费，策划了整桩买卖。我迅速检查了一下自己的资金，没有任何损失，肯定没有八十、九十英镑运输费那样的大笔支出。这类的慢性流失，无论来自什么地方，我肯定会注意到的，可是没有。这里面大有文章。

“我一抽出身来，立刻前往达尼丁，想亲自探个究竟。那是——大概是四月吧，也许是五月，早秋的某个时候。到达达尼丁时，我甚至没有上岸。直奔‘一帆风顺号’。它下了锚，用缆绳固定在码头上，摆放好了舷梯。我上了船，没有碰见一个人。我当然打算跟拉沃斯谈谈——可是哪儿都找不到他。后来在前甲板上，我发现了韦尔斯。”

“卡弗。”

“我是说卡弗。是的，他独自一人，一手拿着警哨，一手握着一把手枪。他告诉我，他能在任何时候吹响口哨。港长办公室离我们站的地方只有五十码远，底舱口大开着。我保持沉默。他告诉我，‘一帆风顺号’上有我名下的一只货运板条箱，书面文件证明我的名字与去年一整年每月一次的航运相关。一切合法，一切都有记录。在法律看来，我已经为这项航运支付了一年的费用，不断往返于墨尔本，我找不到任何证据反驳这些事实。好吧，那么箱子里装的是什么呢，我问。女人的时装，裙子，一堆晚礼服，他说。

“为什么是衣服，我问。他冲我一笑——那笑容真难看——然后说，哎呀，劳德柏科先生，你过去一年每个月都从墨尔本运来最时髦的时装！你一直宠养着你那可爱的情妇莉迪娅·韦尔斯，一直都是，还有呢，全都记录在文件上。箱子每次运达墨尔本后，便送到伯克街的一家裁缝店——顶级的，你知道——箱子每次从那里运出，都装满了在地球这一面用金钱能买得到的最精美的绫罗绸缎。你，劳德柏科先生，真是一个非常慷慨大方的人。”

劳德柏科的声音已经变得苦涩。

“可是，这只货运板条箱怎么会注册在我的名下呢，我问他，他听了大笑一场。他告诉我，达尼丁的每只老鼠都认识莉迪娅·韦尔斯，知道她是靠干什么吃饭的。她只要告诉那个老杰姆·丹福斯我在包养她，但千万不要用她的名字，出于对我那可怜的老婆的尊重！那家伙就相信了她，把货运都注册在我的名下。莉迪娅支付了现金，说那钱是我的——没人跟我提过一个字。他们以为这样做是为了谨慎起见，你知道，以为这是为我做了一件该死的好事，没把他们作为基督徒的判断表露出来。

“但是，这还不到故事的一半呢。事情远远不止那些女人的时装那么简单。这一次，他说，箱子里除了长裙还有别的东西。我问他是什么。他说是横财，偷的，全是金矿石。是从谁那儿偷来的，我问。他回答，从您的真诚的[①]我这里偷来的，是我自己的老婆莉迪娅·韦尔斯偷来的——然后他大笑，因为那当然是谎言的一部分，他们是串通合谋的，两人合伙。嗯，他准备如何处置这大量的金矿石，我问他，他告诉我，他在北上邓斯坦那里有一块认领区。经申报过吗，我问，他说没有。没有申报就意味着没有交税，意味着这次货运是违法的——至少将会违法，如果‘一帆风顺号’第二天如期扬帆起航的话。

“现在，站在前甲板上，卡弗让我好好考虑考虑。我从全局高度考虑整个事情。看上去似乎我长期躲在那个丈夫背后，追求他的妻子做我的情妇。那是有证据的。似乎我从那个男人那里偷了大笔钱财，现在正想法子把金子运出去。看上去似乎是我筹划了这整个勾当，让他家破人亡，人财两空。那是通奸、偷窃，甚至共谋犯罪。那些没有申报的金子便是

① 您的真诚的（Yours truly），通常是写信人的礼貌落款，在这里既是说话人的挖苦讽刺，又是一个伏笔。

铁证如山。我将面临的罪状涉及违反海关规章、逃税、非法贩运。估计够得上终身监禁了——我这一辈子都要搭进去了，托马斯。一辈子都要搭进去了。所以我问他到底要什么，终于，他亮出了底牌。他要那条船。”

“他当时是个称职的水手吗？”

“是的。他在拉沃斯的手下工作，但他要拉沃斯滚蛋。他已经计划好了一切：我如何在当晚解雇拉沃斯，如何解除船员的合同，将船的拥有权明确地全部签给他。这是一种侮辱，你明白的。我哈哈大笑。我说没门儿。但是他拿着那该死的口哨，假装要把港长叫来。”

“您有没有要求看看箱子里的金子？”鲍尔弗说，“您怎么知道他不是在吓唬你？”

“我当然要求看了，”劳德柏科说，“这些我们都做了。哼，他把一切都准备得很周到——这我倒必须夸他一句！箱子里共有五条裙子。每条都是上个季节的时装，跟他说的故事相符，送往墨尔本的裁缝店。可是你听清楚！那金子可不是随意地放在箱子里，被压在裙子底下，而是缝在裙子的接缝中。是莉迪娅本人缝的，毫无疑问，她有双做针线活的巧手。你根本猜不到，直到你把衣服举起来，才感觉到重量不对。但是你知道，海关人员恐怕不会自找麻烦这么去做——除非有人给他们通风报信，知道在哪里搜查。你打开箱子，甚至动手翻找的时候，只看见一堆衣服，别的什么都没有。是的，这是一个非常狡猾的计划。”

“等等，让我脑子转过这个弯来。”鲍尔弗说，“如果那条船如期起航……”

“那么卡弗就会碰巧看见那只箱子，假装事先根本不知道它的存在。他会把箱子拿给拉沃斯看，假装愤怒，醋性大发，质问缘由。毕竟那都是他妻子的衣服——而文件上写着我的名字。他会以偷窃、通奸、违反海关规定等为理由，让我去吃官司。‘一帆风顺号’无法离港，在驶出港湾前就会被勒令掉头。然后法律就来找我——把我押走。”

“但是……如果真是那样，执法人员被叫上来……您完全可以把一切都推到莉迪娅·韦尔斯头上，”鲍尔弗说，“她肯定会被抓进监狱——”

“嗯，对，她肯定会的。”劳德柏科打断了对方的话，“但我不能拿我的自由冒险，仅仅为了让她得到报应！他们两人一定会联起手来攻击我，如果这桩糊涂官司被闹上法庭，肯定会给莉迪娅赢得极大的同情——因为她弃暗投明，你明白的，因为她悔过自新，站在了她的合法丈夫一边，如此等等。”

“如果那人的确是她的合法丈夫。”鲍尔弗指出，“现在看来，克罗斯比·韦尔斯——”

“是啊，是啊，”劳德柏科没好气地说，“可我当时不知道这个嘛，是不是？别告诉我当时应该做什么，应该怎么做。我无法忍受。游戏自有游戏的玩法。”

“唉，”鲍尔弗说，身子往后一靠，“我晕了。”

“他把我弄得很烦。”劳德柏科摊开双手，做出一个失败的手势，“我把船签给了他。”

鲍尔弗想了一会儿，“那天晚上拉沃斯在哪里？”

“在那该死的赌场里，”劳德柏科说，“享受他一生中最美好的夜晚，毫无疑问，有莉迪娅·韦尔斯在他身旁，给他的骰子吹气，祝他好运！”

“这个秘密他也有份吗？”

“我不这么认为，”劳德柏科说，摇了摇头，“他那天晚上请假上岸休息——有一个海军的活动，官方的事。没有什么可疑迹象。事后，我也没有产生过异样的感觉。”

“他现在在干什么？”

“拉沃斯？为那该死的‘泰晤士精神号’掌舵，无聊得像一只被关在车厢里的老虎。那人受不了蒸汽船。他很生我的气。”

“他现在知道了吗？”

劳德柏科看上去很愤怒。“我是个公众人物，”他说，“你知道，如果让任何人听闻此事，我就完蛋了。他知道吗？他当然不知道！”

鲍尔弗看得出来，劳德柏科突然为自己的故事感到焦虑。对这件事的叙述，重新唤起了他被愚弄的耻辱。

“可那条船的出售，”鲍尔弗过了片刻说道，“是众所周知的——已经印在报纸上了。”

劳德柏科骂了一句。“嗯，是的，”他说，“报上说，我把那条该死的船卖了个好价钱，纯金支付。当然我一分钱都没见到。金子就躺在那个该死的箱子里，第二天随‘一帆风顺号’启航前往墨尔本，到岸后箱子被提走——过去一年中月月如此。然后，不用说，金子就消失了。我无能为力，眼睁睁看着世界变成地狱。天知道那些金子如今在哪里。另外，他还把那条船弄到了手里。”

劳德柏科愤怒地摆弄着调味瓶架子。

“箱子里金子的实际价值是多少——您估计？”

“我不是探矿者，”劳德柏科说，“但根据长裙的重量，我估计至少值几千英镑。”

“您再也没有见过那些金子。”

“没有。”

“也没听别人提到过。”

“没有。”

“您后来又见过那个女孩——莉迪娅·韦尔斯吗？”

劳德柏科粗暴地大笑，“莉迪娅·韦尔斯不是女孩，我不知道她是什么——反正不是女孩，托马斯。她不是女孩。”

但他没有回答鲍尔弗的问题。

“您知道她就在这里——在霍基蒂卡。”鲍尔弗提醒他。

“你提到过的。”劳德柏科沉着脸说，然后就闭口不言了。

谄媚是一头多么奇怪而顽固的野兽啊！如此突然地昂起它的头，扯断作茧自缚的禁锢缰绳！鲍尔弗对面前这个男人的崇拜——曾经很容易使他感到急躁——而现在猛然间变成了鄙视。失去了这么多——只为了一个情妇！为了另一个男人的妻子！

鄙视，虽然给人吹毛求疵的狂妄，但毕竟是一种可以容纳某种理智的情绪。托马斯·鲍尔弗看着他的朋友喝干了杯中的酒，打响指又要了一轮，他心生蔑视——然后，蔑视转为不信任，不信任变成了敏锐的洞察力。劳德柏科故事中的某些部分依然不合情理。克罗斯比·韦尔斯的不合时宜的死亡是怎么回事？这个巧合劳德柏科还没有做出解释——正如他还没有解释为什么相信卡弗与韦尔斯竟然是兄弟！莉迪娅·韦尔斯冲到霍基蒂卡来要求她的合法继承权，在韦尔斯去世后马上就赶到了，以至于港长半开玩笑地问道，霍基蒂卡的邮局是否已经安装了电报设施？鲍尔弗毫不怀疑对方没有告知事情的全部真相，然而，他不知道这种隐瞒的原因何在。劳德柏科在保护谁？只是他自己？还是另有别人？

劳德柏科的目光变得犀利。他身体前倾，用食指戳着桌子。“你知道，”他说，“我有一个想法，是关于卡弗的。如果他的名字真的是卡弗，那条船的销售便无效了。你不能冒其他人的名字签约。”

鲍尔弗没有回答。他对劳德柏科有了新的评判，有了突然产生的怀疑，这使他们中间拉开了一段距离，他依然在发愣。

“即便他的名字真是韦尔斯，”劳德柏科补充道，神情更加明快了，“即便那是真实的，莉迪娅也不能同时嫁给两个男人，对不对？正如你说的，要么是在婚姻关系上撒谎，要么是在名字上撒谎！”

一个男孩又端上一罐葡萄酒。鲍尔弗拿起来往酒杯里倒。“除非，”他一边倒酒一边说，“不是同时发生。她可能跟那个人离了婚，然后嫁给他的兄弟。”

他谨慎地用了“兄弟”一词，但劳德柏科对这种新的可能性感到非常激动，没有注意到他的语气。“即便是那种情况，”他说，“如果卡弗的名字真是卡弗，那么他的签名就是假的，帆船的销售就属无效。我告诉你，托马斯，无论哪种情况，我们都拿住了他。无论哪种情况，我们都利用他自己的谎言拿住了他。”

这种宽慰令他变得有些鲁莽。鲍尔弗说："那么——您要出去抓他，现在？"

劳德柏科的眼睛闪闪发亮。"我要揭穿他，"他说，"我要揭穿弗朗西斯·卡弗，把'一帆风顺号'夺回来。"

"那个复仇者怎么办呢？"鲍尔弗说。

"谁？"

"追踪卡弗的那个家伙。那个在您身上装了闪光的家伙。"

"再没听到任何消息，"劳德柏科说，"估计全是他捏造的。"

"您的意思是他没有杀人？"鲍尔弗轻声说，"您说他不是一个杀人犯？"

"他是个恶棍，没错。"劳德柏科用手捣着桌子，"一个恶棍，骗子！还是个贼！但是我要抓住他。我要让他付出代价。"

"那选举怎么办？"鲍尔弗说，"卡罗琳怎么办？"（卡罗琳是劳德柏科妻子的名字。）

"我不必拿这一切去冒险，"劳德柏科轻蔑地说，"我可以私下进行。在合同上抓住他，勒索他——以其人之道反治其人之身。让他尝尝自己酿的苦药。"

鲍尔弗摸摸自己的胡子，看着对方，"嗯，好吧。"

"卡弗很可能已经把他那份销售合同销毁了，如果那是谎言的证据……我想，为了安全起见，我必须把我那份做个公证。"

"嗯，好吧，"鲍尔弗又说了一遍，"也许我们应该一步步来。"

可是劳德柏科兴奋地向前探着身子。"没有必要——我可以立刻开始！"他激动地说，"我知道那份合同在哪里。收在我的箱子里了，就在你替我照看的那只货运板条箱里。"

鲍尔弗感到胃里紧缩了一下，脸一下子涨得通红。他张开嘴要回答——随即又胆怯地闭上了嘴。

"'美德号'已经到港又离开了吧？"劳德柏科说，"我想，你估计它上个星期到达。”

鲍尔弗的耳朵里突然轰轰地响。他应该在两人刚刚独处的时候，就把丢箱子的事和盘托出。愚蠢！他在内心大喊，愚蠢！他怎么就不能将真相直截了当地告诉劳德柏科呢？货运箱的消失不是哪个人的错——只是个意外事故，很可能是文件弄错了——箱子早晚会出现的，在某种预想不到的情形下……也许外部有点受损，但无大碍。劳德柏科肯定能理解这一点！只要他平静而坦诚地交代一切——只要他承认错误。

可是，鲍尔弗的心脏颤抖了一下。劳德柏科故事中的那只箱子——那只装满女人裙子、一年中每个月都横跨塔斯曼海航行的箱子——和这只装着劳德柏科个人物品（包括那份欺诈合同）、最近刚从霍基蒂卡码头消失的箱子，其中一定有某种关联。一定是这样，因为鲍尔弗从业这么多年，从没有错放过一只货运箱，也没有丢失过！他的心开始怦怦地剧烈跳动。弗朗西斯·卡弗以前敲诈过这位政治家，也许他这是故伎重演！也许是卡弗偷走了那只货运板条箱！此人非常熟悉霍基蒂卡的码头，毕竟……

劳德柏科垂下眼睛看着桌子，找一口冷食，他还没有注意到鲍尔弗神情的变化，也不知道鲍尔弗脑海里正在考虑的这种新的可能性。“‘美德号’是否已经跨海到达？”他又问了一遍，没有丝毫不耐烦。

“没有。”鲍尔弗说。

房间似乎因这个谎言而变得逼仄。

“还没有到？”劳德柏科说。他在乔克·史密斯留下的盘子里找到一块苍白的洋葱，丢入口中。“也就是说我骑马战胜了自己的飞箭式帆船！我真没有料到！但愿海上没有翻船事故吧？”

他的幽默感几乎全部恢复了，甚至表现得有点轻佻。复仇的希望好似给他精神上打了一针兴奋剂！

“没有。”鲍尔弗又说了一遍。

“也就是说，它还在运输途中？”

鲍尔弗停顿了不到半秒，说道："对——还在运输途中。是这样的。"

"它是从达尼丁出发向西航行的，是不是？还是往北穿越海峡呢？"

鲍尔弗浑身冒汗。他看着劳德柏科嚼东西时运动的下颚。最后，他选择了那条费时较长的路线，"北上，穿越海峡。"

"哦，好吧。"劳德柏科说着，把食物咽了下去，"这些事由不得个人意志，我想。尤其是船运行业。但船一旦到港，你就会通知我——对不对？"

"对——当然。是的，我会的。"

"我很期待。"劳德柏科说，犹豫了一下，"我说——汤姆——还有一件事。你必须明白，我今天早上告诉你的事——"

"属于绝对机密，"鲍尔弗脱口而出，"不会告诉任何人。"

"我的竞选正在节骨眼儿上……"

"这不必说，"鲍尔弗摇了摇他的头，"这是不必说的。保守秘密。"

"好样的。"劳德柏科将椅子向后一推，双手在膝盖上拍了拍，"好了，"他说，"可怜的乔克，可怜的奥古斯都。我真是太失礼了。"

"是啊——可怜的乔克，可怜的奥古斯都，是啊。"鲍尔弗说，用手示意劳德柏科可以离开——而劳德柏科从牙缝里哼唱着，早已经伸手去拿外衣了。

托马斯·鲍尔弗的心脏快速跳动着。他不习惯说谎之后产生的那种可怕的压迫感，说谎者逐渐明白，脱口而出的谎言将会永远把他束缚，他必须继续撒谎，在第一个谎言上添加数不清的小谎言，被关闭在自己的错误里，孤独沉思。鲍尔弗将戴着假话的脚镣，直至找回那只货运板条箱。他需要尽快找到它——不能让劳德柏科知道，更别指望他能帮忙。

"劳德柏科先生，"他说，"我想您应该去扮演一阵政治家的角色。去跟人握握手，您知道的，扔扔骰子，玩玩保龄球什么的。在剧场消磨一个晚上，把这一切抛在一边。"

"那你呢？"

"我会到码头上去，到处打听打听。看卡弗要干什么，去了哪里。"

一丝忧虑的阴影在劳德柏科脸上掠过，“你好像说他去广州了。你刚才不是这么说的吗？茶叶贸易？”

“但我们应该确认一下，”鲍尔弗说，“应该有所准备。”他正在想那只丢失的货运板条箱，考虑它可能被弗朗西斯·卡弗偷走的这种新的可能性。（但是，弗朗西斯·卡弗有什么必要对阿利斯泰尔·劳德柏科实施两次报复呢——第一次的勒索不是已经顺利完成了吗？）

“谨慎行事，”劳德柏科说，“谨慎行事——当你四处打听的时候。”

“不必担心，”鲍尔弗说，“吉布森码头的伙计们都认识我，您记得我跟‘一帆风顺号’做过很多货运。不管怎么说，最好是我去而不是您去。”

“是的——最好是你去，”劳德柏科说，“是的，好吧。那么你去吧。”他点了点头。

事实上，阿利斯泰尔·劳德柏科作为一个有手段的人，习惯于用这种方法委派工作。他并不觉得鲍尔弗奉献出星期六来处理他人的事务有什么奇怪。他没有停下来想一想，鲍尔弗将自己与一个通奸、勒索、谋杀和复仇的故事搅在一起，是否会对其名誉有损，也丝毫没有考虑鲍尔弗是否应该得到某种补偿。他只感到松了一口气。一种看不见的秩序得到了恢复，如同每天早晨保证煮蛋摆上桌、餐具被收走的那种秩序。他用手指将领结弄得丰满一些，从桌子旁站起来，一副精神焕发的样子。

鲍尔弗轻声地说：“我想，您应该避开莉迪娅·韦尔斯。只因为——”

“当然，当然，当然。”劳德柏科说。他左手拿起自己的手套，右手伸出去握鲍尔弗的手，“我们会抓住那个浑蛋的，是不是？”

突然间，鲍尔弗意识到，劳德柏科完全知道弗朗西斯·卡弗安插在他身上的闪光是什么性质。他无法解释他是如何顿悟的——但是突然之间，他明白了。

“是的，”他说，非常坚定地握着劳德柏科的手，“我们会抓住那个浑蛋，后会有期。”

火星在射手座

考埃尔·德夫林留下糟糕的第一印象；泰老·老居开价提供信息；查理·弗罗斯特满腹狐疑；我们得知弗朗西斯·卡弗多年前被判定的罪名。

如果一个烦躁不安的人，在受到影响的情况下，受托为他人破解一个谜，这个人会马上欣然地、毫无保留地运用自己的能量。但是，托马斯·鲍尔弗被分配的这个项目不是自己设计的，因此他的能量持续的时间变得很短。他的想象力败给了急躁，乐观变成了极度地忽视怠慢。刚抓住一个想法，顷刻间又把它放弃，只因为这个主意对他来说已不再新颖，他同时朝四面八方出击。这绝不是心浮气躁的标志，恰好相反，这说明这种性情的人习惯于付出最真诚、最好奇的热情，不会接受任何形式的虚伪——然而这样一来，进展就受到了某种阻碍。

鲍尔弗准备从桌子旁站起来，离开宫殿旅馆，这时他突然觉得把那半罐上好的葡萄酒留下实在太可惜了。他把最后的酒全部倒进自己的酒杯，端到唇边——这时，从酒杯口的上方，他看见邻座的那位牧师已经抛开手里的小册子，交叉起了十指。他正关切地注视着鲍尔弗。

好像是个偷窃的孩子被逮了个正着，鲍尔弗放下酒杯。

“牧师。”他说。（反省一下，这个时辰喝醉的确是太早了点。）

“早上好。”神职人员回答道，听他的口音，鲍尔弗立刻知道他是爱尔兰人。他开始放松下来，允许自己放浪不羁。他重新拿起自己的酒杯，使劲儿地喝。

牧师说：“我想，你的朋友是个幸运的人。”

他有一张多么不幸的脸啊——一张永远长不大的娃娃脸，鼓鼓的嘴，向外噘着的下唇，好像发育不良的玉米粒般的牙齿。可以设想他穿着短裤与绑腿，大嚼大咽一块油滴面包[①]，身上背着一捆书，是用父亲的旧皮带扣在一起的，他吃东西的时候，皮带的一头拍打着他的腿。而他已经年过三十，也许四十岁了。

鲍尔弗眯起眼睛，“不记得我们刚才的话是说给你听的。”

男人低下头，似乎自知理亏。“是啊，的确如此，”他说，“也不是说给其他任何人听的。”

“什么意思，愿闻其详？”

“我只是说，不应该让任何人从偷听坏消息中获利。更别说是神职人员了。”

“你称这是坏消息？你刚才好像说他很幸运。”

“因为有你而幸运。”牧师说。鲍尔弗脸红了。

“你知道，”他愤怒地说，“不能因为听起来像个秘密，就把它当成忏悔，而且你是偷听到的。”

“你这样区分十分正确，”牧师依然是一副愉快的口气，“但我不是故意偷听你们说话的。”

“至于你是否故意——至于你出于什么意图，什么目的，谁知道呢？”

“你们说话的声音很大。”

“我的意思是，谁知道你的意图呢？”

“至于我的意图，恐怕你必须相信我的话——或相信我的长袍，如果

① 油滴面包（bread and dripping）是爱尔兰贫困时期穷人的典型主食，将动物副产品烹制的浮油浇在面包上吃。

我的话还不够充分。”

“相信你话里的什么，你长袍里的什么？什么充分不充分的？”

“相信我不是故意偷听，”牧师耐心地说，“相信我能保密，如果要求我保密的话。”

“好，”鲍尔弗说，“确实要求你保密。我现在就要求你。绝对不许提及幸运和坏消息。那是你的说法——不是你听到的话。”

“你说得对。我真心道歉。”

“多此一举。我不领情。”

“我真的很抱歉。我会保持沉默的。”

鲍尔弗挥了挥手指，“你不能再提它了，因为我对你提了要求——而不是因为忏悔规则。要知道这不是忏悔。”

“是的，是的，我们对此意见一致。”他换了一种语气补充道，“不管怎么说，忏悔只是天主教的做法。”

“你不就是天主教徒嘛。”突然间，鲍尔弗感觉醉得厉害。

“自由卫理公会教徒。”神职人员一点也不气恼地纠正道，但随即作为一种温和的谴责，又补充了一句，“你知道，你无法根据一个人的口音猜出他的来历。”

“是爱尔兰人嘛。”鲍尔弗傻乎乎地说了一句。

“我父亲的家乡是蒂龙郡[①]。我来这里之前住在达尼丁；在那之前，我住在纽约。”

“纽约——哈，那可是个好地方！”

牧师摇了摇头，“处处都是好地方。”

鲍尔弗迟疑了。受到这句责备后，他感觉不能再谈纽约这个话题——但又想不起来说些别的什么，除非是他已经禁止这位牧师谈论的话题。他闷闷不乐地坐了一会儿，然后说道：“你逗留在这里？”

“这家旅馆？”

① 蒂龙郡（County Tyrone）位于现北爱尔兰中西部。

“对。”

“不，事实上我的帐篷被水淹了，我利用吃早餐躲雨。”牧师说。他张开手，指了指面前早就凉透了的残羹剩饭，“你看我在这里吃了很长时间，尽量利用这个庇护所。”

“你没有教堂可以去吗？”

这是一个很不礼貌的问题，鲍尔弗其实已经知道答案，因为当时在霍基蒂卡只有三座教堂。但是，他感觉被这个人莫名其妙地挫败了，以一种他说不清楚的方式。他希望夺回优势——确切地说，不是要侮辱对方，只想打击一下他的势头。

牧师只是微笑，显露出那些细小的牙齿。“还没有。”他说。

“从来没有听说过自由卫理公会。我想这是新教的一种。”

“新的实践，新的政体，”这位男人再次微笑，“但是当然啦，依然是那套旧学说。”

鲍尔弗心想，他倒是踌躇满志。

“我想你是来这里传教的，”他说，“要让异教徒皈依。”

“我注意到你做出很多假设，”牧师说，“你总是提出一个问题，又自以为是地给出一个回答。”

但是托马斯·鲍尔弗不会乐于接受这类评论，关于自己的思想形成，他不会接受任何教导。他将椅子从桌旁推开，表示要离开了。

“回答一下你的提问吧，”在鲍尔弗伸手拿外衣的时候，牧师继续说道，“我将担任海景新监狱的牧师。但是要到竣工以后。”——他拿起那本小册子，拍在另一只手的手掌里，像是在做解释——“我是一个神学学生，仅此而已。”

“神学！”鲍尔弗把双臂伸进外衣的袖筒里，“知道吗，你应该阅读点儿比那更管用的东西。你即将进入一个地狱般的教区。”

“即便如此，都是神的子民。”

鲍尔弗含糊地点点头，准备离开。突然，一个新的想法涌上心头。

“如果你把它称为坏消息，”他说，“我敢打赌你刚才已经听了很长时间。”

“是的，”牧师谦卑地说，“确实如此。有一个名字吸引了我的注意力。”

“卡弗？”

“不，是韦尔斯。克罗斯比·韦尔斯。”

鲍尔弗眯起眼睛，“克罗斯比·韦尔斯对你意味着什么？”

牧师犹豫了。说实在的，他根本不认识克罗斯比·韦尔斯——然而自从两星期前那个人死了以后，牧师满脑子里想的都是他，一直在琢磨他死亡的详细情形。停顿片刻后，他承认自己有幸为韦尔斯掘墓，当棺材被放入墓穴时，为他主持了最后的仪式——但这个回答并没有令托马斯·鲍尔弗感到满意。船运商对这位新交依然摆出一副不信任的表情，他的眼睛眯得更细，牧师（平常在怀疑的审视下总是泰然自若）突然退缩，垂下了目光。

这个牧师的名字——穆迪约九个小时之后发现——叫考埃尔·德夫林。他乘飞剪式帆船“美德号”到达霍基蒂卡，正是由鲍尔弗船运公司租赁并经营的那条船，除了运输五花八门的船客、木材、铁材、紧固零件、许多罐油漆、各类干货、几箱家畜、大批布匹之外，还有现在已经失踪了的、装运阿利斯泰尔·劳德柏科行李的那只板条箱，那箱子里装着“一帆风顺号”销售合同的副本。“美德号”比阿利斯泰尔·劳德柏科本人早两天抵达霍基蒂卡。考埃尔·德夫林牧师首次抵达霍基蒂卡，时间是克罗斯比·韦尔斯死亡的两天前。

他刚上岸，就到警察营地报到，那里监狱的监狱长乔治·谢泼德马上就给他派了工作。德夫林的公务要等霍基蒂卡的新监狱落成以后才开始，其地址是在海景高坡上，但是，这段时间德夫林可以在警察营地效力，协助临时监狱的日常管理，目前这里关押着两个女人和十九个男人。德夫林要教导他们每个人敬畏上帝，在他们任性的心灵中灌输对牢不可撼的法律的恰当尊重——至少狱守[①]是这么说的。（德夫林很快就发现，他与谢泼德对教育学有着截然不同的感觉。）德夫林简单地参观了警察营地，赞扬了它的管理风格，询问他是否可以每天晚上住在监狱里，以便与罪犯同寝同食。狱守对这个提议十分反感。他没有明确拒绝德夫林的询问，但停顿片刻后，用他苍白干燥的舌头舔了一下嘴唇，然后建议德夫林最好在霍基蒂卡的诸多旅馆中找个住所。谢泼德接着警告牧师，他的爱尔兰口音可能会招致英国人的派别歧视，而他的爱尔兰同胞则期望他的天主教的理性愿意对他们网开一面。最后，他建议德夫林选择同伴时要仔细甄别，选择字眼时更是要谨慎推敲——大言不惭地讲完这些，他欢迎德夫林来到霍基蒂卡，然后立刻跟他道早安告别。

但是，考埃尔·德夫林没有足够的资金支撑他在旅馆住上几个月，再者，他也不习惯纵容别人对派别表现出的负面情绪。他没有听取谢泼德的建议，也没有留意他的警告。他购买了一顶标准的矿工帐篷，在距离霍基蒂卡沙滩五十码的地方把它支了起来，在帐篷的布口袋里装满石头压重。然后，他回到雷维尔街，在他能找到的最拥挤的旅馆里买了一杯淡啤酒，开始逢人便介绍自己，无论是英国人还是爱尔兰人，一视同仁。

实际上，考埃尔·德夫林是一个靠自我奋斗成功的人——但是因为这个词极少用来描述神职人员，所以我们应该澄清一下它的用法。牧师眼下正陷入那种想入非非的状态中，脑海里浮现出未来那个无忧无虑的自我，那是他立志有朝一日要实现的画面。他的神学也遵循这个模式，他是个满怀希望的信徒，对许多门徒讲述一个乌托邦的未来，一个没有贫困的世界。他说话的时候，随意地将占卜语言与梦幻语言互相交换，在考埃尔·德夫林心中，在他希望感知的现实与不甚如意的现实之间，并不存在冲突。这种志趣，换在别人身上，可以叫野心，但德夫林的自我形象是坚不可摧的，甚至是神话般的，他很早就确定了自己不是个有野心的人。可以预料，他经常会故意装聋作哑，往往忽视人性中较为严

① 狱守与监狱长在本书中交替出现，实际均指乔治·谢泼德。

酷的事实，而偏爱浪漫的奇思妙想和丰富想象。要说这两种能力，德夫林真是个高人。他是个优秀的说书人，因此也是一位优秀的牧师。他的信仰，如同他的自我形象一样，是完整、平和的，几乎是心灵感应的表达——这些特性偶尔使他显得十分踌躇满志，对此鲍尔弗已经观察到了。

一月十四号夜里十一点——阿利斯泰尔·劳德柏科到达霍基蒂卡的那天晚上——考埃尔·德夫林正盘腿坐在霍基蒂卡监狱的地板上，给囚犯们讲圣徒保罗的故事。大约日落时分，天开始下雨，牧师决定晚点回去，希望倾盆大雨只是暂时的一阵——因为他在霍基蒂卡初来乍到，还不知道西海岸气候顽固的持续性。监狱长仍在私人书房里伏案工作，他的妻子已经入寝。囚犯们大多没睡。他们刚开始是出于礼貌听德夫林布道，然后便有了真正的兴趣。此刻，他们在牧师的鼓励下，正在表达自己的宣言和人生观。

德夫林正在考虑是否应该冒雨离开，回去过夜。突然，院子里传来一声大喝，门上重重地响了一声。狱守被惊醒，从书房里蹿出来，头上戴着亚麻帽，手里端着来复枪，这种搭配应该是十分可笑的，却没有人发笑。德夫林也站了起来，跟着谢泼德来到门口。他们凝视雨中——在狱守的灯笼光圈边缘，看见了值班警官埃利斯·德雷克。他怀里抱着一个女人。

谢泼德将门开大，请警官进屋。德雷克是个油光满面、带着鼻音的家伙，脑子有点不够用。听到他的名字，人们不会联想到海军英雄[①]，只会想到一只普通的公鸭[②]，而他的模样也酷似一只鸭子。他用消防员的粗暴方式将那个女人搬上来，胡乱地扔在地板上。然后，他鼻音很重地报告，说这个妓女不是犯了危害社会的罪，就是犯了危害神灵的罪。她被发现的时候，生息全无，一副惨不忍睹的样子，无法区分是吸毒过量还是遭

① 指的是家喻户晓的英国探险家、航海家弗朗西斯·德雷克（Sir Francis Drake，1540—1596）。

② Drake 是姓氏德雷克，又是公鸭的意思。在这里是名如其人。

到了故意伤害，但德雷克希望（他同时举帽致礼）让她在监狱里待几个小时，可能有助于澄清事实。德雷克用靴子尖轻轻点了一下她那没有知觉的身体，仿佛是重申自己的观点，并补充说她的犯罪工具可能是鸦片。这个妓女是毒品的奴隶，经常在药物入迷的状态下出现在公共场合。

谢泼德监狱长凝视着地上的安娜·韦瑟雷尔，看见她的双手蜷曲着，好像在抓住什么。德夫林不愿抢着做出什么举动，只等待着狱守的决定，虽然他很想跪在地上，触摸这个女人，检查她身上有无受伤害的迹象。他为自杀这个说法深感悲痛，认为这是肉体对灵魂的最可怕的攻击。三个男人低头看着妓女，一时间没人开口说话。然后，德雷克说道，如果他需要做出明确的起诉，他相信这女人曾企图制造更残暴的罪行。但是狱守说最好等女人醒来之后，亲自向她问个究竟。

谢泼德履行职责，抱住韦瑟雷尔小姐的身体，将她的上身靠在墙壁上，给她扣上了脚镣。他确保她能顺畅地呼吸，能勉强维持身体的机能。然后，他看着自己的怀表，说时间已经不早了。德夫林领会了他的暗示，戴上帽子，穿好外套——但他离开监狱时，依依不舍地扭头看了一眼。他希望这个女子能被摆放得更舒适些。但是狱守已经在跟他道晚安，随即就把门关上，并在他身后上了锁。

第二天一大早，德夫林回到警察营地时，安娜·韦瑟雷尔仍然处于昏迷状态。她的头朝一旁耷拉着，嘴巴微微张开。她的太阳穴处有一块青紫色的瘀伤，颧骨处肿胀得厉害。她是自己摔倒，还是被人打了？然而，德夫林没有时间调查，或敦促狱守提供更多关于女人被捕详情的信息。迫在眉睫的是一个男人在昨天夜里死了，需要德夫林随同医生到绿玉神舟谷去协助收敛死者遗体——也许需要同时为遗体念几句祷文。谢泼德告诉他，死者的名字叫克罗斯比·韦尔斯。根据谢泼德的说法，他走得很平静，死于年迈、体弱和酗酒。在这个阶段，还没有任何理由怀疑是他杀。谢泼德接着说，韦尔斯在生活中一直离群索居。他给人留下的记忆既不是好人，也不是坏人，他的熟人很少，也没有一个活着的亲人。

牧师和医生驾驶着马车沿海滩北上，刚到达绿玉神舟河口，便立刻转向内陆。克罗斯比·韦尔斯的小房子位于河上游三至四英里的地方，搭建得很简单——木盒子上加了个铁皮斜屋顶——好在克罗斯比·韦尔斯买得起一个漂亮奢侈的玻璃窗，安装在房子的北面。在基督城路上就可以清楚地看见这座小房子，因为它的地势比河岸高出约二十英尺，周围是清理出来的空地。

总的来说，这所住宅看上去是一幅非常孤独的画面——当屋主的尸体裹着毯子被搬出房间的时候，画面显得更为凄凉。每样东西的表面都黏糊糊的，沾满毛茸茸的灰尘。枕垫上染着黄色污渍，枕头上布满霉斑。一块五花腌肉挂在椽子上，干裂而油腻。空酒罐散放在房间各处。死者桌子上的酒瓶也是空的，意味着隐士的最后一个动作是将他的酒一干而尽，然后把头靠在手上，睡着了。这里散发着一种牲畜的气味——是孤独的气味，德夫林带着同情想道。他蹲在火炉前，拉出炉灰抽屉——打算给炉子生上火，驱除房间里死气沉沉的气味——他发现了一张纸，正好卡在炉箅子与炉灰抽屉之间。

看上去似乎有人（想必是韦尔斯）企图烧毁这份文件，但是在文件着火之前就关闭了炉门。文件只是一角被火燎了一下，便漏过炉箅子落入炉灰抽屉里，只略微被烧焦了一点。德夫林把那张纸拈出来，弹掉炉灰。上面的文字依然清晰可辨。

> 一八六五年十月十一日，现将一笔总额为两千英镑的款项赠予前新南威尔士人安娜·韦瑟雷尔小姐，捐赠人为前新南威尔士人埃默里·斯坦斯先生，见证人及主持人为克罗斯比·韦尔斯先生。

韦尔斯的名字旁边是歪歪扭扭的签字，但另一个人的名字旁只有一片空白。德夫林挑起眉毛。如此说来，该契约是无效的，因为见证人在当事人之前签了字，而当事人根本没有签字。

德夫林记得安娜·韦瑟雷尔这个名字，就是昨天深夜被送进监狱的那个妓女，鸦片中毒。他暂停片刻，皱起眉头，然后突然将契约对折，贴着皮肤，从衬衫的两颗扣子之间塞进衣服里。他继续生火。这时医生回到屋内（他刚才一直在喂马），两个男人坐下，分喝一杯茶，透过平板玻璃窗眺望河对岸烟雾缭绕的群山。外面，马匹一边冲着它们的饲料袋大力咀嚼，一边跺着蹄子。在马车的车板上，覆盖韦尔斯尸体的毛毯因为下雨而蒙上了一层银色的细珠。

考埃尔·德夫林对医生吉利斯隐瞒了这份馈赠契约，他也说不清自己为什么要这么做。也许,他想,他受到了死者房间里寂静的气氛的影响。也许，他想把这种隐瞒当作一种尊重的姿态。也许，安娜·韦瑟雷尔这个名字勾起了他的好奇心——自杀未遂，被发现昏迷在基督城路上——他隐瞒那张纸是出于保护她的朦胧愿望。牧师一边喝茶，一边沉思着这种种可能性。他没有跟医生说话，后者也同样沉默着。喝完茶后，他们洗干净杯子，熄灭了炉火，关上门，登上马车，运送那具凄惨的遗体返回霍基蒂卡的警察营地，对死者的验尸工作将在那里进行。

考埃尔·德夫林的个性就是这样，不会将确切的动机附加在存有质疑的行为上，他更愿意让动机成为一种朦朦胧胧、模模糊糊的东西。他认为并没有义务坦白这个行为，这同样也符合他的个性——他当时没有将盗取的馈赠契约拿给人看，在接下来的两个星期里也没有，直到之后一月二十七日夜里，他才把它拿了出来。德夫林相信自己是个贤人，在种种自相矛盾面前，他的自我概念坚不可摧。每当他做了什么坏事，或出现了什么问题时，他干脆抛弃那段记忆，将心思转向别的内容。在回霍基蒂卡的路上,他用手掌护着紧贴在胸口的那份契约。当白色浪头卷起，冲打着他们身边的海岸时，他只就海浪的力量发表过一句评论。医生始终一言未发。回到警察营地，将克罗斯比·韦尔斯的尸体运进去时，德夫林确实隐约考虑过把契约的事告诉谢泼德监狱长，但是他的注意力被新的骚动吸引过去，失去了这次机会。原来是安娜·韦瑟雷尔渐渐苏醒过来了。

安娜的眼睛在眼皮底下抖动着，舌头在嘴里嚅动，发出微微的咕哝声。她的高烧似乎已经退去，眉间和鼻头上沁出了细细的汗珠，她的橙色丝绸长裙的领子与袖子都变成了棕色。德夫林在她面前蹲下，把她的双手紧紧握在自己的手中——她的手柔软，摸上去冷冰冰的——德夫林叫谢泼德的妻子拿些水来。

女子终于醒来时，仿佛是从死亡线上挣脱回来的。她的头后仰，眼睛前翻，嘴里发出刺耳的杂音。她似乎知道自己在哪里，但鸦片的残余作用使她备受摧残。显然，她连感到吃惊的力气都没有。她虚弱无力地将手从德夫林握紧的手中抽出来，德夫林往后退了退。他注意到女人的手立刻在紧身胸衣上绕圈抚摸——仿佛她的肚皮被刺破了。德夫林心想，她正在试图给伤口止血似的。德夫林跟她说话，可她没有反应，随即又闭上了眼睛，昏昏然回到睡眠中。监狱里其他地方爆发了纠纷，德夫林被叫过去主持公道，这件事连同其他有关责任，占据了他当天下午的注意力。

一天快结束的时候，司法文员从法院过来，从能够筹集到款项的恶棍手里收取保释金。韦瑟雷尔小姐听到新来的人的声音，抬起她因发烧而汗湿的、长满黑头发的脑袋，点头打了招呼。（这个文员是镇子上的另一个新面孔，消瘦，衣冠楚楚，名字叫加斯科因。）妓女从她紧身胸衣的寒酸的撑骨之间掏出几枚硬币，把它们一枚一枚地塞进文员张开的手掌中。她颤抖得厉害，脸上一副极为屈辱的表情。保释金够了，谢泼德监狱长便得释放她，他立刻照办。德夫林没有出席第二天女人在地方法院的听证会，因为他被委派了负责为隐士克罗斯比·韦尔斯掘坟的任务。他后来听说女人拒绝辩护，而且没有争辩就交付了向她征收的罚款。

葬礼的第二天，在克罗斯比·韦尔斯的小房子里发现了价值四千英镑的财富——是那份部分烧毁的馈赠契约中所提数额的整整两倍，德夫林一直将契约夹在他的《圣经》里，在《旧约》结束与《新约》开始之间。德夫林依然没有坦白，也没有将它拿给任何人看。他告诉自己，一旦安娜·韦瑟雷尔身体强壮些——一旦她差点自杀身亡的插曲过去之后——他就会把这张纸拿给她看。但是眼下，他断定将这个消息存在自己心里是谨慎之举。

此刻，在宫殿旅馆的餐厅里，德夫林伸出胳膊，将手放在他那本破旧的《圣经》上，皮封面上除了烫金的坎特伯雷十字架外没有别的标志。他的动作带有保护性，其实他并不知道那张被压平的、不足凭信的、被夹在《玛拉基书》和《马太福音》之间的契约，对于托马斯·鲍尔弗来说至关重要，对于其他各色人等也同样重要，他只是觉得需要把它保护好。他知道这份契约——是一个未赠送出去的礼物的收据，是一个不存在的遗嘱的附录——具有一定价值，而在弄清楚它的真实价值之前，他是不会轻易割舍的。

“掘墓，”鲍尔弗说，从挂钩上取下他的圆顶礼帽，手指绕着帽檐摩挲，“那才是你需要阅读的东西。”

“我对这个主题的阅读材料一无所知。”德夫林说。

“为您的新教区，”鲍尔弗没有理睬对方，兀自说道，“绞刑架正在建起来。”他把帽子戴上，用大拇指把帽子从前额向后推，转身离开。他在门口停住脚步。“我还不知道您的名字，牧师。”他说。

“我也不知道你的。”德夫林回答。一片沉默——然后鲍尔弗会心地放声大笑，摘帽表示他的愉快，阔步离开了房间。

Φ

霍基蒂卡的星期六是充满喧嚣与业务约会的一天。淘金汉们成群结队地拥回镇上，人口暴增至近四千人，雷维尔街边的廉价客栈和旅馆统统爆满。地方法院的文员们忙得不可开交，处理着大量的小额索赔与矿采权的案子，经纪人忙于签约，商人接收有钱人的订单，穷人提出延长借贷的请求。吉布森码头是一个工商闹区，随着每一小时的流逝，似乎都有一个新的门框被敲定到位，一扇新门被竖立起来，一家新店挂出旗帜，在塔斯曼海的海风中猎猎作响，迎风招展。在星期六，幸运巨轮的每根辐条都清晰可见——有人正在上升，有人已经高高在上，有人正在下降，有人已经一落千丈，还有人已经长眠——这一夜，每个淘金汉都在举杯，几家欢喜几家愁。

然而，今天瓢泼大雨阻碍了人们外出，大街上只有非得上路不可的车辆，霍基蒂卡不见了通常拥挤的人群。鲍尔弗在路上看见几个浑身湿透的人，他们弯腰弓背地站在旅馆的雨篷下，双手拢住燃烧的烟头。就连马儿都带着一种听天由命的郁闷神态。它们的嘴被湿漉漉的饲料袋捂着，呆呆地站在路上的稀泥里，鲍尔弗大步走过时，它们的半闭着的松弛眼皮都没有颤抖一下。

鲍尔弗转入雷维尔街，被迎面而来的风雨鞭笞着，不得不用手把帽子按在头上。根据每天发表在《西海岸时报》上的令人半信半疑的萨克斯比天气预报，狂风骤雨将在一到三天内停止——萨克斯比的预报非常粗放，在预测误差上给自己留有慷慨的余地。事实上，他的预报专栏的详细内容很少出现变化：瓢泼大雨是霍基蒂卡的气候特征之一，正如奥塔哥的迷雾与暴晒，以及维多利亚山丘的红色尘埃一样。鲍尔弗加快了脚步，用另一只手将外衣更紧地裹在身上。

十多个男人站在储备银行的廊台上，三三两两聚在一起。他们身后的窗户上覆盖着一层灰蒙蒙的雾气。鲍尔弗扫视众人的脸，在雨帘中眯眼细看，但没有看见一个能认出来的人。一缕飘飘袅袅的烟吸引他的目光向下看去，最后盯在了一个独自坐着的人身上：一个毛利人蹲在屋檐下，后背靠着一根桩子。他正在抽雪茄。

他脸上的刺青图案使鲍尔弗联想到地图上的风向图。两个大旋涡使他的脸颊显得丰满，辐条从眉头起向上延伸，连接发际线。鼻孔两侧的一对深螺纹给了他的鼻子一种类似骄傲的特质。他的嘴唇被染成蓝色。他穿着哔叽裤，斜纹布开领衬衫，敞胸露骨，一颗硕大的绿色吊坠贴在棕色皮肤的胸膛上，形状像一把扁斧。他的雪茄快抽完了，当鲍尔弗走近他身边时，他将烟蒂往路上一扔，烟蒂滚到大路的拐弯处，被路边潮湿的草地挡住，停了下来，但依然在冒着烟。

“你就是那个毛利伙计，”鲍尔弗说，“克罗斯比·韦尔斯的伙伴。”

男人移动眼睛与鲍尔弗对视，但没有开口说话。

“再说一遍你的名字，你的名字。”

“泰老·老居是我的名字。[①]”

“天哪，”鲍尔弗说，“只说名字那个部分。”他将两只手掌贴得很近，表示一小部分，“只是名字。”

“泰老·老居。”

“这我也说不上来。”鲍尔弗说。他摇了摇头，“唉——那么你的朋友们叫你什么呢——你的白人朋友？克罗斯比叫你什么名字？”

“泰老。”

“强不了多少，是不是？”鲍尔弗说，“我是傻子才会张开嘴试呢，对不对？那么我就叫你泰德吧？这对你来说是个不错的英文名字。是西奥多或爱德华的简称——你可以挑选一个。爱德华是个很好的名字。”

老居没有回答。

“我叫托马斯，”鲍尔弗说，将手放在自己的心窝上，“你就是泰德。”他弯下腰，在老居的头顶上拍了拍。这个男人退缩了一下，令鲍尔弗吃了一惊，迅速抽回自己的手，往后退了一步。他感到自己做了蠢事，又开一条腿，把双手插入马甲口袋里。

“他妈的。”老居说。

“再说一遍？”

“用我的母语说，你的名字叫他妈的。”

---

① 这句话的原文为毛利语。泰老·老居的意思是百年居所。

“哦。”鲍尔弗说，感到松了口气。他将双手从口袋里拿出来，鼓了鼓掌，然后抱着胳膊，“你会一点英语——很好！”

“我会说很多很多英文字，”老居说，“有人告诉我，我说你们的语言说得很棒。”

“克罗斯比教了你一点英语，泰德？”

“是我教他，”老居说，“我教他说[①]毛利语！你说托马斯——我说他妈的。你说克罗斯比——我说可乐乐吗！[②]”

他咧嘴笑了，露出洁白而方正的牙齿。显然，他刚讲了某种笑话，所以鲍尔弗也报以微笑。

“从来就不是一块学语言的料。”他说着，将裹身的外衣拉得更紧些，“不是英语，就是西班牙语——我老爸总是这么说。听着，唉，泰德，我为你的伙伴感到很遗憾。我为克罗斯比·韦尔斯感到很遗憾。”

老居的表情立刻变得严肃起来。“在心中纪念[③]。”他说。

“是的，好。”鲍尔弗说，希望对方停止用他的母语说话，“真是太可惜了，这真是的。现在这一团乱麻——这么多麻烦，关于大笔横财，等等——还有他的老婆。”

他透过大雨，充满期待地凝视着老居。

“如获至宝的同胞[④]。”泰老·老居说。他用食指与中指触摸戴在脖子上的吊坠。也许这是某种护身符，鲍尔弗想，他们都有这种东西，这些毛利家伙。老居的吊坠几乎跟他的手一样大，抛光得亮铿铿的，用一种深色的绿玉制成，布满云一般的浅绿色条纹，镶嵌在编织绳中，佩戴在老居的脖子上，扁斧的细头高悬在两块锁骨中间。

“嗯，”鲍尔弗说，打算胡乱猜测一番，“嗯，出事的时候你在哪里，

---

① 原文为毛利语。

② 原文为毛利语，意思是说话。

③ 原文为毛利语。

④ 原文为毛利语。

泰德？克罗斯比死的时候你在哪里？”

（也许他能从这个毛利家伙这里找到头绪，也许对方知道点什么。在镇里东问西问当然也不成，只怕会引起怀疑，但是毛利人比大多数人更安全，他的熟人很可能非常有限。）

泰老·老居把深色的眼睛转过来看着鲍尔弗，审度着他。

“你听得懂这个问题吗？”鲍尔弗说。

“我听得懂这个问题。”老居说。

他明白鲍尔弗正在询问克罗斯比·韦尔斯死亡的事情，但鲍尔弗没有出席葬礼——还找了那么个可耻的借口，老居想着，心中升起一股愤怒与厌恶。他明白鲍尔弗表现出的同情是最肤浅的表演，甚至没有摘掉他的帽子。他明白鲍尔弗企图以某种方式牟利，因为他一副贪婪相，人们看见一个不用付出就能获利的机会时都是这副表情。是的，老居想，他听得懂这个问题。

泰老·老居年龄不足三十岁。一身健美的肌肉，充满自信，蕴含着蓄势待发的青春能量，他没有公然的傲气，也不忌惮或惧怕任何人的影响和恐吓。他私下里有一副铮铮傲骨，有着坚如磐石的自我肯定，无须证明，也无须解释——虽然他在部落里有勇士的声誉与尊贵的地位，但他的自我信念并不是靠成就塑造的。他清楚地知道自己的优雅与力量无人可比，清楚地知道自己超群出众。

然而这番评估却令老居感到焦虑，他感觉这正指出了他的精神匮乏。他知道任何自以为是的确定性都是浅薄的标志，这类评价不能作为真实价值的指标——但他还无法摆脱对自己的肯定。这令他感到担忧。他担心自己只是一件装饰品，一个没有生命的贝壳，一只空蛤蜊，担心他的自我评估是毫无意义的。因此，他在精神生活里做修行。探求祖先的智慧，教导自己懂得自我怀疑。泰老·老居试图超越自己意志的次要功能，如同一名僧人试图超越自己肉身的次要功能——但是一个人若想主宰他的意志，就必须将意志表达出来。老居永远无法在屈服于冲动与战胜冲动之间找到平衡。

老居来自归属于西纳塔胡部落的毛利部落[①]，他们曾经主宰了南岛的整个西海岸，从南方两面陡峭的峡湾，直到北方的棕榈树和卵石海滩。六年前，英帝国用三百英镑购买了这片广袤大地——只给西纳塔胡部落保留了绿玉神舟河，它的部分河畔，亮水河水域[②]的一小部分土地，以及格雷河的河口处。西纳塔胡部落当时就感到这项谈判结果很不公平，现在，六年过去了，他们知道这种购买是公然的盗窃。从那时起，成千上万的淘金汉拥入西海岸追逐黄金，每人花一英镑购买探矿许可证，以每英亩十先令的价格购买土地。仅此利润就相当可观——这还完全没有考虑黄金本身的价值，金子藏身于河流中，混杂于沙子里，它的总价值如此庞大，具体数额至今难以确定。每当想到本来应该由他的人民掌握的财富，老居胸中就升起一股愤怒之情——这愤怒如此苦涩，如此折磨人，表现为一种疼痛。

因此，克罗斯比·韦尔斯向英帝国，而不是向西纳塔胡部落，缴纳了他的五十英镑，购买了绿玉神舟谷东角处连绵起伏的一百英亩土地——这片土地上生长着茂密的桃柘罗汉松，一种木纹细腻的木材，具有良好的雕刻性，既耐盐腐蚀，又不怕风吹雨打。韦尔斯非常满意这桩交易。他平生两大喜好，一是苦干，二是苦干后的犒劳——威士忌，只要能买得到，买不到威士忌时，就喝杜松子酒。他自己建造了一座俯瞰河流的单间小屋，清理了一块地做园子，开始创办木材厂。

泰老·老居比较频繁地出没于绿玉神舟谷，因为他是一个采绿玉[③]的

---

① 原文为毛利语。

② 亮水河水域（Mawhera，毛利语）指的是亮水河河口（又叫格雷茅斯），亮水河（Mawheranui）是新西兰南岛西海岸一条约 120 公里长的河，源于南阿尔卑斯山脉，注入塔斯曼海。1846 年殖民者将其命名为格雷河，河口格雷茅斯是早期殖民移民区。

③ 绿玉（pounamu，毛利语）指特产于新西兰南岛某些地区的玉石，在毛利文化中有着极其重要的意义。

人，绿玉神舟河里富含这种宝藏：平滑的、乳灰色的石头，劈开后，露出晶莹剔透的绿莹莹的玉石，比钢还坚硬。老居是个雕刻能手，甚至有人说他是个能工巧匠，但他最得天独厚的技巧应该是在河床中发现玉石。绿玉外表特别晦暗而普通，而内部却极为明亮而光润。老居有一双火眼金睛，不必在河岸上刻痕或劈开石头，他只将石头原封不动地带回亮水河一带，让它们在祝福仪式中被劈开。

克罗斯比·韦尔斯购买的土地与西纳塔胡部落的土地相连——或者，正确地说，与西纳塔胡部落刚被圈封起来的那部分土地相连。不管怎么说，没过多久，泰老·老居就碰上了克罗斯比·韦尔斯——韦尔斯用斧头劈柴火的声音回荡在峡谷里，泰老闻声寻来。他们一见如故，逐渐频繁见面。随着时间的推移，老居每次到附近，都要来探望克罗斯比·韦尔斯。恰好韦尔斯是个热心学习毛利人生活和民俗的学生——所以，老居的到访便成为一种习惯。

泰老·老居喜欢一有机会就用他本人特有的气质去启迪他人，但他从不哗众取宠，不涉及他内心深处存有怀疑的那些品质：他的毛利性[①]、他的精神、他的信仰和他的深度。克罗斯比·韦尔斯，在后来几个月的时间里，穷追不舍地向老居提问：他作为一个男人，作为一个毛利人，作为一个西纳塔胡部落的忠贞的毛利人，有着怎样的信仰。他坦承老居是第一个与他谈话的非欧洲人。他表现出如饥似渴的好奇心。必须指出的是，老居在这段时间内对克罗斯比·韦尔斯了解甚少，克罗斯比很少谈及自己的过去，老居也没有盘根究底的习惯。然而，他认为克罗斯比·韦尔斯是个和自己志趣相投的人，并且经常这样告诉他——如同所有本质上自信的人一样，老居很喜欢将心比心，借此抒发内心最真诚的赞誉。

克罗斯比·韦尔斯死亡后的那天早晨，老居按照他们的习惯，带着食物作为礼物来到他的小房子——他提供肉食，韦尔斯提供酒，一种皆大欢喜的安排。在韦尔斯小房子前的空地上，他看见一辆马车正要离开。

① 毛利性（mauri，毛利语）意思是生命力的一切内涵。

控制缰绳的是霍基蒂卡的医生吉利斯，他身旁坐着监狱牧师考埃尔·德夫林。老居不认识他们，但当他的目光转移到马车上时，他看见一双熟悉的靴子，还有折叠的毯子下面，一个熟悉的身体。老居发出一声尖叫，震惊中将手中的礼物掉在地上。牧师对他心生怜悯，建议他可以陪伴朋友的尸体回霍基蒂卡，在那里准备葬礼，然后让死者入土为安。驾驶座上没有容纳老居的座位，如果他愿意，可以坐在马车的后沿上，只要他记得把双腿收起来。

当马车嘎吱嘎吱地进入霍基蒂卡，拐弯上了大路时，雷维尔街边的旅馆老板和店主们都站在门口。有人快步上前，想看得更清楚些，抬眼望着泰老·老居——老居瞪眼与他们对视，面无表情，四肢乏力。他的一只手松松地抓着韦尔斯的脚踝。随着马车的每次颠簸，尸体不断地滚动或跳动着。到达警察营地时，老居没有动弹。其他人商量事情时，他就坐在那里等待着，依然抓着韦尔斯的脚踝。

霍基蒂卡的棺材匠同意打一口松木棺材，为葬礼做好准备，制作一个圆木墓碑，上面写上克罗斯比·韦尔斯的名字和生卒日期。（无人确知他的真实出生年份，但是在他的《圣经》扉页上有一个墨水写的数字：1809，一个合乎情理的出生年代，如此算来克罗斯比·韦尔斯是五十七岁，棺材匠就将这个年份题写在了死者的木头墓碑上。）这两件事情完成后，只剩下掘墓穴了，在此期间，监狱长指示将克罗斯比·韦尔斯的尸体停放在警察营地中他的个人书房里，尸体与地板之间只铺了一块薄纱床单。

当尸体的双手被交叉摆放在胸前后，狱守将每个人从房间里引出去，拉上门，震得整个走廊都颤动起来。狱守房间的内墙是用花布绷紧了钉在房子木框上形成的，每当木头在风中吱呀作响，或有人重重地走路，或突然摔门，墙壁都会颤抖，布面会荡起涟漪，仿佛一池水面——看着它们如此颤抖，人们的注意力禁不住被吸引到那双层布匹之间的两英寸空间，那木框周围的封闭空间，充满灰尘，房间内移动的身影在那里形成变幻的图案。

老居坚持说，必须有人陪着韦尔斯。不能把韦尔斯单独留下，躺在地上，房间里甚至没有生火，无人祭守他、抚摸他，在他身旁祷告，为他祈祷或为他歌唱。老居试图解释坛吉[①]的原则——其实不是原则，而是礼仪，神圣得无法解释，神圣得甚至无须捍卫，就是理所当然的办事方法，必须照办。他说，死者入土之前，灵魂还没有完全离开。要有歌声，有祷告……狱守训斥了他，称他为异教徒。老居生气了。必须有人陪伴他，直到葬礼结束，他说。我要陪伴他，直到葬礼结束。克罗斯比·韦尔斯是我的朋友，是我的兄弟。克罗斯比·韦尔斯是个白人，狱守反驳道，除非我鬼迷心窍瞎了眼，他肯定不是你的兄弟。葬礼将在星期二上午举行，如果你想让自己派上用场，可以帮他掘墓。

但是老居留了下来。他一直守夜，先在门廊里，然后在园子里，在狱守小屋与营地之间的小径上——但无论他待在哪里，都被赶走。最终，狱守拿着长柄手枪走出来，他说，在克罗斯比·韦尔斯入土前的任何时候，他若在营地五十码内看见老居，都会一枪崩了他，他对上帝发誓。就这样，老居后退了五十步，一步一步地数着，然后背靠格雷和布勒银行的木门坐下。在这里守护老朋友的尸体，在他精神启航的最后一夜，为他述说爱的话语。

"克罗斯比死的时候，"老居说，"我在绿玉神舟谷。"

"你当时在峡谷里？"鲍尔弗说，"他死的时候你在那儿？"

"我正在设套捕咯噜噜[②]，"老居说，"你知道咯噜噜吗？"

"是一种什么鸟，是不是？"

"对——很好吃。炖得香。"

"好吧。"

鲍尔弗的圆顶帽开始滴水。他摘下帽子，在大腿上拍打着。他的西服已经由灰色变成了一种烂木炭色。衬衣变得透明，露出了他粉红色的

---

① 坛吉（tangi，毛利语）是毛利人传统的葬礼。

② 咯噜噜（kereru，毛利语）是新西兰特有的一种野鸽子。

皮肤。

“我在天黑前设套，在早晨捉鸟。”老居说，“在山脊上，你能看见克罗斯比的小房子——从山上。那天晚上，有四个人进去。”

“四个人？”鲍尔弗说，重新戴上帽子，“你是想说三个吧？一个人骑着黑牡马，个子很高，另外两人矮一些，跟着他，都骑着枣红色的母马。那是阿利斯泰尔·劳德柏科——还有乔克和奥古斯都。是这些人发现了他的尸体，你知道的——他们报了警。”

“是的，我看见了骑马的三个人，”老居说，慢慢地点点头，“但在他们到达之前，我还看见一个走路的人。”

“独自一个人——嘿！你没毛病吧，泰德，嗯？”鲍尔弗说着，突然变得十分兴奋，“对啦——我的天啊，你是对的！”

“我没有警觉，”老居继续说，“因为还不知道克罗斯比·韦尔斯那天晚上死了。我是第二天上午才知道他死了。”

“一个人——进入小房子，独自一人！”鲍尔弗说，开始踱步，“而且在劳德柏科之前！在劳德柏科到达之前！”

“你希望知道他的名字吗？”

鲍尔弗立刻转身。“你知道他是谁吗？”他几乎大叫，“当然想知道，天哪！快告诉我！”

“我们做个交易，”老居立刻说，“我开价，你还价。一英镑。”

“交易？”鲍尔弗说。

“一英镑。”老居说。

“等一等，”鲍尔弗说，“你看见一个人进入韦尔斯的小房子，在他死的那天——他死的当天，两个星期前？你真的看见有人进去过？你知道——没有一丝怀疑——那个人是谁？”

“我知道那个人的名字，”老居说，“我知道那个人。不作弊。”

“不作弊。”鲍尔弗同意，“但是我在付钱之前——要确定你真的知道他。我要确定你不是带我兜风玩。大块头男人，是不是？头发颜色很深？”

老居抱着胳膊，说："公平游戏，不作弊。"

"当然是公平游戏，"鲍尔弗说，"这是不用说的。"

"我们交易。我开价一英镑。现在你还价。"

"大块头——他是大块头吗？身材厚实？你看，我只是要确定。我要确定你是货真价实。然后我就开始交易。没准儿你会欺骗我呢。"

"一英镑。"老居固执地说。

"是弗朗西斯·卡弗，是不是，泰德？说对了吧？就是弗朗西斯·卡弗——那个船长？卡弗船长？"

鲍尔弗是在猜测——但猜得很准。老居的脸上掠过一种受伤的表情，他重重地吐了口气。

"我说过不作弊。"他说，带着谴责的口气。

"我不是作弊，泰德，"鲍尔弗说，"我只不过是早就知道了，刚才只是忘记了。当然，那天卡弗去了一趟克罗斯比·韦尔斯的小房子。就是他，是不是——卡弗船长，你看见的那个人？你可以告诉我——这不是秘密，因为我已经知道了。"

他捕捉着对方脸上的每一丝表情，以求确证。

老居的下巴刚硬地板着。他不出声地喃喃自语："不要低下你的头，除非是面对崇高的山[①]。"

"好，泰德，你真是帮了我一个该死的大忙，我不会忘记的。"鲍尔弗说，这时候，他已经浑身湿透了，"你知道——如果我需要办事情，会来找你的，好吧？你会以其他方式赚到你的铜板。"

老居挺起下巴，"你需要毛利人。"他说话时不带任何疑问语气，"你需要毛利人，你来找我。我不打杂。但你需要语言，我会教你许多东西。"

他没有提到他的雕刻技艺。他从来没有卖过绿玉。他不会卖绿玉。

---

① 原文为毛利语。

因为人不可能为一件珍宝定价，正如不能购买玛那[1]，不能与神讨价还价。黄金不是珍宝——这个老居知道。黄金像所有资本一样，其中没有记忆，只是固定地向前漂移，远离过去。

“好吧——那你会握手吧，好不好？”鲍尔弗用自己的湿手抓住老居的干手，使劲晃动，“是条好汉，泰德——是条好汉。”

但是老居看上去依然十分不悦，他敏捷地从鲍尔弗握得紧紧的手中抽回自己的手。鲍尔弗感到一丝遗憾。不能跟这个家伙成为敌人——尤其是在眼前事情还没有解决的时候，他想。将来有机会的话，老居可能会被叫来做证，他很有可能知道些什么，关于克罗斯比·韦尔斯与弗朗西斯·卡弗之间的关系，无论他们是什么样的关系——现在想来，也许是这两个人与劳德柏科之间的关系。是的，十分有用，必须安抚好这个男人。鲍尔弗把手伸进衣兜。他身上肯定有点儿零钱，有几个辅币。他们喜欢辅币。他的手指摸到一个先令和一个六便士硬币。他把六便士掏了出来。

“给，”他说，“如果你告诉我几句毛利语，这就归你了。就像你教克罗斯比·韦尔斯那样。好吗，泰德？这样我们就完成了交易，就像你希望的那样。好吗？这样我们就成朋友了。这样你就不能抱怨了。”

他把硬币塞进对方的手里。老居看了看。

“好，告诉我，”鲍尔弗说，搓着双手，“那什么……霍基蒂卡是什么意思？霍基蒂卡。就是这个词，我想知道的只有这个。要我说这可是一笔划算的交易——六便士，换一个简单的词！要我说真是太便宜你啦！”

泰老·老居叹了口气。霍基蒂卡。他知道它的意义，但不能翻译出来。这是两种语言之间经常出现的问题，英语与毛利语，一种语言里的词在另一种语言里找不到完全对等的词，正如白人的草本植物名称没有一个

[1] 玛那（mana，毛利语）一词被广泛使用于整个大洋洲，指一种无人称的超自然之神秘力量。

能与普哈[①]完美互换，白人的面包名称里没有一个能确切地表达发面粑[②]：无论味道如何相似，总是有些东西被估摸、被想象，或被丢失。克罗斯比·韦尔斯明白这一点。泰老·老居教他讲毛利语时根本无须英语，他们用手指比画，用表情模仿，当泰老·老居说了一些克罗斯比·韦尔斯不明白的事物时，他让语音萦绕着他，如同祈祷，直到它们的意义被澄清，他能够看见字眼的内涵。

“霍基蒂卡，”鲍尔弗说，抹去脸上的雨水，“说吧，伙计。”

终于，老居举起食指，在空中画了一个圆。当他的指尖回到原位时，又使劲地戳了一下，标出那个起始的终点。但是一个人无法在圆上标出一个地方，他想，在圆上标出一个地方就是将圆打破，循环便不复存在。

“要像这样去理解。”他说，必须用英文、用相似的名词来做解释，他感到遗憾，“绕圈。然后回来，又开始。”

Φ

储备银行在星期六中午总是十分拥挤。淘金汉们站在那里，手里都拿着金子。当金矿石被称重并记录时，天平上下摆动，嘎嘎作响。银行办事员穿梭于档案柜之间，检查认领区文件，记录纳税额，收取费用。面朝大街的一面墙边有四个装有防盗栏的柜台，每个里面坐着一位银行经理，各自上方悬挂着一块镀金框的黑板，上面写着整个一周的金矿石总产量，有每个小区的小计，也有霍基蒂卡作为一整个地区的累计总和。每当一笔金矿石被存入银行或被购买时，粉笔写的数字就会被擦掉，然后写上新的总和——这通常会赢得房间里男人们的一阵轻轻赞叹。如果

---

① 普哈（puha，毛利语）指的是一种新西兰当地的野菜苦苣，毛利人作为家常蔬菜食用。

② 发面粑（rewena pararoa，毛利语）指的是毛利人特有的发酵面包，通常用当地的紫色土豆为原料制作。

总和是个很可观的数字，偶尔还会赢得一阵雷鸣般的掌声。

鲍尔弗进入银行时，人群的注意力不在黑板上，而是在对面的长桌上，黄金买家们坐在长桌后，检验金矿石的报价，皮带上佩挂着标志性的闪亮的铜制小挎包。买家的工作进展缓慢。用手掂量不规则的金块，检查划痕，测试金属的杂质，在珠宝商的放大镜下仔细查看。如果是被筛出来的金矿砂，他就会通过垫筛检查，看金矿砂是否被沙砾划伤，有时他会将一把闪亮的金矿砂放在一盘水银上摇动，确保金矿砂能够如预料的那样粘在一起。一旦他宣布金子是纯的，适合进行估值，被验货的淘金汉就拖着步子走上前，报上自己的名字。天平的手臂被矫正到与桌面平行——然后买家将淘金汉的一堆金子放入左边的托盘。买家在右边托盘里添加圆柱形砝码，一个一个地添加，最后天平跳动起来，装着淘金汉财富的托盘颤动着，自由摇摆。

那天早晨只有一个买家在场，一个头发油亮的大亨，身着淡绿色狩猎夹克，打着一条黄色的领带——一副华而不实的组合，如果他独自一人做业务，没有保护，这身打扮倒像是在做广告，十分明显地彰示他是个有钱人。好在有霍基蒂卡的黄金护卫在场。这一小支部队是十名穿军装的步兵，负责监督每一场黄金的买卖。接下来，他们将监视金条被转运到武装押送的货车上，确保它们安全离岸。他们在买家身后，分站在他的桌子两旁——每人都端着一支 0.577 斯奈德－恩菲尔德步枪，一种最现代化设计的闪亮的大型武器。其子弹有一个人的食指那么长，可以把人的脑袋打成见鬼的粉末。当这种型号的斯奈德－恩菲尔德步枪刚被运进来时，鲍尔弗对它充满了敬畏，但是在这样一个封闭空间里看见十个全副武装的人，又使他感到焦虑和不祥。这个房间是如此拥挤，他怀疑卫兵能否找到足够的空间把枪举到肩膀处，更别指望开枪射击了。

他挤过那些淘金汉，来到银行经理的柜台前。房间里大多数人都只是观望者，所以都侧身让他过去。鲍尔弗没费多少时间就站在了有防盗栏的柜台前，面对一个身着条纹马甲、打着整洁领巾的年轻人。

“早上好。”

“我想知道，一个名叫弗朗西斯·卡弗的人是否曾经在新西兰购买过矿采权。”鲍尔弗说。他摘掉帽子，用手向后拢了拢潮湿的头发，这个动作没有产生什么明显效果，因为他的手掌也很湿。

“弗朗西斯·卡弗——卡弗船长？”

“正是这个人。”鲍尔弗说。

“我有责任询问您是谁，为什么打听这信息。”

银行经理不动声色地说，用的是一种温和的语调。

“这个人拥有一条船，我是从事航运业的。”鲍尔弗圆滑地说，重新戴上帽子，“我的名字是汤姆·鲍尔弗。我打算尝试某种合资业务——茶叶贸易，往返广州。目前只是验证这个想法是否可行。我想在我提供业务之前，更多地了解一下卡弗。他的钱都投在哪些方面，他是否曾经破产过，诸如此类的信息。”

“其实，您只需亲自问问卡弗先生。”银行经理回答，依然是一副温和的腔调，因此他的话听起来并不令人感到鲁莽，而只显得随意，不假思索。就好像在大街上看见一辆抛锚的马车，观察一番，十分热心地提出一种修理轮轴的简单办法。

鲍尔弗解释说卡弗正在海上航行，无法联络。

银行经理似乎对这种解释并不满意。他将食指放在下嘴唇上，打量着鲍尔弗。但是，显然他也找不出更多的理由拒绝鲍尔弗的要求。他点了点头，把注册本拉近自己，以精细而工整的字迹做了一个记录。然后他用一小方块软皮革吸掉字迹上多余的墨水（这有点没必要，鲍尔弗想，因为注册本依然铺开着），吸干他的笔尖。“请在此稍候。”银行经理说。他从一道矮门后消失了，门后好像是个接待室，很快，他就抱回来一大本卷宗，皮革封面，脊背上是大写的字母 C。

银行经理解开扣带，打开卷宗时，鲍尔弗的手指击鼓一般敲动着。他透过防盗栏的格栅仔细审视这个年轻人。

这年轻人与街上的毛利人有着多么强烈的反差啊！他们年龄大致相同，老居肌肉发达，身体结实，充满骄傲，而这小伙子懒洋洋的，简直像猫一样。他移动时带着休闲般的享乐姿态，仿佛没有必要花力气增加敏捷度，也没有任何理由保存力量。他身材消瘦，一头棕色长发，发梢卷曲，用一根丝带将长发捆扎在颈后，其风格犹如一位捕鲸人。他的脸很大，眼距很宽，嘴唇丰满，牙齿东倒西歪，鼻子特大。这些特征合在一起，形成一种既诚实又淡然的表情——淡然是优雅的一种形式，需要极大的修养，不显山不露水。鲍尔弗认为他是一个非常优雅的年轻人。

"这里，"银行经理终于开口，指点着说，"您看——卡斯威尔，这里，然后就是卡西迪了。你说的那个人不在这上面。"

"这么说弗朗西斯·卡弗不持有矿采权。"

"对，在坎特伯雷没有。"他轻声合上了卷宗。

"有没有奥塔哥的证书呢？"

"恐怕您得去达尼丁查询。"

这条路走不通了。根据劳德柏科的说法，板条箱里的金子来自（当然是据称）邓斯坦，是属于奥塔哥的金矿。

"你没有奥塔哥人的档案吗？"鲍尔弗问，感到失望。

"没有。"

"假如他是带着奥塔哥的证书来的呢？海关那里会有记录吗——当他首次抵达的时候？"

"海关不会有的，"银行经理说，"但如果他淘到金子，就必须在离开前计数与称重。如果没有事先申报，他是不许将金子转移到另一个省份，或运往国外的。所以他会上这儿来。我们会要求看他的矿采权文件。然后这里的档案里就会有所记录，他是在奥塔哥的证书的授权下，在霍基蒂卡的认领区开采的。这本档案里没有任何记载，因此，正如我刚才说的，我们完全可以认为他没有在附近任何地方探过矿。至于他有没有在奥塔哥探矿，我就不知道了。"

银行经理说话时带着一副雍容而内敛的官腔，他的部分职责就是应要求解释某些世俗的官僚功能。雍容，是因为作为一名官员他总是为自己的一技之长感到欣慰；内敛，是因为不得不做些解释，这以某种晦涩的方式削弱了他获得一技之长的那个体系。

“好吧。”鲍尔弗说，“嗯，还有一件事。我需要知道卡弗是否在任何矿业公司中拥有股份，或在私人认领区内拥有股份。”

一丝疑问扰乱了银行经理温和的表情。在那一瞬间，他什么都没说，但似乎又在企图寻找一个理由拒绝鲍尔弗的要求，宣布这种要求不合规矩，或者进一步向鲍尔弗询问其中的具体原因。他带着温和但仍具有穿透力的眼神凝视着对方——而鲍尔弗因为受到审视而感到不舒服，他皱着眉头，脸色阴沉。但是，银行经理一如既往地对本职工作尽心尽力。他又在注册本上做了另一项记录，吸干墨水，然后礼貌地告退，去完成这项新的请求。

然而，当他拿着股份记录回来时，看上去明显心神不安。

“弗朗西斯·卡弗在这一带确实有投资，”他说，“也算不上是投资组合，仅仅是一个认领区。看上去像是私人合约。卡弗在每个季度获得矿区百分之五十左右的净收入。”

“百分之五十！”鲍尔弗说，“只有一个认领区——真有你的！他什么时候买入的？”

“我们的记录显示的日期是一八六五年七月。”

“那么早！”鲍尔弗说，（六个月之前！但那是在“一帆风顺号”出售之后——不是吗？）“哪一个认领区？是谁拥有的？”

“这个金矿名叫极光金矿，”银行经理一字一顿地说得非常仔细，“它的拥有者与经营者均是——”

“埃默里·斯坦斯，”鲍尔弗替他把话说完，点了点头，“是的，我知道那个地方——在卡尼里北面。哈，真是重大消息。斯坦斯是我的好朋友，我要去亲自跟他谈。非常感谢，先生——您贵姓？”

“弗罗斯特。”

“非常感谢，弗罗斯特先生。您帮了我一个大忙。”

但是，银行经理带着一种奇怪的表情看着鲍尔弗。

“鲍尔弗先生，”他说，“也许您还没有听说。”

“关于斯坦斯的事情？”

“是的。”

鲍尔弗怔住了，“他死了？”

“不，”弗罗斯特说，“他消失了。”

“什么？什么时候？”

“两个星期前。”

鲍尔弗的眼睛瞪得老大。

“抱歉由我给您带来这个消息——如果您是他的好朋友。”

鲍尔弗没有注意到银行经理的强调语气中带着刺儿。“消失了——两个星期前！”他说，“没有人说起？为什么我没有听说呢？”

“我可以肯定很多人都在谈论这事，”弗罗斯特说，“这个星期，每天的寻人启事栏目里都登了一份告示。”

“我从来不读私人告示。”鲍尔弗说。

（当然喽，在过去两个星期里，他一直跟着劳德柏科往返于西海岸，推动竞选计划，还没有时间像他平常习惯的那样，晚上流连于科林斯俱乐部，一边和其他跟营客喝啤酒，一边交换一下当地的新闻。）

“也许他撞大运了，”此刻他说，“有这种可能。也许斯坦斯发现了富金带，在林子里的某个地方，他一直在保密——直到矿区归为己有。”

“也许吧。”银行经理彬彬有礼地说了一句，便不再开口。

鲍尔弗咬着嘴唇。“消失了！”他说，“我不明白！”

“我倒是疑惑这个消息对于您的合作伙伴来说是否重要。”弗罗斯特说着，用手掌抚平打开的注册本。

“谁是我的合作伙伴？”鲍尔弗说，带着某种警惕——以为银行经理指的是阿利斯泰尔·劳德柏科，而他一直谨慎地没有提及过这个名字。

“怎么——卡弗先生呗，”弗罗斯特说，眨了眨眼睛，“您期待的商业伙伴——是您刚才告诉我的，先生。卡弗先生与斯坦斯先生有一项联合投资。所以说如果斯坦斯先生死了……”

他耸了耸肩，没有把话说完。

鲍尔弗眯起眼睛。银行经理似乎在暗示什么，无论多么含糊，暗示卡弗要以某种方式为埃默里·斯坦斯的失踪负责……但这种暗示肯定是没有任何证据的。银行经理的态度很明朗，却从来没有真正表达过任何观点，也不可能有错。他的声调表明他不喜欢卡弗，虽然说出来的话表达了对此人可能遭受的损失感到同情。鲍尔弗感觉到这种模棱两可中的怯懦，几乎愤怒起来——但是他想起了自己撒谎在先。他并没有打算与卡弗共事，不必参与针对他的争论。

不料，年轻的弗罗斯特随即忍住脸上短暂浮现的笑，但鲍尔弗看见了，他突然感到愤慨，这个年轻人竟然嘲讽他。弗罗斯特根本就不相信他编出来的故事！他早就知道鲍尔弗不会跟卡弗做生意，早就知道这个谎言假象是编出来隐瞒其他的目的——然后，他通过讥笑鲍尔弗，在他败露的伤痛之上，进一步加以蔑视和侮辱！鲍尔弗遭到他人的揣测，十分恼怒，受人讥笑更令他大为光火，尤其对方是一个在三平方英尺办公间里谋生的人，一个在支票上签写别人名字的人。（最后这句话是劳德柏科的原话，上午听了之后还隐约记得，鲍尔弗想起这句话时，就好像是自己说的一样。）他突然间怒火中烧，身体前倾，双手抓住防盗栏的格栅。

“好吧，”他小声地说，“你听着。我并不比你更愿意与卡弗谋事。我认为此人是一个暴徒，一个恶棍，要多坏就有多坏。我是他的死对头，见鬼。我一定要在他身上做个闪光，让我派上用场。”

“什么是闪光？”银行经理问。

“很愚蠢的——不提也罢。”鲍尔弗迅速打断，“关键是我在想办法围剿他，将他交予法办。我认为他在别人的认领区骗走了大量钱财。数千英镑。但这只是感觉罢了，我还需要可靠的证据。我需要一个切入口。对吗？我刚才给你讲的投资故事是一堆废话，纯属编造。”他透过防盗栏的格栅瞪着银行经理，“什么？”片刻后他说道，“你说怎么着呢？”

“真的没什么。”弗罗斯特说，整理桌子上的文件，露出一个隐晦的、守口如瓶的微笑，“您的事情是您自己的。我只是祝您好运，鲍尔弗先生。”

Φ

关于埃默里·斯坦斯的消息令鲍尔弗感到十分紧张。货运板条箱和敲诈勒索是一码事，他想，但是一个人的失踪却完全是另一码事。这是一桩严重的事情。埃默里·斯坦斯是一个好淘金汉，这么年轻怎么会死？

鲍尔弗站在法院外面，大声喘息了一会儿。外面的一小群人已经散去吃午饭，那个毛利人也离开了。大雨减弱成了淅淅沥沥的小雨。鲍尔弗的目光在大街上来回扫视，茫然不知接下来该去哪里。他感觉特别垂头丧气。消失了，他心想。但是一个人不会简单地人间蒸发！这个小伙子只能是被谋杀了。没有别的解释——如果已经有两个星期不见踪影。

埃默里·斯坦斯毫无疑问是黑沙滩南面最富有的人。他拥有不止一打的认领区，其中几个有可以下探至少三十英尺的矿井。鲍尔弗十分钦佩斯坦斯，猜想他二十三岁或二十四岁——既不是年轻得配不上这种好运气，也不是太老，让人怀疑他是以某种不诚实的手段聚敛了财富。事实上，如此想法从未在鲍尔弗的脑海里出现过。斯坦斯是一位十分温厚、有天赋的雅人，他是那种踏实认真、满怀希望但从不张扬的人，性情和蔼可亲，乐观、愉快而敏捷。一想到他死了，就让人难受。想到他被谋杀就让人更无法忍受了。

就在这时，卫斯理教堂敲响了十二点半的钟声，惊动鸟儿们纷纷狂飞乱舞，从临时搭建的钟楼里飞出，四处逃窜，在空中成为黑点。鲍尔弗面向钟声，转头时突然感到太阳穴一阵疼痛。他的神志从愚钝转向犀利——早晨喝掉的那些酒在起作用——肩负的责任开始令他感觉沉重。他不想再为劳德柏科打听消息了。

他裹紧外衣，迅速转身离开，朝着霍基蒂卡海湾沙嘴方向走去——对他来说，那里是个习惯的避难所。在这恶劣的天气里，他很高兴站在沙滩上，把外衣紧紧裹在身上，眺望锚地船舶上那些簇集的桅杆，船舶被河水的急流、海浪和狂风等各种力量推动着，全都不断地晃动着——呼啸的塔斯曼海风将沙滩的树皮吹掉，把灌木摧残变形。鲍尔弗欣赏暴风雨的残暴和冷漠。他喜欢孤独无人的地方,因为他从未真正感觉到孤单。

当他沿着泥泞的海滨，一步一滑地向码头走去时，大风突然停止了。鲍尔弗微笑着透过迷雾凝视。大雨使宽阔的河口没有机会形成倒影，灰浊的河水如同一块锡板。当风减小时，桅杆群的晃动也慢了下来。鲍尔弗看着它们，来来回回，摇摇晃晃，那种沉重的节奏使他心情平静。一直等到几乎风平浪静后，他才继续上路。

码头在河口弯成弧形，跟沙嘴相接，形成一条手指形的狭窄沙洲，一边被宽阔海洋的白浪冲击着，另一边被河水胡乱地拍打着，现在，淘去了金子的河水与海水汇流在一起。在沙嘴安静的一边，埠头伸出一个短短的装运码头。鲍尔弗踏上装运码头，平足落地，码头的结构在他的重压下颤动起来。两个码头工人像他一样浑身湿透，正坐在码头上离他二十英尺远的地方。他们被这颤动吓了一跳，转过身来。

“还好吧，小伙子们？”鲍尔弗说。

“还好，汤姆。”

其中一个拿着铜包头的船钩，刚才一直挥舞着它打那些钻入下面岩石中觅食的海鸥，现在又恢复了这种消遣。另外一个人给他记分。

鲍尔弗溜达到他们身后，一时间没人开口说话。他们把眼睛眯成一条缝，透过大雨看着那些停泊的船舶来回颠簸。

“你知道麻烦在哪里吗？”鲍尔弗这时说道，“在这里，每个人都可以重新开始，重新做人。化名又算得了什么呢？一个名字里有什么呢？

随便捡一个名字，就像捡起一块金子。叫这个韦尔斯——叫那个卡弗——"

一个码头工人扭头看了一眼，"你跟弗朗西斯·卡弗吵架了？"

"没有，没有。"鲍尔弗摇了摇头。

"那你跟一个叫韦尔斯的人吵架了？"

鲍尔弗叹了口气，"不——没有吵架，"他说，"我只是想搞清楚一两件事，仅此而已。但要悄悄地——暗地里进行。"

海鸥回来了，那个码头工人又挥舞船钩，但是没有打中。

"钩子捅穿了它的翅膀，差一点儿，"第二个人说，"这是第五只了。"

鲍尔弗看见他们向下面的沙砾上扔了一块饼干。

第一个说话的码头工人冲鲍尔弗点了点头，说："你是要追查卡弗呢，还是追查另外那个人？"

"都不是。"鲍尔弗说，"算了，算了。我跟弗朗西斯·卡弗没有争执——你记住这点。"

"我会记住的。"码头工人说，然后又开口道，"要我说啊，你要想掏出些见不得人的东西——要想暗地里进行——就应该去问那个狱守。"

鲍尔弗正在观察越飞越近的海鸥，问："狱守？谢泼德？为什么？"

"为什么？因为卡弗在谢泼德的看守下服过刑。"码头工人说，"在鹦鹉岛[①]上，整整十年。卡弗在那里挖掘干船坞——他是劳改犯——由谢泼德看管。你要是想挖出卡弗的丑闻，我敢打赌你应该去套套谢泼德监狱长的话。"

"在鹦鹉岛？"鲍尔弗带着兴趣说，"我不知道谢泼德曾在鹦鹉岛当过警官。"

"以前当过。后来，就在卡弗被刑满释放的同一年，谢泼德被调动到了新西兰——简直是前后脚！真是造化弄人啊！"

"再糟不过了。"他的伙伴应声附和。

"你怎么知道这些的呢？"鲍尔弗说。

① 鹦鹉岛位于澳大利亚的悉尼港。

码头工人冲着他的同伙说："那张脸是我永远不想再看见的——我的狱守，日复一日，整整十年——然后，我一旦恢复自由——"

"你怎么知道这些的呢？"鲍尔弗追问。

"我在那里的船坞上当学徒。"码头工人说，"嘿，好嘞——这个绝啦！"

他的棍子打中了海鸥的后背。

"你不会碰巧知道卡弗为什么进去的吧——你知道吗，小伙子？"

"偷运。"码头工人脱口而出。

"偷运什么？"

"鸦片。"

"什么——运到中国？还是从那儿运出来？"

"我也不知道。"

"那么，是谁抓的他呢？不是英帝国吧。"

码头工人想了想，然后耸耸肩膀说："我不是很清楚，大概是跟鸦片有关吧。但也许我只是道听途说。"

随后，鲍尔弗跟两人说了再见，继续沿沙嘴前行。他确定四周无人时，便双脚分开站稳，将双手插入衣兜，遥望着海上的白浪——视线越过前方的螺旋千斤顶和脂润滑辊，越过沙嘴最远端的木质灯塔，越过搁浅暗洲的沉船的黑暗废墟，望向远方。

"这下明白了！"他喃喃自语道，"初见端倪——初见端倪，没错！卡弗一定是那人的真实名字！他不可能用化名——在霍基蒂卡，在狱守的鼻子底下——他曾在那个男人手下服刑，在监狱里！"鲍尔弗用食指和大拇指捋了捋小胡子。"不过，难就难在这里。究竟是什么原因，使他声称——更有甚者，还有书面证明——说他的名字是弗朗西斯·韦尔斯呢？"

土星在天秤座

约瑟夫·普里查德概述了他的阴谋论；乔治·谢泼德提出一个精心策划的议案；哈拉尔德·尼尔森用争辩的口吻同意访问阿桂。

就在这一时刻，鲍尔弗作为叙述者的角色结束了——从船运商这方面看，该角色结束的标志无非是又点燃一支雪茄，又斟满一杯酒，并且热情洋溢地丢下一句话，“现在，如果我说错了什么，敬请纠正，小伙子们！”

这句告诫显然是针对两个人的。一个是约瑟夫·普里查德，也就是穆迪左边那个黑发男人，穆迪很快就会发现，他沉默时那种窒息般的紧张感，与他慢条斯理说话时那种被压抑的专注完全匹配。另一个人，我们到目前为止还没有机会介绍。穆迪刚进来的时候，这第二个男人正在打台球，鲍尔弗现在介绍了他，用雪茄赞赏地指了指，说他的名字叫哈拉尔德·尼尔森，出生于奥斯陆[①]，后来去了巴斯[②]，三卡吹牛[③]之常胜大师，好得要死的神枪手——这时，尼尔森向前一跳，强化了对他的夸奖，并补充说明他携带的是恩菲尔德前装式滑膛枪，是大英帝国最精良的枪支，

① 奥斯陆（Oslo）是挪威首都，当时已经是挪威最大的城市。

② 巴斯（Bath）是英格兰西南部的一个古老城市。

③ 三卡吹牛（three-card brag）是起源于16世纪英国的扑克牌。

也是他唯一可以屈尊触摸的武器。从他们的表情来看，这两个人非常欣然地接受了鲍尔弗的告诫——尼尔森是出于虚荣，既然已在一个耸人听闻的故事中做主导角色，那就必须在其中做主要演员才行。而普里查德则出于缜密的原因。

因此，我们就让托马斯·鲍尔弗继续待在装运码头上，双手插在衣兜里，眯眼望着雨中。我们将把目光向北转移约两百码，落在吉布森码头的拍卖场上——那里，在主席台的背后，有一道未上漆的门通向一间私人办公室，门上写着“尼尔森合作公司，代理商”。

考虑到时间范围的和谐转换，我们将从鲍尔弗退场的那个时刻，继续讲我们的故事——地点为霍基蒂卡，时间为一月二十七日，星期六，下午差五分一点。

Φ

在星期六的中午，哈拉尔德·尼尔森通常都会在他的办公室里，坐在一沓合同、遗嘱以及提货单前，每十分钟左右就拍拍他的胸，一再查看那块能放他去享用午餐的银怀表——他每天像吃药一样固定前往极上堂餐馆用餐。尼尔森对每个愿意听他说话的人推荐这家餐馆，坚信深色肉汁、糕点与麦酒的治疗作用。事实上，他经常以自己的习惯为例，向欠缺远见的人们大力推荐，说是为了对方好。他从辩论中获得一种特殊的快感，只要命题属于荒谬、假设一类，所以他喜欢在狭小而专一的个人品位的框架下，创造荒谬的抽象理论。这种态度被他的朋友们不断亲切地强化，作为他活泼、有趣的证明；却被诽谤者们蔑视，成为他矫揉造作、自我沉醉的证据——但这后一种声音无法进入尼尔森的耳朵，因为他根本不会浪费工夫去弄个究竟。

哈拉尔德·尼尔森在霍基蒂卡因为衣着款式时髦而出名。那天下午，他身着一件长及膝盖的木炭色丝质翻领双排扣大衣，一件深红色马甲，佩戴灰色领结，下面是条纹羊绒日装长裤。礼帽是与外套颜色相配的木炭色，挂在他桌子后面的衣帽架上，帽子下面靠架子摆放着一根弧形手柄、顶部包银的手杖。为了给这身行头锦上添花（因为这是他对日常着装的感觉：一套完整的戏剧行头，需要达到效果），他吸烟用的是烟斗，一只带着烟嘴的胖葫芦——然而，他对这副道具的感情，与吸烟习惯获得的快感关系不大，更多是因为它能够提供一种强调功能。他经常把没点燃的烟斗咬在牙齿间，像喜剧演员念旁白一样用嘴角说话——这个比喻对他很合适，因为，如果尼尔森对自己创造的印象很自负，那是因为他知道自己的形象天衣无缝。然而，今天红木烟锅头是热的，他相当激动地吸着烟嘴。吃午餐的时间已经过了，但他既不考虑他的胃，也不想念极上堂餐馆里那个叫他哈利、总是为他留一块上等馅饼酥皮的脸色红润的女招待。他正皱着眉头，低头看着办公桌上的一张黄色票据，而且他不是独自一人。

终于，他从牙齿间拔出烟斗，抬起头来与坐在他对面的那个男人对视。他压低声音说："我没有做错事。我没有干任何违法的事。"

他说话时只带着一点点挪威口音。在巴斯住了三十年，已经使他的语音语调完全英国化了。

"那要看谁是获利者，"约瑟夫·普里查德说，"法官瞄准的就是这个。看来你从此人的死亡中获取了一笔非常可观的利润。"

"通过合法销售他的房地产！我是在他入土之后才接的业务！"

"入土了——但尸骨未寒，我认为。"

"克罗斯比·韦尔斯是自己喝死的，"尼尔森说，"没有理由验尸，没有任何不妥。他是一个醉鬼，一个隐士，当我收到这些文件的时候，我以为他的房地产没有多少。我根本不知道那笔横财。"

"你是说这只是一桩幸运的交易。"

"我是说我没有干任何违法的事。"

"但是有人干了，"普里查德说，"有人在幕后操纵。是谁知道这笔横财呢？是谁一直等到克罗斯比·韦尔斯被埋在六英尺深的地下，就神不知鬼不觉地迅速卖掉他的土地，根本没打算去搞拍卖——是谁把文件交上去的？又是谁把我的鸦片酊栽赃到他床底下的？”

“你说栽赃——？”

“是栽赃，”普里查德说，“我可以为此发誓。我从来没有卖给这个人一打兰[1]。我认识我的客户的面孔，哈拉尔德。我从来没有卖给克罗斯比·韦尔斯一打兰。”

“那么，你就不必担心啦！你能证实这一点的！拿出你的记录，还有收据——”

“在这个阴谋中，必须看到我们自己那部分之外的事！”普里查德说。他说话严厉时，不但不提高嗓门，反而压低了声音，“我们脱不了干系。追根到底，你会发现一个始作俑者。这是一个整体。”

“你是说这都是设计好的——事先？”

普里查德耸了耸肩，说：“在我看来像是谋杀。”

“预谋杀人。”尼尔森纠正他。

“有什么区别？”

“区别在于指控。这应该是预谋杀人——我们定罪是根据意图，而不是行为结果。克罗斯比不是被他杀，你知道。”

“我们是这样被告知的。”普里查德说，“你信任那个验尸官吗，尼尔森先生？或者你愿意亲手拿起铁锹，把那隐士的尸体挖出来？”

“别说得这么恐怖。”

“我告诉你吧，你会在墓穴里发现不止一具尸体。”

“别说了，听见没有！”

“那就是埃默里·斯坦斯。”普里查德毫不留情地说，“如果他不是被杀掉了，还会是怎么回事呢？你认为他变成了蒸汽？”

---

① 打兰（dram）是英制药衡单位，一打兰液体相当于当时的一茶匙，等于八分之一盎司，也是用于表达极少量的虚数。

“当然不会。”

“韦尔斯死了，斯坦斯消失了。一切都发生在数小时内。韦尔斯两天后被埋葬……还会有什么地方比别人的墓穴更适合藏起一具尸体呢？”

约瑟夫·普里查德总是寻找隐藏的动机，内在的真相。阴谋论令他痴迷。他形成自己的信念，如同别人形成毒瘾一般——信念对他来说如同一种饥渴——他心甘情愿地将狂热的激情馈赠予自己的信念。这种快感延伸到了他的自尊心。无论何时他的心灵深处泛起波澜，他都会一头扎进去，挣扎着向下——奋力踢打，不屈不挠，仿佛要触摸自己黑色幻想的矿藏深处，仿佛希望自己溺水而亡。

尼尔森说：“这是徒劳的猜测。”

“同穴而葬。”普里查德说着，往后一靠，“我可以拿我的生命打赌。”

“你猜什么——赌什么，又有什么关系呢？”尼尔森突然脱口说道，“你又没有杀他。你又没有谋杀任何人。这是别人头上的罪过。”

“但肯定有人想弄得看上去是我干的。肯定有人让你看上去像是一个该死的大傻瓜，追逐一条已经熏成了红色的鲱鱼[①]！”

“你在说表面现象。”

“陪审团在意表面现象。”

“好了，”尼尔森说得有点底气不足了，“你不会真的认为陪审团——”

“——有必要？别当蠢驴了。埃默里·斯坦斯是霍基蒂卡的贵族。听上去挺奇怪。老百姓没法从一群醉鬼中认出谁是特派专员，却都知道斯坦斯的名字。毫无疑问会验尸。如果他摔下楼梯，断了脖子，就算有十二个人当场见证，也会做验尸。哪怕只有一点蛛丝马迹的证据，就会将他与克罗斯比·韦尔斯的事联系在一起——也许是他的尸体，不管什么时候被发现——砰，你就有牵连了。你就是一个同谋。你就会受审。到那时候，你得说什么来为自己辩护呢？”

“就说我不是——我们没有——密谋——”

---

① 追红鲱鱼为一种英文修辞，是转移焦点或注意力的意思。

然而，他知道这么说无济于事，没有继续说下去。

普里查德没有打破沉默。他目不转睛地盯着这里的主人，等待着。终于，尼尔森又开口了，努力让自己的声音显得平静而务实：

“我们绝不能隐瞒任何消息。必须亲自去找司法机关——”

“冒着被指控的危险？”普里查德的声音压得更低了，“我们连一半的参与者都不知道，天哪！如果斯坦斯是被谋杀了——看，即便你不相信我说的别的话，也必须承认他消失的时间是一个该死的巧合。如果他是被谋杀了——我们假设如此——那么，镇上肯定会有人知道。”

尼尔森试图表现得傲慢，“至少我不会束手待毙，等待着绞索套在我的脖子上——”

“我没有提议我们束手待毙。”

代理商的身体往下一垮，“那怎么办呢？”

普里查德露齿一笑，“你说有一条绞索——嗯，好吧。顺着绳子摸下去。”

“你的意思是，回到那位银行经理身上？”

“查理·弗罗斯特？也许吧。”

尼尔森将信将疑，“查理不是个两面三刀的人。当横财被抖搂出来的时候，他跟其他人一样吃惊。”

“吃惊，那很容易假装。买房地产的那个家伙怎么样？克林奇——烤架旅馆的那个人。他准是得到了一些小道消息。”

尼尔森摇了摇头，“我不相信。”

“也许你应该走出你的思维定式。”

“不管怎么说，”尼尔森说，皱起了眉头，“现在那个寡妇站出来认领了，克林奇一分钱都捞不到。那个寡妇才是你应该担心的人。”

但是普里查德对那个寡妇没有什么看法。“克林奇一分钱都捞不到——从克罗斯比·韦尔斯身上也许捞不到，”他说，“但是往这方面考虑一下。斯坦斯将烤架旅馆租给了克林奇，对不对？”

“你这是想说什么呢？”

“我只是想说，如果一个人的债主死了，他是绝对不会感到难过的。”

尼尔森脸红了，“克林奇不会要另外一个人的命。他们中间谁都不会。查理·弗罗斯特？快别说了，乔！那人胆小如鼠。”

“你从相貌上看不出一个人能够干什么，更看不出他已经干了什么。”

“这种猜测——”尼尔森开口说道，但他不知道该怎么提出异议，便再次沉默下来。

尼尔森不认识消失的探矿者埃默里·斯坦斯，可以说素不相识——但若问起来，他会违背事实宣称他们关系亲密，因为尼尔森喜好吹嘘能够抬高自己的关系，斯坦斯正是他愿意缔交亲密关系的那一类人。尼尔森喜欢耀眼浮华，最令他眼花缭乱的莫过于他十分崇拜的魅力人物。埃默里·斯坦斯，青春与信念双全，自然是令人羡慕的类型。现在想起他来，尼尔森不得不赞同普里查德的观点，斯坦斯在深夜自愿地秘密离开霍基蒂卡的可能性极小。他的认领区需要密切维护与监督，他手下雇了五十多人——是啊，他若不在，损失的可不是小钱，尼尔森想，债务每天都会叠加。不，普里查德是对的。斯坦斯要么是被绑架了，要么——更有可能的是——被杀害了，尸体已经被非常成功地隐藏了起来。

根据目前的信息，最后一次看到埃默里·斯坦斯是一月十四日的日落时分，斯坦斯当时正在雷维尔街上向南走，朝着回家的方向。在那之后发生了什么，便无人知晓了。他的理发师第二天早上八点到访，发现他的门没锁。理发师报告说床铺皱巴巴的，仿佛刚有人睡过，但是火炉冰凉。所有的贵重物品都在，没人碰过。

埃默里·斯坦斯没有敌人，至少据尼尔森所知是这样。他性格开朗，十分豪爽，又难得地既慷慨又谦逊。他非常富有，虽然霍基蒂卡的有钱人很多，但是大多数都远不如他和蔼可亲。不同寻常的是他很年轻，当然，这可能成为年龄稍长、心灰意冷的人嫉妒他的理由——但嫉妒是十分牵强的杀人动机，尼尔森想，如果这个年轻人真的是被杀害了的话。

“有什么会驱使一个人与斯坦斯闹纠纷呢？”尼尔森大声说，“这小伙子浑身散发着好运气——他有麦达斯的点金术。”

“好运气不是一种美德。”

“那么就是谋财害命——？”

“我们先把斯坦斯放一放，”普里查德身体前倾，“你把克罗斯比·韦尔斯财富中相当可观的一笔收入了囊中。”

“是的——我告诉过你了，百分之十。”尼尔森说着，转向面前办公桌上放着的那张黄色销售票据。“出售他的动产的佣金，你知道的。但现在遗嘱有了争议，付款无效。我不得不交还一切款项。其财产是不应该出售的。”

他用手指触摸着票据的边缘。两星期前在这同一张办公桌旁，他已在文件及其副本上签了字——当他写下自己的名字时，心情是多么沉重啊。在霍基蒂卡，销售死者地产上的财产向来不是有利可图的买卖，但生意不景气，他饥不择食了。多么令人感到耻辱啊（他当时心想），不远万里绕地球半圈，却发现自己落魄到这种地步——只是在更有钱、更有好运的人的餐桌下捡些碎屑残渣。票据上的名字——克罗斯比·韦尔斯——当时对他来说毫无意义。他那时只知道韦尔斯是个独来独往的人，一副倒霉相，每天晚上都喝得酩酊大醉，没有任何梦想。尼尔森苦涩而疲倦地签下自己的名字。他还得租一匹马，牺牲一天的工作，骑马上路——去哪儿呢？——去那个荒凉的绿玉神舟谷，整理那个死人的遗物，如同一个在阴沟里找东西吃的流浪汉。

然而，嵌在那些面粉罐、粉盒、肉匣子、风箱、破裂的旧马桶中的——到处都是闪闪发亮的东西，沉重，柔软。他的佣金总数为四百英镑出头，他这辈子第一次有了钱。他有可能已经收拾起行装，乘船到了悉尼；他有可能已经回家；有可能已经开始了新的生活；有可能已经结婚。但是，他没有来得及享受这一切。佣金终于到手的那天，也正是韦尔斯夫人到达的日子。不出几个小时，房地产的销售便遭到上诉，遗产成为争议，金子被银行查获。如果上诉得到批准——这自然是预料之中的事——尼尔森就不得不全额交还他的佣金。四百英镑啊！比他整整一年赚的钱还要多。他的手指顺着票据的边缘滑动，感到愤怒刺痛着他，内心一片凄凉。他希望，正如他上个星期多次希望的那样，能够找到一头替罪羊。

但是普里查德正在摇头，他既对死者的遗嘱不感兴趣，也不关心质疑遗嘱的法律意义。“暂且别在意那一切，”他说，“回想一下那个小房子吧。你是亲眼看见那堆金子的吗？”

“我是第一个发现它们的。”尼尔森带着一丝骄傲说。回想当时的情景，他感到放松了一点，“啊——真希望你能看见——我要是能把它们变成薄片，准能把整张台球桌都包起来，把桌子腿和其他所有的地方都包起来。沉得什么似的。亮得多么晃眼啊。”

普里查德没有笑，接着说：“你说过那都不是碎金子，也不是不规则的金块。我没有听错吧？”

尼尔森叹了一口气，说：“对，没错。全都被锻打成了金条。”

“冶炼过了，”普里查德说着，点了点头，“那可需要设备，还有技术。那么那个工匠是谁呢？不会是韦尔斯本人。”

尼尔森停顿了一下。这个问题是他脑子里从未想过的。普里查德提出论点的方式——自信、傲慢——令他感到不愉快，但是他不得不承认，这个药剂师指出了一些被他自己忽略的联系。他吸着他的烟斗。

尼尔森对金矿的运作算不上非常精通。在淘金方面，他只做过一次尝试，便发现那是一种悲惨的工作——拎着水桶往返于河边，将水倒入洗矿槽里淘洗沙砾，白蛉钻进了外套里，需要不停地拍打，最后被逼得手舞足蹈，像疯了一般。之后是腰酸背痛，手指如针扎，双脚软得像海绵，肿胀数日不消。他拿回家的那一小撮金沙砾，包在手绢的一角，被层层抽税之后，称重的结果只有一盎司的几分之一——终于换成钱，脏兮兮的五先令，刚够支付租一匹马进出峡谷的租金，那真是一种无法言表的失望。尼尔森没有再去碰运气。他的天性和个人风格，都像一个文艺复兴时期的男人，不管将精力投入哪个领域，都习惯于得到立竿见影的承诺。如果第一次尝试没有掌握诀窍，他就会放弃这一行。（他对这种做法不是没有自嘲。他曾经回忆自己在霍基蒂卡峡谷这一段竹篮打水一场空的尝试，轻松地调侃自己娇生惯养的身体，夸大自己经受的肉体折磨——但是这种解释是他专门为自己保留的，如果别人持同样的看法，或同意他的说法，他便会感到尴尬。）

在一定程度上，约瑟夫·普里查德告诉他的那套理论还是很有道理的。有人——也许不止一个人——一定知道克罗斯比·韦尔斯地产里隐藏着的横财。这笔横财数目太大，而且他的财产出售过于隐秘和迅速，因而无法完全排除上述这种可能性。再者，在死者触手可及的地方发现了一小瓶鸦片酊，表明有人——也许是同一个人——刚好在隐士死亡之前或之后去过那个小房子，想必是企图加害于人。那个小瓶子是普里查德的，是从他的药店买来的，瓶子上的标签有他的亲笔签名。因此，拿小瓶子的人肯定是一个往北走的霍基蒂卡人，而不是一个往南走的陌生人。这就排除了首先发现克罗斯比尸体的那位政要和他的助理，是他们将噩耗带进镇子的。

私下里，尼尔森其实相信普里查德对地产购买者埃德加·克林奇的怀疑是正确的——还有那个银行经理，弗罗斯特。尼尔森不像普里查德那样旗帜鲜明地怀疑他们参与了埃默里·斯坦斯的谋杀，但他似乎认为克林奇一定是得到了什么内部消息，才如此匆忙地购买了克罗斯比·韦尔斯的房屋和土地——不管是什么样的内部消息，查理·弗罗斯特一定知道内幕。尼尔森也能接受，虽然自己清白无辜，但他受到的牵连在公正的外人看来也肯定是蹊跷可疑的：毕竟，他是发现这笔横财的人；他在分类账上记录了那一小玻璃瓶的鸦片酊（他一直在汇编待售遗产清单）；而且他在这笔交易中获利四百英镑。

然而，除了承认这些（毕竟，这些只是对怀疑与大概印象的承认），尼尔森仍感到不确定。普里查德已经推断埃默里·斯坦斯的失踪绝非巧合，这是假设；他一口咬定这个人已经被谋杀了，这是猜测；他还判断尸体已经被埋葬在韦尔斯本人的墓穴中，这是假定；他还提出韦尔斯房地产在法律上的溃败是事先策划的，作为一种蒙蔽或诱饵——这最后一条，尼尔森心想，简直是彻头彻尾的幻想。普里查德无法解释那一小瓶鸦片酊。他想不出犯罪嫌疑人的动机，也指不出一名合情合理的犯罪嫌疑人……但是，这位代理商不能完全低估对方坚持的看法，不管他多么不喜欢对方的表达方式。

尼尔森没有像药剂师一样如痴如醉地深入探究，对真相的追求没有使他如来访者这般走火入魔。每当普里查德谈起他热爱的东西，说他在天花板低矮的实验室里酿制并品尝的酏剂，说他买进卖出的、装在半透明罐子里的树脂与粉末，那时候的他都显得十分怪异。此人具有某种冷酷而严峻的气质，尼尔森想——他像平常那样，把自己的不良感觉转化为一种审美意义上的厌恶。

每当别人的论点显示出尼尔森自身的欠缺时，他总会表现出恼怒的神态，此刻他正带着这种情绪。最后，他从嘴里拿出烟斗，说道："嗯——也许韦尔斯在储备银行有个联系人。基拉尼——或者国有公司的什么人——"

"不。"普里查德叉开手指敲了一下桌子，他料到尼尔森会猜错，而且已经准备好了反驳之词，"这是一个中国佬的活儿。我可以出任何价钱跟你打赌。卡瓦劳的香庙里总是挤满了没有许可证的家伙们——他们一同分享矿采权。没人能分辨出他们谁是谁，你明白，在那些外国人的口中，一个人名跟另一个人名没有什么差别。在中国城，全都是外包的活儿。如果这是与某个国有公司相关的，那么看上去会——"

"更干净些？"尼尔森的声音里充满希望。

"正相反。当一个家伙要遮掩自己的行踪——当他不得不走旁门左道，而不是正大光明地那样从大门进来时——他就不得不开始做准备、做牺牲了。你明白了吗？一个圈内人必须去抗衡每个走卒——去对付该系统中的所有棋子。但是一个圈外人可以直接与魔鬼周旋。”

这种表达方式正是尼尔森特别不喜欢的。他再次低头凝视着销售票据。

“中国城金匠铺。”普里查德说，“你记住我的猜测。一个烧熔炉的家伙，他的名字叫桂。”

“你会去问他吗？”尼尔森抬起头来说。

“事实上，”药剂师说，“我本来希望你能去。我眼下懒得跟东方人打交道。”

“我斗胆问一句为什么呢？”

“哦——都是些下三烂的勾当。商业秘密，鸦片。”普里查德将手掌反转过来，又放在了腿上。

尼尔森皱起眉头，“你从中国运鸦片来？”

“上帝啊，不是，”普里查德说，“从孟加拉运来。”他犹豫了一下，“更确切地说是个人纠纷。因为险些丧命的那个妓女。”

“安娜，”尼尔森说，“安娜·韦瑟雷尔。”

普里查德沉下脸。他本来不想提到这个女人的名字。他转过头去，看着雨点变大，集聚在推拉窗的窗台上。

在对方重新开口前的短暂停顿中，尼尔森为自己的一个转念大吃一惊，他想也许药剂师爱那个女人：安娜·韦瑟雷尔，那个妓女。他在心中验证着这种可能性，暗暗地乐在其中。那个女人特别引人注目——步态中带着一种疲惫与致命的慵懒，像一只心怀幽怨的天鹅——但是她的情绪变幻叵测，远远超出尼尔森喜欢的那类女子，而她的美丽（事实上，尼尔森不会说她美丽，他将这个词留给处女与天使）太具有挑逗性了，不符合他的口味。她还是个大烟鬼，吸食鸦片的习惯使她脸上浮现出一种永恒的朦胧，体态中透露着深不可测的疲惫——这种强迫性的状态已经够不雅观了，而且她现在还企图自杀。是的，尼尔森心想，她正是普里查德会爱上的那种女子。他们会在黑暗中约会，他们的结合会是激情狂热的，但注定会毁灭。

这一次，代理商没有猜中。尼尔森的猜测总是自我确认的类型：无论面对什么样的证据，他往往都会偏爱那些最迎合他个人原则的，反之亦然，他坚守那些最能迎合证据的原则。他经常谈论美德，因此给人留下的印象是他的性格是最乐观、最令人鼓舞的，其实他对美德的信念奴役于一个难伺候的、谈不上乐观的主子。拿句通俗的话来说，质疑带来的好处是一种随意的礼物，尼尔森对自己的才智感到太骄傲了，不愿屈服于假想的力量。在他心中，高度抽象的结晶体被涂上了一层保护釉，他喜欢注视着它们，为它们的光耀而称奇，却从来没有想过要把它们从雕刻的橡木壁炉台上拿下来，比如说，用手把玩它们，体会柔润的感觉。他的结论是普里查德恋爱了，因为咂摸这个观点、验证这件怪事令他感到愉快，然后回到他固执己见的定论上：普里查德是个怪人；安娜是个不可救药的女子；一个人永远不该爱上一个妓女。

“是啊，嗯，”普里查德正在说话，“他们对此极其愤怒，你知道。有个黄皮佬在卡尼里经营一个鸦片窟——他叫阿苏——那个妓女病倒以后，阿苏去找过汤姆·鲍尔弗——气恼得不行，你知道。他告诉汤姆他要查看我的航运记录，检查进入我账户的最后一宗买卖。”

“为什么不直接来找你呢？”尼尔森问。

普里查德耸了耸肩，“大概是认为我心怀鬼胎吧。”

“他认为你给那女人下了毒——而且是故意的？”

“是的。”普里查德又扭头看着别的地方。

“那么，汤姆说什么了呢？”尼尔森追问道。

“他给阿苏看了我的记录。证明我是干净的。”

“你的记录是干净的？”

“是的。”普里查德没好气地说。

尼尔森发现自己冒犯了对方，一种不可告人的快感在他心中闪现。他开始讨厌别人暗示他们为同等的合谋者，直到埃默里·斯坦斯可能被杀一案水落石出。在他看来，在这个烂摊子里普里查德似乎比他陷得更深。

尼尔森与鸦片无关，他不想与它有任何关系。这玩意儿是毒品，是祸害，它把人变成傻瓜。

“听着，”普里查德说，把食指放在桌面上，“你必须让桂这个家伙开口跟你谈。如果我能办的话我就自己去了——我已经去鸦片窟试过了，但是阿苏根本不搭理我。桂还行。他还算体面。问问他那堆横财的事——那是不是他的金子，如果是他的，为什么会出现在韦尔斯的地盘上。你今天下午可以去找他。”

被对方这样支使，尼尔森感到十分恼怒，“既然你不满的是另外那个家伙，我不明白你为什么不能亲自跟桂谈。”

“我现在正处在风口浪尖上，就算是回避吧。”

尼尔森心想他这是玩的什么把戏，嘴里大声说出来的却是：“你究竟为什么要招呼一个约翰尼[①]窄眼佬跟我说话呢？”——最后他通过发怒给自己解围。他将黄色票据从面前推开。

“至少你是中立的，”普里查德说，“没有给他们中间的任何人抓住理由对你品头论足——是不是？”

“华人？”尼尔森吸着烟斗，烟叶几乎都烧成了灰烬，“没有。”

“你在名字前面加个阿字——阿桂。这是他们叫人时的尊称。”普里查德停顿了一下，打量着对方，然后补充道，“不妨这样想一想。如果我们被栽赃了，那么他也许同样会遭殃。”

他说话时，有人敲了一下门，原来是这里的秘书，报告说乔治·谢泼德在外面的办公室里等候接待。

“乔治·谢泼德——那个狱守？”尼尔森说，带着一丝不安，朝普里查德迅速地瞥了一眼，“他说了有什么事吗？”

“利润问题，他说，共有利益。”那个职员回答，“我去请他进来吗？”

“我要告辞了。”普里查德说着，立刻站了起来，“那么你会去找他——

---

① 约翰尼（johnny）是泛指所有无价值、无意义、无名之辈的贬义词，是扼杀人性的歧视性称呼。

那个叫桂的家伙？你就答应吧。”

“一路跑到卡尼里？”尼尔森说，想起了他的午餐，还有极上堂的女招待。

“只需步行一个小时。”普里查德说，“但是要确定找对了人。你要找的那个家伙比较矮，精瘦精瘦的，脸刮得干干净净。你能通过金匠铺的烟囱认出他的小屋。我等候你的消息。”话音未落，他已经离开了。

Φ

尼尔森的办公室似乎太小，无法接纳乔治·谢泼德进门时那庞大而僵硬的一鞠躬。代理商感觉相比之下自己在椅子里缩小了一圈，为了弥补这一点，他一跃而起，伸出手去，大声喊道：

“谢泼德先生——是啊，是啊，请。我还从未有荣幸接受过您的业务，先生——但我真心希望能够为您服务——在最近的未来——如果可以的话。您请坐。”

“我当然知道你。”谢泼德回答，在为他提供的椅子上坐下。看见尼尔森的烟斗燃着，他伸手从衣兜里摸出自己的烟斗。尼尔森把他的烟丝袋和火柴递到办公桌对面，谢泼德填满并夯实他的烟锅，划燃火柴，这期间有短短的沉默。他的烟斗是石楠木制成的，浅烟锅，烟嘴和烟管之间有一节精美的琥珀圈。他猛吸了几口，直到烟丝燃到满意的程度，然后放松地坐在椅子上，以一种审视的眼光从左到右扫视了一圈，仿佛在暗暗计算房间的面积。

“久闻大名。”他是个话若说出口就要意思到位的人。他吐出一大口烟，补充道，“刚才走的那家伙，他叫什么名字来着？”

“他的名字是乔·普里查德，先生——约瑟夫，在科林伍德街开药店。”

“当然。”

谢泼德停顿了一下，心中盘算着。苍白的日光倾斜地照在尼尔森的办公桌上，烟斗冒出的烟圈挂在他的头顶，久久不散——盘旋的缕缕青烟固定地悬在空气中，仿佛矿物石英中保存和显示着的扭曲的金脉。尼尔森等待着。他心里想，如果我被定罪，这个人就是我的狱守。

乔治·谢泼德成为霍基蒂卡监狱的监狱长，他的委任几乎没有遭到管辖区内居民和挖矿人的任何反对。谢泼德是个凛然可怕的冷血人物，动作缓慢，仿佛在不断强调他双肩的宽度及双臂的重量。他行走时迈着不紧不慢的大步，说话时（他十分寡言）声调是醇厚而威严的低音。他的谈吐缺乏幽默感，毫无讨喜之处，但对于从事这种职业的人来说，严厉可以算是一种美德。他从未被指责持有偏见或成见，选民们一致认为这是他的功德。

如果说谢泼德也当过人们闲言碎语的对象，那些闲言纯属无端的臆想，而且话题几乎总是离不开他与妻子的私人关系。从一切表面迹象上看，他们的婚姻都是在绝对的沉默中进行的，在他这方面是严酷的决心，在他妻子那方面则是恐惧和压抑。这个女人自称乔治太太，她只敢轻声细语地这么称呼自己。她带着茫然的恐惧，如同一头被折磨的野兽，盯着无形的牢笼，任何突发的事情都会令她发抖。乔治太太极少跨出监狱大门，除非是在偶尔的公民集会场合，红着脸跟在谢泼德监狱长的身后，走在雷维尔街上。夫妻俩已经在霍基蒂卡住了四个月，才有人发现乔治太太原来还有个教名——玛格丽特——但是在她面前称呼这个名字，对她来说是一种十分可怕的攻击，她唯一的应付办法就是逃离。

“我有事找你，尼尔森先生。”谢泼德开口道。他说话时将烟斗的锅头攥在手中，靠近胸口。“我们目前的牢房不比牲畜栏强多少——就是一个牲口棚。阴森森的，不透亮，也不透气。为了通风，我们打开门，拉上一根链子，我坐在门外，把来复枪放在膝头。说来寒碜，碰到更有经验的犯罪分子，我们就没有能力应付了。更复杂的犯罪，比如说，谋杀。”

“唉——是啊，是啊。”尼尔森说，“当然。”

稍顿片刻后，谢泼德继续说下去：“请你原谅我的悲观，”他说，“我相信霍基蒂卡将面临一个更加黑暗的时代。这座小镇正站在一个门槛上。淘金汉规则依然是山里的王法，是这里的王法——唉，虽说我们仍是坎特伯雷一个落后的角落，但是很快就会成为它皇冠上的宝石。韦斯特兰将分裂，霍基蒂卡将繁荣昌盛起来，但随着它的崛起，它必须调和自己。”

“调和——？”

“在野蛮与文明之间。”谢泼德说。

“您指的是本土人——毛利部落？”

尼尔森说话时带着一丝热情，对他所谓的“部落生活”怀着一种浪漫的激情。当毛利人的小舟在布勒峡谷的急流中一闪而过时——他远远地看着他们——内心充满敬畏。对他来说，毛利勇士看上去很恐怖，他们的女人不可知，他们的习俗可怕而原始。他的惊愕与其说是崇敬，不如说是恐惧，但这是一种他渴望重温的惊悚。事实上，尼尔森远航新西兰就是因为一次偶然的刺激，当时他在南安普顿附近一家廉价旅馆里巧遇一个精干的水手，水手正在吹嘘自己在南海遭遇原始人（其实不大可能）的故事。水手是荷兰人，身穿被剪短的齐臀外套。他用铁钉交换椰子，允许岛上的女人将手放在他皮肤白皙的胸膛上。有一次他给岛上的一个男孩编了一个水手结做礼物。（“什么样的结？”尼尔森走上前恳求地问。那种结叫土耳其头结，尼尔森当时不知道它是什么样的，水手就在空中勾勒出环形花饰的造型。）

但是，谢泼德对尼尔森的质疑摇了摇头。“我用的‘野蛮’一词，不是本土意义。”他说，“我指的是土地本身。探矿是一种见不得人的行当，迫使人像贼一样思考。而这里的情况更是肮脏，足以令淘金汉们更加绝望。”

“但矿区可以变得文明起来。”

“也许——等到河川被淘干之后。等到探矿者让位给了水坝、挖土机和矿山公司之后——等到森林被砍伐光了之后——也许到那时候吧。”

“您不相信法律的力量吗？”尼尔森说着皱起了眉头，“您知道，韦斯特兰很快就会在议会占有一个席位。”

“我大概没有讲清楚我的意思，”谢泼德说，“请您允许我重新开始好吗？”

“绝对没问题。”

狱守立刻又讲了起来，体态和腔调都没有改变，“当同时有两套司法准则可用时，”他说，“人们总是用一套去抨击另一套。试想一下，一个人认为到法庭上投诉自己的娼妇是一件正义而且正确的事情——他既希望法律发挥效力，同时又想得到法律的豁免。结果他被拒绝了，甚至可能被控与那个女人鬼混，这样一来，他就同时责怪法律和那个女人。法律不会答应这个淘金汉自以为是的理论，于是淘金汉就将法律掌握在自己手里，要掐死娼妇。若在过去，他会立刻挥舞拳头解决争端，大打出手——那是淘金汉规则。那个娼妇也许会毁灭，也许能活下来，但无论哪种结果，他的行为是他个人的。现在——现在他感觉他要求正义的正当权益受到了威胁，而这恰是他行为的准则。因此他加倍地愤怒，而且加倍地发泄他的愤怒。我每天都在见证这一类的例子。”

谢泼德往后一靠，将烟斗放入嘴里。他态度镇定，但那双淡色的眼睛专注地盯着东道主。

尼尔森从来不拒绝任何一个引发假想的机会。“是的，然而——按照您的论点，”他说，“您肯定不是在暗示偏爱淘金汉规则吧？”

“淘金汉规则是庸俗而卑鄙的。”谢泼德监狱长平静地说，“我们不是野蛮人，我们是文明人。我不认为我们的法律匮乏，我想指出的仅仅是，当野蛮遇到文明时会发生什么情况。四个月前，我监狱里的男人和女人都是醉鬼和小偷。现在，我看见这些醉鬼和小偷一个个都满腔愤慨，煞有介事、充满正义地说话，仿佛对他们的审判都是不公道的。他们每个人都十分愤怒。”

“可是——还是这样——到了最后，”尼尔森说，“当那个妓女被掐死之后，当淘金汉的愤怒发泄完了之后，想必文明的法律还是要回过头来审判这个男人？想必他最终会受到正义的惩罚？”

“如果他的同伴们团结在他周围，捍卫他作为淘金汉的正当权利，就不会这样。”谢泼德回答，“当他的准则遭受公然侮辱的时候，没有人能比他更强硬地坚守准则，尼尔森先生，没有什么比一群愤怒的人更残酷。我已经当了十六年的狱守。”

尼尔森靠在椅背上。“是的，”他说，“我接受您的观点。这种过渡时期是最危险的，在新旧世界交替的时候。”

“我们必须摆脱旧世界。”谢泼德说，“我不会忍受娼妓，不会忍受那些惯于嫖娼的人。”

谢泼德的自传（如果有朝一日写出来，肯定是一份僵硬、简朴、充满说教的文件）缺乏一个必要的篇章，那就是年少轻狂、风流失足等内容。自从结婚以来，他的想象力就没有超越过乔治太太方形的身材，妻子的性格与行为是如此熟悉、如此规矩，以至于他可以根据她的生活节奏校准自己的怀表。他的行为一直无懈可击，其结果是，他换位思考的余地很小。安娜·韦瑟雷尔的职业对他绝对没有丝毫的吸引力，他没有任何少年时温柔或荒唐的记忆，用来软化他对安娜·韦瑟雷尔职业奥秘的态度。他看着安娜·韦瑟雷尔时，看见的只是一篇概括的目录，一种不稳定的情智，以及她的前途的一片灰暗。一个娼妇企图结束自己的生命，这对他来说既不是什么了不起的大事，也不是什么伤心的悲剧。在这个特殊的案例里，他甚至可以说如此结束生命是一种仁慈之举。毕竟，韦瑟雷尔小姐是在按照魔鬼的意志生活，毒品为愚蠢的国王充当管家，永远带着嫉妒的眼光守卫着王座。

公平地讲，关于七美德[①]，谢泼德监狱长只倾向于四枢德[②]。他完全熟悉基督教教义中的宽恕，但仅仅是作为研究和服从的一个信条。我们

---

① 七美德（the seven virtues）在天主教里，与七宗罪相对应的，是七种高尚的德行：谦卑、宽容、耐心、勤勉、慷慨、节制、贞洁。

② 四枢德（the cardinal four）是基督教传统伦理道德中的四种基本道德：明智、正义、勇敢和节制。

并不想通过讨论宽恕来降低他的宗教性，宽恕是一种必须先请求获得才知道如何给予的东西，而谢泼德监狱长在其一生中还没有遇到过必须请求宽恕的情形。他已经为韦瑟雷尔小姐的灵魂祷告过了，正如他为所有在押的男人与女人祷告一样，但是他的祈祷表达的是责任而不是希望。他相信灵魂居住在肉体中，因此，对肉体的亵渎就是对灵魂的攻击。一个普通的娼妇，从这种实质神学的角度来判断，的确没有什么好结果，韦瑟雷尔小姐营养不良、饱受虐待，如同谢泼德看见过的任何一幅猥琐的画面。他并不诅咒韦瑟雷尔小姐下地狱，但是他私下里相信，拯救她的灵魂是不可能的事情。

韦瑟雷尔小姐灵魂的命运，以及她所选择的给自己的命运永久定论的方式，都没有激发谢泼德的兴趣。他对韦瑟雷尔小姐肉体方面的长处也不感兴趣。在这方面，谢泼德与霍基蒂卡的大多数男人不同，他们（正如加斯科因在大约七小时后向穆迪直言不讳的那样）在过去两个星期里，除了她之外，几乎就没有什么别的谈资。他们对前面一个话题厌倦时，就换成后面这个话题，争来争去使他们的谈话延续了很长一段时间。

尼尔森的烟斗熄灭了。他把烟锅里的烟灰磕在桌上，然后重新往里装烟丝。“我相信阿利斯泰尔·劳德柏科打算做出改变，”他说着，用另一只手解开烟丝袋的带子，“当然，我是说如果他当选的话。”

谢泼德没有立刻回应，过了会儿，问：“你一直在关注选举活动？”

尼尔森忙着摆弄他的烟丝袋，没有注意到对方的犹豫。当狱守刚进来的时候，尼尔森还为自己感到害怕，甚至存有戒备心，但他很少在尴尬状态中滞留。谢泼德的法律理论唤醒了他的智力，他为之感到欣慰，再一次感觉到能够掌控自己了。往烟锅中填烟丝的这种专心致志的仪式——磨损得薄薄的皮革绳，烟草的干爽香味儿——使他的各类感官恢复了常态。他没有抬头便回答道：“是的，确实是。每天阅读演讲稿，带着热切的关注。劳德柏科现在就在这里——在霍基蒂卡——不是吗？”

“是的。”谢泼德说。

“他会得到那个席位的，我认为。”尼尔森说，用手指揉搓一小撮烟丝，“《利特尔顿时报》支持他的活动。”

“你看重他吗？”

“隧道和铁路，”尼尔森说，“那是他玩的游戏，是不是？进步，文明，所有这一切。给我的印象是您的思路与劳德柏科的竞选运动倒是一脉相承。”他划着一根火柴。

谢泼德刚要做出回复，却又犹豫了，“我不习惯在别人的办公室里谈论我的政治观点，除非是别人邀请我这么做，尼尔森先生。”

“啊——那就请吧。”尼尔森礼貌地说，将手里的火柴摇灭。

“不过有了你的许可，”谢泼德点了点自己苍白的大脑袋，“我会这么说。我也认为劳德柏科会得到那个席位——议会和总督双席位。他身上拥有巨大的人格魅力，不用说，他在法律部门及省议会认识的相关人员都高度评价他的人格与能力。”

“当然，这对他来说是重选。”尼尔森插话，他特别习惯在别人的办公室里谈论政治，一时间忘记了已经给予对方抒发己见的许可。“他是个熟脸。”

“他是个熟脸——对于他自己的圈子来说。”谢泼德说，“他忠实于坎特伯雷，还有他的隧道和铁路——用你的话说——但那是利特尔顿的隧道，而预计修建的铁路将连接基督城与达尼丁。作为省总督，他将重新分配尚未被这条隧道和这条铁路套住的资金——当然，他必须如此，以兑现他在选举活动中的承诺。”

“您对总督的说法可能正确，”尼尔森说，“但是作为一名国会议员呢？他将代表韦斯特兰……”

“劳德柏科只在选民区上属于韦斯特兰人。”谢泼德说，“我倒没有因此而挑剔他——他能得到我的一票，尼尔森先生——但是他不懂淘金汉的生活。”

尼尔森看似又要打断他的话，所以谢泼德一口气说下去，并略微抬高了声音，“我现在要道出不得不进行这次会见的要务。我得到特派专员的许可，开始建造新的监狱，与警察营地分开，在镇北的山坡上。你还记得最初是一群囚犯清理出了霍基蒂卡的道路吗？我打算在这里如法炮制，利用我的囚犯劳力在海景建立一座监狱。”

这个想法符合尼尔森的惩罚意识，他脸上露出了微笑。

“然而，正如你说过的，”谢泼德继续说，“阿利斯泰尔·劳德柏科关注的是运输。在他对议会的讲话中，他的观点是赞成用囚徒劳力建筑并维修基督城的道路。跨越阿尔卑斯山脉的道路依然险峻——不宜骑马，更不适合走马车。”

“总督对此事能一锤定音吗？”尼尔森问，“您的囚徒不归您调遣吗？”

“唉，”谢泼德说，“他们只归我看守。”

刚才那位职员进来了，用木托盘端着咖啡。他表现得非常兴奋，因为尼尔森这里不经常有客人，像普里查德（以他的鸦片著称）和谢泼德（以他的妻子闻名）这样神秘莫测的来访者更是从未有过。职员特别精心地把咖啡壶和小碟子摆放在托盘上，他竖起胳膊肘，将托盘端得很高，后背挺得笔直。尼尔森赞赏地点点头。他们没有让职员服侍雇主的习惯，但尼尔森一想到这个场面在来访者心中产生的效果，便感到开心。职员将托盘放在餐具柜上，开始倒咖啡。他希望自己还在房间里的时候，两个男人能重新开始他们的谈话，所以他缓慢地倒着咖啡。看到漂浮的菊苣根颗粒，他感到一阵遗憾，那本是他为了节约而掺入咖啡粉中的，现在，这一层丑陋的颗粒好像是在责备他的装模作样。

谢泼德在他身后说：“顺便提一句，尼尔森先生，你对埃默里·斯坦斯都知道些什么？”

一阵沉默。“我知道他失踪了。”尼尔森回答。

“失踪了，是的，”谢泼德说，“一直没有人看见他，差不多有两个星期的时间了。非常奇怪。”

“我对他不是很了解。”尼尔森说。

“是吗？”谢泼德说。

“他是个熟人——但不是朋友。”

“哦。”

尼尔森似乎要咳嗽，却又突然说道：“你快要倒完了吧，阿尔伯特？”

职员放下咖啡壶。

“要不要我把托盘留下，先生？”

“好的，好的——赶紧走吧，看在上帝的分上。”尼尔森说。他接过递来的咖啡杯时摇晃了一下，导致一些咖啡洒在了托碟中，他把杯子咣当一声放在面前。职员将第二杯咖啡端给谢泼德，谢泼德没有起身去接，只是无言地指了指面前的办公桌。

“我将直言不讳，”当失望的职员出去关上门后，谢泼德说道，“我的意思是在选举前，立刻开始建筑监狱的工作，这样一来，当劳德柏科上任之时，这里的工作已经在进行中了。我意识到在某些人眼里，我好像是在积极地阻挠劳德柏科的选举成功。我来找你是向你拉业务，同时还想听听你的判断。”

“您需要什么？”尼尔森谨慎地说。

“要建筑所需的材料，还有大约十到二十位壮劳力，开始挖地基。”谢泼德说，伸手从胸兜里掏出建筑计划，“我可以按照你的标准给你支付佣金。地皮已经购买好了，并且获得了批准。这是建筑师的设计。”

“这是原件，还是副本？”尼尔森从谢泼德的大手中接过文件，打开卷宗。

“原件。没有副本。”谢泼德说，“当然，我一直将这些文件贴身收藏。”

“当然。”尼尔森表示赞同，伸手去拿他的眼镜。

“我之所以来找你，”谢泼德继续说，“不找科克伦，或莫里森，或其他竞争对手，他们的业务——请原谅我这么说——目前远远比你好得多，但我之所以来找你，一部分原因是大家都认为你是个高效率的人。”

尼尔森抬起头来。

“请允许我实话实说，”谢泼德说，“这件事有点失礼，我知道。我试图尽量做得委婉一些。我刚好注意到，你在清理克罗斯比·韦尔斯先生的遗产时，拿到了价值数百英镑的佣金。”

尼尔森吃了一惊，但谢泼德举手示意他别说话。

“在你听完我要说的话之前，不要先开口将自己牵扯进去。”他说，“我会告诉你我到底知道些什么。那个人的尸体在下葬前先运到了警察营地。因为他没有亲人和朋友，我们就在营地守夜。我有幸观察了他的遗体，当医生检查重要脏器是否受到伤害时，我也在场。吉利斯医生的结论是他死于酗酒。而我在这方面知识匮乏，只能同意他的裁决。吉利斯医生仔细检查了死者的胃肠道，却发现不仅含有食物与烈酒，还有鸦片酊的痕迹——虽然我得承认量不够大，不足以做出不适当的猜疑。我相信克罗斯比·韦尔斯的死因不是中毒，只是酗酒。

“然而，就在守夜还没结束的时候，韦尔斯的土地与木材厂就都被卖掉了。正如你所知，土地刚被银行回收，立刻就被埃德加·克林奇先生购买，虽然交易本身完全合法，但房地产如此迅速地倒手，还是令人感到奇怪。我知道你受雇清理死者的房屋，变卖死者的动产，根据总价值获得一笔费用。你接受了雇佣，即刻发现了大量囤积的黄金（藏在什么地方来着，面粉罐里？），价值合计四千英镑。一笔‘衣锦还乡’之财，借用当地的话讲。现在，尼尔森先生，你应该已经拿着你的提成走人了，在目前看来这可是一笔很肥的油水。然而，当韦尔斯先生的寡妇踏足沙滩，宣布一切归她，整个这桩好事就都成了一场空。那寡妇来参加葬礼是晚了一星期，但若是来质疑死者房地产的销售，以及销售衍生出的一切交易，却一点也不迟。

“正如我说过的，我相信克罗斯比·韦尔斯不是死于中毒，”谢泼德说，“但是我也相信那些囤积的黄金不属于他，更不属于他的遗孀。韦尔斯寡妇的幽灵出现在这个我已经觉得够离奇的故事里，这也未免太奇怪了。”他停顿了一下，“到目前为止，我说过的话里有哪一句是你不确信或猜测为不真实的吗？你如果愿意可以拒绝回答。”

“您是想敲诈我？”尼尔森勉强地说。

“绝无此意，”谢泼德说，“但是你必须同意这里面有阴谋。”

“是的。我同意。”

“我不是侦探，”谢泼德说，“而且对这个领域没有兴趣。我基本上不关心你知道多少。但是我必须要建造我的新监狱，我看见一个双赢的机会。”

“说吧，先生。”

“韦尔斯寡妇已经上诉，对已故丈夫遗产的销售提出质疑。”谢泼德说，“如同所有的法律事务，上诉需要数月才有动静，在此期间，钱将由银行托管。据我预料，如果没有更大的阴谋被暴露出来，最终销售将被取消，寡妇会把那笔横财据为己有。顺便提一句，我在过去几个月里，有幸与克罗斯比·韦尔斯说过几次话，我敢肯定他从来没有提到已婚一说——没跟我说过，也没跟我问过的其他任何人说过。”

尼尔森脑海里出现一幕情景：有一只猫用自己的猫爪来回拍弄着一只小老鼠，锋利的爪勾缩在猫爪里。他没有犯罪——没有做错什么——然而他感觉自己有罪。他感觉脱不开干系，仿佛是他睡觉的时候做了一件可怕的错事，醒来时发现他的枕垫上有血迹。他觉得从现在起，监狱长肯定随时都会揭露他——但是犯的什么罪呢？他却不知道。普里查德用的那个词是什么来着？关联。是的——他敏锐地感觉到了这一点。

小时候，尼尔森从表弟的百宝箱里偷走了一颗珍贵的纽扣。那是军装外套的一颗袖扣，黄铜色，上面刻着一只身体轻盈的小狐狸，向前奔跑时张着嘴，耳朵向后翘起。纽扣是圆拱形的，其中一边更灰暗些，仿佛它的佩戴者喜欢用手指抚摸它的边缘，时间长了，就把光亮磨掉了。表弟马格努斯患有佝偻病，长着一双罗圈腿。他在世的时间没有多久了，所以不必与别人分享他的玩具。但是尼尔森想要那颗纽扣的愿望太强烈了。一天夜里，当马格努斯熟睡时，他潜入房间，打开百宝箱的锁，偷走了那颗纽扣。他在黑暗的儿童房里走来走去，手里捏着纽扣，掂量它的重量，用手指抚摸那只小狐狸的身体，感觉到铜纽扣吸收了他手上的热量——最后，某种感觉突然涌上心头，并不完全是悔恨，但他开始感觉疲倦和空虚，于是将纽扣放回了原来的地方。表弟马格努斯自始至终都不知道这件事。没人知道。但是数月、数年，甚至数十年之后，表弟马格努斯死了很长时间之后，那次盗窃依然是尼尔森心头的一块伤疤。每当提到表弟的名字，他就看见月光下的儿童房，就会莫名地脸红。回想起这段往事，他有时会掐自己一下，或者咒骂一声。虽说评判他人，要看他的行动，看他说了什么，做了什么，但是一个人若要评判自己，则要看自己愿意做什么，可能会说什么，可能会做什么——这种评判必然存在着阻碍，因为它不仅要受到想象力的局限，而且要受到不断变化的自尊和自我怀疑的影响。

“我估计至少要到明年四月，那笔销售才能成功地撤销。”谢泼德说，还是那样一脸严肃，“在此期间——其实是立刻——我提议，你将你的佣金全额投资到我的监狱的建设中。”

尼尔森吃惊地挑起眉毛。“但是那钱不是我的，”他说，这是他那天下午第二次说这话，“即便事实上还没有撤销，但在法律上已经被撤销了。一旦寡妇的上诉被批准，遗产的销售就会宣布无效，我就必须如数归还我的佣金。”

“镇议会将担保你的贷款，连同利息。”谢泼德说，“毕竟监狱是由政府资助的。等到你的佣金被撤销时，我能从储备银行提取基金偿还你。我们将制定一份合同，你可以提出你的条件。你的投资是安全的。”

“既然您有公共资金，”尼尔森说，“何必还要向我提出这个建议？您要这四百英镑做什么呢？”

“你的钱是现款，可以作为私人投资。”谢泼德说，“我的议会资金已经获得批准，但还没有支付。如果要等那笔款子摊派下来，存入监狱的账户，就得等三十位银行经理把我的合同在三十张办公桌上推来推去。那就要等到三月，或者四月，选举早就成为过去了。”

“那时候囚犯就是劳德柏科的了。”尼尔森说。

“是的，而且他会侵吞更多的地区预算。”

“很好，”尼尔森说，“假设我同意这样做，您得到了你的监狱。您刚才说我们双方都能获益。”

“嗯，是的。”谢泼德眨了眨眼睛，“你将会得到业务，尼尔森先生。你将得到你的标准佣金，无论是劳力、铁料、木料、钉子，还是每一件细小的东西。合法盈利——这就是你将获得的利益。”

尼尔森对此无话可说（当然，在过去的好几个星期内，他都没有得到类似回报程度的签约），但是谢泼德提议的方式让他感觉非常不舒服。狱守用过谋杀案一词，声称那种犯罪是“复杂的”；他一直等到阿尔伯特作为证人出现时才问及埃默里·斯坦斯；当他讲述韦尔斯事件时，举止夸张地阻止尼尔森插话，以防这位代理商话说得太多或太早，而将自己牵扯进去——从而假设他可能会以某种方式牵扯到自己。谢泼德对待他的东道主如同对待一个有罪的人。

尼尔森说：“如果我拒绝您的提议——那又如何？”

谢泼德嘴唇向后一扯，露出一副罕见的笑容，其效果相当阴森可怕。“你决计要将这个建议看成是敲诈，”他说，“我无法想象为什么会是这样。”

面对狱守的目光，尼尔森无法坚持很久。“我会给您贷款，按佣金提供我的服务。”他终于说。他的声音很低。他将建筑师的设计拉到眼前。“敬请稍候片刻，”他又说，“我把您需要的材料记录下来。”

谢泼德低了低头，终于拿起他面前办公桌上那杯冷却了的咖啡。他小心谨慎地端起小托碟，瓷器在他的大手里显得格外脆弱，仿佛他的手指一合，就会把杯子捏成粉末。他将咖啡一饮而尽，把杯子放回尼尔森的办公桌上。然后，他把烟斗放回嘴里，十指交叉，等候着。他们之间唯一的声音，是尼尔森的笔在纸上不规律的摩擦声。

“我将在星期一早晨付给您一张支票。”尼尔森写完最后一笔，终于说道，“我们可以在星期一的报纸上做广告招标——我直接给勒文塔尔送一张便条。我推荐劳工们十点整在这里的拍卖场集合，签约——这将使人们有机会阅读报纸、传播消息。等到星期一中午，如果天气允许的话，我们就能破土动工了。”

谢泼德的眼睛眯成一条缝，问：“你提到勒文塔尔？本·勒文塔尔——那个犹太人？”

“是的。”尼尔森说，眨了眨眼睛，“没有报纸我们就没法登广告。如果您愿意，也可以用传单和教区公报——但是人人都读《时报》。”

“我希望你明白，你那笔佣金的投资绝对是一件私密的事。”

“我们互相理解对方的意思，先生。”然后是片刻的停顿，“我发誓。”尼尔森补充道，随即又立刻后悔说了这句话。

“也许应该根据这个调子，在我们的合同中补充这样一项条款。”谢泼德淡淡地说，“为了彼此安心。”

“您可以信任我的决定。”尼尔森说，再次红了脸。

“我真的希望如此。”谢泼德说着站起来，伸出了他的手。

尼尔森也站了起来，两人握手。

“谢泼德先生，”谢泼德正要离开，尼尔森突然说道，“您之前说的那一番话——关于野蛮与文明，旧世界与新世界。”

谢泼德面无表情地注视着他，“是的。”

“我很好奇，想听一听，怎么把那套思路应用于所有这一切——房地产、衣锦还乡之财、韦尔斯的遗孀。”

谢泼德停顿了很长时间，才回答道：“一笔衣锦还乡的大财，是一次全面重新开始的机会，尼尔森先生。找到金块，一个人就能买到自己想要的生活。那种承诺不是文明世界可以提供的。”

Φ

谢泼德离开之后，尼尔森独自在办公室里坐了很长时间，心中一遍又一遍地回味着狱守的议案。他不由得产生了一种怀疑的感觉。他觉得不知什么地方漏掉了某个环节——仿佛他曾经碰到过一条打好结的手帕，揉成团揣在一件旧马甲的怀表兜里。他拼命地想，却怎么也想不起来那条手帕结应该提示他记住什么——是什么差事、什么责任，他甚至不记得是在什么地方给手帕打了个结，然后将它贴着心口收藏起来。他敲击着手指，摆弄着衣领。雨打着窗户。随着太阳在云层后慢慢升高，房间里灰色的影子变换着位置。

他突然站起来，朝门口走去，把门打开一条缝，透过门缝大声喊道："阿尔伯特！"

"是，先生。"阿尔伯特在外间办公室大声回答。

"克罗斯比·韦尔斯——那个死者。"

"先生。"

"告诉我尸体是谁发现的？"

"是一队人，先生。"阿尔伯特回答。

"你还记得故事情节？"

"报纸上都写着呢——如果您想要，我可以帮您找出来。"

"你只需要把你记得的告诉我。"

"那队人停下来找吃的，发现韦尔斯先生刚死——我就知道这些。韦尔斯先生坐在自己的餐桌旁，报纸上是这么写的。"

"把那个名字告诉我？"但是他已经知道了。他把头靠在门框上，感觉一阵恶心。

"就是那个竞选韦斯特兰席位的家伙，"阿尔伯特说，"那个坎特伯雷人。您上个星期在明星旅馆遇见过他。他的名字是阿利斯泰尔·劳德柏科。"

Φ

大约十分钟后，尼尔森出现在他外间办公室的门口，啪的一声，快速取下他的大礼帽，惊得那位职员从椅子里跳了起来。尼尔森拿着手杖的模样非常野蛮，紧紧地抓着手杖中部，仿佛要把它作为打人的棍棒。他的脸色十分苍白。

“我要不要告诉来访者到极上堂去找您？”代理商出门的时候，身后传来阿尔伯特大声的询问。

“不——不要打扰我。告诉他们等着。告诉他们星期一再来。”尼尔森厉声地说，他没有转身。出了院子大门，大步走下码头，走到拐角那家他经常光顾的饼屋时，他没有停下来。他将外衣拉得更紧些，转向内陆，朝着卡尼里和金矿区走去。

午夜来临于天蝎座

药剂师对鸦片刨根问底；我们终于见到安娜·韦瑟雷尔；普里查德变得不耐烦；响起两次枪声。

约瑟夫·普里查德离开尼尔森的办公室后，没有立刻返回他在科林伍德街的实验室。他直奔烤架旅馆，这是雷维尔街那片最拥挤、最热闹的地带上的六七十家旅馆中的一家。这家旅馆（有金丝雀装饰与假百叶窗，即便在雨中，门脸看上去也明快诱人）是安娜·韦瑟雷尔小姐平常的居所，虽然在每天的这个时候，她没有招待客人的习惯，但是普里查德也没有遵守任何时间表的习惯，他只按自己的时间我行我素。他踏上台阶，猛地拉开门，甚至没有朝廊台上的淘金汉们点点头。那些淘金汉坐成一排，将靴子挂在栏杆上，为彼此修剪和清理脚指甲，将烟草吐到泥地上。普里查德阴沉着脸进入门厅时，他们饶有兴趣地看着他，门刚在他身后哐当一声关上，他们便议论道，这是一个决心已定的男人，非把某件事弄个水落石出不可。

普里查德已经好几个星期没有见到安娜了。他只是听第三者说安娜自杀未遂，这个消息来自迪克·曼纳林，而迪克只是转述了阿苏的情报，那个中国人在卡尼里经营着一个鸦片窟。安娜经常在卡尼里的中国城操持她的业务，出于这个原因，人们习惯叫她中国佬的安——这个绰号在某些圈子里有损她的名声，而在另一些圈子里却使她的人气飙升。普里查德不属于任何一个圈子——他对其他男人的私生活不感兴趣——所以，当得知这个妓女是阿苏的心肝宝贝时，他既不感到兴奋，也不感到厌恶，曼纳林后来向普里查德汇报说，安娜差点死掉，这几乎使阿苏歇斯底里。（曼纳林不会说粤语，但是能看懂一点中文字，包括金属、要、死——在他那本笔记本的帮助下，可以进行象形文字般的谈话。笔记本已经密密麻麻地写满标记，并因经常使用而变得斑驳褪色，曼纳林只需翻阅笔记，用手指在页面上指指点点，就能引用非常复杂的修辞典故：某次过去的争执，某个古老的定居点，某桩昔日的买卖。）

让普里查德感到恼怒的是，安娜一直没有亲自跟他联系。他毕竟是一位药剂师，而且至少在格雷河以南，是西海岸所有鸦片窟的独家供应商，在吸毒过量的问题上，他是一位专家。安娜早就应该来找他了，恳求他的指导。普里查德不相信安娜会企图结束自己的生命，他无法相信这一点。他确定安娜是被其他人强迫服药的，并不是出于她自己的意志；要么就是有人在鸦片上做了手脚，想加害于她。普里查德试图从中国人的鸦片窟里回收那块鸦片的剩余部分，以便检验下毒的痕迹，但是阿苏太过愤怒，没有迁就他的要求，并且宣布（再次通过曼纳林转述）自己的强硬决定，永远不再跟这位药剂师做生意。普里查德对这种威胁无动于衷——他在霍基蒂卡有大量客户，鸦片的销售只占他收入的很小一部分——但是他对这件事的职业好奇心还没有得到满足。他现在需要亲自审问这个女人。

普里查德走进烤架旅馆的门厅时，旅馆的老板不在，这里有一种空空荡荡的、令人紧张的感觉。普里查德的眼睛适应了昏暗的光线后，看见克林奇的门卫正靠在办公桌上阅读一份过期的《社论报》，手指尖滑过每一行字迹，同时嚅动着嘴唇念出每一个字。桌面上有一块油腻腻的污迹，他手指的移动把木头表面磨得闪光发亮。药剂师从他身边走过时，他抬起头来，冲药剂师点了点头。普里查德朝他弹出一枚先令，他干净利落地接住，拍在自己的手背上——“反面向上。”普里查德开始上楼梯时，男孩大声喊道，普里查德从鼻子里笑了一声。当他在精神上感到痛苦时，他会变得很野蛮，现在他就感到自己野蛮。走廊里很安静，他将耳朵贴近安娜·韦瑟雷尔的门，听了一会儿才把房门敲响。

哈拉尔德·尼尔森猜对了，普里查德与安娜·韦瑟雷尔的关系比他自己的更加痛苦纠结，但是他错误地下了结论，以为药剂师爱上了安娜。事实上，普里查德对女人的品位十分正统，甚至幼稚。他宁可爱上一个挤奶姑娘，也不会爱上一个妓女——不管那个挤奶姑娘多么乏味，那个妓女多么风情万种。他看重纯洁与质朴，素色的衣裙、轻柔的声音、温顺的意愿、小小的野心——也就是说，正好与他互补。他的理想女人应该跟他自己恰恰相反：她是可知的，他是不可知的；她是安详的，而他不是。她是一种从上而下的定位之锚，是一束光，是一种安慰、一种祝福。而安娜·韦瑟雷尔呢，荒淫无度，酗酒吸毒，太像他自己了。准确地说，他并不因此而恨她——只是怜悯她。

总的来说，普里查德在女性的话题上从来都是三缄其口。他不认为与其他男人谈论女人是一种乐趣，在他眼里，这种做法无非是荒唐滑稽、哗众取宠。他沉默不语，结果同伴们都认为他造诣高、城府深，而在女人的眼里，她们认为他充满神秘性、高深莫测。他颇有几分帅气，职业也不错，如果他能不那么沉溺于工作，多一点儿社交，可能会被认为是一个非常受欢迎的单身汉呢。但是普里查德讨厌鱼龙混杂的人群，每个男人都必须在一屋子的众目睽睽之下，展示男性的雄风，玩笑般地炫耀他们的优势。他在大庭广众之下感到窒息与烦躁。他更喜欢密友，有那么三五个知己——他对他们非常忠诚，正如他对安娜也很忠诚，当然是以他自己的方式。他和安娜在一起时感到的亲密感，其实主要是因为一个男人无须与其他男人讨论自己的妓女：妓女是隐私，是一顿必须单独吃的饭。他在安娜那里寻求的正是这种孤独性。安娜对他来说是一种离群索居；当他与安娜在一起时，他与她保持着距离。

普里查德在他的一生中只真正爱过一次——十六年前，玛丽·孟席斯变成了玛丽·弗金，迁移到佐治亚州，在棉花、红土地和（普里查德曾经所想象的）缓慢节奏中，追求一种由财富和无云的天空构成的生活。她是否已经殒命——弗金先生是否还活着——她是否有过孩子，是活下来了还是夭折了——她是否随着年纪增长依然面容姣好，抑或不堪岁月的蹂躏——他一概不知。在他心中，她只是玛丽·孟席斯。他最后一次见到她时，她二十五岁，身着简朴的碎花细布裙，两鬓留着细发卷儿，手腕和手指上都没有任何点缀。他们坐在窗台上，互相道别。

"约瑟夫，"她说（他后来将这话记在自己的笔记本里，为的是永远牢记），"约瑟夫，我不相信你会心安理得地做好人。幸好你从未与我做爱。现在你将怀着喜爱之情记住我。否则，就不会是这样了。"

他听见门里面有快速的脚步声。

"哦，是你呀。"安娜只问候了这么一句。她感到失望，她一定是在期待别的什么人。普里查德没有说话，走进屋里，反身将门关上。安娜移动到窗下的一片亮光中。

她身着丧服，老式风格的长裙（钟形裙，尖腰），褪色的布料，普里查德猜想这不是为她量体定做的新衣服，一定是别人送的，或者更有可能的是改旧翻新。他看见裙子下摆被拆线放边，那两英寸颜色更黑的裙边拖近地板。看着一个妓女在服丧，这感觉真是很奇怪——就好像看见一个牧师打扮成花花公子，或看见一个小孩长着胡子，令人感到一种错乱，普里查德想。

他意识到，除了在灯光或月光下，他极少在其他光线里看见过安娜。她的肌肤呈半透明状，甚至带着一点蓝色，眼睛下面呈深紫色——仿佛她是一幅水彩画，画纸不够厚实而无法吸水，所以颜色四处乱跑。她的面容，普里查德的母亲会说，是由棱角组成的。眉毛很直，下巴颏尖尖的。鼻子很窄，甚至是几何形状。一个雕塑家只需四刀便可完成雕塑，两旁鼻翼各一刀，鼻梁一刀，鼻子底下一刀。她的嘴唇很薄，虽然天生一双大眼睛，满眼狐疑地看着世界，极少利用它们达到魅惑别人的效果。她的脸颊凹陷，在绷紧的皮肤下，颌骨轮廓清晰可见，如同鼓的边缘。

去年她怀了孩子，那种状态温暖了她蜡黄的脸颊，骨瘦如柴的胳膊日渐丰满——普里查德喜欢她的那种样子：鼓起的肚子、肿胀的乳房隐藏在层层平纹细布与薄纱下面，轻柔的面料使她变得柔软，令她体态轻盈。但是春分后的某一天，当傍晚变得更长、白天更加明亮，猩红色的太阳低垂在塔斯曼海上数小时才终于滑入红色的大海时，胎儿死产了。小尸体被裹上白布，埋葬在海景山坡上一个简陋的坟墓中。普里查德没有跟安娜谈过胎儿死亡的事。他并不经常光顾安娜的房间，当他在那里时也没有问过她什么。但是，当他得知这个消息后，曾私底下哭泣过。霍基蒂卡的孩子太少了——也许有三四个。人们期盼看见孩子，正如期盼听见熟悉的乡音，或者看见可爱的船只出现在地平线上，让人想到家乡。

他等着安娜先开口。

“你不能待在这儿，”她说，“我跟别人有约。”

“我不会耽误你。我想问问你身体如何。”

“噢，”她爆发了，“我烦死了这个问题——烦死了！”

他对她激烈的回答感到意外，“我已经有一段时间没来看你了。”

“是的。”

“但是我在路上看见过你——新年刚过的时候。”

“这是一个小镇子。”

他靠近她一些，“你闻上去像大海。”

“不像。我已经好几个星期没有洗海水浴了。”

“那就是像暴风雨的气息。正如从风雪中来的人，携带着寒冷。”

“你想干什么？”

“我想干什么？”

“用这种方式说话——充满诗意。”

“充满诗意？”

（普里查德有个坏习惯，他与女人对话时，总是用一个问题回答另一个问题。玛丽·孟席斯很久以前曾抱怨过这一点。）

“多愁善感，矫揉造作。我不知道。没关系。”安娜猛地扯动她的袖口。“我的身体已经恢复了，”她又说道，“下一个问题你可以不必问了。我丝毫没有主动伤害自己的意思。只是想跟平常那样抽一锅大烟，然后我就睡着了，后来我能记得的就是在监狱里。”

普里查德将帽子放在衣橱上，“从那时起，你就一直受到骚扰。”

“纠缠到死。”

“可怜的你。”

“同情更糟糕。”

“唉，那么，”普里查德说，“我就不给你任何同情了。我还是冷酷地对待你吧。”

“我不在乎。”

在他看来，安娜说话时带着悲怜与冷漠，这令他感到愤怒。他本想把这种情绪表现出来，却又提醒自己是为一桩差事而来的。“谁是你的客户？”他奚落地问她。

安娜正朝窗户走去，听了这话吃惊地转身，“什么？”

“你说你跟人有约。他是谁？”

“没有客户。我要跟一位女士去看帽子。”

他哼了一声。“我听说过娼妇之道，你知道的。你不必撒谎。”

她好像是从很远的距离打量着他——仿佛对她来说他只是地平线上的一个标记，远方的一个小点，正在消逝而去。然后她仿佛是对一个孩子说话似的，慢慢地说：“当然——你还不知道，我已经有段时间不为娼了。”

他挑起了眉头，然后，为了遮掩他的惊讶，大声地嘲笑她，“你现在成了良家妇女？看帽子，看橱窗，是不是？戴着手套逛街？”

“只是在我服丧期间。”

他感觉这个回答——简单而平静地说出来——使他因为刚才的嘲笑

而显得愚蠢。他胸中升起了一团怒火。

“迪克对此有什么说法呢？”他说，指的是安娜的雇主，曼纳林先生。

安娜转过身去，“他不高兴。”

“我可以想象！”

“我不想跟你说这个，乔。”

他怒气冲天，“你这话是什么意思？”

“没有什么意思。没有什么特别的意思。我只是不愿意想到他。”

“他一直对你禽兽不如？”

“不，”安娜说，“并非如此。”

普里查德了解各类娼妓。假装惊讶、尖声尖气、装腔作势、矫揉造作的类型；四季都穿垂肘袖，称呼男人为“小伙子”的丰满而热心的类型；酗酒、贪婪、爱抱怨、指关节红肿溃烂、眼睛流泪的类型——再者，就是安娜这一类了，这是不可知的一类，时而清澈，时而闪烁，体态间流露出精美的悲楚，其苦情如此完美、如此纯粹，以至于表现为尊严和宁静。安娜·韦瑟雷尔不只是一匹黑马，她就是黑暗本身，是黑暗的披风。普里查德想，她是一位沉默的哲人，知道的不是智慧，而是邪恶——无论一个人做了、说了或见证了什么邪恶的事情，她肯定见证过更糟糕的。

“你为什么不来找我？”普里查德终于说道，意在对她有所指责。

“什么时候？”

“你生病的时候。”

“我在监狱里。”

“但在那之后你也没来。”

“那又会有什么好处呢？”

“可能会省掉你许多麻烦。”他没好气地说，“我应该可以证明鸦片被投了毒，如果你让我做证的话。”

“你早就知道有人投毒？”

“我一直在猜想。不然会是什么呢，安？除非——”

安娜再次躲开他。这一次她走到床头，用手指抓住一个铁把手。安娜走动时，他再次闻到她的气味——大海。这种感觉太强烈了，令他惊讶。他不得不控制住自己想靠近她、跟随她，感受她的冲动。他嗅到了盐、铁，以及恶劣天气的沉甸甸的金属味……低层云，他想，还有雨。不仅是大海，是一条船。绳索的焦油味、布满灰尘的潮湿的漂白柚木、油帆布、蜡烛。他的嘴巴开始流口水。

“投毒，”安娜说，凝视着他，“是谁干的？”

（也许这是一种感觉记忆——仅仅是一个偶尔响起的回音，突然涌遍全身，然后又迅速消失。他不愿再想。）

“这种可能性一定在你心里出现过。”他说着，皱起了眉头。

“可能吧。我什么都记不清了。”

“一点都记不清吗？”

“只是拿着烟枪坐下，烧热了烟针。然后，一片空白。”

“我相信你不是自杀——你没有伤害自己的意思。我相信这一点。”

“唉，是啊，”安娜说，“但一个人偶尔会有这种念头。”

“当然——偶尔。”普里查德说，回答得太快了点。他感觉被击败了，向后倒退半步。

“我对投毒的事一无所知。”安娜说。

“如果我能检查剩下的那块烟土，就能告诉你那东西是否被做了手脚。”普里查德说，“这就是我来这里的原因。我想知道是否能从你这里买一些回去检验。阿苏根本不理我。”

安娜眯缝起眼睛，“你想检验它——还是想把它换掉？”

“你这是什么意思？”

“你可能是想掩盖你的痕迹。”

普里查德恼怒得满脸通红，“什么痕迹？”安娜没有说话，所以他又问了一遍，“什么痕迹？”

“阿苏认为是你投的毒。”安娜终于说了出来，眼睛直勾勾地看着他。

“他认为？如果我想看见你死，怎么会绕这么一个该死的大圈子。”

“如果你想看见他死呢？”

“丢掉他这单生意？”普里查德压低声音，“你听着，我并不宣称跟他们有兄弟般的感情，或类似的好感，但是我与东方人无冤无仇。你听见了吗？我没有任何理由去伤害他们中间的任何人。绝对没有。”

“他认领区的帐篷又被人划破了，就在上个月，他所有的药品都被毁坏了。”

“什么——你认为是我干的？”

“不，我不这样认为。”

“那么到底是什么意思呢？”普里查德说，“说出来吧，安。是什么？”

“他认为是你在搞骗局。”

“毒害中国佬？”普里查德从鼻孔里哼了一声。

“是的，”安娜说，“可人家没有愚蠢到那种地步，你知道。”

“好啊！以他的视角看问题了，是不是？”

“我没有那么说，”她说，“不是我那么认为——”

“你认为我是个赌气的老头。”普里查德说，“我知道。我就是一个赌气的老头，安娜。但我不是个杀人犯。”

妓女刚才的指责突然产生，现在又迅速消失。她又向后退缩，侧身朝窗户走去，一只手摸向衣领上的梭织花边。她开始拉扯花边。普里查德感到心情平静了些。他认出这个姿势：不是她自己的动作，而是属于一个姑娘，任何一个姑娘。

“嗯，无论如何，”他说，试图做出弥补，“无论如何。”

“你也不是那么老。”她说。

他想去触摸她。“还有那个鸦片酊的事——克罗斯比·韦尔斯的灾难，”他说，“我满脑子都是这个。”

“什么鸦片酊的事？”

“一小瓶鸦片酊，在那个隐士的床底下发现的。那是我的。”

“有瓶塞还是没瓶塞？”

“有瓶塞。但只剩下了半瓶。”

安娜似乎很感兴趣，“你的——你是说属于你个人的，还是仅仅从你店里买的？”

“买的，”普里查德说，“但不是克罗斯比买的。我从来没有卖给那个人一打兰。”

安娜把手放在脸颊上，思考着，“那真奇怪。”

“克罗斯比·韦尔斯那老家伙，”普里查德说，试图让气氛变得欢快一些，“他活着的时候，从来没有任何人想到过他——现在可好。”

“克罗斯比——”安娜刚开口，就立刻哭了起来。

普里查德没有朝她走去，没有张开怀抱给她安慰。他只是看着安娜从衣袖里摸出一块手帕，他等待着，双手交叉，背在身后。安娜不会是为克罗斯比·韦尔斯哭泣。她甚至不认识那个男人。她是在为自己哭。

当然，普里查德想，这一定是不愉快的经历，在小额法庭上因自杀未遂受审，被形形色色的男人追逐，被《时报》作为茶余饭后、台球轮换时闲谈的话题，仿佛一个人的灵魂是一种共同财产、一种事业。他默默地看着安娜擤鼻涕，用她单薄的手指摸索着将手帕收起来。这不仅仅是疲惫的表现，这是一种完全不同的悲哀。她受到的骚扰似乎不至于产生如此强烈的反应。

“没关系，”安娜情绪稳定后，终于说道，“不用管我。”

“只要我能拿一小块研究一下。”普里查德说。

“什么？”

“大烟。我会从你手里买过来。不是把它换走——你可以只给我一小点，不必放弃那一整块。”

安娜摇了摇头，在她敏捷的动作中，普里查德捕捉到她身上某种不同的东西。他箭步向前，三步两步走到她面前，抓住她的衣袖。

“在哪儿？”他说，“烟土在哪儿？”

安娜挣脱了他，“我抽掉了，昨晚我把最后的一点抽掉了，如果你一定想知道的话。”

“你没有抽掉——你不可能！”

普里查德紧跟着她，抓住她的肩膀扭转她，使她面朝着他。他伸手将拇指放在她下巴颏上，将她的头托得往后仰，以便看清楚她的眼睛。

“你在撒谎，”他说，“你的体内没有鸦片。”

“我抽掉了。”安娜又说了一遍。她把身体挣脱了出去。

“你是不是把它还给了苏？苏是不是把它拿回去了？”

“我抽掉了，跟往常一样。”

“别扯了，安。不要说谎。”

“我没说谎。”

“你刚抽了一块掺了毒的烟土，眼睛却像黎明一样清澈？”

安娜眯缝起她的眼睛，“谁说它是掺了毒的？”

“即便它没有——”

“你知道它被掺了毒？你能肯定？”

“我他妈的对这桩该死的事一无所知，而且我不喜欢你这副口气。”普里查德厉声骂道，“我只想要一小块回去，好好检验一下，看在上天的分上！”

她又来了兴趣，“是谁掺的毒，乔？是谁想害死我？你的猜测是什么？”

普里查德挥了挥胳膊，“也许是阿苏。”

“反过来指控正在指控你的人？”安娜大笑，“这是恶人先告状！”

“我只是想帮助你！”普里查德愤怒地说，“我只是想帮忙！”

“没有什么可以帮忙的！”安娜大喊，“没人帮忙！我再说最后一遍：没有自杀，约瑟夫，而且没有——该死的——投毒！”

“那你给我解释一下，你为什么会半死不活地躺在基督城路的中央！”

“我没法解释！”

普里查德那天第一次在安娜脸上看见了真实的情感：恐惧，愤怒。

“那天夜里，你拿起烟枪——跟往常一样？”

“从我保释之后，天天如此。”

“今天呢？”

“没有。我昨晚抽掉了最后一块。我告诉过你了。”

“昨晚什么时候？”

“很晚，也许是半夜。”

普里查德想啐一口，“别把我当傻瓜。我见过你抽完大烟后的模样，也见过你缓过劲来的时候。此时此刻，你清醒得像一位修女。”

安娜的脸扭曲了起来，“如果你不相信我，那就走吧。”

“不。我不会走的。”

“你真该死，乔·普里查德！”

“你才该死。”

安娜再次泪流满面。普里查德扭过头去。她会把它放在什么地方呢？他朝衣橱大步走去，打开橱门，开始翻找。挂在架子上的衣裙。她的衬裙。她的灯笼内裤，大部分都褴褛不堪，染有污渍。手帕、披肩、裙撑、丝袜，带扣的长筒靴。他什么也没找到。他走向梳妆台，台面上有一只破裂的瓷盘，上面放着一盏酒精灯——这就是她的鸦片灯——旁边有一副棉手套、一把梳子、一只针插、一块打开包装的肥皂，各式各样的面霜罐和粉盒。他拿起所有这些物件，然后粗鲁地放回原处。他要将整个房间翻个底朝天。

“你在干什么？”安娜说。

“你把它藏起来了——却不肯告诉我为什么！”

“这些都是我的东西。”

他大笑起来，“都是信物，对吗？珍贵的纪念品？古董？”

他猛地把她的梳妆台抽屉拉出来，翻倒在地板上。那些小饰品瀑布一般叮叮当当地散落。硬币、木线轴、缎带、包扣，一把裁缝剪。三个骨碌碌滚动的香槟瓶塞。一把男人刮胡子用的毛刷——准是她从什么地方偷来的。火柴，裙撑。她来新西兰的船票。一堆堆布料。一只银背镜子。

普里查德在那堆东西里耙来耙去。那是安娜的烟枪——应该有个配套的小盒子，或许是小口袋，里面装着她那包在一张方形蜡纸里的大烟，就像从店里买来的奶糖。他咒骂着。

“你是个畜生，”安娜说，“你真可恶。”

他不理睬她，捡起那杆烟枪。

这是一杆中国制造的竹烟枪，长度跟普里查德的前臂差不多。烟锅在距离烟枪头的三英寸处，鼓出来像是门把手一般，用金属片固定在木头上。普里查德用双手掂量着它，如同长笛演奏家手持长笛一般。他闻了闻。烟锅边缘有黑色的残留物——看来，有人用过这杆烟枪，而且是最近。

“高兴啦？”她说。

“管好你的嘴。烟针在哪儿？”

“那儿。”她指着地板上那些乱糟糟杂物里的一块方形布头，里面插着一根长长的帽针，针头有黑色污迹。普里查德把它也闻了一下。然后，他将帽针插入烟锅的小孔，搅动针头。

“你要把它弄坏了。”

“那倒是帮了你一个忙。”

（普里查德痛惜安娜吸食毒品成瘾——但是为什么呢？他自己也多次吸食过鸦片。他在卡尼里就吸过，事实上，是与阿苏一起吸的，在阿苏那间挂着东方布帘的小屋子里，布帘使空气静止，他那些宝贵的灯不会因空气流动而摇曳。）

终于，普里查德将烟枪抛到一旁——但动作粗蛮，烟锅砸在地板上，摔脱下来。

“畜生。”安娜又说。

“我就是一头畜生，是不是？”

他朝安娜扑过去，不是真的想伤害她，只是想抓住她的肩膀，摇动她，直到她告诉他事实真相。但是他动作笨拙，安娜挣脱了他，这是那天下午的第三次了，普里查德的鼻孔里充满了大海浓郁的海水气味——而且，真令人不敢相信，还有冰冷的金属气味——仿佛风吹打在他的脸上，仿佛一面船帆在他的头顶上方断裂，仿佛一场暴风雨即将来临。他颤抖了。

“退后。”安娜说。她将双手摆在面前，手指半屈成两个拳头。“我说真的，约瑟夫。我不许你说我是骗子。退后，滚开。”

“我就是要说你是骗子，如果你他妈睁着眼睛说瞎话。”

“退后。”

“告诉我你把它藏在了哪儿。”

“退后！”

“你必须告诉我它在哪儿！”普里查德大声叫喊，“告诉我，你这个没用的该死的婊子！”

在绝望中，他又朝安娜扑上去。他看见安娜的眼睛闪了一道亮光，在接下来的一瞬间，安娜将手伸进胸前，掏出一支女式小手枪，只有单发子弹的那种。一支很小的手枪，并不比普里查德的手指长多少，但在两步之内，依然可以打碎他的胸膛。普里查德本能地抬起双手。手枪拿反了，枪口朝着安娜的下巴颏，安娜必须掉转枪身，把枪拿正——但是她完全疯狂了，刹那间，三件事情同时发生。普里查德后退时被藤编地毯的边缘绊倒；在他身后，门突然被打开，有人大喊一声；安娜朝着声音发出的方向半转过身，朝前迈步，开枪击中了自己的胸膛。

小手枪的枪声空洞发闷，甚至不怎么引人注意——像是甲板高处的船帆顶部的噼啪声。如同回声的回声，仿佛真正的枪击发生在某个遥远的地方，这里的声音只是一种模仿。普里查德茫茫然地转过身，背朝着安娜，面对站在门口的那个人。他心中一团迷雾，勉强地认出了刚进来的那个人，他是奥贝尔·加斯科因，裁判法庭的新文员。普里查德对加斯科因根本不熟悉。大约三个星期前，这个文员来到他的实验室，抓药治疗肠道不适——说来荒诞，普里查德此刻竟然想起了这个。他想知道，他的酊剂有没有像承诺的那样在这个男人身上发挥药效。

在那短短的一刹那，没有人动一下……或许时间完全停止了流逝。然后，加斯科因大声地骂了一句，奔向前，扑倒在妓女的身上。他猛地托住安娜的头，手枪砰的一声落在一旁——但是安娜雪白的脖子上没有伤痕——没有血迹——她正在呼吸。她急切地把双手伸向自己的喉咙。

“你这个傻瓜——你这个傻瓜！”加斯科因大喊。他的声音中含着呜咽。他用双手抓住安娜的梭织衣领，撕开领口。“空心子弹，是不是？蜡丸，是不是？你想再让我们大家虚惊一场？你究竟玩的什么鬼把戏？”

安娜把手移动到自己胸前，手指胡乱地触摸与拍打着。她的眼睛瞪得圆圆的。

普里查德说：“空的？”他弯腰捡起那支手枪。

枪管发热，空气中弥漫着火药味儿。但是他看不见空弹壳，任何地方都没有弹孔。安娜身后的粉刷墙壁很平滑，跟一秒钟前完全一样。两个男人四处查看——墙壁、地板、安娜。妓女低头看着自己胸前。普里查德把手枪递过来，傻乎乎地让它吊在他的食指上。加斯科因接过手枪，灵巧地打开枪管，凝视着枪膛里面。然后，他转身对着安娜。

“这一膛子弹是谁装的？”他责问道。

“我自己装的，”安娜一脸迷惘地说，“我可以给你看备用子弹。”

“快给我看。给我看看备用子弹。”

安娜从地上爬起来，走向床边的宝塔架。片刻之后，她拿着一个锡盒回来，里面一张牛皮纸上滴溜溜地滚动着七颗子弹。加斯科因用手指触摸着它们。然后，他把手枪递给妓女。“就像你装那发子弹那样，一模一样。”安娜默默地点了点头。她向一侧旋转枪管，将子弹装入枪膛。然后，她将枪管扳正，扣上扳机，将上了膛的手枪递还给加斯科因。她看上去吓坏了，普里查德心想——神情呆滞，好像连话也不会说了。加斯科因从她手里接过手枪，后退几步，平举手枪，朝着安娜的床头板开枪。枪声正如刚才的那样——这一次，普里查德听见楼下传来一阵警觉的低语声，还有快速的脚步声——他们三个人都盯着刚才开枪的地方。一个完美的枪眼，边缘因遇热而稍微变黑，子弹穿过安娜的枕头中央，在他们眼前，一团羽毛粉尘从枕头填料中升腾起来，犹如一层薄纱飘然而下。加斯科因走上前去，把枕头扔到一旁。他用手指触摸床头板的四处，正如安娜触摸自己的脖子检查枪伤一样，片刻之后，他发出一声满意的嘟囔。

“找到了吗？”普里查德说。

“几乎没有痕迹。”加斯科因说，用他的手指尖测试弹痕的深度，“这些女式小手枪，根本不值什么钱。”

“可是究竟——”普里查德被搞糊涂了。他的舌头发木，在嘴里转不过弯来。

“第一枪是怎么回事？”加斯科因追着他的话音问道。他们都盯着第二颗子弹，这一颗清晰可见，躺在他的手中，已经变形。然后，加斯科因看着安娜，安娜看着加斯科因——对于普里查德来说，他们之间似乎心有灵犀。

多么悲惨啊，一个男人看着自己的妓女与另一个男人交换眼神！普里查德想鄙夷安娜，但他不能：他感觉迟钝，甚至迷惘。他的双耳出现耳鸣。

安娜转身向他，“你下楼好吗？告诉埃德加我在玩枪，或者擦枪，不小心走了火。”

“他不在服务台。”普里查德说。

“那就告诉门卫。只是要让人知道。我不想让任何人上来，不希望弄得大惊小怪。请照办吧。”

“好吧。我会的。”普里查德说，“可是，然后——”

“然后，你就该走了。”安娜语气坚决。

“我希望得到我来要的东西。”普里查德小声说，侧眼瞥了一下加斯科因——但是那个男人谨慎地低垂着眼睛。

“我没法帮助你，约瑟夫。我这里没有你要的东西。请走吧。”

普里查德再次看着安娜的眼睛。这是一双绿色的眼睛，在光线下，虹膜边缘有一圈黑暗，瞳孔周围聚集着灰色的卵形斑点。他已经有好几个月没有看见安娜眼睛的颜色了，他曾经看见过安娜的瞳孔像一个圆孔，一块晶体，而不是一个模糊的黑圈，因睡意昏昏而眼神迟钝。她没有抽大烟——他对这一点没有丝毫怀疑。所以，她是个骗子，甚至可能是个贼。她在欺骗他。还有她的约会,这个男人加斯科因。还有另外一个秘密，另外一个谎言。跟一位女士，去看帽子！

但是，普里查德发现他没法再次升起怒火。他感到羞愧。似乎一直是他侵犯了别人，似乎一直是他在妓女的私人卧房中，打搅了属于安娜与加斯科因之间的亲密温存。普里查德感觉到这种耻辱是非常鲁莽而幼稚的。一股苦涩的感情突然涌遍他的全身，涌上了他的嗓子眼儿。

终于，他迈开双腿，转身离开。在门口时，他伸手抓住门把手，将门在身后拉上——但是他动作缓慢，通过逐渐缩小的门缝看着他们。

门还没有完全关闭，加斯科因就开始有所动作。他奔向安娜，张开双臂，安娜落入他的怀里，苍白的脸颊贴在他的脖子弯里。加斯科因用胳膊有力地搂住安娜的腰，安娜的身体变得酥软；加斯科因抱起她，她的脚趾拖曳在地板上；她紧紧地搂着加斯科因；加斯科因低下头，将脸颊贴在安娜的头发上。他紧咬牙关，睁着眼睛，用鼻孔剧烈地呼吸。普里查德眼睛看着门，身心被一种孤独感俘虏。他感到自己从来没有被爱过，没有一个人曾经爱过他。他尽可能悄悄地关上门，蹑手蹑脚地下了楼梯。

Φ

“我可以插嘴问一个问题吗？”

“可以，当然。”

“你能准确地告诉我韦瑟雷尔小姐是怎么拿着手枪的吗？”

“当然。像这样——她的手掌根部在这里。我就站在她的斜对面，大致是曼纳林先生现在坐着的地方，她的身体半转，像这样。”

“如果枪开火后有预期的效果，韦瑟雷尔小姐会受到什么样的创伤呢？”

“如果她幸运，会伤到肩膀。如果她运气不好——嗯，也许子弹会稍微偏低一点。可能就会射中心脏。是在左边……真正奇怪的是，即便子弹是空的，她依然会受到空弹的冲击，或被火药烧伤，至少会被烫伤。我们真是无法弄清到底是怎么回事。”

“谢谢。很抱歉打扰你了。”

“您有什么可以告诉我们的吗，穆迪先生？”

“很快就会有的——当我听完整个故事以后。”

“我不得不说，先生——您的脸色看上去很奇怪。”

“我感觉相当不错。请继续。”

Φ

那天下午，当普里查德返回他在科林伍德街的药店时，时候还早，但他却感觉很晚——应该是夜幕降临的时辰了，只有这样才能解释他感到的疲惫。他先进入店铺，愚蠢地花了些时间把磨刀皮带在货架的棱角上抻直，整理瓶瓶罐罐，让它们整齐地排列在展示柜的边缘——可是突然间，他再也无法支撑自己。他在店铺的窗户上摆了一张卡片，通知来访者下星期一再来，然后锁上店门，隐退到他的实验室里。

他的办公桌上有几份订单，需要制作完成，但是他两眼无神地凝视着那些表格，视而不见。他脱去外套，挂在炉台旁边的挂钩上。他习惯性地将围裙系在腰间。然后，他就站着，瞪眼发呆。

玛丽·孟席斯的一席话圈定了他的人生——是对他的预言、对他的诅咒。“你从来没有心安理得地做好人。”——他记得这句话。他将它写了下来，这样做是为了确定他能够实现她说的话。他变成了她拒绝的那个男人，因为她拒绝了他，因为她离开了他。现在，他已经三十八岁了，一直没有恋爱，别的男人都有相好，别的男人都有妻子。普里查德用他那细长的手指抚摸着面前桌上的一只处方药瓶。她当年十九岁。她是他心中的玛丽·孟席斯。

他想起父亲的一句话:你给狗起一个坏名字,那条狗一辈子都是坏狗。("记住这个,约瑟夫。"——父亲一只手搭在普里查德的肩膀上,另一只手将一只新生的小狗崽抱在怀里。第二天,普里查德给那个小家伙取名为克伦威尔,父亲点了一下头。)回忆起这番话,普里查德心想:这就是我对自己、对自己的命运所做的事吗?我就是父亲至理名言中的那条狗,起错了名字?但这不是一个问题。

他坐下,将双手放在实验室的长凳上,手掌朝下。他的思绪又飘回到安娜身上。按照安娜的说法,她根本没有自杀的念头——普里查德相信这个说法是诚实的。虽然安娜生活得很悲惨,但是她自有乐趣,她不是一个喜欢暴力的人。普里查德感觉自己了解她。他无法想象安娜会企图结束自己的生命。然而——她说什么来着?人们的确偶尔会想不开,偶尔。是的,普里查德沉重地想。偶尔,的确有过。

安娜是个老练的鸦片吸食者。她几乎每天都用这种药物,身心都已经非常适应鸦片的效果。普里查德从来不知道她竟然会完全失去知觉,十二个小时内都无法苏醒。他怀疑这种情形是失误造成的。唉,如果安娜真的不想结束自己的生命——就像她所说的那样——那么,只剩下两种可能:一是某个心怀鬼胎的人给她下了毒,然后将她丢弃在基督城路上;二是(普里查德慢慢地点了点头)她虚张声势。是的。她在大烟的事情上说了谎,她也可以很轻易地在剂量过度上撒谎。但出于什么目的呢?她在保护什么人呢?要达到什么目的呢?

霍基蒂卡的医生已经确认,安娜确实在一月十四日那天夜里服用了大量鸦片。在安娜受审的第二天,医生的证词就发表在《西海岸时报》上。安娜能够骗过医生,或者说服医生开出假的诊断吗?普里查德考虑着这一点。安娜待在监狱里的时间超过了十二个小时,这期间被各式各样的男人又戳又捅,而且还有好几十个人目睹。她不可能蒙骗所有的人。真正失去知觉不是那么容易假装的,普里查德心想。即便是妓女,演技也不会那么高明。

好吧，也许鸦片确实被人下了毒。普里查德将手掌翻过来，研究自己的指纹，一只手像是另一只手的翻版。当他把手指尖合在一起时，它们完美地相互交叠着，如同一个人触摸镜子中自己的前额。他弯腰向前看着手指上的旋涡。他本人肯定没有以任何方式在鸦片上做手脚，而且他也没有真的怀疑那个中国人——苏——会干出这种事。苏喜欢安娜。不，苏不可能加害安娜。嗯，这就意味着给鸦片下毒是发生在普里查德批发到手之前，或者安娜从阿苏那里购买了供回家吸食的少量鸦片之后。

普里查德的所有鸦片类药物，都来自一个名叫弗朗西斯·卡弗的人。他现在开始考虑卡弗了。此人曾是个囚犯，因此声誉很差。然而，他对普里查德总是彬彬有礼、公平合理。普里查德没有理由认为卡弗会希望他——或者他的生意——受到任何形式的损害。至于卡弗是否对中国人抱有恶意，普里查德就不知道了——但是卡弗并不把货直接销给中国人。他卖给普里查德，只卖给普里查德。

普里查德与卡弗第一次见面是在雷维尔街的一家赌场，大约七个月之前。普里查德是个热切的赌徒，当时，他在掷骰子游戏之间休整自己，暗中计算着他的损失，一个脸上有伤疤的男人在他身旁坐了下来。普里查德出于礼貌与之交谈，问这个男人是否喜欢玩扑克牌，他来霍基蒂卡有何贵干。很快，两人就开始深谈。后来，在适当的时候，普里查德提到自己的专业，卡弗的表情敏锐起来。他放下酒杯，说他与一个在孟加拉掌控罂粟种植园的前东印度人有着多年的交情。如果普里查德需要鸦片，卡弗可以保证无限量地提供质量无与伦比的产品。当时，普里查德除了从一个庸医那里买来的一些低纯度鸦片酊以外,没有鸦片存货。因此，他毫不犹豫地感谢了卡弗，并与他握手，答应第二天早晨就回来起草他们的贸易合同。

从那时起，卡弗已经为他提供了总量三磅的鸦片。每次供给普里查德的鸦片都不超过一磅，因为（他自己十分坦率地解释说）他要严密地控制自己的供货，以防普里查德批发给其他商贩，从中牟利。（当然，将鸦片卖给阿苏，普里查德正是充当了中介——但是卡弗对这样的辅助安排毫不知情，因为他很少待在霍基蒂卡，普里查德也不会自找麻烦去坦白这件事。）大烟进货时被裹在纸中，压进锡盒里，有点类似储存茶叶的那种盒子。

普里查德从实验室的长凳上拿起一块破布，开始清理指甲里的脏东西——这时，他注意到自己的手指甲已经相当长了。

卡弗真的敢在鸦片批发给药店之前下毒吗？普里查德可能会将大烟打成粉末，制成鸦片酊；可能会一片一片地卖给任意数量的客户；也可能供自己吸食。卡弗与安娜有一段不愉快的过往，这的确也是事实，他之前曾严重地伤害过安娜一次。然而，即便他希望用药物过量来置安娜于死地，那也无法保证下了毒的那块鸦片能落入安娜手中。普里查德用手指将指甲里的脏东西捏成一个小团。不，竟然设计了一套充满这么多不确定因素的阴谋，想想都觉得不可行。卡弗可能是个畜生，但他不是一个傻瓜。

抛开这个想法后，药剂师开始考虑第二种可能性：阿苏给安娜·韦瑟雷尔一块鸦片，让她拿回家吸食，在此之后鸦片被人下了毒。或许有人潜入安娜在烤架旅馆的房间，在那里下毒。可是，问题又来了——为什么呢？何苦在鸦片里下毒呢？为什么不用更常规的方式来杀害这个妓女——勒死、闷死或打死呢？

普里查德一筹莫展，便将心思转向他本能地知道是真实的东西。他知道安娜·韦瑟雷尔没有道出一月十四日事件的全部真相。他知道有人最近用过安娜藏在房间里的烟枪吸过大烟。普里查德知道安娜本人已经停止吸大烟了，他从她的眼睛与动作判断，毫不怀疑她现在就像从未碰过毒品的人那样干净。在普里查德看来，这些确定的事实只能得出一个结论。

“该死的，”他低声说，“她在撒谎——为了另外一个男人。”

下午就这样过去了。

后来，普里查德拿起没有完成的订单，因为想做一些更能分散心思的事情，便开始工作。他没有意识到时间的流逝，直到实验室响起了轻轻的敲门声，才把他带回现实中。他转过身——带着一丝惊讶，注意到日光已经暗淡，黄昏将至——他看见阿尔伯特，尼尔森的初级职员，屏住呼吸、面带羞愧地在门口徘徊。阿尔伯特带来了一张便条。

“哦——是尼尔森写的便条。”普里查德说着，走上前来。他差点忘记了那天下午与尼尔森的谈话，忘记了他对尼尔森的请求——去找金匠桂，询问在克罗斯比·韦尔斯地盘上发现冶炼过的金条的事。他已经将克罗斯比·韦尔斯完全抛到了脑后——他的横财、他的遗孀，还有消失的斯坦斯先生。当一个人郁闷不乐地独处时，世界是如何默默地运转的啊。

普里查德在围裙里摸索着找一枚六便士硬币——但是脸颊绯红的阿尔伯特结结巴巴地说：“不用，先生——”他亮出一双手掌，表示送信的荣耀就足以令他满足了。

事实上，阿尔伯特可以肯定，他一生中从来没有哪个下午像这样令人激动。他的雇主大约半个小时前刚从卡尼里中国城返回，情绪万分激动，几乎把门从铰链上扯下来。他以陷入冥想的交响乐作曲家的那股激情，写完了阿尔伯特现在带来的这张便条。他笨拙地封上便条，不小心把封蜡洒到了自己身上，骂了几句，然后将折叠成块状的便条猛地塞给阿尔伯特，嗓子嘶哑地说：“普里查德——给普里查德——越快越好。”在药剂师隐秘的接待室里，在进入实验室之前，阿尔伯特掐住信的两边，将它捏成一个圆筒，眯着眼睛往里看，看到几个字眼，在他看来那似乎是最严重的非法行为。他的雇主没安好心，这令他感到非常兴奋。

“很好，那么——谢谢。”普里查德说着，接过了信，“他说过需要回执吗？”

男孩说：“不要回执，先生。但他要我留下，在你读完以后，看着你把它烧掉。”

普里查德鼻子里发出一声讥笑。这是典型的尼尔森作风：他先是生闷气，接着抱怨事情太麻烦，然后虚以应付，企图把所有的责任推得一干二净——但是他一旦成为参与者，一旦感觉事情至关重要，充满戏剧性，那么一切都变成了一场哑剧，变成了斗篷与匕首的戏码——他闪亮登场。

普里查德走开几步（男孩看上去很失望），用手指撕开封口，在实验室的台子上把纸抚平。信上写道：

乔：

应你的要求，拜访了桂。金子的事，你是对的——是他的活儿——虽然他发誓不知道那些东西是怎么跑到韦尔斯那里的。那个妓女掺和其中——也许你已经知道这一点——但我们还摸不清底细——用你的话说，尚不知谁是始作俑者。似乎每个人都和我们一样被牵扯了进去——处于外围。话长纸短。我提议召开会议。包括东方人。黄昏时在皇冠的后厅聚会。确保我们的会议不受打扰。别告诉任何人——哪怕是你信任的人 & 他们相互牵连 & 说不定哪一天就会作为被告站在我们身旁。敬请阅后销毁——

哈·尼

月亮在金牛座，渐盈

查理·弗罗斯特逐渐有了一种预感；迪克·曼纳林佩上枪支；我们冒险前往上游的卡尼里认领区。

那天早上，托马斯·鲍尔弗在新西兰储备银行的查询，从多方面激起了那个银行经理的好奇心，前者刚一离开银行，弗罗斯特先生便立刻下决心展开一些自己的调查。他手里依然拿着极光金矿的股份档案，拥有并经营这家金矿的是埃默里·斯坦斯，那个失踪的探矿人。极光，弗罗斯特想，用他细瘦的手指敲了敲文件。极光。他知道自己最近见过这个名字——但是在哪儿见过呢？片刻后，他将文件放在一旁，从高凳子上下来，静静地走向他柜台对面的文件柜，那里有一排皮革书脊上写着“季度产量”的档案。他选择了去年第三与第四季度的卷宗，回到桌前检查金矿记录。

查理·弗罗斯特是个名声有限的人，因为名声这种东西只能由他人肯定。弗罗斯特性情安静，衣着普通，貌相温和，无论面对什么样的挑衅，都保持中立。他说话的时候，总是缓慢而谨慎。他极少开怀大笑，虽然他的姿势懒洋洋的，很散漫，但他似乎总是警醒的，仿佛要永远铭记一些其他人早已不再遵守的礼仪规则。他不喜欢宣扬自己的喜好，或长篇大论地发表讲话。事实上，每当他在谈话中要决定任何事项时，都会犹豫不决。这绝对不是说弗罗斯特缺乏规划，或他没有多少喜好。其实他私生活中的许多仪式都是极其规律的，他的野心也很特别。但是，弗罗斯特懂得貌似谦逊的价值，知道默默无闻的潜在力量（之所以有力量，是因为能引起他人的好奇心），他利用它筹谋伟大的战略——但他极端谨慎地将这种天赋隐藏起来。陌生人首次与他见面时，形成的第一印象无疑都是相同的，认为他是一个被动而非主动的人，在业务上被管理，在爱情上被引诱，在所有的乐趣上都是绝对顺从他人的。

弗罗斯特年仅二十四岁，出生于新西兰。他的父亲曾是现已解散的新西兰公司的高级官员，在赫特河口下船后，从事土地分割和出售，从中获得了一笔财富后，立刻寄回去迎娶来一个新娘。弗罗斯特对自己的出身毫无骄傲之感，对于一个白人来说，这种公民身份很罕见，他为此感到耻辱。他没有关于自己童年的故事，他在赫特峡谷的沼泽地里长大，反复阅读父亲那本翻旧了的《失乐园》，它是这个家庭除了《圣经》之外唯一的一本书。（弗罗斯特八岁的时候，可以背诵上帝、上帝之子，以及亚当的所有话语——但从来没有撒旦的，因为他认为撒旦好斗，也没有夏娃的，因为他认为夏娃柔弱而乏味。）这童年并非不幸福，但当弗罗斯特回忆起童年时，他感觉到不开心。而当他说到英格兰时，仿佛深深地怀念那个地方，迫不及待地想要回去。

随着新西兰公司的解体，年长的弗罗斯特先生几乎破产，身败名裂。他转向唯一的儿子求援。查理·弗罗斯特在惠灵顿找到一份抄写员的工作，很快就在莱姆顿区的一家银行谋得一职，这个职位使他得到足够的收入，可以保证父母有健康和相对舒适的生活。奥塔哥的金子被发现后，弗罗斯特被调到劳伦斯的一家银行，他承诺通过私人邮递，将更多的薪水寄回家，月月如此——这是一个从不破例的承诺。然而，他没有再返回过赫特峡谷，也从来没有打算回去过。查理·弗罗斯特往往用利润与回报来衡量他的所有关系，一旦认为自己已经尽职尽责，便不再浪费精力去替他人担忧。现在，在霍基蒂卡（他已跟随淘金潮从劳伦斯来到西海岸），除了每个月给父母写信以外，他根本不想念他们。写信是一项艰巨的任务，因为父亲的信总是突兀而令人羞愧，而母亲的信呢，则充满沮丧的沉默——虽然这些情绪令查理·弗罗斯特黯然神伤，但瞬间即逝。他写完回信并寄出去后，便将来信裁剪成点雪茄的捻子，纵向切成条，以便把捻子芯完全捏实，然后十分漠然地烧掉捻子。

弗罗斯特翻阅着产量卷宗，直至找到有关卡尼里和霍基蒂卡峡谷的部分。记录按字母顺序排列，极光金矿排在第二，在四季金矿的下面。四季金矿这个认领区的名字，对于西海岸来说显得相当乐观。弗罗斯特凑过身去阅读那些数据，接着，他发出一声惊讶的低语。

在极光认领区被购买的第一个月，金矿的表现十分可观，收入接近一百英镑。然而，到了八月份，认领区的利润便开始急剧下滑，最后——弗罗斯特挑起眉头——基本上停步不前。极光最后一个季度的利润总额只有十二英镑。每星期一英镑！对于有着如此深度与前景的极光金矿来说，这太奇怪啦。每星期一英镑——为什么，这几乎不足以支付开销，弗罗斯特想。他弯腰凑近卷宗。记录表明极光只有一个人在工作。那是一个中国人的名字，这么说劳动力很廉价……但即便如此，弗罗斯特心想，淘金汉还是应该得到一份基本的日工资。

查理·弗罗斯特皱起眉头。根据股份资料，埃默里·斯坦斯在去年晚秋首先买断了极光金矿。似乎是在购买后的几个星期内，斯坦斯将百分之五十的股份卖给了那个臭名昭著的弗朗西斯·卡弗。然而，紧接着这项交易之后——根据这里的记录——这个认领区突然枯竭了。要么是极光突然变成了一个虚假认领区——几乎一文不值——要么就是有人做了高明的手脚，让它表面上看起来如此。弗罗斯特合上卷宗，站了一会儿，思考着。他的目光扫视着人群：戴着宽边软帽的淘金汉，投资者，佩戴编织肩章的押送护卫。突然，他想起了之前在哪里见过这个名字。

他在柜台上放了一张卡片，表明窗口已经关闭。

“你今天都结束了？”一位同事问。

“可能是吧。”弗罗斯特眨了眨眼睛，“我没想到会结束，我本来打算吃过午饭再回来的。”

“我们两点就会关张，今天没有更多的买卖了，只等这一拨做完就歇吧。”那个银行经理说。他伸了伸懒腰，用两只手拍了拍肚皮。“没准儿星期一再见了，查理。”

“好吧！”弗罗斯特喃喃地说，凝视着他的帽冠，似乎突然发现帽子在自己手里，感到十分不解。“你真是太好了。非常感谢。”

Φ

弗罗斯特敲门时，迪克·曼纳林正独自一人坐在办公室里。听见敲门声，曼纳林的牧羊犬从桌子底下冲出来，爆发出一股欢快的能量，扑向弗罗斯特，尾巴啪啪地敲打着地板，红红的嘴巴大张着。

“查理·弗罗斯特！我真没想到会看见你。”曼纳林惊呼道，将他的椅子从桌子旁向后推，“进来，进来——关上门。我有一种感觉，无论你要跟我说什么，都不会是能让大家都听见的。”

“坐下，姑娘。”弗罗斯特对那条狗说，他捧起狗的脸，看着它的眼睛，揉揉它的耳朵——狗得到满足后，才四腿着地，快步跑回主人身旁，然后转身坐了下来，将鼻子放在爪子上，抬起眼睛看着弗罗斯特，眼神悲哀。

弗罗斯特按照吩咐把门关上，“你好吗，迪克？”

“我好吗？”曼纳林张开双手，“我很好奇，查理。你知道吗？这些天来，我是个非常好奇的人。对一连串的事情感到好奇。你知道斯坦斯还没有露面——在哪儿都没露面。我们甚至带着霍莉到峡谷一带搜索了一番，虽然霍莉不算是一头警犬。给它一块手帕嗅一嗅，它撒腿就跑——然后跑回来，一无所获。是的，我是个非常好奇的人。我真的希望你能带来一点新闻——如果新闻弄不到的话，哪怕一点丑闻也好。我的天哪——这两个星期过的什么日子啊！把你的外套脱了吧——好——哦，不用担心雨水。不就是水嘛——上天知道，我们现在应该都习惯这种东西了。”

尽管有了这般鼓励，弗罗斯特还是小心翼翼地挂好自己的外套，确保不碰到曼纳林的外套，雨水也不会滴到曼纳林的套鞋上，套鞋摆放在衣帽架下面，每一只里都塞着鞋楦，被擦得又黑又亮。然后，他有些战战兢兢地摘掉帽子。

“多么倒霉的天气。”他说。

“坐下，坐下。”曼纳林说，“来一杯白兰地吗？”

“如果您喝的话，我就喝吧。”弗罗斯特说，这就是他表达食欲与口渴的策略。他坐下，将一双手掌抚在膝盖上，环顾四周。

曼纳林的办公室坐落在威尔士王子歌剧院前厅的楼上，向外看，从剧院条纹图案的雨篷上方可以看到雷维尔街，风景颇佳。眺望远处，对面房子门脸之间的茫茫大海清晰可见，通常是一条条蓝灰色的色带，偶尔呈现绿色。今天，透过大雨看见的是一片泛白的黄色——海水里揉进了天空的色调。

室内装潢是主人财富的证明，曼纳林除了管理歌剧院外，还有他作为妓院老板、出老千的牌主、股份持有者以及金矿大亨的各类收入。他在这些行业上都拥有获得利润的精妙诀窍，特别的是坐收渔利的那一种：这个房间的陈设充分证明了这一点。办公室的墙壁上贴着墙纸，橱柜都用油擦得锃亮；地板上铺着厚厚的土耳其地毯；一座古罗马风格的陶瓷胸像被用作一个阴郁的书挡；窗户下面是个标本盒子，里面展示着三只黑色的蝴蝶，每一只都有孩子摊开的手那么大。曼纳林办公桌的后面挂着一幅气派不凡的水彩风景画，镶嵌在金色的画框中：画面中有高高的悬崖，有一道道斜射的阳光，有紫色的枝叶轮廓，在迷雾蒙蒙的远处，还有一道淡淡的彩虹，从云团中探出七彩的弧形。查理·弗罗斯特认为这是一件非常精美的艺术品，是称赞曼纳林品味的最有力证据。每当他想到理由来拜访这个年长的男人，总是感到很高兴，他可以坐在现在这张椅子上，抬头凝视这幅画，想象自己是在某个非常遥远而辉煌的地方。

“是啊，这两个星期可真够呛。”曼纳林说，“现在我最得意的妓女也走了，宣布自己要开始服丧！说实在的，真是一件麻烦事。我不由地觉得她大概是疯了。这是一场灾难。如果她是你最得意的妓女。真是一场灾难。你知道她跟埃默里在一起，就在埃默里失踪的那天夜里。”

“韦瑟雷尔小姐——和斯坦斯先生？”弗罗斯特双手握住椅子弯曲的扶手，指尖顺着雕刻的纹路抚摸着。

对于查理·弗罗斯特来说，美女基本上是优雅的代名词。在他的心目中，理想的女人，是致力于提升自身修养的，在女性艺术上有所建树，如绣花、弹钢琴、压叶子做标本，等等；她歌喉甜美地唱歌，安安静静地阅读，对任何观点都保持矜持的态度；她拥有迷人的魅力，是一件无价的珍藏品；她爱别人，更重要的是，被别人所爱。安娜·韦瑟雷尔没有一点点上述的气质，但是承认安娜不符合弗罗斯特梦幻中理想女人的形象，不等于说这个银行经理根本不在乎安娜，或者说他没有像其他人那样获取满足感。此刻，他想象着安娜和斯坦斯在一起的情景，心中感到一阵不舒服——几乎是厌恶。

“哦，是的，”曼纳林说着，拔出水晶醒酒瓶的瓶塞，旋转晃动着瓶中的液体，“那家伙包了她一整夜，让他娘的警官，或者其他敲门的人见鬼去吧！而且是在他自己家里！他不要什么滥交旅馆！他是最挑剔的。必须是安娜，他说了，不要凯特，不要莉兹，必须是安娜。然后，第二天早晨，安娜落得个半死，他则跑得无影无踪。真把我搞得焦头烂额，查理。当然，安娜帮不了忙。她说记不清在监狱里醒来之前他妈的发生了什么事——看她一脸迷迷瞪瞪的样子，我简直要相信她了。她是我最得意的妓女啊，查理——魔鬼拿走她的毒品吧，魔鬼快拿去给自己用吧。你来支雪茄？”

弗罗斯特接受了对方烟盒里的一支雪茄，曼纳林弯腰冲着煤火点燃了一根纸捻子——但是捻子太短，火苗蹿得太快，曼纳林的手指被火燎了一下。他将捻子扔在炉箅上，嘴里骂了一声。他只好用吸墨纸又做了一根捻子，一番折腾之后，两人的雪茄都点燃了。

“但你还只字未提你遇到的麻烦呢。”曼纳林坐下时，继续说道。

弗罗斯特看上去很痛苦，说：“我的麻烦——就照您的说法吧——已经控制住了。”

“要照我说其实不然呢。”曼纳林说，“随着那个寡妇星期四到达的将是什么——现在整个镇子都在议论纷纷！我告诉你从我的立场上看是什么情形。看上去似乎你早就知道那些金子被藏在隐士的小屋里，一旦隐士死去，你就他妈的确保尽快完成有关销售。”

“那不是事实真相。”银行经理说。

“看上去你们是串通一气的，查理。”曼纳林继续说，“你和克林奇，你们看上去是同伙，绝对是同伙。他们会招来一位法官，你知道的。他们会从高级法院派个人来。这样的事情不会自动烟消云散。我们都被牵涉了进去——一月十四日那天夜里我们在哪里，等等这类问题。我们最好在这一切落到头上之前统一口径。我不是在指控你。我只是从我的角度描述实情。”

曼纳林说话经常有点像君主演讲，因为他的自我认知是不可动摇的，独裁而绝对。他只能从指挥的角度看待世界，喜欢发表他的高见。在这方面，他与他的客人截然不同——曼纳林觉得这种差别令他有些烦躁，他尽管偏爱这个恭敬的追随者，但看到那些觉得自己不配得到他注意的人，他又会心生恼怒。他对查理·弗罗斯特非常慷慨，总是与这个年轻人分享美酒和雪茄，送给他所有最新演出的顶层楼座戏票，但偶尔地，他发现弗罗斯特的安静与拘谨令他感到十分不爽。曼纳林往往给自己的追随者分配角色，给他们一个个贴上标签，正如根据某人的职业称谓，称其为“医生”或者“下士”。他的标签只在心里完成，从未大声说出来，他完全是根据对方与他自己的关系来描述一个人的——他就是这样看待他遇到的每一个人：作为他真实自我的反射或缩减版。

曼纳林，正如前面已经说过的，是个臃肿肥胖的人。他二十多岁时就很肥硕，三十多岁已经大腹便便，到了四十多岁，他的躯体已经基本上达到了球形的比例，令他万分沮丧的是，他上下马的时候都不得不要别人搀扶。他不愿承认自己的腰围已成为日常生活的障碍，而是怪罪于痛风，一种从未折磨过他的病的名字，但他觉得这听上去有点贵族范儿。他很喜欢被别人误认为贵族，这种判断错误倒是经常发生，因为他留着络腮胡，肌肤白皙，喜爱高档昂贵的衣着。这天，他的领结由一枚黄金领结夹固定，马甲上带有凹形翻领（可以看出，马甲扣子都绷得紧紧的）。

"我们并没有串通一气。"弗罗斯特说,"我真的不知道您是什么意思。"

曼纳林摇了摇头,"我能看出你们陷入了困境,查理——我能看出来！你和克林奇二人。如果接受审讯——可能会有审讯，你知道的——你就必须解释为什么小屋的销售这么快就完成了。这是一个关键点——这一点你必须同意。我不建议做伪证。我只想建议你必须自圆其说。你在寻求什么呢——帮助？你需要一个不在现场的证明吗？"

"不在现场的证明？"弗罗斯特说，"为什么呢？"

"得了吧。"曼纳林说，像父亲一样晃了晃手指，"别告诉我你没有谋划什么。只要看看销售完成得有多快吧！"

弗罗斯特抿了一口白兰地，"我们不该这么随意地谈论这件事。尤其还牵涉到别人的时候。"

（这是他的另一个策略：总是表现得不愿泄露秘密。）

"让别人见鬼去吧。"曼纳林喊了起来,"让'该'与'不该'见鬼去吧！到底怎么回事？快说出来！"

"我会告诉您，但没有什么犯法的事。"弗罗斯特暗暗感到开心，因为他非常喜欢声明自己是无可责怪的，"交易完全合法，天衣无缝。"

"那么，你如何解释呢？"

"解释什么？"

"这一切是如何发生的！"

"完全可以解释。"弗罗斯特平静地说,"克罗斯比·韦尔斯死后，本·勒文塔尔几乎立刻得到消息，因为他在那个政客光临小镇的第一时刻就去采访过他——为了第二天在报上做特殊报道。而那个政客——他的名字是劳德柏科，阿利斯泰尔·劳德柏科——嗯，他当时刚离开韦尔斯的小屋；正是他发现那个家伙已经死了。自然地，他将一切都告诉了勒文塔尔。”

“狡猾的犹太人，”曼纳林饶有兴味地说，“总是在合适的时刻出现在合适的地点，是不是？”

“大概是吧。”弗罗斯特回答——他不想在这个问题上表明观点，“但正如我说的，勒文塔尔在所有的人之前得知了韦尔斯死亡的消息。甚至在验尸官到达小屋之前。”

“但他没有想到买它，”曼纳林说，“买那块地产。”

“没有。但他知道克林奇一直在寻找投资机会，所以就做了个人情，向他透露了这个消息——我的意思是，韦尔斯的房地产很快就会出售。克林奇第二天一早就带着存款来找我，准备购买。一切就是这样。”

“哦，不，不是这样。”曼纳林说。

“我向您保证就是这样。”弗罗斯特说。

“我能听得出弦外之音，查理。”曼纳林说，“‘做了个人情’？出于好心，发慈悲，呃？他才不是呢——那个勒文塔尔！他是通风报信，通报一大笔该死的横财。他们串通一气——勒文塔尔和克林奇。我绝对可以打赌。”

“如果他们是合谋，”弗罗斯特说着，耸了耸肩，“我敢肯定我是不知道的。我要告诉您的，就是小屋的销售完全合法。”

“合法，银行经理告诉我这个！可你还没有回答我的问题呢，为什么销售完成得他妈的如此之快？”

弗罗斯特从容不迫，“只是因为没有文件需要处理。克罗斯比·韦尔斯一无所有：没有债务，没有保险，没有要解决的问题。没有证件。”

“没有证件？”

“他的小屋里没有。没有出生证明，没有船票，没有执照。什么都没有。”

曼纳林用手指搓动雪茄。“没有证件，”他又说了一遍，“你怎么解释这个？”

“不知道。也许他把证件弄丢了。”

“可是证件怎么会丢失呢？”

“不知道。”弗罗斯特再次说。他不喜欢被迫说出自己的想法。

“也许被什么人烧掉了。销毁了。”

弗罗斯特微微皱起眉头，“谁？”

“那个政客，”曼纳林说，“劳德柏科。他是第一个到达现场的。也许他在某种程度上卷入了这场交易。也许他把小屋里藏的横财告诉了勒文塔尔。也许他看见了那笔横财——告诉了勒文塔尔——然后勒文塔尔告诉了克林奇！可是这也说不通，”他补充道，反驳了自己的假设，“这里头对他没有任何好处，是不是？对犹太人没有任何好处。除非每个人都能分得一杯羹，在这过程中……”

“没人得到什么好处。”弗罗斯特说，“横财被托管在银行里。没人能接触到。至少要等寡妇的事水落石出之后。”

“啊，对了——那个寡妇。”曼纳林饶有兴味地说，“对你来说，这可真是节外生枝啊！你怎么看她呢？她是我的一个熟人，你知道的——熟人，她的娘家姓是格林韦。我一直不知道她是韦尔斯夫人——她对于我来说只是格林韦女士。你对她的感觉如何，查理？”

弗罗斯特耸了耸肩。“她有证件替她说话。”他说，“如果她的结婚证书证明是合法的，那么财产销售就会被取消，那笔横财就归她了。现在一切都掌握在官僚手中。”

“但我是问，你对她感觉如何呢？”

弗罗斯特显得很恼火。“她身材很火，”他说，“我认为她很漂亮。”他把雪茄塞在嘴角，向下咬了咬，使脸上的表情带着一丝痛苦。

“她是漂亮没错。”曼纳林高兴地说，“啊，她确实漂亮！玩弄男人就像弹钢琴一样，多么丰富的曲目啊——没错！我想那就是可怜的克罗斯比·韦尔斯的命运：他被玩弄了，跟其他那些男人一样。”

“我根本无法理解这桩婚姻，”弗罗斯特坦言，“像克罗斯比·韦尔斯这样的老头，能够提供给她什么呢？唉，哪怕对方是个长相平平的女人，更别提一个漂亮女人啦！我没法理解她图的究竟是什么。当然，我很容易想象韦尔斯图的是什么。”

“你忘记了他的横财，”曼纳林说，一边摇晃他的手指，“那可是最厉害的春药！那女人肯定是为了钱才嫁给老头克罗斯比的。然后克罗斯比将钱财藏了起来，她无可奈何，只能等着他死。还有什么能解释呢？她在他死后这么快就冒了出来——好像是早就计划好的一样，你知道。啊，莉迪娅·韦尔斯真是个狡猾的人精！她眼睛盯着便士，手指摸着英镑。除非有利可图，不然，她才不会签下自己的名字。”

弗罗斯特没有立刻回答，因为曼纳林的回答提醒了他，使他想起了来访的目的，他希望在宣布来意之前整理好自己的思路。然而，片刻之后，曼纳林爆发出一阵大笑，用拳头敲打着他的办公桌。

“原来如此！”他带着巨大的喜悦惊呼道，“我就知道嘛！我就知道你陷入了某种麻烦——我就知道我能用烟把你从洞里给熏出来！那么，是怎么回事呢？你犯了什么罪？麻烦在哪儿？你藏不住了，查理。你浑身上下都写着呢。与那笔横财有关，是不是？与克罗斯比·韦尔斯有关。”

弗罗斯特小口喝着白兰地。确切地说，他没有犯罪——然而，确实有一点麻烦，而且的确与那笔横财有关，的确与克罗斯比·韦尔斯有关。他的目光从曼纳林的肩膀滑向窗口，停顿了片刻，面对窗外的景色陷入沉思，心里掂量着如何最好地说明这件事情。

当银行给韦尔斯小屋发现的横财估价之后，埃德加·克林奇献给了弗罗斯特一份十分精美的礼物，感谢他在促成这笔交易中起的作用：一张总值三十英镑的纸币。这张纸币的接收，对查理·弗罗斯特产生了一种突然而令人陶醉的影响，因为他忠诚地把大部分收入都用于赡养父母，虽然从来不与父母见面，也不爱他们。在兴奋的冲动中，弗罗斯特破天荒第一次决定将这笔钱全部花掉，立刻花掉。他不会告诉父母这笔意外的收获，他要把每一分钱都花在自己身上。他将纸币换成了三十枚闪闪发亮的索夫林[①]，用这些钱购买了一件丝质马甲、一整箱威士忌、一套皮革装帧的历史书、一根红宝石领针、一盒高级进口糖果和一套绣上他自己名字的手帕，他名字的首字母在玫瑰花的衬托下十分抢眼。

在这个败家子铺张浪费地挥霍了几天之后，莉迪娅·韦尔斯来到了霍基蒂卡。她立刻去了储备银行，宣布打算撤销已故丈夫的小屋以及动产的销售。如果这项撤销成功，弗罗斯特知道他就有责任交回那三十英镑。他不可能把马甲原价退回，只能当二手货卖掉；书籍和领针可以典当，但价钱也会打折；那一箱威士忌已经打开；糖果早就吃光；哪个傻瓜会买绣着别人名字的手帕？总的来说，如果能收回已经花掉的一半数额就算幸运了。他将不得不在霍基蒂卡众多放高利贷的人中间找一个，乞求贷款；他将数月，也许数年，负债累累。最糟糕的是，他甚至不得不向父母坦白整个过程。这个前景令他感到十分难受。

然而，他来找曼纳林的目的不是承认自己的屈辱。“我没有遇到麻烦，”他简单地回答，将目光收回来望着他的东道主，“但我猜想某人可能会有大麻烦。您看，我相信那笔横财根本不属于克罗斯比·韦尔斯。我相信那是偷来的。”他身体前倾，想抖掉雪茄头上的烟灰，却发现烟头已经熄灭。

“哦——从谁那里偷的？”曼纳林追问。

“这正是我希望跟您谈的。”年轻的银行经理说。他的马甲口袋里有火柴，便将雪茄换到右手，掏出火柴。“今天下午，我刚产生了一个想法，我想让您判断一下。是关于埃默里·斯坦斯的。”

“哦——毫无疑问他是脱不了干系的。”曼纳林说，猛地向后仰靠在椅背上。（弗罗斯特第二次试图点燃他的雪茄。）“恰好在同一天失踪！毫无疑问事情与他有关。告诉你吧，我对我们的朋友埃默里的命运不抱很大希望。我们在矿上有个说法：幸运太久就是不幸。你听说过这句话吗？

---

① 索夫林（Sovereign）是一种英国发行的黄金铸币，面值一英镑，最早于1489年开始铸造。

哼，埃默里·斯坦斯是我听说过的最幸运的人。那小子突然就从乞丐变成了富佬,没有任何贵人相助。我敢打赌他被人谋杀了,查理。在河里——或在沙滩上——被杀死，尸体被冲走了。没有人愿意看见一个小伙子发大财。他还不满三十岁呢。特别是这笔大财还取之有道。我敢打赌，无论杀他的是谁，一定比他大二十岁，而且是内部的人。至少二十岁。拿这个打赌怎么样？”

“请原谅。”弗罗斯特说，微微摇了摇头。

“哦，是的，”曼纳林说，感到失望，“你不会下赌注的，对吧？你是个理智型的人，只会把钱放在钱包里，从来不乱扔一分钱。”

弗罗斯特没有回答，心中却又不安地想起他刚刚荒淫无度地挥霍掉的三十英镑。片刻后，曼纳林大声说：“别再让我等着了！”——他感到很尴尬,因为刚才最后那句话听起来像是一种侮辱,他本来没打算这样的。“说吧！你的看法是什么？”

查理·弗罗斯特谈了他那天早上的发现。弗朗西斯·卡弗拥有极光金矿一半的股份，他和埃默里·斯坦斯实际上是合作伙伴。

“是嘛——我想我对此略有耳闻。”曼纳林含糊其词地说，“不过，这个说来话长，而且是斯坦斯自己的事情。你为什么提到这个？”

“因为极光认领区与克罗斯比·韦尔斯的灾难有关系。”

曼纳林皱起眉头，“如何解释？”

“我会告诉您。”

“讲。”

弗罗斯特吸了一阵雪茄。“韦尔斯横财经过了银行，”他终于说，“经过了我的手。”

“是吗？”

迪克·曼纳林无法容忍别人长久占据舞台，经常会频频打岔，最常见的是鼓励对方像他一样快速而精确地得出自己的结论。

弗罗斯特却是不慌不忙。“嗯，”他说，“蹊跷就蹊跷在这里。金子已经被冶炼过了，而且不是公司的人干的。从外表上看，是私人做的活儿。”

“冶炼过了——已经！”曼纳林说，“这我倒没听说过。”

“是的。你不会听说的。”弗罗斯特说，“经过我们柜台的每一块金子，都必须经过纯化冶炼，即便这个程序已经做过了。为的是防止鱼目混珠，保证质量均匀，所以基拉尼又重新做了一遍。他在估值之前又将韦尔斯的金子冶炼了一遍，当人们看见金子时，它们已经被灌注成金条，盖上了储备的印章。银行以外的人都不知道金子曾经被冶炼过的事——当然啦，除了首先窝藏金子的那个人。哦，还有那个代理商，是他在小屋里发现了金子，并把金子带到了银行里。”

“他是谁——科克伦？”

“哈拉尔德·尼尔森。尼尔森合作公司的那个。”

曼纳林皱起眉头，“为什么不是科克伦？”

弗罗斯特停顿了一下，吸了口雪茄。“我不知道。”他终于说。

“克林奇这是在搞什么名堂，把另一个人扯进了这个勾当？”曼纳林说，“他完全可以亲自去清理那个地方。他这是在搞什么名堂，把哈拉尔德·尼尔森扯进了这个烂摊子？”

“我告诉您，克林奇做梦都没想到小屋里会有值钱的东西。”弗罗斯特说，“当横财被发现的时候，他完全惊呆了。”

“惊呆了，是不是？”

“是的。”

“这是你的话，还是他的？”

“他的。”

“惊呆了。”曼纳林又说了一遍。

弗罗斯特继续说：“嗯，结果对尼尔森来说真是好极了。他把小屋里财物的百分之十拿回了家。那真是他吉星高照的一天。他带回家四百英镑！”

曼纳林依然带着怀疑的表情。“嗯，接着说。”他说，“冶炼过了。你刚才说到，金子已经被冶炼过了。”

“所以我看到了那些金子。”弗罗斯特说，“在银行冶炼之前，我们总是要对金矿石做一个简短的描述——是不是片状之类。即便金子已经被冶炼过了，这种做法依然不变：我们还是有责任记录金子进来时的模样。是为了——”（弗罗斯特停顿了一下，他本来想说“安全”，但觉得这不能确切地表达意思）“——慎重起见。”他勉强把句子说完，“无论如何，在基拉尼把那些金条放入坩埚之前，我检查了一下，看见每一块金条下面都有冶炼者——不管他是谁——刻下的字迹。”

他停顿了。

“噢，什么字？”曼纳林说。

“极光。”弗罗斯特说。

“极光。”

“没错。”

突然间，曼纳林看上去十分警觉。“但后来这些金条——所有的金条——都被重新冶炼了，”他说，“被你们银行里的人压成了金块。”

弗罗斯特点了点头。“然后，就在那天，被锁在银行的金库里——一旦代理商拿走他的佣金，房地产的税额被付清，金子就被锁存起来了。”

“所以，那个名字的证据就不存在了，”曼纳林说，“我说得对吗？那个名字没了。那个名字已经被熔化掉了。”

“没了，是的，”弗罗斯特说，“但是我做了记录，这是不用说的，它被正式记录下来。正像我告诉您的，写进了我的本子里。”

曼纳林放下酒杯，“好吧，查理。那么，让那一页纸——或者你的整个本子——消失，要花多少钱？为了你的粗心大意要花多少钱？用水，还是用火？”

弗罗斯特吃惊了，“我不明白。”

“只管回答我的问题，你能让那页纸消失吗？”

“我能做到，”弗罗斯特说，“但不止我一个人注意到了那个铭文，你知道。基拉尼看见过，梅休看见过，还有一个买家也看见过——杰克·哈蒙，我想他是叫这个名字。他现在已经去了格雷茅斯。这些人中的任何一个都可能跟无数其他人提到过这事。那些铭文非常引人注目，这是不用说的。不是一个人可以轻易忘记的东西。”

“该死，”曼纳林说，握紧拳头砸在办公桌上，“该死，该死，该死。”

“可我不明白，”弗罗斯特又说，“这到底是怎么回事呢？”

“你的脑子出毛病了吗，查理？”曼纳林突然大声喊道，“为什么——你要等上该死的两个星期才来跟我汇报这个！你一直在干什么——坐在那里发呆？嗯？”

弗罗斯特退缩了。“我今天来看您，是觉得这个信息可能对找到斯坦斯先生有帮助。”他带着尊严说道，“因为这笔钱显然属于他，而不是克罗斯比·韦尔斯！”

“荒唐。你可以在两星期前告诉我。或者那之后的任何一天。”

“但我今天早晨才把它跟斯坦斯联系了起来！我怎么会知道极光的事呢？我并没有统计每个人的资金、每个人的认领区。我没有理由——”

“你捞了块肥肉。”曼纳林打断他，伸出手指点着弗罗斯特，“你从那堆横财里分得了一杯羹。”

弗罗斯特脸红了，“这跟事情没什么关系。”

“你究竟有没有得到克罗斯比·韦尔斯横财中的一份？”

“怎么说呢——非正式地——”

曼纳林骂了一声，“所以你就高枕无忧了，是不是？”他靠着椅背坐下，反感地抖了抖手腕，将雪茄烟蒂扔进火炉里。“直到那个寡妇出场，你被逼到了墙角。直到现在，你才开始亮出手里的牌，搞得像是做慈善一样！哼，真他妈的，查理。真他妈的。”

弗罗斯特一副委屈的神情。“不，”他说，“不是这个原因。我今天早上才搞清楚是怎么回事。真的是这样。汤姆·鲍尔弗到银行来，瞎编了一个关于弗朗西斯·卡弗的谎言，要求我查找他的股份档案，结果我发现——”

“什么？”

“——在斯坦斯先生购买极光后不久，卡弗买了极光的股份。我今天早晨之前并不知道这个。”

“这关汤姆·鲍尔弗什么事？”

“鲍尔弗先生离开后，我查看了极光的记录，注意到极光的利润在卡弗购买了股份后开始急剧下滑，就在这个时候，我才想起了冶炼金子时的那个名字，将前因后果连在了一起。真的。”

曼纳林提高了声音，“汤姆·鲍尔弗想把弗朗西斯·卡弗怎么样？”

“他要将他绳之以法。”弗罗斯特说。

“以什么理由？”

“他说卡弗从别人的认领区偷走了大笔横财，或者诸如此类的事情。但是他非常谨慎，一张口就是谎言。”

“唔。”这位大亨说。

“我得到消息直接就来找您了，”弗罗斯特接着说，仍然希望得到表扬，“我提前离开银行，直接来找您。我刚理出头绪就过来了。”

“理出头绪！”曼纳林惊呼，“你根本没有理清所有的头绪，查理。你连一半的头绪都没搞懂。”

弗罗斯特感觉自己受到了冒犯，“这是什么意思？”

但是曼纳林没有回答。“约翰尼·桂，”他说，“该死的约翰尼·桂。”他非常突兀地站起身来，带得身后的椅子向后倒，碰到墙上。那条牧羊犬一下子蹿起来，喜出望外，开始大声喘息。

“谁？”查理·弗罗斯特说，接着他想了起来：桂就是在极光劳作的那个淘金汉的名字。他的名字曾被写进银行的记录里。

“我的中国式难题——现在恐怕也是你的难题了，”曼纳林语气凝重地说，“查理，你是跟随我，还是反对我？”

弗罗斯特低头看着他的雪茄，“当然是跟随您。我不明白您为什么非得问这样的问题。”

曼纳林走到房间的后面。他打开一个柜子，里面有两杆卡宾枪和各式各样的手枪，还有一条巨大的皮带，上面配有两只鹿皮枪套和一溜儿皮革穗子。他将这条十分荒唐的装饰品扣在自己肥硕的腰间。“你应该佩带武器——或者你已经武装好了？”

弗罗斯特的脸色略微发红。他身体前倾，按灭雪茄——不慌不忙地将烟头在烟灰缸上戳了三次，然后又戳了一次，将烟灰研磨成细细的黑色粉末。

曼纳林跺着脚。“喂，我说！你到底有没有武器？”

“我没有，”弗罗斯特终于将雪茄尾巴扔掉，“跟您实话实说，迪克，我从来没有打过一枪一弹。”

“这没什么，”曼纳林说，“跟呼吸一样容易。”他回到那个柜台前，从架子上挑选了两支精致的撞击式左轮手枪。

弗罗斯特看着他。“我当助手肯定不合格，”片刻之后他说，试图让自己的声音保持平静，“如果我不知道你们争执的内容，就没有办法终止它。”

“没关系——没关系，”曼纳林一边说，一边检查着他的左轮手枪，“我刚想说我有一把柯尔特陆军左轮手枪可以给你使唤，现在又想了想……还要花该死的很多时间去装子弹，而你又不想鼓捣什么子弹和火药。特别是在这样的大雨中。而且以前根本没有经验。咱们凑合一下吧。咱们凑合一下吧。”

弗罗斯特看着曼纳林的皮带。

“触目惊心，是不是？”曼纳林说，脸上没有笑容。他把两把左轮手枪塞进枪套，穿过房间朝衣服架子走去，从木制衣架上拿下大衣。“不要担心。看，当我穿上大衣，扣上衣扣，没有人会显得比我更明智。我告诉你，我的血液在沸腾，查理。那个下三烂的窄眼佬！我的血液在沸腾。”

“我不明白为什么。”弗罗斯特说。

“他知道原因。”曼纳林说。

“等一等，”弗罗斯特说，“让我——您把这点给我说清楚。您到底打算干什么？”

“我们要去吓唬一下那个中国佬。”大亨边说边将双手插进大衣里。

“什么样的吓唬？”弗罗斯特说——他听出对方说的是“我们”，不由心生忧惧，“因为什么冤什么仇？”

“那个中国佬在极光工作，”曼纳林说，“这是他的活儿，查理，你说的那个冶炼活计。”

“但是您跟他有什么怨气？”

“很难说是什么怨气，更多的是斗气。”

“噢！”弗罗斯特突然说，“您不会认为是他杀了斯坦斯先生吧？”

曼纳林不耐烦地哼了一声，几乎像是一声呻吟。他将弗罗斯特的外套从衣架上拿下来，抛给他。后者接住外套，却没有往身上穿。

“咱们走吧，”曼纳林说，“不要浪费时间。”

“看在上天的分上，”对方大声说，“出于礼貌您也应该简单地跟我说说清楚。如果我们要去该死的中国城大闹一场，至少我需要明白是怎么回事吧！”

（弗罗斯特刚说完这番话，马上就后悔了——因为他不想在任何情况下到中国城胡闹——不管是不是知道原因。）

“没有时间了。”曼纳林说，“我路上再告诉你吧。把外套穿上。”

“不，”查理·弗罗斯特说——吃惊地发现他可以鼓起勇气，恰到好处地、坚定地声明自己的立场，“您不是时间紧，只是太激动。现在就得告诉我。”

曼纳林用双手拿着帽子，犹豫不决。“这个中国人为我工作过，”他终于说道，“在我把极光卖给斯坦斯之前，他就在极光淘金。”

弗罗斯特眨了眨眼睛，“极光以前是您的？”

“斯坦斯买下极光之后，”曼纳林点了点头，说道，“那个窄眼佬留了下来，继续淘金。他是签了契约的，你知道。他的名字是约翰尼·桂。”

“我不知道极光以前是您的。”

“从这里到格雷的一半土地，都曾经在某个时期内属于我。”曼纳林说着，将胸膛挺了一挺，“不去说它了。在斯坦斯出现以前，我和桂有过一点争执。不，确切地说不是争执。我有我的做事方式，仅此而已，而那些窄眼佬也有他们的一套。当时的事情是这样的。我每个星期都把桂的总产量收进来——当然是在完成计数之后——然后我再把它们喂到那个认领区上。”

“什么？”

“我再把它们喂到那个认领区上。”

“您在自己的土地上作假！”弗罗斯特脸上满是震惊。

查理·弗罗斯特不善于敏锐地洞察人类天性，因此经常感觉自己遭到他人背叛。他说话时一贯语焉不详，自己也完全清楚这会产生什么效果，但他并非刻意为之，相反，这是由于他从本质上对所有外部经验都茫然无知。弗罗斯特不知道如何站在他人立场上倾听自己的声音，也不知道如何用他人的视角看待世界；他不知道如何思考他人的本性，除非是嫉妒地或怜悯地拿别人与自己做比较。他是个人享乐主义者，常年包裹在自己感官的蚕茧中，总是念念不忘他已经拥有的，以及他将要获得的东西。他的主观性是全面而完整的。他历来不够豪爽，从来不在公共领域宣布自己的动机。正因为这样，他通常被看成是一个非常客观的思想家，拥有公正与平和的头脑。但实际情况并非如此。他现在表达出来的震惊不是愤慨的体现，甚至不是任何实质性的反对：他只是感到莫名其妙，无法揣摩曼纳林是个什么样的人，只知道他有令人嫉妒的收入和令人怜悯的健康。他的雪茄总是最优质的，他的醒酒瓶从来没有空过。

曼纳林耸了耸肩，“我不是第一个想赚取利润的人，而且也不会是最后一个。”

“耻辱啊。”弗罗斯特说。

但是，对于曼纳林来说，耻辱是一种只有失败时才会有的情绪。如果他估计自己没有失败，就没有什么能够令他感到内疚。他继续说下去：“好吧——看来你对此有自己的看法。可是，故事是这样的。那个认领区实际上是个废物，只比尾矿堆强一点点。我买了它之后，在沙砾中埋了大约价值二十英镑的金矿石，分撒在各处，然后指挥桂开始淘金。桂很容易就找到了金子。每个星期结束时，他就像所有其他家伙一样，把金子拿到营地分站去称重。这是在黄金护卫运输之前，你别忘了。那个时候，河边都有银行经理们的收购站，买家们各自为营。所以轮到我们认领区时，我的金子被称了重，银行经理们问我是否愿意当场存入银行。我说不，暂时不存；我把金矿石拿回去。我的借口是要把金子留下来，卖给一个做大笔出口生意的私人买家。反正就是诸如此类的说法，我现在都记不清楚了。嗯，那些东西被称重、记录价值后，我把它们收集起来，等到夜幕降临，再摸黑来到认领区，把它们抖搂出来，撒在沙砾中。”

“我真不敢相信您的话。”弗罗斯特说。

“信不信随你吧。”曼纳林说，“当然，也多亏了那个中国佬。这种事有过四次到五次，每个星期他都带着差不多完全相同的一堆金子回来。他竟然全部都找回来了，不管我是怎么胡乱地掺在沙砾中，不管金子沉淀得有多深，不管天气多么糟糕。他干起活来就像是一匹特洛伊木马。关于中国人，我要说的一点就是：要论做那些单纯而老派的活计，你挑不出他们任何毛病。”

“可是您从没有告诉过他您都干了些什么。”

曼纳林感到十分震惊。“当然没有。”他说，“坦白我的罪过？我当然没有！绝对没有。从表面上看，极光似乎每个星期都出产价值二十英镑的金子。没人知道那二十英镑的金子是同样一堆，被淘了一遍又一遍！那个认领区看上去是个优质资源，产量丰富。”

曼纳林开始讲这个故事时态度有些恼火，但是，没有多久，他讲故事时的天然亲和力便流露出来。对于他来说，讲述自己如何足智多谋是一件很受用的事。他讲着讲着便松弛下来，用大礼帽的帽檐拍打着自己的腿。

“但是后来桂开始醒悟过来，”他说，“他一定是看到我埋金子了，或者自己琢磨出来了。那么他干了什么呢？狡猾的狐狸！他开始在他的小坩埚里冶炼金子，每星期一次。然后将冶炼过的金子带到营地分站，打成了那种一磅的金条，大约这么大。这下就没办法再把它们扔回到石头堆里了！

“没关系，我想。我有很多认领区要卖，其他认领区的金子产量都不错，我可以调换。于是，我开始把桂的金块作为‘英格兰之梦认领区’的收益存入银行，我每个星期都一如既往地在极光作假，只不过用的是英格兰之梦的金矿石，不是极光的——你明白了吧？直到那时，极光一直都有二十英镑的产量。它必须保持同样的产量，否则它的利润看上去就在下滑——当我卖掉极光时，就得不到我的收益。

“可是后来桂又有了高招，”曼纳林继续说，在最后一个音节上提高了嗓门，“那个该死的魔鬼，开始在他的小金条上刻上产地的名字——极光。我没法拿这个冒充‘英格兰之梦’的金矿存入银行，肯定会引起怀疑的，对不对？你相信吗？那个该死的浑蛋！”

“我真不敢相信。”弗罗斯特说，遭背叛的感觉依然强烈。

“唉，反正就是这样，”曼纳林说，“故事就是这样。这个时候，埃默里出场了。”

“然后？”

“然后什么？”

“然后——发生了什么？”

“你知道发生了什么。我把极光卖给了他。”

“但那个认领区是个假货，您说的！”

“是的。”曼纳林说。

“您卖给他一个假冒的认领区！”

“是的。”

“可他是您的朋友啊。”查理·弗罗斯特话一出口，就感到后悔了。这听上去多么底气不足——拿友谊来教训一个像曼纳林这样的人！曼纳林正处于他生命中的鼎盛时期：生意兴隆，衣着考究，在雷维尔街上拥有最大和最漂亮的建筑。他的怀表链子上都挂着金块。他顿顿吃肉。他已经睡过上百个女人——甚至可能上千——也许更多。他还在乎什么朋友呢？弗罗斯特发现自己的脸红了。

曼纳林端详了一会儿年轻人，然后说：“关键就在这里，查理。四千英镑的横财——冶炼过的，每一条上都刻有极光 的字样——出现在一个死人的家里。我们不知道为什么，不知道是怎么回事，但我们知道是谁，而那个‘谁’就是在卡尼里的我的老朋友桂。好了吧？因此，我们必须去中国城。那样我们可以问他一两个问题。”

弗罗斯特感觉曼纳林依然对他有所隐瞒。“但是那笔横财本身，”他说，“您又是如何解释呢？如果极光是个骗人货，那么所有那些金子都是从哪儿来的呢？如果极光不是骗人货，那么是谁做的假账，使它看上去一文不值呢？”

大亨戴上帽子，“我只知道，”他一边用食指与拇指来回抚摸帽檐，一边说，“我有一笔账要清算。休想让迪克·曼纳林再做一次傻瓜，在我看来，那个窄眼佬约翰尼还真的干得不赖呢。一起走吧。怎么，你要认怂，临阵脱逃不成？”

没有人愿意被称作懦夫——尤其是一个感觉自己特别懦弱的人。弗罗斯特用冷冷的声音说：“我一点儿都没害怕。”

“好，”曼纳林说，“那么，请别见怪。一起走吧。”

弗罗斯特将双手插进外套兜里，说：“我只希望不至于动武。”

“咱们走着瞧，”曼纳林说，“咱们走着瞧。快点，霍莉——快点，姑娘！驾驾！我们要到霍基蒂卡峡谷办事去！”

Φ

当弗罗斯特和曼纳林压着帽子，冒雨走出威尔士王子歌剧院时，在向南约三个街口的地方，托马斯·鲍尔弗正转上焊缝街。鲍尔弗在营盘街的德意志旅馆[①]度过了刚才的一个半小时，那里的酸菜、香肠和卤汁，火炉前的座位，以及一段不受打扰的沉思，帮助他把思绪重新聚焦于阿利斯泰尔·劳德柏科的事情。他精神焕发地离开旅馆，立刻朝《西海岸时报》的办公室走去。

窗口里面的百叶被拉上了，前门紧闭。鲍尔弗试了一下门把手，门是锁着的。他好奇地绕到房子后面的小公寓前，这是报纸编辑本杰明·勒文塔尔住的地方。他冲着门听了片刻，什么都没有听见，便小心翼翼地转动门把手。

门很容易就被打开了，鲍尔弗发现自己与双手放在腿上、端坐在桌前的勒文塔尔本人碰了个面对面——好像勒文塔尔一直在等鲍尔弗来把他从恍惚中惊醒似的。他匆忙站起身来。

"汤姆，"他说，"怎么啦，出什么事了？你怎么没敲门呢？"

他面前的那张桌子确切地说是一张实验室的台子，表面坑坑洼洼、破破烂烂，被洒落的墨水和化学品染得斑斑驳驳。然而，今天勒文塔尔干活用的碎杂物品全都清除干净，台面上铺上了一块绣花台布。台子中央放了一只小碟子，里面有一支粗短的蜡烛在燃烧。

"哦，"鲍尔弗说，"对不起，本。你好，啊。对不起。对不起。没有打扰你的意思——我是说，我没有打扰你的意思。"

"啊，非常欢迎你嘛！"勒文塔尔说，察觉到鲍尔弗并非来者不善，只是随意拜访聊天罢了，"快进来吧，躲一躲雨。"

"不想打扰你的——"

"你没有打扰什么。快进来，快进来——把门关上！"

---

① 原文为德语（Deutsches Gasthaus）。

“确切地说，不是什么公务，”鲍尔弗怀着歉意说，他知道勒文塔尔的宗教日就是休息日，“确切地说，跟工作无关。我只是想跟你聊点别的。”

“跟你聊天从来都不是工作。”勒文塔尔大度地回答，然后第四次邀请对方，“但你必须进屋来。”

鲍尔弗终于进了屋，关上门。勒文塔尔坐回自己的座位，十指交叉。他说：“我已经思考了很长时间，对犹太人来说，办报纸是最理想的职业。星期天不出报纸，你看——正符合安息日[①]的安排。我对我的基督徒竞争对手们表示同情。他们必须用他们的礼拜天设置版面、铺展油墨，为星期一做好准备。他们没法休息。你刚才走过来的时候，我正是在思考这个问题。好了，把外套挂起来吧。请坐。”

“我本人是英国国教会的一员。”鲍尔弗说——他和同属该宗教的许多人一样，对宗教信仰的那些画像图标感到很不舒服。他带着某种戒心看着勒文塔尔的蜡烛，仿佛他的东道主摆出的是苦行衣或金属刺腰索。

“你在想什么呢，汤姆？”

本杰明·勒文塔尔每个星期遵守的安息日被打扰了，但他没有丝毫不悦，因为他信仰的是一种非常自信的宗教，况且自我怀疑不是他的本性。他经常在小的方面打破安息日誓言，也没有因此惩罚自己——因为他能够理智地分辨什么是出于恐惧的责任，什么是因爱而生的责任；他相信自己敏锐的感知，知道自己无论破坏了什么规矩，都有破坏它们的正当理由。经过两个小时不松懈的祷告之后，他也感到（这是必须承认的）十分烦躁——因为勒文塔尔是个精力充沛的人，不能长时间没有外界的刺激。

“听着，”鲍尔弗说，将手指放在两人中间的台面上，“我刚听说了有关埃默里·斯坦斯的消息。”

“嗨！”勒文塔尔吃了一惊，“现在才听说？莫非你的脑袋一直被埋在沙堆里了！”

---

① 安息日（Shabbat，希伯来语）是犹太教每七天安息的一天，为星期六，是家人团聚和去犹太会堂敬拜的欢庆的日子，也是点燃蜡烛、思考人生层面的时候。

“我一直很忙。”鲍尔弗第二次看着蜡烛——他从孩提时起只要坐在蜡烛面前就无法不去摆弄它，他要将食指在火苗上来回扫动，直到手指发黑，要把蜡烛头温暖而柔软的边缘捏出形状，要把手指尖伸进熔化的烛泪中，然后快速地缩回来，这样蜡液就会在他指尖上形成了一个小黄帽，蜡冷却后，小黄帽就会收缩，脱落下来。

“忙得连新闻都顾不上了？”勒文塔尔想逗他开心。

“我有一个朋友来到镇上。是一名政客。”

“哦，是的，尊贵的劳德柏科。”勒文塔尔说。他背靠椅子放松地坐着。“嗯，即便你不读，我希望他一直读我的报纸！报上已经有许多他的专题报道。”

“是的——专题报道。”鲍尔弗说，“但是听着，本，我想问你一个问题。我今天早上在银行停了一下，听说某人在报纸上登了通告。代表斯坦斯先生——祈求他回来。我能不能问问通告是谁登的？”

“没问题。”勒文塔尔说，“通告是公开的——反正，她在启事的最后留了一个信箱号，你可能已经看到了；你只要到邮局去，就能查到信箱，就会看见那女人的名字。”

“女人？”

“是的，你肯定会为此而感到吃惊的。”勒文塔尔说，“她是我们的夜女郎之一！你能猜到是谁吗？”

“莉兹？爱尔兰的莉兹？”

“安娜·韦瑟雷尔。”

“安娜？”鲍尔弗说。

“没错！”勒文塔尔说，张开大嘴微笑着——因为他有一种业内人士的敏感，当可以扮演这个角色时，就是他最开心的时刻，“你猜不到这个吧，对不对？斯坦斯失踪不到两天，安娜就跑来找我。我试图劝她再等一段时间——一个男人刚离开两天就登启事叫他回来，似乎是小题大做。他可能只是进了峡谷，我说，或者骑马去了格雷沙滩。没准儿明天就回来了！我是这样告诉安娜的。可是安娜很坚决。她告诉我，斯坦斯没有离开，他是消失了。她对此十分清楚。这是她的原话。”

“消失了。”鲍尔弗跟着说道。

“那个可怜的女子当天早晨去过法院，”勒文塔尔说，“过去这一年里，她的运气多么糟糕啊。她是个可爱的姑娘，汤姆——十分可爱。”

鲍尔弗皱起眉头，他不喜欢别人告诉他安娜·韦瑟雷尔是个可爱的姑娘。“实在无法想象，”他大声说，摇了摇头，“无法想象——他们俩。简直就好像是粉笔与奶酪[①]。”

“粉笔与奶酪。”勒文塔尔重复了一遍，他喜欢外国成语，“谁是粉笔？我猜想是斯坦斯——因为他与采矿有关！”

鲍尔弗似乎没有听见他的话。“安娜有没有给你透露过什么，关于她为什么要寻找斯坦斯？我的意思是——为什么——”

“当然，她试图联系斯坦斯。”勒文塔尔说，“但我猜想，你问的不是这个问题。”

“我的意思只是——”但鲍尔弗没有继续说下去。

勒文塔尔笑了。“这毫不奇怪，汤姆！如果那小伙子对安娜表示一分一厘的感情——呃。”

“什么？”

这位编辑发出一种咯咯的声音，“唉，你必须承认，站在斯坦斯先生身旁，你和我简直就是白发苍苍了。”

鲍尔弗沉下脸来。头发花白一点怎么了？头发花白令男人显得有尊严。“还有另外一个问题，”他改变了话题，“关于一个名叫弗朗西斯·卡弗的人，你都知道些什么？”

勒文塔尔扬起眉头，“不是很多。当然，听说过一些故事。人们总是会听说他那种人的一些故事。”

---

① 这是英国成语，粉笔与奶酪（尤其是未加工之前）表面上有某种相似之处，但里面截然不同，表示正好相反的意思。

“是的。”鲍尔弗说。

“关于卡弗我都知道些什么呢？”勒文塔尔沉思着，在心里思忖这个问题，“嗯，我知道他在香港有根基。他父亲是某种类型的金融家——与商业买办有关。但他与父亲一定是分家了,因为他与母公司已经没有联系。他是个独家代理，是不是？一个买卖商。也许在他定罪后，就与父亲分手了。”

“那么你对他看法如何呢？”鲍尔弗追问。

“我想，总的来说，我对他的印象不好。他是一个有钱人的儿子，这是其一；还是一个罪犯，这是其二。且不管这两者的先后次序，我相信他表现出了最恶劣的品质。他是个暴徒，同时又很阴险。或者换一种说法，他养尊处优，却为人卑鄙。”

（对本杰明·勒文塔尔来说，这样总结人物性格是非常典型的，他思考时，往往将自己放在两个假想敌之间的第三者位置上。勒文塔尔评估他人时，首先在他们身上识别出本质的悬殊，然后再用理论解释悬殊的两极之间是如何合成起来的，而且这种理论纯粹出于勒文塔尔本人。他注定能看到一切事物固有的双重性——即使他自己关于一切事物双重性的评价也具有双重性——因此，在他认为的这个五光十色、变幻不定的世界里，他有责任采取一套严格的“绝对命令”式的个人法则，作为一种保护措施。这种个人法则是淡定的、深思熟虑的、高度原则性的。只有坐在这张固定的座位上，他才能考察永无止境的双重性，并完全依赖于它。他在自己的日常事务中往往很放松，在宗教上富有幽默感，做起业务来也很灵活——但是对于他的“绝对命令”，他不会犯错，他不会退让。）

“卡弗最近给我惹了一点麻烦。”他继续说，“大约两个星期前，他没有遵守日程就离开了泊位——而且是在半夜三更。嗯，那是个星期天，船运新闻已经登在了星期六的报纸上。但是因为‘一帆风顺号’并未计划那天离港，再加上它是在日落之后很久才离开的，所以竟然没有在海关登记。嗯，没有人告诉我任何有关的消息，所以报纸上根本没有记录它的离港。仿佛那条船从没有离开它的泊位一般！港长对此非常恼怒。”

“上个星期天？”鲍尔弗说，“就是劳德柏科到达的那天。”

“我想是的。十四日。”

“但卡弗那天晚上恰好在绿玉神舟谷！”

勒文塔尔突然抬起头来，“这是谁告诉你的？”

“一个毛利小伙，名字叫泰什么的，很年轻的一个家伙，戴着一颗绿色的大吊坠。我今天早上在街上跟他说话来着。”

“他的可靠性如何？”

鲍尔弗解释说，泰老·老居和克罗斯比·韦尔斯一直是好朋友，老居在隐士死亡那天看见弗朗西斯·卡弗进入了隐士的小屋。至于卡弗进小屋是在韦尔斯死前还是死后，鲍尔弗就不知道了，但是老居向他保证，卡弗是在劳德柏科之前到达的——根据劳德柏科本人的证词，他是在隐士死后不久到达小屋的，因为当他进屋时，那个男人烧的一壶开水还在炉台上沸腾，没有烧干。因此，站得住脚的推理是，弗朗西斯·卡弗是在克罗斯比·韦尔斯去世前出现在小屋里的，或许（鲍尔弗毛骨悚然地意识到）甚至目击了韦尔斯的死亡。

勒文塔尔抚摸他的小胡子。“这个消息倒十分有趣。”他说，“当天晚上，日落之后很久，‘一帆风顺号’扬帆起航。所以卡弗一定是从绿玉神舟谷直接赶回了霍基蒂卡，立刻登船、起锚，一切都发生在黎明之前。看来他离开得非常仓促。”

“我觉得够奇怪的。”鲍尔弗说，他正在想他那只消失的货运板条箱。

“考虑到斯坦斯正是在同一时间消失的——”

“还有安娜。”鲍尔弗打断了他的话，“那正是她昏迷的那天夜里——你记得吧，劳德柏科在路上发现了她。”

“哈，”勒文塔尔说，“又是一个巧合。”

“你可能会说只有弱智才会相信巧合，”鲍尔弗说，“但是我说——我说——一连串的巧合就不可能是巧合。一连串的！”

“对，的确不是。”勒文塔尔含混地说。

鲍尔弗随即说道：“但是年轻的斯坦斯。那真是一种绝对的耻辱。对此优柔寡断是没用的，本——他肯定是被谋杀了。一个人不会无缘无故消失。穷人也许会，但富人绝对不会。”

“嗯。”勒文塔尔说，其实脑子里想的并不是斯坦斯，“我不明白卡弗跟韦尔斯在绿玉神舟谷干什么。他又是在逃离什么，或者说奔向什么。”编辑又思考了一会儿，然后惊呼道，“我说，劳德柏科该不会是跟卡弗搅在一起的吧，嗯？”

鲍尔弗长舒了一口气。“唉，这才是问题所在。”他说，故意表现得十分勉强，“但是我如果告诉你，就破坏了劳德柏科对我的信任。我就食言了。”他再次看着蜡烛芯，希望他的朋友会提示他继续说下去。

然而，不幸的是，勒文塔尔的道德准则使他不能接受鲍尔弗的提议，不能鼓励鲍尔弗违背信誉。他平心静气地端详鲍尔弗片刻，把后背往椅子上一靠，改变了话题。“你知道吗？”他说，换了一种更轻快的语调，“你不是第一个来我办公室，问我报纸上那则通告的事——关于埃默里·斯坦斯的那则通告。”

鲍尔弗抬起头来，既失望又惊讶，“怎么——还有谁？”

“在这个星期当中，有一个男人来过。星期三，或者是星期二吧。爱尔兰人，职业为牧师——但不是天主教。我想他是卫理公会的。他将是新监狱的牧师。”

“循理会。”鲍尔弗说，“我今天早上遇到了他，长得怪怪的，牙齿很可怜。他为什么会感兴趣呢？”

“但我记不清他的名字了。”勒文塔尔喃喃地说，用手指轻轻敲着嘴唇。

“他为什么对斯坦斯感兴趣？”鲍尔弗又问了一遍——因为他也不知道那个牧师的名字，无法提供帮助。

勒文塔尔再次将十指交叉放在台面上。“嗯，这的确很奇怪，”他说，

“毫无疑问就是他跟着验尸官一起去了克罗斯比·韦尔斯的小屋，去给那个男人收尸。”

“是的——然后又给他下葬，”鲍尔弗说，点了点头，“挖墓穴。”

“德夫林，”勒文塔尔说，用手拍了一下桌子，“这是他的姓，德夫林。但我还没有想起他的名字。再让我想一会儿。”

“这且不去管它，”鲍尔弗说，“我刚才问的是，他跟斯坦斯有什么关系？”

“确切地说，我也不明白。”勒文塔尔坦言，“从我们简短的谈话中，我意识到他非常迫切地需要与斯坦斯先生对话——不知是要谈克罗斯比·韦尔斯的死，还是要谈跟克罗斯比·韦尔斯之死相关的什么事情。除此之外，我就没什么可以告诉你的了。我没有问那么多。”

“真可惜你没有问。”鲍尔弗说，“成了个未解之谜，真是的。”

“怎么，汤姆，”勒文塔尔说，脸上突然一笑，“听起来你像是一个侦探！”

鲍尔弗脸红了。“其实不是，”他说，“我只是试图搞明白一点什么。”

“搞明白一点什么——为了你的朋友劳德柏科，他让你发誓保持沉默！”

鲍尔弗记得那个牧师也无意中听到劳德柏科的故事，而且就在那天早上，这个念头引起了他的警觉。他想，这可真是拖泥带水。劳德柏科确实应该更谨慎些，不该在公共场所谈论这一类私事！“嗯，”他说，打起了精神，“你说怪不怪？这个家伙——德夫林——”

“考埃尔·德夫林，”勒文塔尔说，“这是他的名字，我就知道我能想起来。考埃尔·德夫林。是的，牙齿很可怜。”

“不管他是谁，我以前肯定没有见过他。”鲍尔弗说，“他为什么这样关心埃默里·斯坦斯——平白无故的？难道这不令你感到奇怪吗？”

“哦，非常奇怪，”勒文塔尔说，脸上仍然笑微微的，“非常奇怪。但你心里好像有点窝火呢，汤姆。”

鲍尔弗的确变得双颊通红，“是劳德柏科——”他话没说完，就见勒文塔尔摇了摇头。

“不，不，我不能让你道破你的机密。”他说，“我只是逗你玩的。咱们换个话题吧。我不会追问。”

其实，托马斯·鲍尔弗非常希望勒文塔尔会问下去。他非常愿意泄露阿利斯泰尔·劳德柏科的机密，他只是想假装自己不能把政治家的秘密说出来，希望借此诱惑勒文塔尔恳求他泄密。但是勒文塔尔显然不玩这种游戏。（他也许是不愿意，也许是不知道可以这么做。）鲍尔弗感觉心里堵得慌。他希望从一开始就能坐下来，坦率地、原原本本地讲出劳德柏科的敲诈勒索与筹划报复的故事。现在他只好什么消息都没得到，就离开这里——因为他此刻已经不可能主动讲出这个故事，编辑已经一再声明不需要听他的故事！

我们插进来观察一下，发现这是一个令人遗憾的审查。因为如果鲍尔弗已经原原本本讲出劳德柏科的故事，那么，一月二十七日的事件可能会以完全不同的方式呈现在他面前——呈现在许多其他人面前。勒文塔尔如果得悉劳德柏科在故事中的某些特殊表现，可能会想起数月前的一件事，那件事他当时认为没有特殊理由要记住：这个记忆对鲍尔弗调查卡弗将有巨大的帮助，至少能部分解释此人为何神秘地冒用韦尔斯这个名字。

然而，鲍尔弗没有道出劳德柏科的故事，勒文塔尔的那段记忆也就没有被唤起，随后，鲍尔弗从斑驳的台子旁站起来，他没有选择，只能感谢他的朋友，然后与他道别——感觉两人的谈话令人失望，只是唤起了他的希望，随后又令他万般沮丧，而勒文塔尔也有同样的感觉。勒文塔尔重新沉湎于对信仰的冥思，鲍尔弗则走在雷维尔街的泥泞中。钟声报响了三点半，这一天慢慢逝去了。

但是圆球的外部同样也在运转着——无边无际的当下，包含着有边有际的过去。这个故事正在被讲述给沃尔特·穆迪听，穿插着许多典故和反复强调——而本杰明·勒文塔尔此刻正在皇冠旅馆的吸烟室里，故事中的某些部分他也是第一次听到。突然，他想起发生在大约八个月前的一件事。当托马斯·鲍尔弗像此刻这样停下来喝酒时，勒文塔尔向前几步，绕过台球桌，举手表明他希望打断一下。鲍尔弗请他讲话，勒文塔尔开始叙述他刚刚被唤起的那段记忆，说话时声音低沉，神情凝重，就像在传达非常重要的消息。

他的陈述如下：

一八六五年六月的一天上午，一个脸上有一道疤的黑发男人走进了勒文塔尔在焊缝街上的小办公室，要求在《西海岸时报》上刊登一条通告。勒文塔尔同意了，拿出他的笔，问这个男人希望刊登什么。男人说他丢失了一只货运板条箱，里面有一些对他个人极为宝贵的物品。如果板条箱被归还，他将支付二十英镑的报偿——甚至五十英镑，如果板条箱原封不动地还到他手里。他没有说板条箱里装的是什么，只说对他个人来说十分珍贵。他说话粗声粗气，用的都是非常直截了当的字眼。当勒文塔尔问他名字的时候，他没有回答，而是从口袋里掏出了他的出生证明，放在办公桌上。勒文塔尔抄下了他的名字——克罗斯比·弗朗西斯·韦尔斯先生——最后问那个男人，如果那只遗失的货运板条箱真的被找回来，他希望找到板条箱的人到哪里去交接。男人给出的是吉布森码头上的一个地址。勒文塔尔记录下来，填写了收据，收了费，然后与那个男人说了再见。

有人会问（是的，穆迪确实如此追问），勒文塔尔为何对这件事的细枝末节如此肯定，要知道这是他刚刚想起的一段记忆呀，事情已经过去了八个月，他没有任何机会核实那些细节。勒文塔尔如何能够肯定，第一，登广告的男人脸上确实有一道疤；第二，这件事发生在去年六月；第三，出生证明上的名字，毫无疑问，就是克罗斯比·弗朗西斯·韦尔斯？

勒文塔尔的回答彬彬有礼，但是话说得很长。他对穆迪解释道，《西海岸时报》创刊于一八六五年五月，大约是勒文塔尔首次登陆新西兰的一个月之后。报纸首印时，印量仅二十份，霍基蒂卡的十八家旅馆各一份，一份给新上任的裁判官，一份留给勒文塔尔本人。（一个月内，随着蒸汽动力印刷机的购置，勒文塔尔的印刷量已经扩大到两百份；现在，一八六六年一月，他的每版印刷量均接近一千份，他还雇用了两名职员。）为了向订户做广告，勒文塔尔将报纸的第一版用玻璃镶嵌，挂在前办公室里，宣传《时报》已成为霍基蒂卡的第一份每日公报。他记得报纸创刊的具体日期（一八六五年五月二十九日），因为他每天早上都能看见画框中的报纸。勒文塔尔解释道，那个男人肯定是在六月份来的，因为勒文塔尔是在七月一日收到那台蒸汽动力印刷机的，他记得非常清楚，伤疤男人的广告是用他的老式手动机器印刷的。

为什么他对这一点记得这么清楚呢？嗯，排版的时候，勒文塔尔发现两英寸的版面（这是一栏广告的标准面积，也是伤疤男人付款的面积）不足以容纳整条信息：广告多了一个词，无法挤进可用的空间。除非勒文塔尔把重复性的启事重新洗牌，改变整个版面，否则就只能弄出一个被排版人称作“落单”的格式：广告的最后一个词（即“韦尔斯”）被困在第三栏的顶部，使读者心里产生一种难受甚至混乱的感觉。当勒文塔尔发现这点时，伤疤男人已经离开了他的办公室，勒文塔尔不愿意满大街地去寻找他。他试图找到一个可以去掉的词，终于，决定删除这个男人的中名弗朗西斯。这个省略可以避免产生“落单”，整个版面的格式也不会受到破坏。

《西海岸时报》在第二天一大早出版，还不到中午，伤疤男人就来了。他一口咬定——但没有给出原因——把他的中名印出来是至关重要的。他十分恼怒，勒文塔尔竟然没有征得他的同意就改变了广告内容，他发泄着自己的不满，粗声粗气地说话，口气跟第一次来寻求编辑帮助时一样。勒文塔尔拼命道歉，重新印了新的启事——之后又印了五次，因为男人付了一个星期的广告费，在这样的情况下，勒文塔尔为谨慎起见，决定给他免费刊登第七次。

因此，正如勒文塔尔对穆迪解释的那样，他十分确定事件的日子和那个人的名字，克罗斯比·弗朗西斯·韦尔斯。这件事令他难以忘怀：一个企业家总是记得他犯的第一个错误，回顾企业的创始，顾客的不满是不容易忘记的，尤其是当一个人把他的生意放在心里的时候。

现在还剩下一个问题，就是对这个男人相貌的描述——勒文塔尔怎能肯定此人脸颊上的确有一道伤疤？名叫弗朗西斯·卡弗的前罪犯无疑是有伤疤的，而名叫克罗斯比·韦尔斯的隐士肯定没有伤疤。对于这最后一点，勒文塔尔坦率地说他不能肯定。也许在想起这件事时，他将对一个伤疤脸男人的记忆重叠在了这个记忆上。但他希望能补充说，他通常记性很好，能在脑海中十分清晰地看见这个人的形象；他记得此人双手端着一顶大礼帽，说话时将帽子挤压在两个手掌中，仿佛要把它压成一片毡布。这个细节肯定不是假的！勒文塔尔宣布他愿意出一笔不小的赌注，打赌他记得的那个人脸上确实有一道伤疤，形状像一把镰刀——而且，他还拥有一份出生证明，上面的名字是克罗斯比·弗朗西斯·韦尔斯。然而，勒文塔尔也承认，自己从来没见过那个隐士——克罗斯比·韦尔斯——没在活着时见过他，无法想象他的模样，因为死者没有留下任何图像或速写。

很容易想象，这条新的信息在皇冠旅馆的吸烟室中引起了怎样一片感叹与猜测，使叙述者暂时无法继续。不过，暂且把他们留在这里，我们继续在往昔中向前推进。

Φ

往返于卡尼里与霍基蒂卡河口的摆渡服务，没有因为天气恶劣而间断，只是速度相应地放慢了。因为没有顾客，也没有杂活要干，船夫们都坐在码头边敞着门的仓库里，一边抽烟，一边玩惠斯特牌戏。要放下扑克牌冒雨去干活，他们似乎不太高兴，为了表示不满，故意把摆渡费开得很高。曼纳林立刻同意了这个价格，船夫们只好丢下手里的扑克牌，掐灭烟头，将渡船搬运到斜坡上，送入水中。

卡尼里就在上游约莫四英里的地方，如果是回程，这段距离根本不需要多久就能完成，桨手们无须逆水拼命划船。然而，如果往内陆去，则要根据河流的水情、风向以及潮汐的动态，动辄花上一小时的时间。淘金汉们在卡尼里和霍基蒂卡之间往返通常靠马车，或者干脆徒步，但是马车已经出发了，恶劣的天气又不宜步行。

曼纳林付清摆渡费，很快就跟弗罗斯特一起坐在一条涂过漆的小艇尾部（事实上这是一条救生艇，从沉船上打捞出来的），他们中间蹲着牧羊犬霍莉。靠码头一边的桨手们用桨叶把船推离岸边，然后奋力划桨；船很快便逆流而上。

弗罗斯特和曼纳林背朝船尾坐着，发现自己与桨手们面对着面，俨然是两个超大号的、衣冠楚楚的舵手；桨手们每次身体前倾奋力划桨时，他们之间的距离都会靠得很近。因此，两个男人没有谈论即将执行的任务，唯恐桨手们会听到他们的秘密。曼纳林开始喋喋不休地谈论天气、美洲、土壤、玻璃、早餐、水闸采矿、原生木材、波罗的海海军战区，以及矿区的生活。弗罗斯特容易晕船，除了不断有规律地抬手擦干帽檐下形成的水珠外，丝毫也不敢动弹。他只是咬紧牙关，哼哼哈哈地回应曼纳林的闲扯。

说实话，弗罗斯特感觉非常害怕——随着一桨又一桨，船划得越来越靠近峡谷，他感觉越来越害怕。苍天啊，究竟是什么让他走火入魔——在害怕得要命时，怎么居然说自己不害怕呢？他本来可以很容易地假装必须如期返回银行！现在他泡在三英寸深的浑水中颠簸，浑身发抖，手无寸铁，毫无准备——不幸被选作他人决斗的助手——这是为了什么呢？他跟叫桂的中国佬有什么瓜葛呢？跟他有什么恩怨呢？他这辈子都没见过那个人！弗罗斯特伸手抹掉帽檐上的水。

霍基蒂卡河在碎石的谷底蜿蜒流淌，鹅卵石被磨得均匀圆滑。河两岸簇拥着深色的灌木，树叶的颜色被雨水染得更深；远处的山峦在飘移变幻的云中移动。抬头眺望群山，人们对距离的感觉富有层次：在位于前景的绿色的衬托下，高耸的新西兰鸡毛松[①]在灌木丛中鹤立鸡群，中部是蓝色，山峦的顶部是灰色，与迷雾的颜色融为一体，形成背景。阿尔卑斯山脉被浓雾笼罩，但在天气晴朗的时候（就像曼纳林说的那样），它们便清晰可见，在蓝天的衬托下，一道白色的陡峭山脊分外显眼。

渡船继续逆流而上，与一叶顺流直下的独木舟擦肩而过，独木舟上载着一个大胡子测量员和两个毛利向导——他们举帽致礼，一副乐呵呵的样子，曼纳林也举帽回礼。（弗罗斯特不敢冒险动弹。）从那以后，再也没遇见别的人，只有两旁的河岸在颠簸中逝去，雨柱抽打着河水。那些从河口跟出来的海鸥已经失去兴趣，不见了踪影。约二十分钟过去了，渡船转过一道弯——然后，如同一盏油灯突然照亮一个拥挤的房间，他们的周围顿时一片热闹与喧嚣。

卡尼里帆布帐篷移民点设置在霍基蒂卡和内陆认领区之间的中继站。移民点周围的土地十分平整，冲沟和溪流裹挟着石头和碎石，从阿尔卑斯山脉冲下来，纵横交错地流过大地，奔向大海。在这里，水的流动声是永恒的，耳边只听得遥远的轰鸣声、滴水声、急流涌动声，以及淅淅沥沥声。正如一个早期的测量员说过的，在西海岸，哪里有水，哪里就有金子——到处都是水，水从蕨叶上滴下来，水在树枝上凝成水珠，水使挂在树上的青苔变得丰厚，水渗进一个人的脚印里，即刻盈满。

在弗罗斯特看来，卡尼里的营地是一副十分凄惨的景象。一行行的淘金汉的帐篷歪歪扭扭地排列在阶地上，被连绵不断的雨压弯了腰；有几顶帐篷已经完全坍塌了。帐篷之间绳索交错，沉甸甸地挂着旗帜与晾晒的湿衣服。有几顶帐篷用片岩和黏土临时搭建了壁板，算是改善了居住条件；一个有创新精神的人，在帐篷上方的树上额外挂了一块篷布，作为

① 新西兰鸡毛松（kahikatea，毛利语）是新西兰的特有树种，树高可达 55 米，笔直挺拔的树干，直径可达 1 米，对毛利人来说是十分重要的资源，用途广泛。

辅助外帐。各类娱乐与饮料的广告画用钉子固定在树干上。（在矿区，若想开一间卖掺水烈酒的窝棚店，所需要的不过是一张帆布外帐和一瓶酒，但如果被执法人员突然查到，就会被罚款，甚至去坐牢。这种方式出售的烈酒大部分都是在营地酿造的。查理·弗罗斯特曾经尝过一次卡尼里的烂肠劣酒，恶心得一口吐了出来。这种烈酒带有油性，泛着一股酸味，黏糊糊的，还漂着丝状物。他想，它的气味很像洗照片用的感光乳剂。）

弗罗斯特惊叹这场雨没有把淘金汉们赶进帐篷。事实上，他们的精神头似乎丝毫未受影响。他们簇集在河边，一些人站在过膝深的水中，晃荡着平锅淘金，另一些人嘎吱嘎吱地摇动着他们的水闸洗砂床，还有一些人在岸上清洗锅碗瓢盆，洗澡，用肥皂洗衣服，编绳子，缝缝补补。他们都穿着淘金汉惯常穿的鼹鼠皮、哔叽和斜纹呢衣服。有的人腰上系着腰带，染成最耀眼的猩红色，是当时流行的海盗风格，大部分人都戴着帽檐向下的宽边软帽。他们一边干活，一边互相大声吆喝，似乎根本没有注意到下雨。在喊声的背后，能听见日常生活中的各种声音——斧头砍伐声、笑声以及口哨声。蓝色的炊烟悬挂在空中，在河上空盘旋着，慢慢地散去。从树林深处传出手风琴独奏的乐声，更远的什么地方响起了一阵鼓掌欢呼声。

"很安静，是不是？"曼纳林说，"即便是星期六，也显得很安静。"

弗罗斯特并不认为这里安静。

"外面几乎没有一个人。"曼纳林说。

弗罗斯特看见了十几个人——也许上百人。

呈现在他们眼前的，就是查理·弗罗斯特对卡尼里的最初印象——而且，也是他对霍基蒂卡外围的第一印象，因为在他跨越霍基蒂卡的浅滩后的七个月的时间里，他还没有去过内陆，也一次都没有沿着沙滩走过海景高坡以外的地方。虽然他曾哀叹周围环境狭小，但在他的内心深处，他非常清楚自己不是探险的料。现在，他看见一个男人拖着一根树枝，朝河边一小堆奄奄一息的篝火走去，将树枝横放在黑色的灰堆上，随即，一团黑乎乎的烟忽地蹿起来，将他吞没，他开始剧烈地、撕心裂肺地咳嗽，仿佛不久于人世一般。弗罗斯特认为自己的保守完全有道理，他在心里告诉自己，卡尼里是一个猥琐的地方，一个被上帝遗弃的地方。

渡船被拉上浅滩，救生艇的龙骨靠在鹅卵石上。前面的桨手们跳出来，将船拖到离开河水的地方，这样曼纳林和弗罗斯特从船上爬出来时不会把靴子打湿——其实这个礼节完全没有必要，因为他们的靴子早就湿透了。牧羊犬跳过船舷，肚皮朝下，扑通一声落入水中。

"我的天哪，"曼纳林说，他长吁短叹地在石头上站稳，伸了个懒腰，"我应该换一条裤子的。这不是穿好衣服的天气——是不是，查理？花花公子都泡成了土包子。我的天！"

他已经察觉到弗罗斯特没精打采的神情，试图让气氛活跃起来。他感觉让弗罗斯特见证一些江湖混战大有益处（弗罗斯特的镇定带有一点死板的性质，令曼纳林感到十分别扭），但同时也希望能够保留小伙子对他的好感。曼纳林生性好斗，在他每天争夺的那么多假想奖牌中，其中一枚上刻着与他有联系的每个人的姓名。如果他不得不在他人的修养与服从之间选择一项，他肯定会选择后者，无论付出什么代价。他不会对弗罗斯特心软，弗罗斯特本人的心肠已经够软的了，他要确定这个小伙子明白自己的位置，但他还没有骄傲到不愿伸出仁慈之手的地步——尤其是在他人如此明显地渴望得到仁慈的时候。

但是弗罗斯特没有回应。他惊愕地看见一顶A形框架的平布帐篷，大小刚够三个人拥挤着躺下，上面居然有手写的"旅馆"字样；他更为震惊地看见一个淘金汉解开裤裆的纽扣，当着伙伴们的面，冲着河边的石头小便。弗罗斯特退缩了一下——然后，他敏感地听见了嘲笑声。在距离渡船靠岸处不足十码的地方，有两个淘金汉坐在木结构的雨篷下面，他们一直在观察着救生艇的到来。显然，他们觉得弗罗斯特的恐惧十分有趣，其中一个摘帽致意，另一个戏弄地举手敬礼。

"是来瞧一瞧的？"

“哪儿呀，鲍勃——他是来河里洗衣服的。唯一的问题是，他忘记得先把自己的衣服弄脏了！”

男人们再次大笑。弗罗斯特脸颊绯红，转身而去。他的生活轨迹完全受到责任与习惯这支圆规的圈定，这是事实；他没有旅行经历，不会投机，这也是事实；他的外套在当天早上被刷得干干净净，马甲也很清洁，这还是事实。他并不为此感到耻辱。但是弗罗斯特的童年是在没有其他孩子的环境中度过的，所以他不明白戏弄是怎么回事。如果有人拿他开玩笑，他就不知道如何应付。他的脸变得燥热，嗓子眼紧缩，只能不自然地傻笑。

桨手们把船从水中拖出来。他们答应两个小时后将两个客人送回霍基蒂卡（两个小时，弗罗斯特想，心情万分沉重），然后他们抓阄决定哪个男人留下来守船。那个倒霉蛋失望地坐了下去；其余的人手里攥着哗哗响的硬币，消失在树林里。

对面那两个男人还在大笑。

“问他要一撮鼻烟。”第一个淘金汉对同伴说。

“问他多久给家里写一封信——寄到梅费尔[①]。”

“问他知不知道怎么把衣袖捋过胳膊肘。”

“问他老爸赚多少钱。他肯定愿意谈谈这个。”

这简直是太不公平了，弗罗斯特心想——何况他从来没有去过梅费尔——何况他父亲是个穷光蛋——更何况他是个新西兰人！（这个称呼听起来就很愚蠢，没有人说“英格兰人[②]”。）每个月的薪水刨去溜进父亲口袋的那一大部分以后，自己的收入便微不足道。至于他现在穿的这身衣服——是用他自己的工资买的；当天早上，他亲手把外套刷得干干净净，

① 梅费尔（Mayfair）位于英国伦敦市中心，最繁华和昂贵的市区之一，起源于17世纪以来一年一度为期两个星期的五月博览会，并以此而得名。

② 新西兰人的英文是New Zealander，而没有Englander这种用法说英国人，或者英格兰人。

而且频繁地将衣袖捋过胳膊肘。他的袖口扣着纽扣，跟淘金汉们自己一样；他在霍基蒂卡旅行用品店买的衬衫，也跟他们一样。弗罗斯特想把这些话说出来——然而却跪了下来，伸出双手，摊开手掌，让牧羊犬霍莉舔着玩儿。

“我们可以走了吗？”他压低声音对曼纳林说。

“等一会儿。”

曼纳林把钱包放回衣服内兜，正在小题大做地折腾燕尾服大衣的纽扣——犹豫是否除了最底下一颗纽扣外，将其余的纽扣都解开，这样最方便他掏出手枪；或者，扣上最顶部的纽扣，解开其他的，这样最能掩饰他的手枪，不让别人看见。

弗罗斯特又紧张地看了看四周——但躲避着雨篷底下淘金汉们的目光。从渡船登陆处有两条岔路都穿过树林——一条向东，朝着卡尼里湖；另一条向东南，朝着霍基蒂卡峡谷。河南岸之外，分布着许多认领区和矿井区，众多金矿之一就是极光金矿。弗罗斯特对此完全不知。事实上，如果你问他，他根本就找不到北。他四处张望，寻找一个能引导他们去中国城的标牌，但没有找到。他在人群中看不见一个中国人的面孔。

“往那儿走，”曼纳林说，仿佛看穿了他的心思，把头朝东方点了点，“河上游，不太远。”

弗罗斯特把狗夹在两腿之间，开始揉捏它湿漉漉的毛皮，与其说是为了让狗快活，不如说是为了给自己安慰。“我们是不是应该商定——商定一个计划什么的？”他试探着，眯眼向上看着对方。

“不需要。”曼纳林一边说，一边将皮带扣得更紧一点。

“不需要计划？”

“桂没有手枪。我有两支。这就是我需要的唯一计划。”

弗罗斯特没有因此得到任何安慰。他放开霍莉——霍莉立刻从他身旁跑开——他直起身来。“你不会朝着一个手无寸铁的人开枪吧？”

曼纳林已经决定扣上最上面的纽扣。“啊，”他说，“这样最好。”他把身上的外套抻平。

“您没有听见我的话吗？”

“听见了。”曼纳林说，“少安毋躁，查理。你只会吸引别人对你的注意。”

“如果您想减轻我的烦躁，您就应该回答我。”弗罗斯特说，他的声音十分刺耳。

“听着，”曼纳林说，终于转身面对着他，“在过去的五年里，我付钱给中国佬，雇用他们在我的认领区工作，如果我有什么事情能告诉你，那么就是这个。他们追求抽大烟，就像一个孤独的淘金汉追逐妓女，无一例外。在星期六的这个时辰，阿尔卑斯山山脉这一边的每个黄种人，都会软绵绵地躺着，龙在眼前飞舞。你大可走进中国城，一只手背在后面就能把他们所有人都包抄起来。明白吧？没有必要动武。没有必要开枪。武器只是一种装饰。各种因素都对我们有利，查理。当一个人沉醉于鸦片时，他便仿佛是水做的。记住这点。他就不中用了。他就成了个孩子。”

太阳在摩羯座

加斯科因回忆他与那个妓女的首次相遇；一把小刀拆开了几条衣服接缝；因虚脱而付出的代价；安娜·韦瑟雷尔提出一个要求。

约瑟夫·普里查德站在门口，透过门缝观察着安娜和加斯科因，他只看见自己最渴望的——爱情，还有真诚的同情。普里查德很孤独，他像大部分孤独的单身汉一样，到处看见的都是幸福的一对儿。在那一刻——当安娜的身体贴到加斯科因胸膛上时，加斯科因将她搂在怀里，抱起她，将脸颊贴在她的头发上——普里查德的手软弱无力地抓住冷冰冰的门把手，即便知道奥贝尔·加斯科因与安娜·韦瑟雷尔仅仅是朋友，他也感觉不到一点安慰。孤独感不会因为强弱程度而消失。对于普里查德来说，就连友谊也仿佛是玻璃窗后面的一场盛宴，可望而不可得；即使是最微小的慈善都会润湿他的嘴唇，让他倍加渴望。

普里查德对于加斯科因的假设，是根据十分有限的接触而形成的——事实上，仅仅基于一次谈话。从加斯科因傲慢的态度和无可挑剔的礼服来判断，普里查德以为他在地方法院位高权重，拥有一定的影响力，但事实上文员的权力非常有限。他的主要职责是每天到警察营地的监狱收取保释费。除了这项任务，他的时间都花在记录费用、为矿采权开具治安收据、处理矿区投诉上，有时还为特派专员跑腿打杂。这是一个很低的职位，但是加斯科因在镇上初来乍到，他为能找到工作而感到满足，自信拿奴才工资过日子的时间不会太长。

当加斯科因第一次看见安娜·韦瑟雷尔戴着脚镣躺在乔治·谢泼德的监狱的地板上时，他来霍基蒂卡还不足一个月。安娜背靠墙壁坐着，双手放在腿上，那双睁着的眼睛，因为发烧而闪闪发亮，她的头发松散开，湿漉漉地贴在脸颊上。加斯科因跪在她面前，一时冲动伸出了手。安娜抓住他的手，将他拉得更近些，避开狱守的视线，狱守正坐在门口，来复枪放在膝头。安娜悄声说："我可以交齐保释费——我能筹齐——但你必须相信我。而且你不能告诉他具体过程。"

"谁？"加斯科因的声音也压低成耳语。

安娜朝着监狱长谢泼德的方向点点头，眼睛却一刻也没有离开加斯科因。她的手抓得更紧，引导加斯科因的手摸到她的胸。加斯科因吃了一惊，几乎将手猛地抽开——然后，他感觉到了安娜引导他去感觉的东西。在安娜的衣服底下，她的胸肋周围绑扎着什么东西。加斯科因想，摸上去好像是锁子甲——可是他从来没有摸过锁子甲。

"金子，"安娜悄声说，"是金子。沿着紧身胸衣的骨撑从上到下，还有裙衬里，到处都是。"她用黯然的眼睛搜寻着他的神色，哀求着他，"金子，"她说，"我不知道金子是怎么跑到这里来的。我一醒来就在这里——缝在里面。"

加斯科因皱起眉头，试图理解她的话。"你希望用金子支付你的保费？"

"我没法将金子取出来。"安娜低声道，"这里不行。没有刀子不行。是缝在里面的。"

两人的脸几乎相触。加斯科因能闻到甜丝丝的鸦片余味儿，就像安娜呼吸中的一缕梅子香味。他悄声说："这是你的吗？"

安娜脸上闪现出绝望的表情，"有什么区别吗？这是钱，不是吗？"

谢泼德的声音从墙角传来，"这个妓女企图耽搁你吗，加斯科因先生？"

“绝对没有。”加斯科因说。安娜放开了他，他挺直身体，从安娜面前往后退了一步。他假装若无其事，一副公务在身的模样，从衣兜里掏出钱包，把他的小钱袋拿在手里掂量着。

“你要提醒韦瑟雷尔小姐，我们不接受口头承诺的保释。”谢泼德说，“她要么此时此刻掏出钱来，要么在这里等人为她筹集保释金。”

加斯科因端详着安娜。他没有理由倾听这个女人的要求，或相信他在安娜紧身胸衣上感觉到的硬物是她所声称的金子。他知道应该立刻向狱守揭发安娜，理由是她企图妨碍他的公务。他应该用他靴子里携带的猎刀划开安娜的紧身胸衣——如果她身上携带的是纯金，那肯定不属于她。她是个妓女，因为公共场合吸毒被拘留。她的衣服肮脏，身上散发着鸦片的恶臭，眼睛下面有紫色的阴影。

但是，加斯科因满怀同情地观察着她。他的行为规范里有一种天生的骑士精神。他深深地同情走投无路的人，安娜瞪大眼睛痛苦的哀求已经激起了他的同情心和好奇心，加斯科因相信正义应该是慈悲的同义词，是责无旁贷的。他还相信，仁慈行为首先是一种本能，其次才是符合法律。他突然心生怜悯——这种情绪总是如潮水一般涌来——感动之下，他想要答应安娜的要求，想要保护她。

“韦瑟雷尔小姐，”他说（在狱守叫她的名字之前，他一直不知道她叫什么），“你的保释金定额为一英镑一先令。”他左手拿着钱包，右手拿着账簿。此刻，他作势要把账簿换到左手，却只是用本子作为遮掩，从钱包里拿出两块硬币，塞进手掌心里。然后，他把钱包和账簿都拿在右手上，把左手伸了出去，大拇指压在掌心上。“你给我看的藏在紧身胸衣里的钱，能凑够这个数额吗？”他大声而清晰地说，仿佛是在跟傻瓜或孩子说话。

一时间，安娜不明白这是什么意思。然后，她点了点头，伸出手指，顺着紧身胸衣的骨撑摸下去，其实什么都没有掏出来。她将捏在一起的手指按在加斯科因手中。加斯科因松开大拇指，点了点头，仿佛对手里出现的硬币感到满意，在账簿上记下了这笔保释金。他将硬币丁零当啷扔进钱包，然后挪向下一个囚徒。

这种善意的行为，在乔治·谢泼德的监狱里确实是破天荒了，但对于加斯科因来说，却并非不同寻常。他很乐意跟底层人建立友谊，包括孩子、乞丐、动物、普通妇女，以及受到忽视的男人。他总是彬彬有礼地对待那些不期望被人以礼相待的人：遇到地位比他低的人，他从来不粗暴无礼。而对社会地位比他高的人，他保持若即若离。他并不是无礼，但态度是厌倦、怅惘，甚至无动于衷的——这种做法，尽管在任何真正意义上都不算是策略，却往往为他赢得了极大的尊重，在那些土地与财富的继承者们中间获得一席地位，就好像他一门心思要达到这个目的似的。

奥贝尔·加斯科因是个私生子，母亲是英国的家庭教师，他在巴黎排屋的阁楼里长大，总是捡别人不要的旧衣服穿，永远跟煤桶打交道，不是被责骂，就是被忽略，随着时间的推移，他成长为一个财力有限但受人尊敬的人。他摆脱了过去的阴影——然而，可以说他既不是个雄心勃勃的人，也不是个过分幸运的人。

加斯科因身上体现的，是高低各个阶层的一种奇怪的混合体。他一直用保持个人仪表的那种严谨的自律，来培养他的精神修养——也就是说，遵照一种考究但有点过时的方法。他对书籍和学习所抱有的激情，只属于那种真心为自己追求教育的人——因为其动机是个人的，也是纯粹的，所以这种激情容易变得虔诚和愤世嫉俗。他的性情中带有深深的眷念，不是个人的怀旧情绪，而是对逝去年华的怀念。他对眼前的现状愤世嫉俗，对未来充满忧虑，对世界的衰败感到深深的遗憾。总的来说，他给人的感觉是一个保养良好的老绅士（事实上他的年龄只有三十四岁），处于一种舒适的但显然开始走下坡路的阶段——他清楚地意识到这种下滑，有时感到好笑，有时感到抑郁，这要看他当时的情绪。

因为加斯科因非常情绪化。他为安娜撒谎遮掩的那份慈悲心，几乎在妓女被释放的同时就烟消云散了：慈悲变成了绝望，他感到绝望，因为自己的帮助毕竟是徒劳的——错位的、错误的，而且最糟糕的是利己的。自私是加斯科因内心深处最大的恐惧。他憎恨自私体现在他身上的所有迹象，就像一个争强好胜的人厌恶阻碍他达到自私目标的一切软弱的痕迹。这是他感到十分自豪的一个性格特点，他喜欢就此展开道德性说教，每当其中的荒谬性变得太明显，令人无法忽视时，他就会陷入因自私而带来的烦恼中。

安娜跟着加斯科因出了监狱。在大街上，他几乎是粗暴地建议安娜跟他去他的宿舍，这样安娜可以私下里向加斯科因做个解释。安娜温顺地默许了，两人一起在雨中行走。加斯科因不再怜悯安娜。他那迅速爆发的同情心已经变成了担忧和自我怀疑——因为安娜毕竟是自杀未遂。他在安娜的释放表上签字时，狱守已经警告过他，安娜可能是疯了。

现在，两个星期之后，在烤架旅馆——他将安娜抱在怀里，他手指张开，紧紧地搂着安娜后腰的弯曲处，安娜的前臂压在他的胸前，呼吸润湿了他的锁骨——加斯科因再次考虑到了这种可能性：这也许是安娜第二次企图结束自己的生命。然而，那颗本该打中她胸膛的子弹到哪里去了呢？安娜预先知道当她将枪口对准自己脖子、扣动扳机时，手枪会如此离奇地走火吗？她怎么可能事先知道呢？

“所有的男人都希望自己的妓女不开心”——这句话是安娜自己说的，就在她从监狱放出来的那天夜里，跟随加斯科因回到他的宿舍之后，他们在他的厨房桌上拆开她的裙子。大雨哗哗地下着，石蜡灯的光线使房间的角落变得柔和起来。“所有的男人都希望自己的妓女不开心”——他是怎么回答的呢？很可能是一句生硬的话，简练的话。现在，安娜又朝自己开枪，或企图这么做。普里查德关上门后，加斯科因将安娜搂在怀里很长时间，抱得很紧，深深地吸入她头发里的海水味儿。这种气味是一种安慰：他曾在海上待了多年。

他结过婚。阿加特·加斯科因——阿加特·普里多，是他最初认识她时她的名字。她顽皮，反应敏捷，喜欢捉弄人，但患有肺病——他在求婚前就知道这个事实，但当时看来是不重要的，可以克服的。这似乎更证明了她的精致典雅，而不是预示着灾难的降临。然而她的肺久治不愈。他们向南方旅行，追求温暖气候的疗效，她在公海上溘然去世，在印度海岸的某个地方——可怕啊，他竟然说不出那地方的名字。可怕啊，她的尸体砸到水面时那种扭曲的样子——拍击海水的那种声音。她逼他承诺，万一她在到达停靠港之前死亡，不要订购棺材或诸如此类的东西。如果这种情况发生了，她说，就按水手的方式处理：用吊床的帆布裹身，用双行针脚缝紧。因为那吊床是她的，明亮的鲜红色现在已经变成了棕色——他跪下来，跟她吻别，尽管那一幕是那么恐怖。从那以后，加斯科因继续在海上漂流，直到钱都用光了才停止漂泊。

安娜比阿加特重一些——更加笨拙，更加结实，但也许（他想），对于心里总想着死者的人来说，活人似乎总是更结实一些。他的手在她的后背移动。手指顺着她紧身胸衣的轮廓抚摸着，胸衣有两行扣眼，系着花边丝带。

离开监狱后，他们绕道经过裁判法庭，以便加斯科因把保释金的钱包放在那里的保险箱里，将保释单存档，为第二天早上做好准备。安娜耐心地看着他做完这一切，但没有感到好奇：她似乎承认加斯科因帮了她的忙，因此作为回报，默不作声地听从于他。出于习惯，她没有与加斯科因并排走在大街上，只是在后面几步远的距离内跟着他——如果碰到警察的话，加斯科因可以声称不认识她。

来到加斯科因的小屋（房子很小，但归他一人独有；一个带护墙板的单间小屋，离海滩大约几百米），加斯科因吩咐安娜在前廊的雨篷下等候，自己则在院子里劈柴，打算生火。他干净利落地砍开圆木，因为有安娜的眼睛注视着他，所以他劈柴时感到有一点不自然。趁木头心还没有被雨水打湿，他把劈好的柴抱在怀里，返身冲到门口，安娜在门口侧身让他通过。

“不是什么豪宅。”他愚蠢地说——其实如果按照霍基蒂卡的标准，这就是豪宅。

安娜没有说话，从门楣下走过，进入晦暗闷浊的小屋。加斯科因把木柴放在炉边，伸手关上了门。他点燃石蜡灯，把灯放在桌上，跪下来生火——他做这些事的时候，强烈地感觉到安娜在默默地评估这个房间。屋里几乎没有什么家具。唯一一件好家具就是那张翼背扶手椅，装饰着粉红色和黄色条纹的厚布料：这是他送给自己的礼物，是在刚刚拥有这个小屋后购置的，它气派地霸占着房间的中心位置。加斯科因想知道安娜得出了什么样的假设，从他如此寒酸的生命星座中，勾起了什么样的想象。他的毛毯折叠了三层，放在狭窄的床上。阿加特的微型画像用一颗钉子悬挂在床头板上方。窗台上有一排贝壳。锡水壶放在炉台上；他的《圣经》除了《诗篇》和使徒书外，大部分纸页都没有切开过；格子呢图案的饼干盒，里面装着他保存的母亲的来信、他的证书，还有他的笔。床边有一盒断裂的蜡烛，碎蜡块靠蜡烛芯连接在一起。

“你房间收拾得很干净。”安娜只说了这么一句。

“我一个人生活。”加斯科因用一根细木柴指着床底下的那个木箱，说道，“把它打开。”

安娜解开木箱钩子，用力掀开箱盖。加斯科因指示她拿起一堆黑色的亚麻布，她把它们举起来，阿加特的裙子滑落到她的膝头——一条黑色的裙子，带着加斯科因曾非常厌恶的梭织衣领。

（“人们会以为我是个苦行僧。”她兴高采烈地说，“但黑色显得庄重，每人都应该有一件庄重的礼服。”

那是为了隐藏血迹，掩盖血丝在她袖口上留下的痕迹。他知道这点，但是没有说穿。他高声赞同，说每人都应该有一件庄重的礼服。）

“穿上吧。”加斯科因说，看着安娜将衣料在腿上抚平。阿加特的个头要矮一点；裙子的下摆必须拆线放长。即便放长了，妓女穿上后依然会露出三英寸的脚踝，裙衬的最后一圈撑子也有可能露出来。那会很难看——但是乞丐不能挑肥拣瘦，加斯科因想，今晚安娜就是乞丐。他转过身去生火，铲炉灰。

加斯科因只保留了阿加特的这么一件礼服。别的衣服都装在他们那只散发着樟脑味儿的雪松小箱子里，随着那条蒸汽船搁浅而丢失了——先是船舱被洗劫一空，然后是海水灌了进来，最后蒸汽船倾向一侧，被浪花淹没。对于加斯科因来说,这倒是因祸得福。他有阿加特的微型画像：这是他希望保留的一切。他会永远把她珍藏在记忆中，但他是个年轻人，依然血气方刚，他有意重新开始。

安娜换好衣服后，火也生好了。加斯科因斜眼瞟了瞟那身衣服。安娜穿它就像他的亡妻穿它时一样别扭。安娜发现他在打量自己。

“现在我能服丧了。”安娜说，“我从来没有一套黑裙子。”

加斯科因没有问她是在为谁服丧，对方是什么时候过世的。他给水壶添上水，放在炉台上。

奥贝尔·加斯科因宁愿率先挑起话头，而不愿跟随别人的话题和节奏；他也愿意沉默地相伴，直到自己感觉有话要说。安娜·韦瑟雷尔以她为娼的本能，似乎察觉到了加斯科因性格中的这一面。加斯科因做着晚上例行的杂事：点蜡烛，往香烟盒里续放香烟，换下泥泞的靴子，穿上室内的鞋，这期间安娜没有给加斯科因施加谈话的压力，也没有盯着他，或者给他打打下手。她拿起缝有金子的裙子，托着它走到房间那头，把它铺展在加斯科因的桌上。裙子很重。安娜猜想，金子给布料增加了大约五磅的重量，她试图计算它的价值。英帝国将以每盎司约三个索夫林的价格购买纯金——一磅是十六盎司——这里至少有五磅。总共是多少钱呢？她试着在脑海里算出一个总数，但是那些数字变得模糊不清。

加斯科因封好过夜的炉火，用小勺舀起茶叶，放入滤茶器中，准备沏茶，这期间安娜检查了她的衣服。把金子藏在衣服里的那个人，显然很擅长做针线活——要么是个女人，要么是个裁缝，她想。活儿干得很细致。金子顺着紧身胸衣的骨撑缝进去，缝进荷叶边，均匀地分布在裙摆里，弄得服服帖帖——她早些时候没有注意到这些多余的重量，因为她经常在衬裙的底圈加铅粒，防止裙子被风吹得掀起来。

加斯科因来到她身后。他掏出那把鲍伊猎刀，将紧身胸衣与裙子分开——但他的动作简直像个屠夫，安娜嘴里发出苦恼的声音。

“拜托，”她说，“你不知道怎么弄——交给我吧。”

加斯科因犹豫了一下，把猎刀递给了她，自己站在一旁观看。安娜慢慢地拆着，打算保留衣服的原型：她先取下裙摆，然后沿着每一条荷叶边，用刀尖从下往上把针线挑开，抖搂出衣缝里的金子。拆到紧身胸衣时，她在每条骨撑的下面割开一道小口，用手指掏出塞在骨撑之间的一块块金子。在监狱的时候，正是这些鼓鼓囊囊的金块让加斯科因联想到了锁子甲。

从衣服的折缝中抖搂出来的金子，散发出耀眼的光芒。安娜将它们收集在桌子中间。她非常小心地不让穿堂风把金箔吹散。每次添加一把金箔，或一个金块，她都会用手拢住那堆金子，仿佛用闪亮的金光烤火取暖一般。加斯科因注视着她。他眉头紧锁。

安娜终于忙完，裙子被掏空了。

“给。”她说，拿起一个约有加斯科因拇指关节大小的金块。她把金块从桌上推给他。“一英镑一先令：我没有忘记。”

“我不会碰这些金子。”加斯科因说。

“再加上这件丧服的钱。”安娜说着脸红了，“我不需要施舍。”

“你可能需要。”加斯科因说。他坐在床沿上，伸手到胸兜里摸出香烟。他打开银烟盒，抽出一支香烟，小心地点燃，狠狠地吸了几口，才转身冲着安娜，说道：

“你为谁干活，韦瑟雷尔小姐？”

“你的意思是——谁经营着这些姑娘？是曼纳林。”

“我不认识他。”

“如果你看见他，就会知道是他。很胖。威尔士王子剧院是他的。”

“我倒是见过一个胖男人。”加斯科因吸了一口香烟，“他是一个公道的雇主吗？”

“他有脾气，”安娜说，“但他的条件基本上还算公平。”

“是他给你的鸦片吗？”

“不是。”

“他知道你抽大烟吗？”

“知道。”

“那玩意儿是谁卖给你的呢？”

“阿苏。”安娜说。

“他是谁？”

“只是个窄眼佬。一个单帽。在卡尼里开了个鸦片窟。”

“一个做帽子的中国人？”

“不，”安娜说，“我用的是当地俗语。单帽就是单独淘金的人。”

加斯科因顿住话头，停下来抽烟。

“这个单帽，”他接着说，“他开鸦片窟——在卡尼里。”

“是的。”

“你去找他。”

安娜眯起眼睛，“是的。”

“单独一人。”他指责地说出这几个字。

“基本如此。”安娜说，眯起眼睛盯着他，“有时我会多买一点，带回家。”

“他是从哪里弄来的呢？我猜是从中国吧。”

她摇了摇头，“乔·普里查德卖给他的。普里查德是药剂师。在科林伍德街上有一家药店。”

加斯科因点了点头，“我认识普里查德先生。”他说，“如果是这样，我就好奇了：如果能直接从普里查德先生手里买到那玩意儿，你为什么还要费心去找中国佬？”

安娜将下巴颏抬高了一点——或许只是微微颤抖了一下，加斯科因无法分辨。“我不知道。”她说。

"你不知道。"加斯科因说。

"是的。"

"为了一口烟，到卡尼里要走很长一段路的，我想。"

"大概是吧。"

"而去普里查德先生的药店——怎么说呢——从烤架旅馆走过去要不了十分钟。如果腿脚利索，用的时间更短。"

安娜耸了耸肩。

"你为什么要去卡尼里的中国城呢，韦瑟雷尔小姐？"

加斯科因尖刻地问，他感觉自己知道这个问题的答案，但希望她能把话说出来。

安娜脸上毫无表情，"也许我喜欢那儿。"

"啊，"他说，"也许你喜欢那儿。"

（老天爷！他到底是怎么了？为什么要在乎这个妓女是否与中国佬做交易呢？为什么要在乎她去卡尼里是独自一人，还是有人陪同呢？她不就是个妓女嘛！他是那天晚上才第一次见到她的！加斯科因感到一阵极度的困惑，随即变成了刺心的愤怒。他在香烟中寻求庇护。）

"曼纳林，"他说，吐了一口烟，"那个胖男人，你能离开他吗？"

"一旦我还清债务。"

"你欠了多少钱？"

"一百英镑，"安娜说，"也许还要多一点。"

被掏空的衣服躺在他们中间，像是剥了皮的尸体。加斯科因看着那堆金子，看着它们闪烁的微光；安娜循着他的目光，也看着金子。

"你将在法庭上受审，这是不用说的。"加斯科因凝视着金子说。

"我只是公开醉酒罢了，"安娜说，"他们会要我交罚金，仅此而已。"

"你会受审，"加斯科因说，"罪名是自杀未遂。狱守已经证实了这一点。"

她盯着他，"自杀未遂？"

"你没有企图结束自己的生命吗？"

“没有！”她跳起来，“这都是谁说的？”

“昨天晚上把你带进去的那位值班警察。”加斯科因说。

“真是荒唐。”

“恐怕这已经被记录下来了。”加斯科因说，“不管怎样，你都不得不为自己辩护。”

安娜一时间没有说话。然后她脱口说道：“每个男人都希望自己的妓女不开心——每个男人！”

加斯科因喷出一股细细的烟雾。“大部分的妓女的确都不开心。”他说，“请原谅，我只是陈述一个简单的事实。”

“他们怎么能指控我企图自杀，都没有先问问我是不是——他们怎么能这样呢？有什么——”

“证据？”

加斯科因怀着怜悯仔细端详她。安娜最近与死神擦肩而过，这一点明显地写在她的脸上和身上。她脸色蜡黄，头发油腻腻的，沉沉地贴在头皮上。她神经质地用手指扒拉着衣袖；当文员端详她时，她浑身发抖，仿佛一阵波浪掠过她的身体。

“狱守担心你疯了。”他说。

“我在霍基蒂卡的这几个月里，从来没跟谢泼德监狱长说过一句话。”安娜说，“我们完全是陌生人。”

“他提到你最近流产了一个孩子。”

“流产！”安娜说，声音里充满了厌恶，“流产！这真是很文明的字眼。”

“你想换一种说法吗？”

“是的。”

“你的孩子是被拿掉的吗？”

安娜的脸上掠过一副很刚毅的表情。“被从我子宫里踢掉的，”她说，“而且是被——被孩子的亲生父亲！但我想谢泼德监狱长没有告诉你这个。”

加斯科因沉默了。虽然烟还没有抽完，但他把香烟扔到地上，用鞋跟碾灭，然后又点燃了一支。安娜也坐了下来。她将双手放到桌子上摊着的衣服上。她开始抚摸它。加斯科因抬头看着房梁，安娜看着金子。

这样的情绪爆发，非常不符合安娜的个性。安娜生性细腻敏感，而不是慷慨激昂，她极少谈论自己。她的职业要求她做到谦虚低调，虽然听起来很矛盾。她有责任满怀同情，表现得甜美，即使对方不值得同情，也不配得到她的甜美。跟她做交易的男人们极少对她感到好奇。即使他们说些什么，说的也都是其他女人——他们痛失的心上人，他们抛弃的妻子，他们的母亲，他们的姐妹，他们的女儿，他们的守护者。当他们看着安娜的时候，寻找的是这些女人，但也并非全部，因为他们还在寻找自己：安娜是黑暗的反射，也是借来的亮光。她明白，她的悲惨让别人感到极度欣慰。

安娜伸出一根手指，抚摸那堆金子中的一块黄金。她知道应该以传统的方式感谢加斯科因为她付了保释金：加斯科因冒险对狱守说假话，为她遮掩，还邀请她到家里来。她感觉加斯科因在期待着什么。他奇怪地坐立不安。他提的问题都很突然，甚至粗鲁——这无疑说明他内心希望能够得到回报——安娜说话时，他迅速地瞪她一眼，又马上转移开视线，仿佛安娜的回答令他十分恼火。安娜拿起那块金子，在手掌中滚动着。金块表面起泡，甚至有节孔，似乎金子在熔炉中没有经过充分冶炼。

“在我看来，”只听加斯科因说道，“昨天晚上，有人等着你抽那锅烟。等到你失去知觉以后，把金子缝进了你的衣服里。”

安娜皱起眉头——不是冲着加斯科因，而是冲着手里的金块，“为什么？”

“我不知道。”这个法国人说，“昨天夜里谁跟你在一起，韦瑟雷尔小姐？他到底愿意出多少钱？”

“可是，”安娜没有理会这个问题，“难道你是说有人把我的衣服脱下来，这样仔仔细细地把金子都缝进去，然后再给我穿好系好——全身都是金子——只是为了把我丢在马路中央？”

“听起来的确不可能。”加斯科因同意，他改变了策略，“那么，回答我这个问题，你拥有这件衣服有多久了？”

“从春天就有了，”安娜说，“我买的打捞货，是从坦克雷德街一个供应商那里买的。”

“你还有几件这样的衣服？”

“五件——不，四件，”安娜说，“但另外几件不是为娼用的。这是我的行娼礼服——因为它的颜色，明白吧。我还有一件单独的罩袍，准备坐月子用的——但是已经被毁掉了，因为——因为婴儿死了。”

他们之间一阵沉默。

“是一次全部缝进去的呢，”加斯科因随后说，“还是在一段时期内分次缝进去的？我想这是没法分辨的。”

安娜没有回答。片刻后，加斯科因抬起头来，与她的目光相遇。

“昨天晚上你跟谁在一起，韦瑟雷尔小姐？”他再次问道——而这一次，安娜无法回避这个问题。

“我跟一位名叫斯坦斯的男人在一起。”她轻声说。

“这个人我不认识。”加斯科因说，“他跟你一起在鸦片窟里吗？”

“不！”安娜说，听上去很震惊，“我不在鸦片窟。我在他家里。在他的——床上。夜里我离开那儿去抽了一锅。后来的事我就不记得了。”

“你离开了他家？”

“是的——回到烤架，那是我住的地方。”安娜说，“那真是一个奇怪的夜晚，我感觉怪怪的。我想抽一锅。我记得点燃了大烟。我记得的下一件事就是在监狱里，已经是白天了。”

她颤抖了一下，突然间，双手紧紧抱住自己的身体。加斯科因心想，她说话时带着兴奋的疲劳，带着恋爱时第一抹羞怯的红晕，仿佛自己是失去了系泊的小船，在水中沉溺，屈从于一个可怕的浪头。然而，成瘾的不是爱情，也不可能是爱情。加斯科因无法用浪漫的眼光看待她眼睛下面的紫色阴影、她虚弱的四肢和她说话时恍恍惚惚的神情。即便如此，他想，鸦片带来的毁灭竟能如此逼真地反映出爱的狂喜，也真是怪异。

“我明白了。”他大声说，“所以你离开了那个熟睡的男人？”

“是的，”安娜说，“我离开的时候，他还在睡觉——没错。”

“你当时穿的就是这件衣服。”他指着他们中间那堆橙色的碎布。

“这是我的工作服，”安娜说，“我总是穿这一件。”

“总是？”

“我工作的时候。”安娜说。

加斯科因没有回答，只是微微眯起眼睛，抿紧嘴唇，表示他心里有个问题，但有碍风雅而无法问出口。安娜叹了口气。她决定不按传统的方式表达自己的感激之情，准备第二天上午用硬币偿还她的保释金。

“是这样，”她说，“我刚才已经告诉你了。我们睡着了，我醒过来，想抽一锅，就离开他的房子，回了家，我点燃了我的烟枪，那是我能记得的最后一件事情。”

“你回去的时候，注意到自己的房间里有什么奇怪之处吗？比如说，有什么迹象显示可能有人进过你的房间？”

“没有，”安娜说，“门是锁着的，跟平常一样。我用钥匙打开门，走进去，把门关上，我坐下来，点燃我的烟枪，接下来的事情我就不记得了。”

这样的复述让她感到厌倦——在后面的日子里，从埃默里·斯坦斯在那天夜里失踪、从此杳无音讯的消息传出去，她就更加不胜其烦。到那时，安娜·韦瑟雷尔会被审讯、交叉审讯、遭到鄙视、被人质疑。她将一遍遍重复她的故事，直到故事听上去不再熟悉，连她自己都开始产生怀疑。

加斯科因本人是最近刚来到霍基蒂卡的，不认识斯坦斯，但此刻看着安娜，他突然对那个男人有了强烈的好奇心。

“斯坦斯先生会不会希望你受到伤害？”他说。

“不会！”她立刻回答。

“你信任他吗？”

“信任，”安娜轻声说，“就像——”

但她没有把这个比喻句说完。

“他是情人吗？”停顿片刻后，加斯科因说。

安娜脸红了，“他是霍基蒂卡最有钱的人。”她说，“如果你还没有听说过他，很快也会听说。埃默里·斯坦斯。镇子里外的大部分产业都属于他。”

加斯科因的眼神再次滑向桌上那一堆闪亮的金子——但这次他的目光变得锐利：当然，对于霍基蒂卡最有钱的人来说，这堆金子毫不起眼。“他是情人，”他又问了一遍，“还是客户？”

安娜停顿了一下，“是个客户。”她终于说道，声音更加微弱。加斯科因毕恭毕敬地垂下头，仿佛安娜刚告诉他那个男人已经去世。安娜一口气地往下说道：“他是个探矿者。就是靠探矿赚的钱。但他跟我一样，来自新威尔士。事实上，我们刚来的时候，是乘同一条船跨越塔斯曼海的，‘幸运之风号’。”

“我明白，”加斯科因说，“好吧。既然他很有钱，这些金子也许是他的。”

“不，”安娜说，突然警觉起来，“他不会。”

“他不会什么？不会对你撒谎？”

“不会——”

“不会把你当一头牲口，让你浑然不知地走私这些黄金？”

“走私到哪里？”安娜说，“我没打算离开。我哪里都不去。”

加斯科因停顿了一下，使劲吸了一口烟。然后他说：“你那天夜里离开了他的床——不是吗？”

“我本来打算返回去的，”安娜说，“在那里睡觉。”

“我认为，你没有告诉他就离开了。”

“可我打算返回去的。”

“尽管如此——也许——他包了你，你应该待到第二天早晨的。”

“我不是说了吗，”安娜说，“我只是想离开一小会儿。”

“但是你失去了知觉。”加斯科因说。

“也许我晕倒了。”

“你不相信这个。”

安娜咬着嘴唇。“唉，这真是说不通！”片刻后，她大声感叹道，“金子说不通，鸦片说不通。我怎么会到了那里？在冰冷的外面，孤零零的一个人，在去绿玉神舟谷的半路上！”

“当然，吸了鸦片后发生的事情大多都是说不通的。”

“是的，”她说，“是的，好吧。”

“但是我愿意尊重你在这一点上的看法，”加斯科因说，“因为我本人从来没有碰过毒品。”

水壶开始发出哨声。加斯科因把香烟塞进嘴角，用一块哔叽呢包住手，把热水壶从炉台上拿下来。他把开水倒在茶叶上时，说道：“那么你的那个窄眼佬呢？他碰过那块鸦片，是不是？”

安娜揉了揉脸颊——像一个疲倦的婴儿揉脸一样：动作笨拙。“昨天晚上我没有见到阿苏。”她说，“我告诉过你了，我是在家里吸的大烟。”

“一支装着他的鸦片的烟枪！”加斯科因把水壶放在炉台上方的架子上。

“是的——大概是吧。”安娜说，“但你也可以说它是约瑟夫·普里查德的。”

加斯科因再次坐了下来，“斯坦斯先生发现你半夜里突然离开他的床，再也没有回来，一定纳闷你到底出了什么事。不过我注意到他今天没有来给你保释——他没来，你的雇主也没来。”

他大声地说话，想让安娜从疲劳中振作起精神。摆放茶杯托盘时，他把安娜的托盘吧嗒一声放下，从桌上推到她面前，托盘摩擦着桌面。

“那是我自己的事。”安娜说，“我会去道歉的，一旦——”

“一旦我们决定了如何处置这堆东西。”加斯科因替她说完，“是的，你应该那样做。”

加斯科因的情绪再次发生改变：他突然感到极端恼怒。安娜的衣服里为什么塞满了金子，或者，她为什么失去了知觉，这两件事是否确实存在某种联系，对他来说都没有明确的解释。他恼怒自己无法理解——因此，为了平息烦躁的心情，他的态度转为轻蔑，这至少使他表面上显得比较克制。

“这值多少钱？”安娜说，再次伸手抚摸那堆金子，“我的意思是，估计能值多少钱。对这种东西我没有眼力。”

加斯科因把烟头在茶托上捻灭。“亲爱的，我想你应该问的问题，”他说，“不是值多少钱，而是谁，还有为什么。这是谁的金子？来自谁的认领区？要运到哪里去？”

Φ

第一天夜里，他们商定把那堆东西藏起来。两人达成一致意见，如果有人问安娜为什么换下平常的衣服，穿上这件新的、更严肃的裙子，她就非常诚实地回答，她希望为早先那个腹中夭折的胎儿服丧，她买的这件衣服来自一只被冲到霍基蒂卡沙嘴上的木箱。所有这一切都是实话。如果有人要求看看那件旧衣服，或者追问它被放在了哪里，安娜就会立刻通知加斯科因——因为此人无疑知道藏在她衣服接缝里的金子，如此一来，便可知道金子的来源——也许还能知道它的目的地。

做了这样的决定后，加斯科因便把那个格子呢图案的饼干盒腾了出来，两人一起把金子全都收进去，用一条毯子把盒子包裹好，放在一只面粉口袋里，加斯科因用绳子把袋口系紧。他提出，除非得到更多的信息，否则那只口袋将一直存放在他的住所，藏在他的床底下。刚开始，安娜感到怀疑，但加斯科因说服了她，说这堆东西放在他这里是最安全的：他从来没有客人，小屋白天总是上锁的，谁也不会有任何理由想到他能够窝藏一堆金子——毕竟，他在镇子里是初来乍到，既没有敌人，也没有朋友。

接下来的两个星期似乎过得糊里糊涂。安娜返回埃默里·斯坦斯的房子时，发现他已经彻底消失；几天之后，她得知了克罗斯比·韦尔斯死亡的消息，并发现这件事也发生在她失去知觉的那段时间。之后，她很快又听说，一大笔尚未确定来源的横财被发现藏在克罗斯比·韦尔斯的房子里，那房子随后被旅馆老板埃德加·克林奇购买——他是烤架旅馆的执行业主，该旅馆是安娜本人目前的住所，其拥有者是埃默里·斯坦斯。

加斯科因没有与安娜直接谈论上述这些事件，因为安娜拒绝谈论有关埃默里·斯坦斯的话题，关于克罗斯比·韦尔斯也没有什么可说，只说她从来不认识此人。加斯科因感觉安娜是在为斯坦斯的失踪感到难过，但他无法猜测安娜认为斯坦斯是死了还是活着。为了尊重她的感情，加斯科因索性放弃了这个话题。他们说话时，只谈论一些其他的事情。安娜透过她在烤架旅馆楼上的高窗，看着淘金汉们冒着大雨，艰难地行走在雷维尔街上。她待在自己的房间里，每天穿着阿加特·加斯科因的黑衣服。没有人询问安娜为什么换衣服，没有人给出任何暗示，表示他知道那些曾经藏在她紧身胸衣里、现在已经安全地藏在了加斯科因的床底下的金子。不知什么原因，责任方犹豫不决，不肯出来摊牌。

在克罗斯比·韦尔斯下葬后的第二天，正如加斯科因预言的那样，安娜因自杀未遂在小型法庭上受审。她拒绝认罪，最终以重罪未遂的罪名被处一笔五英镑的罚款——然后又被斥责一通，因为她浪费了裁判官的时间。

Φ

当加斯科因站在烤架旅馆里，将安娜·韦瑟雷尔紧紧抱在怀里，顺着紧身胸衣的扣眼上下抚摸时，他心里想了很多。他曾经以相同的姿势拥抱阿加特——完全相同的姿势，一模一样，一只手五指张开放在阿加特的肩胛骨下，另一只手拢住她的肩头。阿加特的小臂贴在他的胸前，总是这样——她在拥抱的刹那抬起胳膊，好像当作盾牌似的。多么奇怪啊，此时此刻他想起她来。加斯科因想，一个人可能会认识一千个女人，一个人可能年复一年，每天都与不同的女子过夜——但是总有一天，新人只不过是唤起对旧人的回忆，然后便失去了方向，在无止境的相互比较的迷宫中迷失自我，永远都在失望，永远都在后悔。

安娜因手枪走火而受到惊吓，依然颤抖着。加斯科因等到她的呼吸恢复平稳——在普里查德退下楼的三四分钟后——他终于感觉到安娜的身体恢复了一些精力，他喃喃地说："你这究竟是怎么啦？"

安娜只是摇了摇头，把脸埋在他的胸前。

"那是一颗空子弹？假子弹？"

她再次摇了摇头。

"也许你跟那个药剂师——也许你们一起设计了什么。"

这句话刺激了安娜。她用两个手掌把自己从他身前推开，用充满厌恶的声音说："跟普里查德？"

看到她兴奋起来，哪怕是在发怒，加斯科因也感到很高兴，"嗯，那么，他在问你要什么呢？"

安娜差点把真相告诉了他——却突然感到一阵羞耻。在过去的两个星期里，加斯科因一直对她这么好，她不忍心告诉他那些鸦片去了哪里。就在昨天，他还因为她决定不再做烟枪的奴隶而表达了他的喜悦：他惊叹她的意志力，夸奖她清澈的眼睛，对她赞赏有加。她当时不忍心反驳他，现在依然不忍心。

"乔·普里查德那老家伙，"她说，把头扭向一旁，"他很孤独，仅此而已。"

加斯科因掏出香烟盒，发现自己也在颤抖。"你还有白兰地吗？"他说，"如果你不介意的话，我想坐一会儿。我需要理理头绪。"

他把没有上膛的手枪小心翼翼地放在安娜床边的宝塔架上。

“事情不断地发生在你身上，”他说，“一些你无法解释的事情。似乎没有人能够解释。我不清楚……”

但是他的话没有说完。安娜走向橱柜去拿白兰地，加斯科因坐在床上点燃香烟——在这一刻，他们被固定在一个画面里，如同那种画在装饰板上、作为历史印象在市场上出售的艺术品：他的两个手腕放在膝盖上，低着头，香烟悬在手指间——她的一只手放在臀部，身体重心落在一条腿上，给他倒了一杯酒。但他们不是情人，而且这也不是他们的房间。

加斯科因又深深吸了一口烟，闭上双眼。

安娜想让他高兴起来，说：“我盼着能得到那份惊喜礼物，加斯科因先生。”

安娜告知约瑟夫·普里查德她有个约会——跟一位女士一起去看帽子，其实她并没有对他撒谎。加斯科因与一位时装顾问约定了一次私人咨询。显然是他自己支付了咨询费，但他坚持先不透露这项安排的各种具体细节和那位女士的身份。以前从来没有人让安娜等待一份惊喜，这种期待令她既充满喜悦，又满心恐惧。然而，她十分妩媚地感谢了这个法国人的体贴周到。

加斯科因没有回应，安娜试图进一步追问：“你的那个女人在楼下等着吗？”

加斯科因终于从他的遐想中走了出来，叹了口气，“不，我来接你，带你去找她。她在游人旅馆的私人会客厅里——但她可以等十分钟。她已经等了十分钟了。”他用一只手捂住脸，“你的帽子可以等着。”

“你对什么感到不清楚？”

“什么？”

“你刚才说‘我不清楚’，但那句话没说完。”

在过去的两个星期里，他们之间谈话的口气已经很随意了，就像共同经历过考验的人们那样——不过安娜仍称呼他加斯科因先生，从来没有叫他奥贝尔。加斯科因没有要求安娜使用更随意的称谓，因为他比较喜欢讲究礼节，听到对方称呼他的姓氏，他感到受宠若惊。

“我不清楚到底是怎么回事。”加斯科因终于说。他从安娜手里接过酒杯，但并没有喝。突然间，他感到极度悲哀。

奥贝尔·加斯科因对焦虑的感觉比其他男人敏锐得多。当他感到焦虑时，比如面对安娜这种无法解释的手枪走火，他往往会受制于一阵阵强烈的情绪——震惊、绝望、愤怒与悲哀，他紧紧抓住这些情绪，因为它们可以将他的焦虑释放出来，从某种意义上讲，可以调节他内心感受到的压力。他赢得了在危急时刻保持坚强与镇静的荣誉——比如那天下午——但是一旦危机过去或被阻止后，他往往会垮下来。他把这个妓女从怀里松开后，激动的情绪便一拥而上，到现在仍在发抖。

“我需要跟你说点事。”只听安娜说道。

加斯科因晃动着酒杯里的白兰地，“好。”

安娜回到橱柜边，给自己也倒了一杯酒，“我拖欠房租了。欠了三个月。埃德加今天早上给我下了通知。”

突然她不说话了，转过身凝视着他。加斯科因刚吸了一口香烟，一口气吸完，屏住呼吸，胸口膨胀着，他打了一个手势问道：“多少？”

“一星期十个先令，包伙食，每个星期天一次盆浴，”安娜说，（加斯科因喷出一口烟。）“三个多月——就是——多少来着……六个英镑吧。”

“三个月。”加斯科因回声道。

“都是因为那笔罚款。”安娜说，“五英镑，给裁判官。对我来说就是一个月的工资啊。我被榨干了。”

她等待着。

“不用说，那个妓院老板会替你付房租的。”加斯科因说。

“不，”安娜说，“他才不会。我直接归埃德加管。”

“你的房东。”

“是的，埃德加·克林奇。”

“克林奇？”加斯科因抬起头来，“就是那个购买克罗斯比·韦尔斯地产的人。”

“他的小屋。”安娜说。

“可他刚刚获得一大笔横财啊！他怎么会在乎六英镑呢？”

安娜耸了耸肩，“他只是说要收房租。立刻就要。”

“也许他担心那场官司，”加斯科因说，“也许他害怕，一旦上诉被受理，他不得不把那笔钱还回去。”

“他没有说为什么。”安娜说，（她还没有听说韦尔斯寡妇星期四下午突然到达之事，所以还不知道克罗斯比·韦尔斯地产的销售已处于被撤销的危险中。）“但他不是故意吓唬我，他说不是的。”

“你不能——以某种方式安抚他吗？”加斯科因说。

“你可以省掉那个‘以某种方式’。”安娜昂然地说，“我正在服丧。我的孩子死了，我正在服丧。我不再干那个了。”

“你能找到其他的工作。”

“没有什么工作。我唯一能做的就是针线活，在这里没有这种需要。这里没有足够的女人市场。”

“有些缝缝补补的活儿，”加斯科因说，“补袜子，钉纽扣，修修磨破的衣领。在营地里，缝缝补补的活儿总会有的。”

“缝缝补补挣不到钱。”安娜说。

她再次凝视着他——充满期待，加斯科因想，这使他心头升起一团怒火。他再次猛地吸了一口烟作为逃避。她没有钱不是他的责任。她自从那天夜里入狱之后，两个星期都没有上街招揽过一次生意，而卖娼是她的职业：从道理上讲，她的口袋当然是空的。至于服丧这件事！没有人逼迫她这样。她算不上悲恸欲绝——老天在上，孩子夭折已经三个月。工作服也不是什么障碍。穿着阿加特的黑裙子她照样可以赚一个先令，就像穿她平常的那件橙色裙子一样容易——因为她在霍基蒂卡镇上有固定的顾客，西海岸一带的妓女都太稀少。其实，加斯科因想，有什么关系呢？在黑暗中，谁都无法辨别颜色。

他突然动怒不是因为缺乏怜悯。加斯科因知道贫困的滋味，他从小时候起，曾有过许多次债务。如果安娜以不同的方式请求他的帮助，他肯定会欣然相助。然而他是一个极端敏感的人，无法忍受别人隐晦曲折，拐弯抹角：当他被要求回答问题时，他需要对方诚实与直率——尤其在他感到愤怒时，更加迫切地需要这些。他看出这个妓女为了达到某种目的而采取的策略。这个策略令他愤怒，因为他能看出这是一个策略——而且，他知道安娜具体要问什么。他喷吐出一口烟雾。

“埃德加总是对我非常和善，”安娜看出加斯科因不想说话，就继续说道，“但最近他一直在发脾气。我不知道为什么。我试过恳求他，但什么用都没有。”她停顿了一下，“但凡我能够——”

“不行。”

“只是最小的一块——我只要一点点，”安娜说，“只在那些金块中拿一块。我可以告诉他，我是在小溪里，或在路上什么地方找到的。或者告诉他别人付我的是黄金——淘金汉们有时候会这么做。我可以说是一个外国男孩给的。我是一个说谎高手。”

加斯科因摇了摇头，“你不能碰那些金子。”

“到底要等多久？”安娜说，“要等多久？”

“直到你弄清是谁把它们缝进你的紧身胸衣为止！”加斯科因厉声地说，“之前绝对不行！”

“可这期间我的房租怎么办？”

加斯科因严厉地看着她。“安娜·韦瑟雷尔，”他说，“你不是我的被监护人。”

安娜沉默了，但眼睛里闪烁着不悦。她东张西望，想找点事情做做，找一些杂事让自己忙碌起来。终于，她跪在地上收拾被普里查德撒了一地的小玩意儿——气呼呼地把它们拢到面前，恶狠狠地扔回梳妆台的空抽屉里。

“你说得对，我不是你的被监护人，”她随即说道，“但我会反过来说，那堆金子也不是你的——轮不到你来把持和限制！”

“那些金子也不属于你，韦瑟雷尔小姐！”

“是在我的衣服里，”她说，“是在我的身上。是我冒的风险。”

“花掉它，你要冒更多的风险。”

“那我该怎么办？”安娜大喊，“一朝为娼，永远是娼？我想，这就是我唯一的选择吧！”

他们怒气冲冲地对视。我会给你一块金币，加斯科因心中暗想，如果你在我这里重操旧业。他大声说：“你有多久的期限？”

安娜将一条丝带缠绕成一个难看的圆球，然后回答：“他没有说。他说我必须筹到钱，要么就滚蛋。”

“你愿意我去跟他谈一谈吗？”加斯科因说——要套一套她的话，因为他知道这根本不是她想要的。

“说什么呢？”安娜回答，将绕成球的丝带扔进抽屉，“乞求他再宽限我一个星期——一个月——一个季度？这有什么差别呢？我迟早得付他钱。”

“恐怕，”加斯科因带着冰冷的口气说，“这就是债务的性质。”

“真希望早在两个星期前，我就知道你是这样一个债主，”安娜用尖刻的口吻说，“否则，我永远不会接受你的帮助。”

“也许你的记忆有问题，”加斯科因说，“我想提醒你，我之所以帮助你，是因为你请求我的帮助。”

“这个？这件发霉的衣服？这就是‘帮助’？我宁愿把这套衣服还给你——自己保留那些金子！”

“我冒着极大的个人危险，把你从监狱里保出来，安娜·韦瑟雷尔——也许你还不知道，这件衣服属于我已故的妻子。”加斯科因说。他把香烟扔在地上，用脚跟碾得粉碎，几乎无迹可寻。安娜正要张嘴反驳，他大声地说：“恐怕你这种状态不适合接受我的惊喜礼物。”

“我状态很好，谢谢。”

“这份惊喜，”加斯科因说，进一步提高了嗓门，“是我出于最纯粹的善良与好意为你安排的——”

“加斯科因先生——”

“因为我感觉那可能对你有好处，到外面去，让自己享受一下。”加斯科因用不留余地的口吻说，脸色十分苍白，“我会通知那位女士，说你的精神状态不佳，不能去赴约。”

“我的精神很好。”安娜说。

“我认为不好。”加斯科因说。他喝干了白兰地，将酒杯放在安娜枕头旁边的床头柜上，枕头中间依然有一个发黑的洞眼儿。“我现在要离开了。很抱歉你的枪没有按照你的意愿发射，很抱歉你的生活方式超出了你的支付能力。谢谢你的白兰地。”

中天/天底

加斯科因提出安娜的债务事宜，埃德加·克林奇没有对他道出秘密。

加斯科因穿过烤架旅馆的前厅时，大门被猛地拉开，旅馆老板埃德加·克林奇先生急匆匆地走进来。加斯科因放慢脚步，使两人迎面路过时不致靠得太近——克林奇将这个动作误解为一种犹豫。他突然停在门口的中央，挡住了加斯科因的去路。在他身后，大门砰的一声关上了。

"我可以帮助你吗？"他说。

"谢谢你，不用。"加斯科因礼貌地说，停了片刻，等着克林奇从门口让开，这样他离开时不必擦着对方的肩膀。

但是门卫已经被摔门的声音惊动了。"喂——你！"他冲着加斯科因大喊，从楼梯下的柜台后面走出来，"刚才的枪声是怎么回事儿？乔·普里查德像个僵尸似的下楼。好像撞见了鬼。"

"那是误会，"加斯科因简略地说，"仅仅是个误会。"

"枪声？"埃德加·克林奇说，依然没有从门口挪开。

克林奇是个高个子男人，四十三岁，金棕色头发，一副和善、愉快的模样。他留着一副帝国小胡子，胡子尖儿上打过亮蜡，这副漂亮的胡子没有跟随头发的速度一起变白——他的头发中分，也打过发蜡，长度齐到耳垂。他有着苹果形的脸颊，红鼻头，轮廓圆润。他的眼窝很深，笑起来时简直像闭着眼睛一样，他经常这样笑，眼睛周围那些乌鸦脚爪形的皱纹就是见证。然而，他此刻却皱着眉头。

“刚才我在楼下的办公桌旁，”门卫说，“这个男人在场——他看见了。听见喊叫声，他就跑上楼去——他刚进去，枪声就响了。后来还有一次枪声——第二次。我正要上楼，去调查，可随后乔·普里查德下楼来了，告诉我不要担心。告诉我那个妓女在擦枪，意外走火了——但这只能解释第一声枪响。”

埃德加·克林奇将目光溜回到加斯科因的身上。

“第二枪是我开的，”加斯科因说，说话时带着难以掩饰的恼怒，他不喜欢违背自己的意愿被扣留下来，“我发现第一枪出了问题，就试验性地开了第二枪。”

“那喊叫声又如何解释呢？”旅馆老板问。

“事情已经解决了。”

“乔·普里查德——对她动手了？”

“从这里听起来像是那样。”门卫说。

加斯科因恶狠狠地瞪了门卫一眼，然后转身面对克林奇。“没有人对妓女施暴，”他说，“她安然无恙，正如我告诉你的，现在事情已经解决了。”

克林奇眯起眼睛。“真奇怪，会有这么多人擦枪走火，”他说，“真奇怪，会有这么多妓女突发奇想地要擦枪，而周围有的是男人。真奇怪，我的旅馆里竟然发生了这么多次这样的事情。”

“恐怕在这个话题上我不能提供什么意见。”加斯科因说。

“我认为你能。”埃德加·克林奇说。他将双脚分得更开一点，双臂交叉在胸前。

加斯科因叹了一口气。他没有心情应付旅馆老板这种地头蛇般的霸气。

“发生了什么事？”克林奇说，“安娜出了什么事？”

“我建议你自己去问她，”加斯科因说，“节省我们俩一点时间。这很容易做到，你知道，她就在楼上。”

“我不喜欢我在自己的旅馆里被当成傻瓜。”

“我不知道我把你当成了傻瓜。”

克林奇的小胡子凶险地抽搐了一下，“你们吵什么？”

“我相信我没有跟任何人吵架。”加斯科因说，“你们吵什么呢？”

“普里查德。”克林奇恶狠狠地说出这个名字。

“你别把这些强加于我，”加斯科因说，“普里查德跟我没关系。”他感觉陷入了困境。假装跟一个主意已定的男人理论是没用的，埃德加·克林奇看样子求战心切。

“事实的确如此。”门卫帮腔道，过来替加斯科因解围。他也发现他的雇主有些失态。旅馆老板满脸通红，裤管抖动着，仿佛全身的重量都落在脚跟上，上上下下地颠动——这表明他正怒火中烧。门卫用劝慰的声音解释道，加斯科因只是打断了普里查德与安娜之间的争执，一开始他并不在场。

克林奇即便摆出一副好斗的架势，也不是一个特别吓人的厉害角色，现在就是这样：他看上去只是焦躁，而不是吓人。他的愤怒虽然那么明显，却莫名其妙地使他显得无能为力。他被自己的情绪吞噬，成了情绪的奴隶，而不是它的主人。加斯科因看着他，认为他更像一个要撒野的孩子，而不是要作战的斗士——当然，如果遇到同样的挑衅，前者也是一样危险。克林奇依然挡着门口。显然他不会很理智——但情绪被安抚下来是有可能的，加斯科因想。

“普里查德怎么得罪你了，克林奇先生？”他说，心想，如果给此人一个说话的机会，他的怒气自然就会消下去，他的情绪也就可以平复了。

克林奇回答时像被人掐住了嗓子，口齿不清。“是得罪了安娜！”他大喊，“喂她吃那种要她命的毒品——贩毒！”

这个解释很不充分，肯定还有更多的理由。为了劝他，加斯科因轻描淡写地说：“对——可是一个人喝醉了酒，你能责怪酒保吗？”

克林奇不理睬这套说辞。“约瑟夫·普里查德，”他说，“如果由着他干，他会亲自喂到她嘴里，就像喂吃奶的婴儿。他能干得出来。你是同意我的看法的，加斯科因先生。”

“啊——你认识我！”加斯科因说，像是松了一口气，然后又说，“我同意吗？”

“你发表在昨天《时报》上的那篇说教。顺便说一句，观点倒是不错，他妈的是一篇好文章，”克林奇说，（称赞他人似乎让他感到些许安慰，但随即他的脸又阴沉下来。）“他要是读读那篇文章也许就好了。你知道他从哪里弄来的吗？那些肮脏的粪土？大烟？你知道吗，弗朗西斯·卡弗，就是他！”

加斯科因耸了耸肩，这个名字对他没有任何意义。

“该死的弗朗西斯·卡弗，他踢了那女人——踢了她，打了她——那是他的孩子呀！女人肚子里是他的孩子！他杀死了自己的种！”

克林奇几乎是在咆哮了。加斯科因突然非常感兴趣，“你在说什么？”他向前迈了一步。安娜曾经向他吐露过，她那未出生的孩子是被亲生父亲杀害的——现在看来，那个人与差点使她自己丧命的鸦片有关！

但是克林奇开始谩骂起门卫来，“你听着，如果普里查德再过来，我若不在，你就要负责把他赶出去。你听见没有？”

他非常恼怒。

“弗朗西斯·卡弗是谁？”加斯科因说。

克林奇清了清嗓子，往地上吐了口痰。“一个下三烂，”他说，“一个凶残的下三烂。乔·普里查德——他只是个恶棍。可卡弗——他简直是恶魔本身，他就是魔鬼。”

“他们是朋友？”

“不是朋友，”克林奇说，“不是朋友。”他用手指捅了一下门卫。“听见我的话没有？如果乔·普里查德踏上那个楼梯一步——踏上第一级台阶——你就另谋高就吧！”

显然，旅馆老板已经不再把加斯科因看成一个威胁——因为他已经从门口挪开,同时把帽子从头上扒拉下来。加斯科因现在可以自由离开了。然而，他并没有动地方，他等着旅馆老板讲述详情。旅馆老板用手掌把头发向后梳了梳，把帽子挂在衣帽架上，果然就开始陈述了。

“弗朗西斯·卡弗是个贸易商,”他说,“‘一帆风顺号’——就是他的船。靠港停泊的时候，你可能已经见过它。一条三桅帆船——三桅帆船。”

“他和普里查德是什么关系？”

“当然是鸦片！”埃德加·克林奇不耐烦地说。他显然不喜欢被提问，再次对加斯科因皱起眉头，似乎心头又产生了新的怀疑。“你刚才在安娜的房间里干什么？”

加斯科因以不失礼貌的惊讶口气说道：“我不知道安娜·韦瑟雷尔是受您雇用的人，克林奇先生。”

“我负责照顾她。”克林奇说。他第二次用手向后抚平头发。“她住在这里——这是协议的一部分——我有权知道她的事，如果发生在我的地盘上，而且还牵涉到手枪。你可以走了：给你十分钟时间。”——最后这句话是对门卫说的，门卫匆忙跑向餐厅，吃午饭去了。

加斯科因抓住他的翻领，“我猜你认为她运气不错，住在这里，由你负责照看她。”

“你错了,”克林奇说，“我不这样认为。”

加斯科因吃了一惊，顿住了。然后他含蓄地说：“你照顾许多像她这样的女子吗？”

“目前只有三个。”克林奇说，“迪克在挑选姑娘方面很有眼力。只要最高级别的——他不会降低标准，他严格控制。你要想找个一先令档次的妓女，得去拍手胡同碰碰运气。跟迪克做买卖，只花零钱可不行。要么有英镑，要么就免谈。是迪克让你来找安娜的？”

这一定是指迪克·曼纳林，安娜·韦瑟雷尔的雇主。加斯科因含糊地咕哝一声作为回答。他不愿讲述他和安娜相遇的故事。

“嗯，如果你想搞这些女人中间的哪一个，应该去找迪克。”克林奇继续说，“凯特，丰满女郎;萨尔，卷发女郎;莉兹，雀斑女郎。问我没用。我不管那些事——预订之类的。她们只是在这里睡觉。”他发现他选择的动词引起了对方的怀疑，便补充道，“我说的睡觉就是睡觉，没别的意思，你知道。我不允许留嫖客过夜。那会害得我丢了执照的。你想包夜，就得在自己名下开房间——在你自己的房间里。”

“这真是一家好旅馆。”加斯科因礼貌地说，把手大幅度地挥了一下。

“这不是我的，”克林奇带着一丝轻蔑说道，“是我租的。这条街的上上下下——从焊缝街到斯塔福德街，全都是出租的。这地方属于一位名叫斯坦斯的家伙。”

加斯科因吃了一惊，“埃默里·斯坦斯？”

“奇怪啊，”克林奇说，“从一个年龄只有我一半的年轻人手里租房，真的感觉好奇怪。但这就是现代的方式：一切都是倒过来的，每个人都有自己的活法。”

在加斯科因看来，克林奇说话的方式有一种强迫性：他的话似乎是鹦鹉学舌来的，说出来很不自然。他用词很谨慎，甚至很紧张，似乎在防范加斯科因对他有不好的看法，不过他的这种打算显然无法实现。他不信任我，加斯科因心想，那么，哼，我也不信任他。

“我想知道，如果斯坦斯先生不回来了，这个地方会怎么办？”他大声说。

“我会待下去，”克林奇说，“也许会把它买下来。”他在办公桌下面的一个抽屉里摸索了一会儿，然后说，“听着，我还是要再问一遍——你在安娜的房间里干什么？”

他似乎是在哀求了。

“我们谈了点儿有关钱的问题。”加斯科因说，“她口袋空了。但我相信你已经知道这点了。”

“口袋空了！”克林奇讥讽道，“这词儿用得好！她口袋够多的，相信我的话吧。”

这是暗示缝在安娜衣服里的金子吗？还是针对这个女子的职业的一种粗俗的俚语？加斯科因突然警觉起来。“为什么我会相信你——超过相信安娜？”他说，“根据她的说法，她名下一分钱也没有——而你却认为可以逼她交出六英镑，一次付清！”

克林奇瞪大了眼睛。这么说安娜已经向加斯科因透露了她拖欠房租的事。这么说安娜抱怨过他——而且怀着怨恨，这从法国人敌视的语调中可以判断得出。这想法令他感到伤心。克林奇不喜欢安娜跟其他男人谈论他。他小声地说：“这不关你的事。”

“恰恰相反，”加斯科因说，“安娜特意对我提出这件事。她求我。”

“为什么？”克林奇说，“为什么呀？”

“我想是因为她信任我。”加斯科因说，带着一丝残忍。

“我的意思是，求你做什么用？”

“让我帮助她。”加斯科因说。

“但为什么是你呢？”克林奇又问道。

“这是什么意思，为什么是我？”

克林奇几乎是在大喊：“安娜为什么要求你？”

加斯科因的眼睛闪了一下，“我想，你是要我定义我们之间的确切关系吧。”

“这个不需要问，”克林奇说，发着一声嘶哑的大笑，“这个答案我知道！”

加斯科因感到胸中一团怒火，说：“你出言不逊，克林奇先生。”

“出言不逊！”克林奇说，“谁出言不逊？这个妓女在服丧——这就够了——这你无法否认吧！”

“正是因为她在服丧，所以才不能偿还眼前的债务。然而，你还在执意虐待她。”

“虐待——！”

“我得到的印象，”加斯科因冷冰冰地说，“就是安娜非常怕你。”其实，这完全不是真的。

“她才不怕我呢。”旅馆老板说，一脸震惊。

“你怎么会在意那六个英镑呢？你怎么会在意安娜是明天付清，还是明年付清呢？你刚往腰包里揣进一大笔横财。你在银行里有好几千英镑！却在这里斤斤计较，逼一个妓女付房租，就像一个伦敦郊区的奸商！”

克林奇大怒，“借债还钱。”

“胡说，”加斯科因说，“不如说是小人斗气，耿耿于怀。”

“你这是什么意思？”

“我暂时还不知道，”加斯科因说，“但我琢磨着，为了安娜的缘故，我应该想办法搞清楚。”

克林奇脸又红了，“你不该这样跟我说话，”他说，“你不该——在我的旅馆里！”

“你口口声声说是她的保护者！今天下午她处于危险中的时候，你在哪里？”加斯科因说。他开始觉得自己有点鲁莽，“当她躺在基督城路中央差点死掉的时候，你又在哪里？”

但是，克林奇这一次没有像以前那样在指责面前退缩。相反，他似乎硬下心来。他咬紧牙关转眼看着加斯科因。“关于安娜的事，我不需要别人指点我。”他说，“你不知道安娜对我意味着什么。我不需要指点。”

两个男人盯着对方，仿佛是站在一个土坑两头对视的两条疯狗——然后，每个人都表达了对彼此的认可，心照不宣地承认他们棋逢对手。因为加斯科因和克林奇的性情差异不大，即便是在那些差异上，也表现出某种和谐——加斯科因是高八度，声音更清晰、更响亮，而克林奇则是低音部，是一种单调的轻弹。

埃德加·克林奇有点像一个怪圈。他既殷勤热情，又自我怀疑——这是两种互相对抗的性格，所以他身上会有一种不断波动的焦虑的状态。他为所爱的人提供需要，只要求对方充分认可他的照顾——而这种要求反过来令他感到羞辱，因为他对自己行为的细微之处十分敏感，充满怀疑；

于是，他撤销索求，加倍施予，如此循环中，却发现他需要的认可也随之翻倍。就这样，他永远处于波动之中，正如一个女人受月亮周期的制约，总在波动一样。

他与安娜·韦瑟雷尔的关系正是这样开始的。安娜从达尼丁初来此地时，克林奇就被她征服得神魂颠倒了：她是他这辈子认识的最稀罕、最命运多舛的人，他发誓要让她得到百般宠爱。他确保把最好的房间给她住，尽自己所能，想方设法地疼惜她，如果安娜没有注意到他付出的努力，他会感到非常伤心——如果安娜没有注意到他的伤心，他就会变得愤怒。然而他的怒气是不可持续的，总是维持不了多久；有的男人会被自己的愤怒滋养，他却没有因此而变得坚强。相反，情绪只使他变得更加渺小，令他感到更加空虚——因此，他准备投入更多的爱。

安娜初到霍基蒂卡时，怀有身孕，虽然肚子还没有开始变大，身段也没有暴露妊娠的秘密。克林奇在吉布森码头遇见她，三桅帆船"一帆风顺号"在离岸数百码的地方抛锚，安娜被平底船摆渡到码头。那是一个明媚而清新的日子，带着一丝凉意。河口波光粼粼，空中鸟儿啭鸣。克林奇似乎至今都能回忆起当时的每个细节。他仍能看见安娜那顶户外软帽的宽檐，她的丝带末梢在风中飘扬；还能看见她的踝靴、带纽扣的手套和她的小手袋。他能看见她的裙子闪烁着紫光——后来才发现这套衣服是从经理人迪克·曼纳林那里租来的，安娜按日付费，直到买得起自己的衣服为止。扎眼的颜色不适合她，将她的脸色衬得蜡黄，掏干了她眼睛里的灵气。埃德加·克林奇认为安娜光芒四射。他笑容满面地用双手握住安娜消瘦的手，热烈地摇晃着。他欢迎她来到霍基蒂卡，伸出胳膊肘让她挽着，建议陪她逛一逛，她接受了邀请。克林奇指挥挑夫们把安娜的木箱送到烤架旅馆，然后他挺起胸膛，如同护送女王的亲王，陪伴着安娜·韦瑟雷尔走在雷维尔街上。

当时，埃德加·克林奇来霍基蒂卡还不满一个月。他还不认识迪克·曼纳林，只听说过他的名字。那天下午他碰见安娜的小船时，并没有与那位大亨或这个妓女有预先安排。（曼纳林被滞留在达尼丁，要下一个星期才能到达霍基蒂卡，而且，他宁愿乘坐蒸汽船，而不是帆船。）天气晴朗的时候，克林奇经常站在沙嘴上，欢迎下船来到沙滩的淘金汉们。他与每个人握手、微笑，邀请他们下榻烤架旅馆——并随意提及可提供丰厚的折扣，但只能给在接下来半小时内愿意入住的人优惠。

从吉布森码头走过来没多远，这期间，克林奇敏感地意识到安娜的手贴着他的胳膊肘。来到烤架旅馆的前门时，他发现自己已经完全不可自拔了。他请求年轻女人在他的餐厅吃午饭，她接受了，这使他心里产生了一种救世主的感觉，结果，他向安娜提供了旅馆里最好、最大的房间。

安娜用曼纳林的一张期票付了住宿费，克林奇因一阵突如其来的慷慨而毫无异议地接受了。当他意识到安娜肯定是那种陈腐行业的一员时，他的感情已经完全彻底、不可逆转地交付了出去。一个星期后，曼纳林到达霍基蒂卡，他向克林奇介绍自己是安娜的雇主，此后，双方谈判达成协议，每星期付费一次，妓女可得到的福利包括庇护、暗中监视、一日两餐，以及每星期一次的盆浴。这最后一项是昂贵的奢侈享受，一旦这个女人在镇上站稳脚跟，就会被撤销（这是曼纳林私下里说明的）；而在刚开始雇用她的几个星期，有必要迎合她对奢侈的欲望，满足她的品味。

每个星期天，克林奇乐此不疲地给铜浴缸加满水，其实这是个耗费体力的差事。他喜欢瞥见安娜站在楼梯口，头发湿漉漉的，显得清新干净。星期天晚上，他喜欢在餐厅里经过安娜身旁，捕捉她皮肤上肥皂的奶香味儿。他喜欢把浑浊的洗澡水倒入路边的排水沟，看着白花花的水慢慢流走，希望安娜会从楼上的窗户向下看见他。

克林奇爱的付出总是母爱型的，因为人性的特点就是给予对方自己最渴望得到的东西，而埃德加·克林奇最渴望的是母亲——他的母亲在他襁褓时期就去世了，从那时起，母亲在他心中就成了光芒四射的美德女神，这位女神面目模糊，如同在夜雾中透过窗户看见的那样。然而，他所有爱的付出都很不幸，因为这需要受惠者拥有敏感细腻的直觉，而这样的直觉连他本人都不具备。埃德加·克林奇是个无可救药的浪漫主义者，但按常理，无论怎么讲，他都是个失败者：尽管他每天细心服侍，安娜·韦瑟雷尔依然不知道旅馆老板怀着一颗孤独与绝望的心，满腔激情地爱着她。她对他彬彬有礼，将自己的房间保持体面和整洁，但她从来没有邀请他陪伴自己，她将两人的谈话限制在最琐碎的话题上。不必说，她的冷漠只是给这个男人痴情的心加了温——炉火封得越紧，燃烧的时间越长，火焰越红。当曼纳林一个月后建议结束安娜每星期一次的奢侈的盆浴享受时，克林奇只是停止在安娜的月账单上列出这项服务。每个星期天，他照常布置好铜浴缸，铺好浴巾，倒好热水。

在最初的几个月里，似乎什么都不能削弱克林奇对安娜的爱慕。他没有因为安娜的职业而退缩，然而令他苦恼的是，他知道安娜经常处于受伤害的危险中。当他得知安娜是个鸦片痨子，几乎每天都吸毒时，他同样只感到悲痛和恐惧，而并没有回避。（他推测这种药物非常时髦，他本人在难以入眠时也服用鸦片酊。是啊，制成酊剂的鸦片和烧成烟的鸦片有什么不同呢？）安娜生活中的种种困窘不幸，不会使他离开她，只会引起他的悲伤，其结果是，他更加渴望安娜得到幸福。

当克林奇发现安娜怀着其他男人的孩子时，他的悲伤中增添了一份焦虑。他开始怀疑是否应该在这个时候向安娜表白。也许他应该求婚。也许，当婴儿出生后，他可以把小家伙作为自己的亲骨肉来收养和照顾；也许他们可以组成一个家庭，一个特殊家庭。

克林奇在一个隆冬的下午思考这个问题，突然听见旅馆廊台上扑通一声，还有一声压抑的喊叫。他打开推拉窗（他一直在楼上的房间里生火），看见安娜摔倒在通向前门的台阶上。就在他张望时，安娜缓缓地抬起手臂，费力地想抓住栏杆。

克林奇跑下楼，穿过前厅，为安娜打开大门——这时候安娜已经支撑着站了起来，走过了廊台。克林奇走出门时，安娜刚好伸手来开门，一下子撞进了他怀里，为了阻止自己摔倒，她将沉重的双臂绕在他的脖子上。她的脸转向他的衣领处，鼻子和嘴唇刚好贴在他喉咙的皮肤上。她似乎融化在了他身上。克林奇惊喜地咕哝一声——然后一动不动地站着。他感觉如果他开口说话，或者动作太快，可能就会破坏这一时刻，这个妓女就会逃离。他越过安娜的肩膀看着外面。这是一个苍白、明亮的星期天下午，街道上十分宁静。没有人看着他们。克林奇用一双手搂住安娜的腰，呼吸一下，再呼吸一下——然后，他用一个突如其来的动作，将安娜横着抱起来，搂在怀里，把嘴紧紧压在她的脸颊上。他的双唇贴着她的下巴，停留了很长时间。然后他将她抱得更高一些，退回前厅，用脚把门关上，转动锁眼里的钥匙，抱着安娜上了楼。

安娜的浴缸就在楼梯口对面的房间里，火边的架子上排着一些铁罐，里面装着准备好的热水，盖着盖子。克林奇依然将安娜抱在怀里，在浴缸旁的沙发上坐下。他的心快速地跳动着。他身体往后靠了靠，仔细端详安娜。安娜闭着眼睛，四肢如糖浆一般瘫软。

好几个月前，安娜把租来的紫色礼服还给了迪克·曼纳林，因为她已经买了几件更合身的衣服。可是，今天她没有习惯性地标榜自己的职业，穿那件艳丽的橙色礼服——霍基蒂卡的妓女们工作时，都穿色彩明亮的衣服，不工作时就换成柔和的色调。她此刻穿的是一件奶油色薄纱罩衫，剪裁成骑行夹克的式样，纽扣一直扣到颈部。她肩膀上围着一条蓝色的三角形披肩。根据这些线索，再加上鸦片把她麻醉到这种程度，埃德加·克林奇推断她刚去过中国城：她去那个地方时总是隐姓埋名，穿戴着色泽暗淡的服饰。

克林奇用颤抖的手指，轻轻褪掉安娜肩头的披肩，让它落在地板上。然后慢慢地、不急不缓地解开裙子后面的蝴蝶结，松开紧身胸衣上的丝带。他的手指摸到她的一个个暗扣，逐一解开扣环。安娜顺从地躺在他怀里，当他轻轻地将连衣裙剥离她的肩膀时，她像幼小的孩子那样举起手臂。接下来他分开裙撑，将安娜抱出最上面的裙箍，整个裙撑的框架便落下来，砸在地板上，搭扣与木板相碰发出一串响声。他再次轻轻地把安娜放在沙发上——这时她身上只剩一条衬裙——他把她的披肩叠好并盖在她身上。然后他站起来，开始往浴缸里加水。她脸颊靠着手背躺在那里，乳房随着睡眠中抽搐的呼吸上下起伏。洗澡水准备好后，克林奇回到安娜身旁，喃喃地说着安慰的话。他把安娜的衬裙撸到头顶上方，抱起她裸露的身体，跪下来，将她放入浴缸。

身体与水接触时，安娜发出温柔的呻吟声，但没有睁开眼睛。克林奇调整她的身体，让她的颈背靠着铜浴缸的边缘，确保她不会滑进水里，将自己溺亡。他拂去落在她脸颊上的头发，用大拇指抚摸她的下巴。刚才将她放入水中时，他的衣袖一直湿到了肩膀处；现在他站直身体，低头看着她，胳膊悬在身体两侧，以免滴水的衣袖碰到身体。在感到十分满足的同时，他也感到极大的孤独。

片刻之后，旅馆老板跪下来，从地上捡起薄纱裙，想把它抖平，放在沙发背上叠好。可这条裙子比他想象的要重得多——为什么，衣服只是薄纱与细线做成，而且现在裙撑已经拿掉，灯笼内裤和衬裙也去除了！为什么这件衣服这么沉重？他用手指捏着布料，就在这时，他的手指尖摸到了什么奇怪的东西。他把裙子从里到外翻过来——这是什么，沉甸甸的，夹在衣服的接缝里？感觉像是一排石头。他轻轻地将手指伸到一个针脚下面，感觉到线被绷断了，然后他让拇指和食指在裙边内蠕动。也许里面塞了什么东西。他拔出手指，顿时大吃一惊，手里捏着的是一小撮未冶炼过的金子。

安娜还在睡觉，脸颊靠着浴缸的边缘。克林奇心跳飞快，他触摸着衣服的接缝，沿着荷叶边向上摸到上衣。这里一盎司，那里一盎司——也许有好几磅——都藏在衣服的布料里。这些都是未冶炼过的金子！安娜究竟在中国城做了什么，被鸦片祸害得神魂颠倒，衣服里还缝满了金矿石？她一定是在什么地方倒卖那玩意儿——看样子是在走私。把金子带入中国城？这也说不通呀。她一定是把金子带出来。也许是换鸦片用！克林奇的脑子飞快地转动。他想起来了，把金子藏在衣服衬里，是在海关逃税时的常用手法，也是一件非常冒险的事，因为一旦被抓住，将面临重罚，甚至坐牢。而安娜本人不是淘金汉——看在老天的分上，她是个女人！金子不可能是她的。肯定有人十分信任安娜，把金子藏在了她的衣服里。安娜也一定信任那个男人，愿意替他担当这个风险。

然后他想到了曼纳林。迪克·曼纳林几乎控制着卡尼里的每一个中国佬，他们全在他的认领区工作，换取某种报酬。曼纳林也是安娜的雇主。哼，当然！曼纳林是个肮脏的交易人，臭名昭著——哪个妓院老板不是呢？难道他不曾三番五次地宣布安娜·韦瑟雷尔是所有妓女中最棒的一个吗？

克林奇转向安娜，惊讶地看见她睁开了眼睛，正盯着他看。

"水怎么样？"他问了句蠢话，同时抖开裙子的皱褶，遮掩住手里捏着的金子。

安娜快活地哼哼着——同时因为羞怯而移动膝盖，把双臂交叉放在乳房前。她隆起的腹部是一个完美的球面，浮在浑浊的水面，像一个苹果浮在水桶里。

"你是走路回来的——从卡尼里一直走回来的吗？"克林奇问。当然她刚才不可能走了四英里——要知道她连头都抬不起来！连站都站不稳！

她又哼了一声，把调子截成两段，表示否定。

"那你是怎么回来的？"克林奇说。

"迪克刚好路过。"她喃喃地说。说话时仿佛嘴里含着糖浆。

克林奇凑近了些，"迪克·曼纳林——他路过中国城了？"

"唔。"她又闭上了眼睛。

"他把你捎回来的，是吗？"

但是安娜没有回答。她又睡着了，脑袋仰靠在浴缸的边缘，交叉的手臂从胸前滑开，拍在水面上，沉下去，又浮上来。

克林奇手指间仍捏着那一小撮金子。他小心翼翼地把衣服搭在椅背上，然后把那一小撮金子放进了自己的口袋，并搓了搓拇指和食指，确保每片碎金子都落进口袋里，就像往炖肉里加盐那样。

“那我走了，你洗澡吧。”他说，然后退出了房间。

但是他没有下楼，而是快速穿过楼道，朝安娜的房间走去，把万能钥匙轻松地插入锁眼。他步入安娜的房间，大步走向衣橱，安娜的衣服都放在里面。共有五套衣服，全是买的打捞货，来自一条在浅滩失事的货运蒸汽船。克林奇首先瞄准那套卖娼用的衣服。他的手指沿着每一条接缝一边迅速移动，一边轻轻敲击，用手抚摸裙撑的里面。这套衣服跟那套薄纱裙一样，也密密实实地塞满了金子！他又转向下一套衣服——再下一套——再下一套；每套衣服都一样。天哪，克林奇在脑子里计算了一下，这五套衣服加起来，安娜·韦瑟雷尔窝藏了一大笔实实在在的财富。

他在安娜床上坐下。

安娜从来不穿橙色衣服去中国城——这一点克林奇可以肯定——可是那套衣服也跟其他衣服一样塞满了金子。所以，事情不是他刚开始以为的那样，不会是与东方人之间达成的协议！这个行动超出了中国城的范围。也许还超出霍基蒂卡的范围。克林奇想，有人正在策划一次前所未闻的浩劫。

他考虑着其他的可能性。会不会是曼纳林把安娜当成运输的骡子，将金子运出峡谷，而安娜自己却蒙在鼓里？啊，克林奇心想，这任务倒是很容易完成：只需给她吸上一锅大烟，等她进入梦乡，然后把金子缝进她的衣服，一次缝一点。也许……但是，不：如果曼纳林不知道妓女做事是否谨慎，就冒这天大的风险，想起来也太荒唐了。老天在上，安娜身上携带着价值数百英镑的金子呢！——也许数千英镑。她必须是知情的才对。在钱的问题上，曼纳林可不是傻瓜。他不会把一大笔财富交给一个普通妓女看管而没有任何保障。安娜肯定向他提供了某种保险——克林奇想，也许是一些债务，某种契约。但是安娜有什么可以提供，作为纯金财富的安全保证呢？

克林奇突然感到愤怒，用双手的掌根捶打着被子。曼纳林！假定是他——设计了这样的骗局，而安娜住在克林奇的屋檐下，吃在克林奇的餐桌上！如果警察来敲门怎么办——如果他们搜查安娜的房间怎么办？到那时谁来负责呢？是啊，克林奇心想，最起码，他应该得到利润的一部分——他应该得到一个解释！毫无疑问，那些中国佬也是知道这个秘密的。这真是令人恼火。也许整个霍基蒂卡都知道了。克林奇骂了一声。他恶狠狠地想，迪克·曼纳林，真他妈的该下地狱。

他听见隔壁有溅水的声音——安娜一定是醒过来了——他迅速盘算着是否应该没收衣橱里的衣服。也许，他可以利用它们向曼纳林要赎金。他可以等安娜恢复知觉，问她到底是怎么回事。他可以逼她坦白——逼她道歉。然而他没有勇气。埃德加·克林奇总是被不良情绪困扰着；他虽然敏锐地感觉到自己的悲哀，却只能在心中默默无声地表达。他怀着沉重的心情，离开安娜的房间，回到楼下，打开前厅大门的门锁。

“请接受我诚挚的道歉。”加斯科因说。

克林奇眨了眨眼睛，“为什么道歉？”

“因为我暗示你并不是一心只考虑安娜·韦瑟雷尔小姐的最大利益。”

“哦，”克林奇说，“是的。好吧，谢谢。”

“再见。”加斯科因说。

克林奇对这个告别感到失望。他很希望加斯科因再待一会儿——至少待到门卫吃完午饭回来——好好谈谈这件事。将谈话搁置在不大和气的基调上，总是令他感到不舒服，事实上，他的确是想与加斯科因讨论安娜债务的问题，不管他初次提及这个问题时心里有多大的敌意。昨天下午，他本来没打算对安娜发脾气。但是安娜对他撒谎——说自己一个先令都没有，而其实她有上百，甚至上千英镑的金子，都缝在她衣橱中的那些衣服里！那些衣服还在那里；他定期检查它们，确定那些金矿石还没有被取走。他凭什么要为安娜的日常花销买单，而她触手可及如此庞大的一笔财富呢？他凭什么要为她排忧解难，而她却密谋跟他作对，甚至当着他的面说谎呢？几个月的沉默使他内心充满怨恨，他的怨恨在顷刻间变成了恶意。

他向前走一步，甚至伸出了手，想阻止加斯科因离去。他想哀求加斯科因不要离开。突然间，他不想孤独一人。但是他有什么理由劝加斯科因留下来呢？为了拖延时间，他说："你要去哪里？"

这问题令加斯科因感到恼火。边疆的生活多么沉闷啊！每个人都想探知别人的私事。这里不是巴黎或伦敦，那里的人们在每个角落都能享受那种奢侈的陌生感，能够真正地孤身独处。

"我有个约会。"他生硬地说。

"跟谁约会？为什么约会？"

加斯科因叹了口气。被追问真的是太烦人了。克林奇看上去一脸闷闷不乐——似乎加斯科因的离开令他烦恼！可是，他们十分钟前才见面呀。

"我要陪一位女士，"加斯科因说，"去看帽子。"

升交点在处女座

桂龙三次被打扰；查理·弗罗斯特保持自己的立场；苏永盛提到一个犯罪嫌疑人，令每个人大吃一惊。

就在加斯科因离开埃德加·克林奇，十分粗鲁地将烤架旅馆的大门重重关上的同时，迪克·曼纳林和查理·弗罗斯特正在走下渡船，踏在卡尼里河边的石头上。代理商哈拉尔德·尼尔森也在快速地徒步接近此地；他刚路过一个木制的标志，上面写着距离移民点只有半英里路程，他精神一振，加快速度，大踏步地前进，但还是继续用手杖抽打路旁湿漉漉的野草。当然，这三个人的目的地都是卡尼里中国城，要在那里会晤那个中国人，金匠桂龙——他此刻正感到惊愕，因为刚刚来了一位不速之客，之后他还会再次感到惊愕。

"中国城"这个名字有点容易让人产生误会，那其实不过是在卡尼里认领区的河上游几百码处的几座稀稀拉拉的帐篷和石头小屋，那里的所有人都来自广东省，大部分来自广州，但全部加在一起也很难凑成一个"城"：在那个时代，对于仅有的十五个中国男人来说，"中国城"是家。在这个小据点中，桂龙的住所因由煅烧的黏土建成的引人注目的烟囱而闻名。烟囱下面的这个砖窑是专为小金铺修建的，高高的黏土台子下放着一口铸铁炉膛，位于这个单间住所的正中央。这个土台子就是桂龙晚上睡觉的炕，砖头还留着白天烧火的余温，温暖着他的身子。当他冶炼一个星期采集的金矿时，在燃烧室里填上木炭，这种燃料虽然昂贵，但烧起来比焦炭更热；然而，今天他的坩埚和风箱都闲置一旁，燃烧室里架了一堆缓缓燃烧的木柴。

桂龙是个肩宽腰圆的男人，显得孔武有力。他的一双三角眼，靠内侧是圆的，而在靠近脸颊的外角变成了一条缝；脸形几乎是正方形。他笑起来的时候，露出一副稀稀拉拉的牙齿：两颗门牙已经缺失，下颚的前臼齿也没了。他的笑容中显露的牙缝使人觉得他是个正在换牙的孩子——桂龙本人也会用这个比喻，因为他有一副挑剔的眼光和机智的头脑，喜欢讽刺挖苦，言辞犀利，尤其擅长自嘲。每当说到他自己，他就描绘出一副凄惨的、弱不禁风的形象，本意是为了幽默，但其实也算是掩饰他过分脆弱的自我认识。在内心中，桂龙用完美的个人标准来衡量自己的一切行为，为了达到这个标准，他付出了艰辛的劳动：结果，他对自己的努力和成果从来都没有真正感到满意过，总的来说，他倾向于失败主义的论调。他性格中的细腻微妙之处，在大英帝国的臣民身上算是完全浪费了，桂龙只能用八十到一百个英文单词和他们交流，但是对于他的同胞来说，他那玩世不恭的幽默、感伤的气质，还有他为不可实现的理想而努力的顽强毅力，都为他赢得了赫赫名声。

他是订了契约前往新西兰的。为了换取往返广州的船票，桂龙同意按照比例，把自己在金矿的盈利大部分上缴企业。桂龙被这个既不灵活也不仁慈的契约弄得十分贫困，但不管怎样，他都一直勤奋地工作。他的梦想——唉，实现的可能性不大——就是兜里揣着七百六十八个先令，返回广州：他认为，有了这笔钱他就能安度晚年了。（之所以选择这个数目，一是为了图个吉祥——用粤语说，听起来就像是“财禄发”——二是因为他自己喜欢——对桂龙来说，如果能看清要实现的具体目标，他工作起来劲头更高。）

桂龙的父亲桂壮，曾经在广州当守城人。他的全部工作就是在城墙上来回巡逻，监督城门关卡，确保守门人换岗没有差错。这个差事虽然单调，却很重要，桂龙小的时候一直为父亲的职位感到骄傲。然而，在近些年的贸易战争中，桂壮职位的相应权威已经变得黯然逊色。一八四一年，广州遭受猛烈攻击时，人们曾寄希望于它的防御工事——结果大失所望。英国士兵一拥而上，冲破了堡垒，清朝的军队寡不敌众，中国的防御彻底溃败。英国占领了这座城市，桂壮和数百名伙伴一起被俘——后在广州同意开放港口贸易的条件下得到释放。

不用说，桂龙为自己城市的节节溃败感到耻辱（在接下来的二十年中，广州被英国士兵攻克了不下四次），这种耻辱又因为他替父亲感到的耻辱而放大了一百倍。桂壮几乎被自己蒙受的羞辱摧毁。老人在第二次战争结束后不久便告别人世。在他死前，他曾经三次勇敢地面对英国来复枪的枪管。

桂龙不愿意想象，如果父亲看见现在的他会做何感想。桂壮为了捍卫中国抵抗英国的无理要求，奉献了自己的荣誉与生命——现在，他死后还不到八年，桂龙却在这里，在新西兰，利用当年他的父亲——还有他的国家——徒劳地企图阻止的局面而谋利。他睡在异国的土地上，辛苦地淘金（是金，不是银），将每日获利的大头拱手让给英国公司，而公司的管理阶层是他永远无权参与的。他想到这种种背叛时，心中的不爽有一部分是不孝的耻辱，更多的是一种被彻底剥夺权利的耻辱。回首一生中漫长的危机时期（他就是这样认为的，仿佛他的自我总是取决于某个选择点——但这个选择是什么呢，他不知道，因为这种矛盾心理没有真正的开始，也没有可感知的结束），桂龙只有脱离的感觉：脱离自己的工作，脱离父亲的愿望，脱离国家和家庭蒙受耻辱的现实局面。他觉得自己不知道如何去感觉。

但有一点，桂龙始终听从父亲的训诫。他不会碰鸦片，也不能容忍别人当着他的面吸食鸦片，不能容忍他所爱的人吸食鸦片。鸦片对桂龙来说是一种符号，标志着不可饶恕的西方野蛮主义在方方面面对他本国文明的践踏，对中国人生活方式的蔑视，鸦片象征着西方对利润和贪欲的灭绝人性的追逐。鸦片是中国的警钟，是西方扩张的阴暗面——黑暗的互补色，正如阴阳互补。桂龙经常说，一个没有记忆的人，是没有远见的——对此他幽默地补充道，他之前多次引用这句格言，决心继续一字不差地引用它。在桂龙看来，任何一个用手触摸烟枪的中国人，都是叛徒，都是傻瓜。每当他路过卡尼里的鸦片窟时，都会扭过头去，朝地上啐一口。

如此说来，当我们认出此刻与桂龙说话的男人不是别人，而是苏永盛时，就不由得感到惊讶了——苏永盛就是那个在卡尼里开鸦片窟的人，正是他在两星期前把那块鸦片卖给安娜·韦瑟雷尔，差点要了她的命。（桂龙的鸦片禁忌没有用在安娜·韦瑟雷尔身上，安娜在卡尼里鸦片窟吸完一锅烟后，经常会来看他，她除了呻吟之外说不出别的话来，身体因毒品而变得酥软、温柔。桂龙从来没有看见过安娜的毒品与烟枪，却从她吸毒的结果中获得了极大的好处。如果安娜在他面前拿出毒品，他一定会将它从她手里打掉。至少他是这样告诉自己的。在这个含混的说法下，是另一个更加无法表达的信念：在安娜不幸成瘾这件事上，似乎有一种宇宙间的正义在起作用。）

苏永盛和桂龙不是朋友。那天下午早些时候，当苏永盛敲响桂龙的门，恳求同胞的帮助与接待时，桂龙诚惶诚恐地接待了他。据桂龙所知，这两个男人只有三个共同点：出生地，语言，喜欢洋妓女。桂龙猜测苏永盛要谈的内容与第三个共同点有关，因为这些日子安娜·韦瑟雷尔已成为许多人议论和猜测的话题。然而，令他更加吃惊的是，来客声明他带来的消息与两个男人有关：一个名叫弗朗西斯·卡弗，另一个名叫克罗斯比·韦尔斯。

苏永盛大概比桂龙年轻十岁。他的眉毛很淡，微微往下弯，仿佛在表示些许惊讶。他眼睛大，鼻子宽，嘴唇精美地勾勒出丘比特弓箭的形状。他说话时手舞足蹈、活灵活现，但是他倾听的时候，往往保持安静，面无表情，正因为这个习惯，人们经常认为他很有智慧。他也把脸刮得干干净净，也留着一根长辫子——但事实上，苏永盛怀着满腔的反满族情绪，对清王朝也毫不在乎。他的发型不是隶属关系的象征，而只是一个从孩提时代沿袭下来的习惯。他的衣着也和东道主一样，一身灰色的棉布长褂，简单的裤子，外加一件系着腰带的黑色羊毛外套。

桂龙既没有听说过弗朗西斯·卡弗的名字，也没有听说过克罗斯比·韦尔斯的名字，他只是站在一旁，严肃地点着头，欢迎苏永盛进入他的家门，坚持让客人坐在靠炉火最近的尊贵位置上。他摆出他能买得起的最好食物，灌满一壶水烧开沏茶，为寒酸的招待而道歉。鸦片贩子在沉默中等待着，直到东道主做完了所有这些事。然后，他深深地鞠躬致谢，称赞了阿桂的盛情款待，品尝了摆在他面前的每一盘菜肴，并逐一给予夸奖。当客套的程序走完后，苏永盛开始解释他此次造访的真实目的——他秉承着一贯的说话风格，言辞充满活力，夸张而充满诗意，其间还点缀着格言警句，它们的意境总是很美，但经常有些含义模糊。

比如说，他一张口就说，树大必有枯枝，最好的战士绝不好战，好柴火也能毁炉子——连珠炮似的一大串，缺乏任何实质内容，令桂龙听得摸不着头脑。桂龙不得不机智地应付，用尖刻的话语反唇相讥，他说秤不离砣——借助另一个谚语，暗示来客还没有开始连贯地说话。

因此，我们应该干预一下，将苏永盛希望公开披露的事件，以符合其意图的准确方式重现，而不是按他的讲述风格来复述。

Φ

阿苏很少进入霍基蒂卡镇。他基本上总是待在卡尼里的棚屋里，屋内装饰得像个沙龙，每一面墙边都摆着沙发床，上面散放着靠垫，周围挂着布帘子，以保护和控制从烟枪、暖锅、酒精灯、火炉冒出的缕缕浓烟。鸦片窟使人有一种刀枪不入的强烈感觉，这种印象因温暖而闭塞的气氛加剧，成为阿苏赖以依靠的慰藉。然而，在过去两个星期里，他已经去了河口不下五次。

一月十四日的那天早上（大约在安娜·韦瑟雷尔奄奄一息的十二个小时前），阿苏收到约瑟夫·普里查德捎来的口信，说期待已久的一批鸦片已送至他的药店，可供购买。阿苏自己的鸦片存货已经不多。他立刻戴上帽子，前往霍基蒂卡。

在普里查德的药店，他买了一块半磅的烟土，用金子支付。他将纸包的那块东西安全地放在帆布包底部，走在大街上，感到一阵夏日的冲动，霍基蒂卡的早晨极少在他身上产生这种效果。阳光明媚，塔斯曼的海风给空气平添了一丝海洋的清新。街上的人们似乎都喜气洋洋，他跨过排水沟时，一个路过的淘金汉向他脱帽致意，朝他微笑。这个偶然出现的姿势给阿苏壮了胆，他决定先不返回卡尼里。他要花一小时左右的时间，在坦克雷德街看看那些打捞起来的板条箱，作为送给自己的特殊礼物。他想，接下来他甚至会到肉店买一块带骨肉，拿回家炖汤吃。

但是在坦克雷德街角处，他停住了脚步：欢快的心情顿时烟消云散。站在街另一头的，是阿苏十多年都没有见过的一个男人，此前阿苏曾相信永远不会再见到他了。

自从他们最后一次相遇，这个老熟人已经变化了很多。他踌躇满志的脸被破了相，十年的牢狱生活，使他胸膛和肩膀的肌肉发达了不少。然而，他的体态依然未变：站立时稍微有点含胸弯腰，双手的手背叉在臀部，如同早年间一样。（多么奇怪啊，阿苏后来想，一个人的姿态总是保持不变，即便身体发生了变化，饱经风霜，容颜随岁月流逝而苍老——仿佛身体的姿态才是真正的容器，是存放身体之花的花瓶，没错，那百分之百就是弗朗西斯·卡弗，站在那里，髋部微微向前挺着，肩膀耸起——若换了别人，这个姿势可能会显得涣散。但是卡弗的外表看上去严肃、阴沉、咄咄逼人，他可以不理会别的男人因为平庸而必须遵守的规矩。）卡弗半转过身，注视着街道这头。阿苏跳到路旁，躲避他的视线。阿苏靠在杂货店粗糙的松木墙壁上，等候了片刻，直到心跳缓慢下来。

桂龙还不知道苏永盛与弗朗西斯·卡弗过去的恩恩怨怨，在这个时候，阿苏还没有重述那段故事的全部内容。他只是向他的东道主解释了弗朗西斯·卡弗是个杀人犯，而他，苏永盛，已经发誓要报仇雪恨，结果卡弗的性命。他几乎是漫不经心地说出这条信息，仿佛这样发誓报仇是完全司空见惯的。然而事实上，这种轻描淡写是源自内心的痛苦，因为他不喜欢详谈过去那些悲哀的细节。阿桂感觉现在不是插嘴的时候，只是点点头——但是他将有关事实保存起来，决心牢牢记住。

阿苏继续讲他的故事。

他把前额靠在杂货店粗糙的包层墙上，等了几秒钟。当呼吸平稳后，他沿着墙根挪到房角，再看卡弗一眼——他终于看见了这副面孔，这副曾出现在他最激烈的复仇梦里的面孔，看见它令人感到一种最奇异、最刺激的快感，差不多有十五年了，阿苏在睡梦中想象着卡弗的模样。他对这个人的仇恨无须更新，但是，此刻看见卡弗，他突然感到一种陌生而不可控制的愤怒：他从来没有像此刻这样痛恨这个人。如果他手里有枪，一定会立刻朝他背后开枪射击。

卡弗正在跟一个年轻的毛利人说话，阿苏从他们各自的姿势判断，他们应该是互不熟悉的：两人站的距离稍微宽了一点，像是从属关系，而不是朋友关系。他听不清他们的谈话，但从他们你来我往的对话性质，他猜想他们正在谈交易；毛利人的手势非常坚决，并且不断地摇头。终于，似乎商定好了一个价格，卡弗拿出钱包，数出几枚硬币，放在毛利人摊开的手中。他显然购买了什么信息，只见毛利人开始详细地解说，并伴随着夸张的动作。卡弗将信息重复了一遍，以便记在心里。毛利人点头表示肯定，又补充了几句。随后他们握手，分头离去，毛利人向东，朝着山区，卡弗向西，朝着河口和码头。

阿苏考虑在安全距离内跟踪卡弗，但随即否定了这个决定：他不希望被迫与此人重逢，除非他为此做好了准备。现在他手无寸铁，而他猜想卡弗身上至少有把刀，可能还有其他武器：在处于劣势的时候与他对话是件愚蠢的事。因此，阿苏转身去追那个毛利人——他正要回绿玉神舟谷，准备下套捕鸟，他刚从霍基蒂卡干货店买了几码结实的渔线，一小块硬面包，可以弄碎了做诱饵。

阿苏只过了一个街口就追上了他，抓住他的衣袖。他央求毛利人告知他与卡弗谈话的内容，并拿出一块硬币，表示如果有必要，他会花钱购买这个信息。泰老·老居费解地看了他一会儿，然后耸了耸肩，拿过硬币，给他做了解释。

老居说，在几个月前，弗朗西斯·卡弗提出给他一笔钱，换取关于一个名叫克罗斯比·韦尔斯的男人的任何消息。在做出悬赏后不久，卡弗就回达尼丁了，老居则来到格雷茅斯；两人的轨迹没有再次交叉。但碰巧的是，老居后来遇到了卡弗要找的那个男人，克罗斯比·韦尔斯成了他十分要好的朋友。老居补充道，韦尔斯先生住在绿玉神舟谷；他曾经是个探矿者，最后放弃了那种生活，最近投身于建设木材厂的项目。

（老居说话很慢，带着很多手势；他显然习惯于用手势和表情交流，每说完一句话，都会停顿一下，确保对方理解无误。阿苏发现他能十分清楚地听懂对方的意思，虽然他们俩的母语都不是英语。他轻声重复着这些名字：绿玉神舟谷、泰老·老居、克罗斯比·韦尔斯。）

老居解释说，他一直没有再见到卡弗，直到那天早上——一月十四日的早上。不到半小时前，他发现卡弗在霍基蒂卡海滨，并且想起了船长在几个月前提出的交易，发现这是一个赚钱的好机会。他接近卡弗，声称如果卡弗的提议依然有效，他可以按价格提供克罗斯比·韦尔斯的信息——显然，提议依然有效。他们商定了价钱（两先令），硬币一到手，老居就告诉对方克罗斯比·韦尔斯住在哪里。

按照阿苏当时对老居的故事的理解，并没有发现对他直接有用的东西；但他非常礼貌地感谢老居为他提供信息，随即与他道别。然后他返回卡尼里——发现安娜坐在他前门旁的一片阳光下，正在等他。他心中油然产生对她的一股柔情（凡是能让阿苏想起往日生活磨难的，都会使他怀着极大的救赎情感对待当下），他送给安娜半盎司新鲜烟土作为礼物，是从早上刚在普里查德店里买来的那块烟土上切下来的。安娜用一块方纱布将礼物包好，塞进帽子的卷边里。然后，阿苏点燃了他的灯，他们一同躺下，当黄昏降临，气温变得凉爽时，才醒过来，这时安娜便离开了他，阿苏开始考虑准备晚餐。

金匠阿桂听着对方快节奏地讲述上面的故事，发现他对客人的印象迅速发生了改变。阿桂对阿苏从来没有多少尊重，阿苏总是被笼罩在臭烘烘的烟雾中，躲避与他人的接触，将一点蝇头小利挥霍在赌场上，他默默地摇动手里的骰子，毫无修养地随地吐口水。然而，看着眼前的阿苏，阿桂觉得自己一直错看了他，不该如此全盘否定这个“单帽”的人格。坐在他面前的这个男人现在似乎——怎么说呢？有德行？有原则？这些词都不大到位。他言语激烈高昂，但激情中不失可爱，几乎有点天真。阿桂惊讶地意识到，他并不是一点都不喜欢阿苏。他感到受宠若惊的是，那天下午阿苏跑来找他——讲述自己的秘密，这种愉悦使他产生了同情心；再加上他还没有猜出对方到访的目的，便更是入迷地听他讲故事。此刻，他忘记了自己厌恶这个男人的营生，以及他衣服上、头发里那种令人恶心的烟臭味。

阿苏停了停，吃了一口豆腐。他又把这道菜称赞了一番，然后继续讲故事。

在一月十四日夜里，也就是在弗朗西斯·卡弗与克罗斯比·韦尔斯会面之后，“一帆风顺号”启航了——阿苏在很长时间内不知道这件事。他一直待在卡尼里，忙于他将要进行的犯罪活动的准备工作。他有极强的仪式感，非常希望以恰当的方式把卡弗置于死地；然而，他没有手枪，而且据他所知，同胞中也没有任何人有手枪。他不得不小心谨慎地购买一支，并且要学会怎样使用。他刚在普里查德的药店里买了鸦片，用掉了手头的全部金子，已经没钱可花。他应该向某个同胞借钱吗？就在他考虑这个难题时，从霍基蒂卡又传来一个意想不到的消息：安娜·韦瑟雷尔企图结束她的生命，但没有成功。

阿苏为这个消息感到十分痛苦——但回想起来，他发现当时自己并不相信这消息是真的。他判断普里查德的最后一批鸦片肯定是被下了毒。安娜的体质已经非常习惯这种药物，一盎司的几分之一不足于让她失去知觉这么长时间，以至于几个小时不能苏醒。第二天早晨，阿苏来到霍基蒂卡，立刻要求与普里查德的船运商——托马斯·鲍尔弗——会面。

十分凑巧的是，就在那天早上（一月十六日），鲍尔弗发现装运阿利斯泰尔·劳德柏科私人财物的货运板条箱在霍基蒂卡的海滨消失了；正是因为这个，船运商态度生硬，一副心烦意乱的样子。是的，鲍尔弗船运公司负责跟普里查德签了合同；可是，鲍尔弗与货物本身没有什么关系。也许，阿苏最好联系一下普里查德的供应商，一个看上去十分野蛮的男人，身材粗壮，性情粗鲁，脸上有一块伤疤。他的名字是弗朗西斯·卡弗。阿苏有没有听说过这个人呢？

阿苏竭力掩饰自己的震惊。他问，卡弗和普里查德互为生意上的伙伴有多久了。鲍尔弗回答说不知道，自从去年春天起，卡弗就时常出现在霍基蒂卡，他想象这两个人的关系至少也有那么长时间了。说来奇怪，鲍尔弗继续说，如果他们相互认识的话，阿苏怎么从来没有碰到过卡弗呢！（因为从阿苏的面部表情判断，这是十分明显的事实。）但也许并没有那么奇怪，因为卡弗极少进入内陆地区，而阿苏极少到镇上来。他在广州的那些年就认识卡弗了吗？是的？嗯，如果那样的话，他们错过对方真是太可惜了！是的，错过了对方：卡弗最近已启航离开。事实上就在两天前。真可惜！因为他很可能是去广州了，如果真是那样，就不可能在短期内回到霍基蒂卡。

水壶里的水开始沸腾时，阿苏的故事讲到了这里。阿桂从炉台上拿起水壶，把开水倒进茶碗，开始泡茶。阿苏停顿了一下，看着茶叶漂浮着沉入碗底，聚集在那里。过了很长一段时间，他才继续讲下去。

鲍尔弗的假设——卡弗已经离开霍基蒂卡去了广州，数月内不会回来——被阿苏信以为真，他再次返回卡尼里去思考下一步行动。他从毛利人老居那里得知，卡弗在即将离开之前，查问了一位名叫克罗斯比·韦尔斯的男人的消息。也许，他可以联系这个克罗斯比·韦尔斯，问个究竟。根据与老居的简短谈话，他记得韦尔斯住在绿玉神舟谷，在海岸上游大约数英里的地方。他去了那里，却更加失望地发现，小屋空无一人：那位隐士已经死了。

接下来的一个星期，阿苏密切关注着有关韦尔斯横财的故事——他有理由相信隐士之死与卡弗的离开有某种联系。这件事花费了他将近八天的时间——事实上，直到一月二十七日这天早上，他才得到了着实令他吃惊的两个发现。

阿苏正要宣布他来访的理由，就在这时，一声枪响划破天空——他大为惊骇——随之从阿桂门外空地上传来了叫喊声。

“滚出来，你这个下三烂的窄眼佬！你给我滚出来，像条汉子似的站起来！”

阿苏与阿桂面面相觑。谁？他不出声地问，阿桂撮起嘴唇，表示厌恶：曼纳林。但他眼睛里充满恐惧。

在接下来的瞬间，麻布门帘被掀到一旁，曼纳林填满了整个门框。他手里拿着手枪。“坐在熔炉边，是不是——搞阴谋诡计，是不是？你们俩串通一气？我早该料到你会这样，约翰尼·苏！在这肮脏的大粪堆里鬼混！黄祸——遭天杀的！”

他大步迈进小屋——但实际上并没有他希望的那么威风凛凛，因为门框很低，他不得不弯腰才能进来——他用一只强壮的胳膊抓住阿桂的身体，用一把史密斯-韦森制造的手枪顶住阿桂的太阳穴，阿桂立刻僵住不动了。

“好吧，”曼纳林说，“我正听着呢。你跟克罗斯比·韦尔斯有什么勾当？”

一时间，阿桂一动不动。然后，他摇了摇头——动作幅度很小，因为他意识到枪口抵着他的颅骨。他不认识一个叫克罗斯比·韦尔斯的人，只是刚听了阿苏告诉他的故事，说此人是个隐士，住在绿玉神舟谷，最近死了。在曼纳林的身后,脸色煞白的查理·弗罗斯特溜进房间——然后，没过多久，牧羊犬霍莉蹦蹦跳跳地跟在他后面进来。狗的皮毛湿漉漉的。它在小屋里四处乱跑，得意地气喘吁吁，发出几声嘶哑的狂吠，但没有人费心呵斥它闭嘴。

“那好，”曼纳林看阿桂没有回应，又说，“我得反过来问，是不是？约翰尼·桂，告诉我这个。克罗斯比·韦尔斯拿那四千英镑的极光金子做什么了？”

阿桂困惑地嘟囔了一声。极光金子？他想。根本没有什么极光金子！极光是个废矿区。在所有的人中间，曼纳林最清楚这一点！

“塞进面粉罐，”曼纳林咆哮着，“楔入风箱。藏在茶壶里。藏在肉类储藏箱里。你明白我的话吗？价值四千英镑的纯金！”

阿桂皱起眉头：他对英语的理解能力非常有限，但他明白“金子”，也知道“极光”，他听得懂“千”，很显然，曼纳林希望找到他失去的什么东西。他一定是指安娜衣服里的那些金子，阿桂想——那些他碰巧发现的金子，一天下午，他掀起安娜裙子的荷叶边，发现很沉，矿石一般，被石头坠着似的；他抽取出来那些金子，一星期又一星期，拆开缝线，一次一条接缝，而安娜躺在眼前这张砖炕上睡觉，怀着身孕的半圆形肚子随着每次呼吸上下起伏，只有当他拆线的针触到她皮肤时，她才发出咕哝的声音。他在这个发现之后的几个星期和几个月里，把那些金子冶炼出来，在每块金条上都烙上他签约的认领区的名字——极光——之后这些金块被送到卡尼里的营地分站……

“四千英镑！”曼纳林大喊大叫，（霍莉开始狂吠。）“极光是个该死的废矿——是个该死的废渣堆！我知道这个！斯坦斯知道这个！极光是空矿，一直是这样。你跟我说实话。你是不是在极光发横财了？是不是找到了富金带？你是不是找到了富金带，冶炼成金条，藏在克罗斯比·韦尔斯的小屋里？告诉我，你这该死的！安静，霍莉！安静！”

阿桂跟极光金矿签了独家契约；除了从这块地盘捡到的金矿石，契约不允许他获得其他利润。他把安娜衣服里的金子冶炼之后，将每块冶炼好的金条都烙上极光的字样，然后将金子送到营地分站储存和称重。然而，在一月份的第一个星期，当极光的季度收益公布时，阿桂十分震惊地发现那些金子并未储存在该认领区的名下。有人把它从营地分站的金库中偷走了。

曼纳林把枪对准阿桂的太阳穴戳得更狠一些，再次命令他开口讲话，并骂了几句太难听而无法写在这里的脏话。

阿桂舔湿嘴唇。他的英语不够用，无法坦白事情的来龙去脉；他吐出几个他知道的英文字眼。“倒霉，”他终于说，“太倒霉。”

“没错，你他妈活该倒霉，”曼纳林大喊大叫，“你马上还要变得更倒霉呢。”他用左轮手枪的枪柄打阿桂的脸颊，然后再次把枪口捅在阿桂的太阳穴上，粗暴地把他的头推向一边。“你最好开始想想你的运气，约翰尼·桂。你最好开始想想怎么让自己转运。我要毙了你。我要在你脑袋上打一个窟窿，有两个人见证。我会的。”

查理·弗罗斯特变得非常激动，他终于开口说话了：“你住手。”

“闭嘴，查理。”

“我不会闭嘴。”弗罗斯特说，“你把枪放下。”

“给我个非洲都不干。”

“你把他搞糊涂了！”

“胡说。”

“真的这样！”

“我这是在说他唯一能够听懂的话。”

“你不是有你的笔记本嘛！”

这倒是实情。片刻后，曼纳林仿佛是让步了，他将左轮手枪从阿桂的太阳穴上拿开。但他没有把枪放回枪套。他停了片刻，掂量着手里的枪，然后又举起来，水平地瞄准——不是瞄准阿桂，而是瞄准阿苏，在这两个男人中间，阿苏的英语要好一些。曼纳林将枪口对准阿苏的脸，说道："我想知道极光是不是掘到了富矿带，我要知道真相。问他。"

阿苏用粤语把曼纳林的问题转述给阿桂，阿桂详细地回答了。金匠讲述了极光金矿的整个历史，被曼纳林作假，随后被斯坦斯购买；他解释了他最初为什么把每星期的盈利冶炼成条，并在金条上烙刻他签约的认领区的名字；他向阿苏保证，据他所知，极光实际上一文不值——六个月了，根本掘不出什么值钱的金矿石。曼纳林的两只脚来回倒腾着，脸色阴沉。与此同时，霍莉在房间里转着圈，龇着牙，宽大的尾巴砰砰拍着地。查理·弗罗斯特把手伸下去让它舔。

"没有金块，"阿桂说完后，阿苏替他翻译，"没有富矿带。阿桂说极光是个废矿认领区。"

"那么他是个该死的骗子。"曼纳林说。

"迪克！"弗罗斯特说，"你自己说过极光是个废矿！"

"当然是废矿！"曼纳林大喊大叫，"那么所有那些金子究竟是哪儿来的呢——全被这个肮脏的异教徒冶炼过——就在这间屋子里？他是不是跟克罗斯比·韦尔斯串通一气？问他！"

他朝阿苏晃动着手枪，阿苏跟阿桂核实了答案，说道："他不认识克罗斯比·韦尔斯。"

阿苏本来很容易把自己知道的告诉曼纳林——把他那天下午带到阿桂小屋来的信息摆出来，征求他的建议——但是，他很反感曼纳林的审问方式，感觉这位大亨不配得到有用的答案。

"那么，斯坦斯是怎么回事？"曼纳林对阿苏说。他简直有点恼羞成怒了。"埃默里·斯坦斯是怎么回事？啊哈，你知道这个名字，是不是，约翰尼·桂——你当然知道！快说，他在哪儿？"

阿苏还跟刚才一样把问题转述给阿桂。

“他不知道。”阿桂说完后，阿苏再次说道。

曼纳林怒不可遏地吼道：“他不知道？他不知道？他不知道的事太多了，约翰尼·苏，你不觉得吗？”

“你这样问他，他是不会回答的！”弗罗斯特大喊。

“你闭嘴，查理。”

“我不会闭嘴的！”

“这不关你的事，该死的。你别碍手碍脚。”

“如果出了流血事件，那就是我的事。”弗罗斯特说，“把枪放下。”

可是曼纳林又用枪推了一下阿苏。“怎么？”他咆哮着，“快让你脸上这副蠢相消失，不然我会帮你抹掉。我现在问你——不是问他，不是约翰尼·桂。我问的是你，苏。你知道斯坦斯是怎么回事吗？”

阿桂的目光在他们俩之间来回移动。

“斯坦斯先生是个很好的人。”阿苏愉快地说。

“很好的人，是吗？你能不能说说这个好人究竟失踪到哪里去了？”

“他走了。”阿苏说。

“他走了，啊？”曼纳林说，“拍屁股走人了，是不是？撇下了他所有的认领区？抛弃他认识的每个人？”

“是的，”阿苏说，“报纸上都写着呢。”

“告诉我为什么，”曼纳林说，“他为什么这样做？”

“我不知道。”阿苏说。

“你们都在装疯卖傻——你们俩都是。”曼纳林说，“我再问你最后一次，我会慢慢地、一字一句地说，让你听明白。最近有一大笔横财冒了出来。藏在一个死人家里。所有的金子——小到一片金箔——都被冶炼过，烙上了极光的字样。那是我的这位老朋友桂的签章，如果他敢抵赖就让他下地狱。现在，我想知道的是这个。这些金子是不是真的来自极光？你问问他。是，或者不是。”

阿苏把问题转述给阿桂，阿桂看到形势严峻，决定以事实作答。是的，他发现了一大笔财富，不，不是来自极光，但是当他冶炼那些金子并烙上金矿的名字时，是为了确保那些利润，至少其中一部分会回报给他。他解释说，可能听上去很奇怪，但那些金子是他在安娜·韦瑟雷尔身上发现的，缝在她衣服的每条接缝中。第一次发现这个是在将近六个月前，他经过一番考虑后，断定安娜是在为别人走私金子。他知道安娜·韦瑟雷尔是曼纳林雇用的女子；他还知道曼纳林之前曾伪造过自己的财政报告。因此，合理的推断是曼纳林利用了安娜·韦瑟雷尔，使她成为将金子运出峡谷的工具，目的是逃避银行税收。

“他在说什么？”曼纳林说，“他的回答是什么？”

“他在讲一个长得要命的故事。”弗罗斯特说。

确实如此——这次轮到阿苏听得入迷了。安娜·韦瑟雷尔一直藏着一大笔财富？曼纳林连安娜身上揣个钱包都不允许，生怕被贼偷了。这怎么可能？他无法相信！

阿桂继续说着。

他无法忘记早些时候对迪克·曼纳林的怨恨，显然是曼纳林的一手操办，使他现在被迫卖身于一个废矿认领区。这次机会既能让他报仇雪恨，又能给他争得自由。阿桂开始每星期都邀请安娜·韦瑟雷尔到他的茅屋来，那时她总是处于被鸦片麻醉的状态，因为离开阿苏的棚屋后，她总是很困倦，迷迷瞪瞪的；阿桂的炉子温暖舒适，她经常一来就马上睡着了。这正中阿桂的下怀。一旦安娜舒服地躺在烧暖的砖炕上，他就用针线把她的衣服拆开。他用铅块把裙边里的小金块置换出来，安娜醒来后，就不会注意到衣服突然轻了许多；如果安娜睡得不安稳，他就会拿起一杯烈酒送到她唇边，哄着喂她喝下去。

阿桂试图描述那些金子是怎样藏在安娜衣服的荷叶边里的，但是曼纳林仍然用胳膊夹着他，他无法用手势强调自己的叙述，因此，为了描述金子怎样被缝进安娜的紧身胸衣和小撑裙中，他只好求助于比喻——“像一套盔甲。”他说，阿苏笑了，他总是欣赏充满诗意的表达。安娜共有四套衣服，阿桂说，据他估计每一套都有价值约一千英镑的纯金。阿桂依法炮制，直到每套衣服里的金子都被掏空，然后颗粒归仓，全都冶炼成他特制的金块，每个金块都烙上他签约的认领区的名字——就好像是他在极光的沙砾坑中老老实实掘出来的，完全合法。他补充说，有一段时间他感到非常高兴：一旦还清了保证金，他就终于可以回广州了，衣锦还乡。

“嗯？”曼纳林对阿苏说，不耐烦地跺着脚，“怎么回事？他在说什么？”

但是，阿苏忘记了自己的翻译角色。他万分惊讶地盯着阿桂。这个故事在他听来实在难以置信！数千英镑……几个月来，安娜身上一直藏着数千英镑！这么一大笔财富，足以让至少十几个人荣华富贵地安度晚年。安娜可以用这笔横财买下整个海滨……即便是这样大手大脚，她仍然还会剩下许多钱！但是这笔财富现在在哪儿呢？

在接下来的瞬间，阿苏明白了。

“藏金[1]。”他压低声音说。如此说来，阿桂从安娜衣服里掏出来的金子，不知怎么阴差阳错地到了隐士克罗斯比·韦尔斯手里。然而是谁在幕后操纵——这事该怪谁呢？

“说英语！”曼纳林大喊大叫，“说英语，该死的！”

阿苏突然感到非常激动，他问阿桂那笔横财最后是怎么藏到韦尔斯的小屋去的。阿桂苦涩地回答，他不知道。他在今天下午之前，从来没听说过克罗斯比·韦尔斯这个名字。据他所知，最后一个接触冶炼好的金子的人，是极光目前的主人，埃默里·斯坦斯——当然，这个斯坦斯已经消失得无影无踪。阿桂解释说，斯坦斯在每个月的月底，将极光的收益从营地分站拿到储备银行——显然，他一直没有履行这个职责。

“我听到的都是噪音和胡言乱语。”曼纳林说，“如果你不告诉我是怎么一回事，约翰尼·苏——我就警告你——”

“他们刚说完。”弗罗斯特说，“再等一等。”

---

① 原文为粤语。

阿苏皱起了眉头。埃默里·斯坦斯真的从自己金库中偷走那些冶炼好的金子，只是为了把它们藏在十二英里之外的隐士小屋里吗？这样做是什么道理呢？为什么斯坦斯盗取自己的财富，只为了送给另一个人呢？

“我给你倒数五个数。”曼纳林说。他的脸憋成了猪肝色。“五！”

阿苏终于看着曼纳林，叹了口气。

“四！”

“我告诉你。”阿苏说，举起两个手掌。但是要说的东西太多……而要把事情解释清楚，他拥有的词汇是多么匮乏啊！他思考了一下，为了保存阿桂充满诗意的比喻，试图想起“盔甲”用英文怎么说。终于，他清了清喉咙，开始说话。

“富矿带不是来自极光。安娜穿着秘密盔甲，金子做的。桂龙发现安娜穿的秘密金盔甲。桂龙想把盔甲金子当成极光金子存进银行。然后斯坦斯偷了桂龙。”

迪克·曼纳林自然产生了误解。

“这么说横财根本不是来自极光，”他重复了一遍这句话，“埃默里在别的地方发现了富矿带——但他一直保密——后来被桂发现了。然后，桂企图将埃默里的金子储存在极光名下，所以斯坦斯先生把它拿了回来。”

这真是一团糟！阿苏开始用粤语与阿桂快速交谈——曼纳林显然认为这是同意的迹象。“斯坦斯先生目前在哪儿？”他质问，“别再问其他问题。就问他这个。斯坦斯先生目前在哪儿？”

阿苏顺从地打住话头，转述了这个问题。这一次，阿桂回答的声调中带着明显的痛苦。他说自从十二月份起，就一直没有跟埃默里·斯坦斯说过话，其实他非常希望再次见到他，因为直到一月初极光季度收入被公布后，他才意识到自己上当受骗了。他在安娜衣服里发现的财富，根本没有如他所愿储存在极光的名下，阿桂相信斯坦斯先生对这个错误负有责任。然而，当他搞清楚这些时，斯坦斯先生已经失踪。至于斯坦斯先生去了哪里，阿桂一无所知。

阿苏转身冲着曼纳林，第二次说道："他不知道。"

"你听到了没有，迪克？"查理·弗罗斯特站在墙角说，"他不知道。"

曼纳林不理睬他。他继续用左轮手枪对准阿苏的脸，说："你告诉桂，除非他老老实实地跟我玩，不然我就打死你。"他抖了抖手枪，强调他的意思，"你告诉他：要么约翰尼·桂说话，要么约翰尼·苏死。快告诉他。现在就说。"

阿苏将这个威胁忠实地传达给阿桂，阿桂没有回答。一阵停顿，每个人似乎都在期待别人说话——然后，曼纳林突然做出一个迅雷不及掩耳的动作，猛地伸出右手，将阿桂脸朝地击倒，又一把抓住他的辫子，拼命地往后拽。他的手枪依然瞄准阿苏。阿桂没有出声，但是眼睛里立刻充满了泪水。

"少了一个中国佬，谁也不会察觉，"曼纳林对阿苏说，"更不用说是在霍基蒂卡了。你的这个朋友会怎么跟特派专员解释呢？'倒霉，'他会说，'苏死了——太倒霉了。'特派专员会说什么呢？"曼纳林恶狠狠地拧着阿桂的辫子，"他会说——'约翰尼·苏？那个抽大烟的"单帽"，是吗？几乎每个下午都是两眼迷糊地躺着？把有毒的烟土卖给窄眼佬和没用的妓女？他死了？嗯，好吧！你凭什么以为我会在乎呢？'"

曼纳林与阿苏一向都是平等相处的，这番恶毒攻击可以说是前所未有；但阿苏即便感到愤怒，或者屈辱，也没有表现出来。他面无表情地盯着曼纳林，眼睛一眨不眨，眼神也毫不退缩。阿桂的脖子依然朝后仰着，喉部的肌肉在皮肤下绷得紧紧的，身体一动不动。

"没有毒，"片刻后阿苏说道，"我没有给安娜下毒。"

"我告诉你吧，"曼纳林说，"你每天都在给安娜下毒。"

"迪克，"弗罗斯特不顾一切地说，"这不是要点——"

"要点？"曼纳林喊道。他将左轮手枪对着距离阿苏头部一英尺的地方，扣动了扳机。啪的一声枪响——阿苏惊得大喊一声，举起胳膊——然后一阵窸窸窣窣，粉状的碎末从枪口流出来。"这就是要点。"曼纳林咆哮，“安娜·韦瑟雷尔瘫倒在这个男人的肮脏铺子里，（他用枪指点着阿苏）七天里有六天都是这样。这个男人（他使劲拧了一下阿桂的头皮）说斯坦斯是个贼。他显然是发现了什么秘密，与金子有关，与那一大笔横财有关。我知道一个事实，在埃默里·斯坦斯失踪的那天夜里，安娜·韦瑟雷尔和斯坦斯在一起——顺便提一句，就在那天夜里，那笔横财出现在一个十分离奇的地方，而安娜却他妈的疯了！妈的，查理，别跟我说什么要点不要点！”

在接下来的一瞬间，四个人同时开口说话。

阿苏说：“这到底是怎么回事[①]——”

弗罗斯特说：“如果你对极光这么肯定——”

阿桂说：“我没做错事[②]——”

曼纳林说：“有人把那些金子给了克罗斯比·韦尔斯！”

这时，查理·弗罗斯特身后响起另一个人的声音，“究竟出了什么事？”

原来是代理商哈拉尔德·尼尔森。他在低矮的门楣下弯腰进入棚屋，环顾四周，感到惊愕不已。牧羊犬往他身上扑，嗅他的外套下摆和袖口。尼尔森弯下腰，双手抓住狗的耳根。“怎么回事？”他又问了一遍，“看在上天的分上，迪克——我从五十步开外都能听见你的声音！华人都把脑袋探出窗口张望呢！”

曼纳林把阿桂的辫子拉得更紧。“哈拉尔德·尼尔森，”他大叫，“诉讼的证人！你来得正好。”

“静一静，”尼尔森说，让霍莉趴在地上，用手抚摸它的头顶，让它平静下来，“静一静！再过一会儿你就要把警察招来了。你这是在干什么呢？”

“你去过克罗斯比的小屋，”曼纳林继续说，并没有把声音降低，“你看见那些金子都是被冶炼过的——是不是？这个黄皮鬼把我们当傻瓜耍！”

“是。”尼尔森说。他想把外衣上的雨水甩掉，动作有点滑稽。“我看

① 原文为粤语。

② 原文为粤语。

见那些金子已经被冶炼过了。事实上，这正是我来这里的原因。但你完全可以心平气和地问我。你有不少听众呢，你要知道！”

“看！”曼纳林对阿桂说，“这又多了个人，来让你开口说话！这又多了个人拿枪对准你的脑袋！”

“对不起，”尼尔森说，“我不是来拿枪对准任何人脑袋的。我不介意再问你一次，你这究竟是在干什么？不管是怎么回事，看上去都不太雅观。”

“他什么道理都听不进去。”弗罗斯特说，他非常焦虑，不愿被牵扯到这种丑事中。

“要允许一个人为自己说话！”尼尔森厉声喝道，“究竟怎么回事？”

我们将省略曼纳林对这个问题的回答，因为它既不准确，又充满火气；我们还将省略接下来的讨论，曼纳林和尼尔森在其中发现他们来中国城的目的完全相同，而弗罗斯特一直阴郁地保持沉默，因为他本能地知道，这个代理商在韦尔斯房地产的销售一事上对他存有某种怀疑。他们花时间做了一些解释，大约十分钟后，谈话终于转向金匠阿桂，他的脖子依然被抓住，身体仍是一副非常难受和屈辱的姿势。曼纳林建议把他的辫子彻底剪掉，以便让他感到事情多么紧迫；曼纳林说这句话时，使劲拽动阿桂的头，显然从这个动作里得到某种享受，仿佛是在掂量一件赃物。然而，尼尔森的道德准则不能容忍这样的羞辱，正如他的审美原则不能容忍丑陋一样；他再次表明了他的反感，引发与曼纳林的争执，进一步耽误了阿桂的释放，却刺激得霍莉兴奋不已，到了得意忘形、失去控制的地步。

查理·弗特罗斯一直非常成功地不惹任何人的注目，此刻他终于提议说，也许这两个中国人只是没听懂曼纳林要问的问题。他建议说，这次与其再向阿苏提问，不如将问题写下来，这样就能保证在翻译过程中不丢失意思。尼尔森觉得这个办法有道理，表示赞成。曼纳林很失望——但他是少数，只能被迫同意。他松开阿桂，将左轮手枪放回枪套，从他的马甲里掏出笔记本，以便把问题用中文写出来。

曼纳林的笔记本是他理应感到骄傲的法宝。笔记本的页面设计得像一本字母入门书，中文字写在相应的英文意思下面；曼纳林设计了一套索引，可以将中文字放在一起，构成较长的句子。没有语音上的翻译，因此，笔记本有时候不能帮助理解，反而让人更加困惑，但总的来说，它是一个巧妙而有用的交流工具。曼纳林把舌尖儿抵在嘴角，他阅读或写字时总是这副模样，然后开始翻查笔记本。

但是，没等曼纳林找到他的问题，阿苏已经做了回答。这个“单帽”从炉子旁边他坐着的地方站起来——随着他的起身，棚屋顿时显得很小——他清了清喉咙。

“我知道克罗斯比·韦尔斯的秘密。”他说。

这是他当天上午在卡尼里发现的情报；也是他来到阿桂的住所要讨论的消息。

“什么？”曼纳林说，“什么？”

“他在邓斯坦待过，”阿苏说，“奥塔哥矿区。”

曼纳林彻底失望了。“这有什么用呢？”他厉声说，“这算是什么秘密？克罗斯比·韦尔斯——在邓斯坦！什么时候在邓斯坦？两年前——三年前！哼——我还在邓斯坦待过呢！霍基蒂卡所有的人都在邓斯坦待过！”

尼尔森对曼纳林说：“你没在那里碰到过韦尔斯吧——有没有？”

“没有，”曼纳林说，“从来不认识他。不过，我认识他的老婆。在达尼丁时候就认识。”

尼尔森似乎吃了一惊，“你认识他的妻子？那个寡妇？”

“是的。”曼纳林简单地说，不想进一步细谈。他翻了一页笔记本。“但从来不认识克罗斯比。他们分居了。好了，你们都闭嘴吧：我必须安静一会儿，才能听见自己的想法。”

Φ

“邓斯坦。”沃尔特·穆迪说。他用食指和拇指抚摸着自己的下巴。

“那是一个奥塔哥矿区。”

“奥塔哥中部。”

“现在已是明日黄花了，邓斯坦。这些日子全是公司的挖泥船。但它曾经有过辉煌的过去。”

“今天晚上这个金矿已经被第二次提到了。”穆迪说，“我说得对吗？”

“你说得很对，穆迪先生。”

“慢着。他怎么会很对呢？”

“用来敲诈勒索劳德柏科的那些金子，就来自邓斯坦矿区。劳德柏科是这么说的。”

“劳德柏科是这么说的，没错。”穆迪说，他点了点头，“我不知道是否应该相信劳德柏科先生的意图，他今天早上轻描淡写地向鲍尔弗先生提到这个金矿的名字。”

“你说这话的意思是什么，穆迪先生？”

“难道你不相信他吗？——我是指劳德柏科。”

“如果我不相信劳德柏科先生，未免太不符合逻辑了，”穆迪说，“因为我一辈子都没见过这个人。我十分清楚这个事实，那就是这个故事的相关事实都是转述给我的，是二手的——有时甚至是三手的。就拿提到邓斯坦金矿来说吧，弗朗西斯·卡弗显然向劳德柏科先生提出了这个金矿的名字，劳德柏科先生再把那次见面的事讲给鲍尔弗先生听，今晚，鲍尔弗先生再把那段谈话复述给本人！你们都会同意，我如果把鲍尔弗先生的话全当真，就是个地道的傻瓜。”

然而，穆迪先生错误地估计了他的听众，竟然对这么敏感的话题的真实性提出质疑。房间里发出一片愤慨的声音。

“什么——你不相信一个人讲的他自己的故事？”

“我是尽可能做到实话实说的，穆迪先生！”

“除了他听到的，他还能告诉你什么？”

穆迪感到困惑与惊讶，“我并不认为你故事中的任何部分被篡改了，或有所隐瞒。”他回答，这一次比较小心谨慎了，他轮流看着每一个人，“我只是希望说明，一个人永远不要把别人的真话当成他自己的。”

“为什么不呢？”房间的几个地方同时传来发问声。

穆迪停顿片刻，思考着。“在法庭上，”他终于说，“一个证人宣誓要说真话：这指的是他自己的真话。他接受了两个限定因素。他的证词必须全是真话，他的证词必须没有任何假话。只有这第二个限定因素才是真正的制约。当然，第一个限定因素主要是判断力的问题。当我们说全是真话时，更精确地说，是指跟事情有关的所有事实和印象。而所有无关的事实和印象，则不仅不重要，而且在许多情况下是一种故意误导。先生们，（房间里人员组成这么混杂，这个统一的称呼听着有点奇怪）我认为，没有全部的真话，只有相关的真话——而你们必须同意，相关性始终是一个视角问题。我不认为今晚你们中的任何人以任何方式做了伪证。我相信你们对我讲了真话，每句都是真话。但是你们看问题的角度是多元的，如果我没有全盘接受你们的故事，还请你们谅解。”

这番话后，一片沉默，穆迪发现自己冒犯了大家。“当然，”他找补道，口气更加和缓，“我恳求你们，因为你们的故事还没有讲完。”他依次看着每个人，“我不应该打断你们。再说一遍，我没有蔑视任何人的意思。请你们继续。”

Φ

查理·弗罗斯特好奇地看着阿苏。“你为什么这样说，苏先生？”他说，“你为什么说你知道克罗斯比·韦尔斯的一个秘密？”

阿苏将目光转向弗罗斯特，打量着他，“克罗斯比·韦尔斯在邓斯坦发了大财，很多大大的金块。运气很好的人。”

尼尔森转身，“克罗斯比·韦尔斯发了大财？”

曼纳林也抬起头来，“什么？发大财？多少？”

“在邓斯坦，”苏永盛又说道，依然盯着弗罗斯特，“运气很好的人。大横财。暴富。”

尼尔森向前走一步——这让弗罗斯特感到很恼火，因为是他挑头开始了这轮新的询问。但尼尔森和曼纳林似乎都忘记了弗罗斯特也在场。

“多久以前？”尼尔森质问，“什么时候？”

“二。”阿苏举起两根手指。

“两年前！”曼纳林说。

“多少？多少金子？”尼尔森说。

“几千。”

“多少——四？”尼尔森举起四根手指，“四千？”

阿苏耸了耸肩，他不知道。

“你是怎么知道的呢，苏先生？”弗罗斯特说，“你是怎么知道韦尔斯先生在邓斯坦发了大财的呢？”

“我问了黄金护卫。”阿苏说。

“不信任银行！”曼纳林说，“你对此有何感想，查理？不信任银行！”

“哪一家护卫——吉利根，还是格雷斯伍德－斯皮尔斯？”尼尔森说。

“格雷斯伍德－斯皮尔斯。”

“这么说克罗斯比·韦尔斯在邓斯坦发了大财，然后雇了格雷斯伍德－斯皮尔斯把横财从金矿运了出来？”弗罗斯特说。

“是的，”阿苏说，“很对。”

“这么说韦尔斯一直坐在金山上——一直！”尼尔森说，摇了摇头，“那些钱都是他自己的！我们谁也不敢相信。”

曼纳林指着阿桂问：“那他呢，他一直知道吗？”

“不。”阿苏说。

曼纳林大为光火，“那这究竟有什么关系呢？记得吗，这一切都是他干的——他干的，在克罗斯比·韦尔斯的小屋里！被约翰尼·桂亲手冶炼！”

“也许克罗斯比·韦尔斯跟他是同伙。”弗罗斯特说。

“是这样吗？”尼尔森说。他指着阿桂，说：“他跟克罗斯比·韦尔斯是不是同伙？”

“他不认识克罗斯比·韦尔斯。”阿苏说。

“哦，看在基督的分上。”曼纳林说。

哈拉尔德·尼尔森盯着两个中国人的脸，来回察看——仔细搜索着，仿佛他们的面容可能会暴露他们狼狈为奸的某种证据。尼尔森并没有接触过中国人，但觉得中国人很可疑。他的这种看法不是根据经验，而且经常被事实断然否定，但是没有任何反证足以使他改变观点。他在很早以前就断定，中国人两面三刀，无论他遇到什么样的反证，都改变不了这种看法。现在尼尔森凝视着阿桂，想起那天下午早些时候约瑟夫·普里查德告诉他的阴谋论，“如果我们被陷害了，那么也许他也逃不了。”

“幕后还有别人，”他说，“还有别人参与其中。”

“是的。”阿苏说。

“谁？”尼尔森急切地说。

“你从他身上敲不出什么道理来的。”曼纳林说，“别浪费口水了，我来告诉你吧。”

然而这位“单帽”做了回答，他的答案令房间里的每一个人都感到意外。“泰老·老居。”他说。

金星在摩羯座

寡妇分享她的财富观；加斯科因希望破灭；我们得知了克罗斯比·韦尔斯的一些新情况。

离开烤架旅馆后，奥贝尔·加斯科因直奔游人旅馆——一块手绘的标志牌，用两条短链挂在一根突出的圆木上。这个标志没用文字做广告，而是画了一个男人走路的轮廓，男人下巴颏挺得高高的，胳膊肘翘起来，肩上挑着迪克·惠廷顿式的包裹。人物的轮廓轻松愉快，据此可以合理地推测这是一个仅限男性入住的旅馆；的确，这地方总的来说似乎严重缺少女人味儿，下面一些迹象就说明了问题：廊台上的铜制痰盂，巷子里靠墙搭建的披屋厕所，窗帘的匮乏。但实际上，这些只是节俭的象征，而不是规章制度：游人旅馆不但没有性别歧视，而且严格规定不得过问住客任何问题，也不做任何承诺，只收取极少的过夜费用。在这样的条件下，客人自然准备付出高度的忍耐性——这大致是目前的住客莉迪娅·韦尔斯夫人选择这里的理由，因为她在节俭方面颇有天赋。

莉迪娅·韦尔斯似乎总能让自己摆出雍容的体态，以便有人走过时，她可以假装被惊扰，发出朗朗的笑声。在游人旅馆的客厅里，加斯科因发现她身体舒展地躺在沙发里，拖鞋随意地吊在脚尖上，一只胳膊耷拉着，头向后仰，靠在一只枕头上；另一只手里捧着一本袖珍小说，这本书真像是一个小道具。她那涂抹胭脂的脸颊和风情万种的神情，都是在加斯科因进门前的一刹那做出来的，但加斯科因并不知道。眼前的一切都向他暗示，这个女人正在全神贯注地读一本非常放荡的小说，其实这都是她刻意设计的。

加斯科因敲了敲门框（只是出于礼貌，因为门是开着的），莉迪娅·韦尔斯假装惊醒，瞪大眼睛，发出一阵银铃般清脆的笑声。她啪的一声合上小说——把它抛到圆脚凳上，确保男人能清楚地看见小说的封面与书名。

加斯科因鞠躬行礼。直起身后，他让自己的目光在女人身上流连，玩味着所看到的一切——莉迪娅·韦尔斯是一个十分漂亮的女人，秀色可餐。她也许有四十岁，不过也可能是略显老相的三十岁，或风韵犹存的五十岁；她是不会披露自己的准确年龄的。她已经进入中年的不确定时期，似乎总是吸引别人关注自己的不确定性，当莉迪娅表现得像个少女时，这种青春稚气会因为她的年龄而显得更引人注目，而当她表现睿智时，这种智慧会因为来自一个如此年轻的人而更令人钦佩。她长相中带着狐狸精的特点：眼睛微微上挑，鼻子朝天弯曲的样子令人想起某种警惕而好奇的动物。她嘴唇丰满；露出来的牙齿形状优美，排列均匀。她的头发是明亮的古铜色，男人称这种头发为“红色”，而女人称之为“赤褐色”，像火焰一般，随着运动而变化明暗。此刻，莉迪娅的头发拢到脑后，编成辫子，盘成发髻，这种精致的发型盖住了她的后颈和头顶。她穿着一套丝绸质地的灰色条纹长裙——色调黯淡，但还不能叫丧服，正如莉迪娅脸上的表情，既不能定性为妇人，也不能定性为少女。这套衣服有系纽扣的高领，带皱褶的裙撑，羊腿形泡泡袖，其气球般的造型更突显了她丰满的前胸，使柳腰显得更加苗条。在这对庞大衣袖的末端，是她的一双手——现在紧握在一起，以表达她看见站在门口的加斯科因时的狂喜心情——这双手看上去很小、很脆弱，像玩具娃娃的手。

“加斯科因先生[①],”她说，拖长了音调，似乎在品味这个名字，“可

① 原文为法语。

是你只有一个人！”

“我深表遗憾。”加斯科因说。

“你深表遗憾——的确令我感到深深的遗憾。”莉迪娅上上下下地打量着他，“让我猜一猜，头疼了？”

加斯科因摇了摇头，尽量简单地讲了安娜手枪走火的故事。他讲的是真话。莉迪娅惊惶地叫了几声，问了他许多问题，他都详尽地回答了，但是他颤抖的喉音表现出极度的疲劳。终于，她对他起了怜悯之心，给了他一把椅子和一杯饮料，他松了口气，连忙接受了她的这两项款待。

“恐怕我只有杜松子酒。”她说。

“杜松子酒和水就很好。”加斯科因在最靠近沙发的扶手椅上坐下。

“这东西很差劲儿，”莉迪娅说，带着饶有兴味的口气，“你得咬牙担待着。我应该从达尼丁带一箱酒过来的——真是愚蠢，事后才想起来。在这个镇上，我还没能找到一丁点像样的酒。”

“安娜在她的房间里放着一瓶西班牙白兰地。”

“西班牙？”莉迪娅看上去感兴趣的样子。

“赫雷斯－德拉弗龙特拉[①]，”加斯科因说，“安达卢西亚。”

“我相信我会喜欢西班牙白兰地。”莉迪娅·韦尔斯说，“不知道她是怎么弄到那瓶酒的。”

“很抱歉她本人不能在这里亲口告诉你。”加斯科因说，几乎是下意识地——但是当莉迪娅悠闲地把脚放回拖鞋里，撩起裙子，露出穿着袜子的圆润小腿时，加斯科因又觉得他实际上并不感到特别遗憾。

“是啊，我们要是在一起，肯定会享受最美妙的时光。”莉迪娅说，“好在推迟出行是很容易的事情，我喜欢对出门远足的那种期待。除非你愿意代替安娜，陪我一起去买东西？说不定你对女人的帽子怀有激情呢！”

“我可以假装有激情。”加斯科因说。莉迪娅再次大笑。

---

① 原文为西班牙语，赫雷斯－德拉弗龙特拉是西班牙南部安达卢西亚大区加的斯省的第一大城市，是雪利酒发源地，受产地名保护。

“激情，”她用低沉的声音说，“可不是假装得出来的。”她从沙发上站起来，走到橱柜旁，一只木托盘上放了一瓶酒和三只酒杯。“你知道，我并不感到惊讶。”她补充道，把两只酒杯翻转摆正，第三只酒杯依然倒扣着。

“你指的是——手枪的事？你对她再次企图结束自己的生命不感到惊讶？”

“哦，天哪，不——不是这个。”莉迪娅顿了顿，手里握着酒瓶，“看见你一个人来，我并不感到惊讶。”

加斯科因脸红了。“我是按你的要求做的。”他说，“我没有透露你的名字，我告诉她这是一个惊喜，跟一个女人一起去看帽子，我说。她喜欢这个主意。她本来要来的，只是因为出了手枪这档子事，她受了惊吓——后来身体不太舒服。”

他发觉自己在喋喋不休。她是个多么标致的女人啊——韦尔斯的这个寡妇！她那皱褶裙撑是多么巧妙地烘托出她身材的曲线啊！

“你总是对我这么好，迁就我的无理要求。”莉迪娅·韦尔斯讨好地说，“我告诉你，当一个女人接近我这个年龄时，就喜欢时不时地扮演一下神仙教母。喜欢挥舞魔杖，变个魔法，让年轻的姑娘们变得更美好。不，不——我知道你没有把我的惊喜搞砸。我只是早就料到安娜不会来的。我有预感，奥贝尔。”

她给加斯科因端来酒杯，她身上散发出新鲜柠檬的清新而暧昧的香味儿——她那天早晨用柠檬汁漂洗过她的皮肤与指甲。

“我没有辜负你的信任，我发誓我不会的。”加斯科因又说了一遍。出于某种模糊的原因，他想继续得到她的赞赏。

“当然，”莉迪娅同意，“当然，你不会的！”

“但是我敢肯定，如果她知道是你——”

“她肯定会来的——迫不及待！”

“她肯定会来的。”

（加斯科因这句话说得底气不足，相信安娜会来，是因为莉迪娅一再保证她与安娜曾经是最好的朋友。正是有了这种保证，加斯科因才同意筹划莉迪娅的“惊喜”，让这两个女人团聚，再次重温她们的亲密关系——这不是加斯科因的一贯作风。他极少为别人操持他们自己可以承担的事务，总的来说，任何形式的社交策略都令他感到不舒服：他宁愿被别人安排，而不愿自己行动。但是现在已经很明显，加斯科因有点爱上了莉迪娅·韦尔斯——恋爱中的愚蠢，足以使他不仅做出违反本性的行动，而且还会改变自己的好恶。）

“可怜的安娜·韦瑟雷尔，”莉迪娅·韦尔斯说，“这个女人真是厄运缠身啊。”

“谢泼德监狱长认为她疯了。”

“谢泼德监狱长！”莉迪娅·韦尔斯说，快活地笑了，“嗯，在这个话题上，他是个名副其实的专家。也许他是对的。”

加斯科因对谢泼德监狱长没有什么明确的观点，因为他并不算真的认识他，或他那个疯癫的太太，他根本不认识那个女人。他的心思转回到安娜身上。刚才在烤架旅馆安娜的房间里，他跟安娜说话时语气尖刻，他已经为此感到后悔了。加斯科因生气从来不会长久：只要稍有停顿，就足以让他产生自责。“可怜的安娜，”他大声地表示同意，“你说得对，她总是很悲惨。她交不起房租，房东要把她赶出去。但她不愿打破服丧的戒律，回到街上去拉客。她不愿对她不幸夭折的孩子有任何轻慢——所以，这样一来，她进退两难。真是悲惨啊。”

加斯科因的口气同时带有钦佩与怜悯。

莉迪娅一跃而起。“哦，她一定要来跟我住在一起——一定！”她大声地说，就好像这个想法她已经跟加斯科因提出很长时间了，而不是此刻刚刚冒出来的。“她可以像姐妹一样，在我的床上睡觉——也许她有一个姐妹，在某个遥远的地方。也许她会想念她。哦，奥贝尔，她一定要来。你去恳求她吧。”

"你觉得她愿意吗？"

"可怜的安娜崇拜我，"莉迪娅毫不含糊地说，"我们是最亲密的朋友。我们就是一对鸽子——至少去年在达尼丁的时候是这样。只要真正关系好，时间与地点都算不了什么：我们会再次找到对方。必须好好安排一下。你必须请她过来。"

"你的慷慨着实令人赞赏——但也许有点过头了。"加斯科因说，宽厚地朝她微笑，"你知道安娜的职业。她会把她的职业也带过来的，你知道，但愿仅仅是肮脏的名声。而且，她没有钱。"

"哦，瞎说。守着金矿，钱总是可以赚到的。"莉迪娅·韦尔斯说，"她可以为我工作。我巴不得有个女仆。就像女士们说，找个女伴。再过三个星期，淘金汉们就会忘记她曾是个妓女！你不会使我改变主意的，奥贝尔——你不会的！一旦我对什么事打定了主意，我会非常固执，而现在我已经对这件事打定了主意。"

"好吧，"加斯科因低头看着酒杯，感觉有点疲惫，"我应该穿过大街走回去——问她吗？"

她满意地喘着气说："没有什么应该不应该的，除非你自己愿意。我自己去吧。今晚就去。"

"可如果这样的话，就没有什么惊喜了。"加斯科因说，"你本来兴致勃勃地盼望着你的惊喜。"

莉迪娅按住他的衣袖坚定地说："不，这个可怜的小宝贝已经受够了惊吓。该是让她有理由放松一下的时候了，该是让她受到照顾的时候了。我要把她护在我的翅膀下面。我会宠着她的！"

"你对你负责的人都这么好吗？"加斯科因微笑着说，"我想象出你的一幅画面：一个手持油灯的女士，从一个人的床边移到另一个人的床边，施舍仁爱——"

"你这个词用得真好。"莉迪娅说。

"仁爱？"

“不，画面。啊，奥贝尔，这么多消息，把我憋得都快爆炸了。”

“关于遗产的消息？”加斯科因说，“这么快！”

加斯科因还没有准确了解莉迪娅·韦尔斯与她亡夫克罗斯比的关系。他觉得奇怪的是，两个人居住在相距几百英里的地方——莉迪娅在达尼丁，而克罗斯比在绿玉神舟谷的深处，那地方莉迪娅·韦尔斯从来没有去过，直到丈夫过世近两个星期后。加斯科因仅仅是出于礼貌的原因，尚未直接询问莉迪娅有关她婚姻的问题——其实他很好奇，因为莉迪娅没有表现出任何悲伤，至少表面上没有丝毫悲伤的迹象。每当提到克罗斯比的名字，她就变得含含糊糊、迷迷瞪瞪。

但是莉迪娅摇了摇头说：“不，不，不，跟那个没关系！你一定要问问我自从上次看见你之后都在干什么——其实是今天早上我在干什么。我等不及你问我啦。真不敢相信你到现在还没问我。”

“那就告诉我吧。”

莉迪娅挺直身体坐着，灰色的眼睛睁得老大，散发着奕奕神采，说：“我买了一家旅馆。”

“一家旅馆！”加斯科因惊讶地说，“哪一家？”

“这一家。”

“这——？”

“你认为我反复无常！”她将双手一拍。

“我认为你有魄力，有勇气，而且非常漂亮，”加斯科因说，“另外还有数不清的优点。告诉我，你为什么买下了这整个旅馆？”

“我打算改造这个地方！”莉迪娅说，“你知道我是个俗女人，我在达尼丁有一个生意，将近十年了，之前在悉尼也有生意。我是个不错的企业家，奥贝尔！你还没见过我游刃有余的样子呢。如果见过，你就会发现我确实很有魄力。”

加斯科因四周望了一下，“你想做什么样的改造？”

“我们终于转回来说我的‘画面’了。”莉迪娅说，往前探着身体，“你有没有看见今天早晨报上的通灵会[1]广告？日期和地点还没确定。”

“噢，快别——不！”

莉迪娅挑起眉头，“噢，快别什么？”

“转动桌子，装神弄鬼？”加斯科因微笑着说，“通灵会是一种可笑的蠢事——但不是生意！你不应该试图靠小魔术谋利啊！乡亲们认为他们诚实挣来的钱被骗走会很愤怒的。再说，”他补充道，“教会也不赞成。”

“瞧你说话的样子，好像这种艺术不是艺术！好像这整个领域都不过是骗术。”莉迪娅·韦尔斯说——加斯科因说教会不赞成，让她感到很心烦，“超自然领域不是小魔术，奥贝尔。以太不是骗术。”

“你听我说。”加斯科因再次说，“你说的是娱乐，不是占卜。我们不要再谈什么超自然领域了吧。”

“这么说你是个犬儒派！”她假装感到失望，“我可能永远都看不出你这点——也许看破红尘，也许心存怀疑，但骨子里很温柔。”

“即便我是个犬儒派，也是个目光敏锐的犬儒派。”加斯科因傲慢地说，“我参加过几次通灵会，韦尔斯夫人。如果我认为它们是迷信，绝不是随口瞎说的。”

她迟疑了——然后突然伸出丰满的手，放在他的衣袖上。

“原谅我失礼了，这个话题是你比较迷恋的。”加斯科因说，意识到了自己的身份。

“不是这样。”她抚摸了一会儿他的袖口，然后又突然把手缩了回去，“你不会再叫我韦尔斯夫人了——很快就不会了。”

加斯科因浅鞠一躬，问：“你现在希望别人称呼你的娘家姓吗？”心里暗想，如果真是这样，这个愿望是很不合体统的。

“不，不，”莉迪娅咬着嘴唇，然后凑近身体，悄声说，“我要结婚了。”

“结婚？”

“是的——一旦我敢走这一步。但这是个秘密。”

---

① 原文为法语（Séance）。

“秘密——瞒着我？”

“瞒着每个人。”

“我能不能知道你爱人的名字？”

“不，你不能，谁都不能。这是我的秘密恋情。”莉迪娅说，咯咯地笑着，“你看看我——像一个十三岁的少女，准备私奔！我甚至不敢戴上他的戒指——虽然那戒指很精美：一颗邓斯坦红宝石，镶嵌在邓斯坦的黄金环上。”

“我想我应该献上我的祝贺。”加斯科因说——语气很亲切，但带着新的保留态度，他的希望已经因这个消息而破灭。

他感到一条可能的路被堵死了，一束光被熄灭了，一扇门被咣当一声关闭上。实际上，从看见莉迪娅·韦尔斯的第一眼起，加斯科因就一直幻想着这个女人有朝一日会成为他的情人。他在自己的小屋里幻想着她，仿佛看见她坐在他床边，散开她的棕红色卷发，看见她早上起来在炉子前扇火，裹着绒布长袍；他幻想他们热恋时激动人心的日子，共同建造属于他们俩的房子，一同走过流年岁月。加斯科因幻想这一切时毫无羞耻与尴尬，甚至没有意识到自己是在胡思乱想。一切似乎简单而自然：她是寡妇，他是鳏夫。两人都是一个不熟悉的镇子里的陌生人，他们一见如故。这种事并非没有可能，他们没准儿会相爱。

然而现在，加斯科因知道莉迪娅·韦尔斯已经订婚，他不得不放弃自己的幻想——而要放弃幻想，他不得不首先承认这种幻想的存在，看见这种幻想的愚蠢之处。刚开始他为自己感到遗憾，但一旦正视自己的悲哀，他发现这种幻想的浅薄令他感到滑稽。

“我真是别提多幸福了。”寡妇说。

加斯科因笑了，“如果不能叫你韦尔斯太太，我该怎么称呼你呢？”

“哦，奥贝尔，”寡妇说，“我们是最好的朋友。你不必问。当然啦，你一定要叫我莉迪娅。”

（我们简单地插入一个更正，其实奥贝尔·加斯科因与莉迪娅·韦尔斯根本不是最好的朋友。事实上，他们只认识了三天。加斯科因第一次遇见这个寡妇是在星期四下午，莉迪娅到地方法院询问亡夫的财产问题——一大笔横财被别人发现，存在了银行里。加斯科因把韦尔斯夫人要求撤销小屋销售的诉求归档，在这过程中两人开始交谈。寡妇星期五上午再次回到法院，加斯科因看到她对自己明显表现出兴趣，便有了底气，请求陪她一起吃午餐。她带着妩媚的惊讶接受了他的邀请，加斯科因帮她撑着小阳伞，陪她穿过大街，来到麦克斯韦餐厅，要了两盘薏仁汤，挑选了店里最白的面包和一瓶没有甜味的雪利酒——然后把她安排在窗边最尊贵的座位上。

莉迪娅·韦尔斯与奥贝尔·加斯科因迅速地发现，他们俩气味相投，还有很多共同之处。韦尔斯夫人非常好奇，想了解丈夫去世后发生的一切，这个话题自然使加斯科因提起了安娜·韦瑟雷尔，提起安娜在卡尼里大路上与死神擦肩而过的离奇经历。莉迪娅·韦尔斯听了这消息，再次震惊了——因为，她解释说安娜·韦瑟雷尔是她的熟人。这个女人在去年来霍基蒂卡金矿独自闯荡之前，曾在达尼丁她家里住过几个星期，那段时间，两人变得非常亲密。谈话进行到这里，莉迪娅设计了她的“惊喜”。午餐桌被清理干净后，她立刻派加斯科因到烤架旅馆去通知安娜·韦瑟雷尔，邀请她在第二天下午两点，参加一次神秘的外出购物。）

“既然你有了未婚夫——还有一项新的事业，”加斯科因说道，“那么，我希望你在霍基蒂卡就不是短暂小住了，对吗？”

“抱有希望总是对的。”莉迪娅·韦尔斯说——她肚里存着一大堆五花八门的修辞技巧，如同这句，而且她喜欢在妙语出口之后，留一个戏剧性的停顿。

“你的投资得到了你未婚夫的帮助，我猜得对不对？也许他是一个大亨！”

但是寡妇笑了起来。“奥贝尔，”她说，“你别想套我的话！”

“我倒认为你希望我做这个尝试。”

“是的——但只能尝试，”寡妇说，“不能成功！”

“我猜想这就是一种女性特点吧。”加斯科因干巴巴地说。

“也许，”寡妇回答，小声地笑了一下，“但是女性是有独特鉴赏力的——我认为你不会有不同意见吧。”

接下来是甜得发腻的相互恭维，这是寡妇与鳏夫二人都得心应手、旗鼓相当的游戏。我们不愿照抄这些打情骂俏，而是选择超越他们肤浅的谈话方式，更好地描述细节，否则读者会误认为这个法国人在性格方面带有严重弱点。

加斯科因完全被莉迪娅·韦尔斯的音容笑貌吸引住了，非常欣赏她的谈吐和仪态——但他不信任她。他没有背叛安娜·韦瑟雷尔的信赖，在向莉迪娅讲述安娜的故事时，没有提到上个星期在安娜的橙色衣服里发现的金子，现在那些金子被裹在一个面粉口袋里，塞在他的床底下。加斯科因还讲述了一月十四日的事件，仿佛他真的相信安娜要结束自己的生命——他感觉最好谨慎一些，不要让对方注意到那天晚上的诸多蹊跷之处，直到出现更好的解释。他十分清楚，安娜根本不知道那天午夜究竟是怎么度过的——或者，换一种说法，究竟是谁把那些时间偷走了——他不希望将安娜置于任何危险的处境。因此，加斯科因一口咬定“官方”的故事，也就是安娜想要自杀，在路上被发现时已失去知觉，情状非常凄惨。他与别的男人讨论这件事时也采用这个视角，所以在这里并不需要付出太多努力。

加斯科因被莉迪娅·韦尔斯的音容笑貌所吸引，没有立刻怀疑到她的许多任性多变的做法,这一点我们无法轻松地替他辩解。我们确实发现，早在他知道莉迪娅为什么要去法院查询之前，甚至在寡妇开口说出她的名字之前，这种吸引就已经形成。但现在加斯科因知道莉迪娅和其亡夫的关系十分蹊跷；还知道在死人小屋里发现的那笔神秘财富目前处于争议之中。他知道不该信任她，但他深知，与她在一起时，一种单纯而冲动的爱意便充满他的心田。理智敌不过欲望：当一个人感觉到纯粹而强烈的欲望时，这欲望本身就变成一种理智。莉迪娅拥有罕见而幽古的魅力——加斯科因知道这点，仿佛这是经过逻辑证明的事实。他知道莉迪娅灵猫般柔滑的相貌特征，是从更古老、更美好的时代原封不动地保留下来的。他知道她的手腕与脚踝的形状举世无双，而且她的声音——

但是我们的观点已经被阐明，应该回到眼前的场景中了。

加斯科因放下酒杯。“我认为，”他说，“你结婚是一件好事。你太迷人了，不适合做寡妇。”

“可是，”莉迪娅·韦尔斯说，“也许我太迷人了，不适合做另一个男人的妻子？”

“绝对不是。”加斯科因回答，“你的迷人魅力恰好适合做另一个男人的妻子：多亏有了你这样的女人，男人才应该结婚。你使结婚这件事变得似乎非常容易忍受了。”

“奥贝尔，”她说，“你嘴真甜。”

“我还想继续奉承你，请你讲一讲你擅长的、我刚才无意中贬损过的那个话题。”法国人说，“快吧，莉迪娅，给我讲讲神灵，讲讲太空的各种力量，我一定要尽自己的最大努力，保持天真和乐观，丝毫不抱怀疑态度。”

她是多么可爱啊，下午柔和的阳光落在她的肩膀上，仿佛面纱一般！她嘴唇下那道凹槽里的阴影多么美丽啊！

“首先，”莉迪娅·韦尔斯边说边挺直了身躯，“你错误地认为普通百姓不愿出钱为自己占卜。面对高风险时，人会变得非常迷信，而金矿是个高风险、高回报的地方。淘金汉们肯定愿意付大价钱讨个好彩头——是啊，他们几乎整天都把‘财运’这些字眼挂在嘴上！如果他们认为有什么能让他们在矿区得到一点优势，就愿意试试运气。投机者是什么人，不就是穿着不同衣服的吉卜赛人吗？”

加斯科因大笑。“我不能肯定投机者会欣赏这样的比喻。”他说，“但是，是的，我同意你的观点，莉迪娅小姐：男人总是愿意花钱买忠告。但是，他们会相信你的忠告有效——我是说有实用效果吗？恐怕这将是巨大的压力——你必须承担起举证的任务！你怎样保证不把人引入歧途呢？”

“多么沉闷的问题啊。”莉迪娅·韦尔斯说，“我想，你是怀疑我对求卜人的亲和力。”

加斯科因被说中了，但出于礼貌，他选择掩饰这点。“我并不怀疑，”他说，“但我对此不知情。我感到很好奇。”

“我拥有一家赌场，已经有十年了。”寡妇说，“整整十年间，我赌场的轮盘只在头奖上停过一次，那还是因为进了沙子，转针在枢轴上卡住了。我在轮盘的重量上做了调整，让转针总是停在大奖附近的箭头处。作为二级预防措施，头奖的刻度两边都抹上了润滑油。箭头总是会在最后一瞬间滑过去——就差那么一点点，十分诱人，男人们禁不住跳起来，抛出他们的先令再摇一次轮盘。”

“哎呀，莉迪娅小姐，”加斯科因说，“这可真是天大的不公道啊！”

“绝对不是。”莉迪娅说。

“当然是！”加斯科因说，“这是欺骗行为！”

“回答我这个问题，”莉迪娅·韦尔斯说，“一个杂货商把最好的苹果放在货车后面，让有瑕疵的水果先被选中，你能说这位杂货商是个骗子吗？”

“这没有可比性。”加斯科因说。

“瞎说，这绝对有可比性。”寡妇说，“杂货商是为了确保他的收入：如果他把最好的苹果放在前面，有瑕疵的就不会有人买，直到发霉腐烂，最后被扔掉。他鼓励顾客接受那些稍微有点——只有那么一点点——瑕疵的水果，保证了自己稳定的收入。如果我要继续营业的话，也必须确保我的收入，就得按照同样的方法做事。当一个赌徒带回家一个小奖——比如说五英镑——感觉离大奖只差一根头发丝那么一点距离，他就像带着一个有瑕疵的苹果回家一样。他得到了一个小奖，得到了一个美好夜晚的愉快记忆，还有那种差点一夜暴富的神奇感觉。他是高兴的——多多少少是高兴的。而我也一样。”

加斯科因再次大笑，“但赌博是一种恶习，一个有瑕疵的苹果不是恶习。请原谅，我并不想令人扫兴，但你举的例子似乎——就像你赌场的轮盘——是做了手脚的，完全有利于你自己的立场。”

“赌博当然是一种恶习，”寡妇轻蔑地说，“当然这是一种可怕的罪恶，一种灾难，它能摧毁人，摧毁一切。可我为什么要在乎这个呢？告诉一个杂货商你不喜欢苹果！没关系，他会告诉你——有的是其他人喜欢它们！”

加斯科因以军人的方式向她行礼致敬。“你的说服力令我心服口服。”他说，“你的力量不可小觑，莉迪娅小姐！我对那个赢头奖的可怜家伙深表同情——他中奖后不得不来找你，要求兑现他的奖金。”

“哦，是的……但我一直没付那笔钱。”莉迪娅·韦尔斯说。

加斯科因感觉难以置信，“你违约了——你自己设的头奖？”

她扬了一下头，“谁违约了？我只是给了他第二种选择。我告诉他，他可以拿走价值一百英镑的纯金，也可以要我。不是作为妓女，”看到加斯科因脸上的表情，又说，“而是作为妻子。傻瓜，他就是克罗斯比。他做出了选择。你知道他选择的是什么！”

加斯科因吃惊地张大了嘴，“克罗斯比·韦尔斯。”

“是的，”寡妇说，“我们当天晚上就结了婚。什么，奥贝尔？我当然没有一百英镑可以送人。我做梦都没想到轮盘会停在那笔大奖上——我已经调整了重量，确保这样的事永远不会发生！我根本付不起。我差点儿就完蛋了。差点儿就破产了。你不会是受了惊吓吧！”

“坦白地说，确实有点。”加斯科因说——然而他受惊吓是出于钦佩，“天哪——你以前根本不认识这个男人吗？”

“当然不认识，”莉迪娅·韦尔斯说，“你这都是些什么新鲜想法啊。”

加斯科因脸红了。“我不是这个意思。”他说，然后急忙补充，“当然，如果你是防止自己破产，就像你说的……”

“当然啦，我们根本不般配，一个月不到，就连看对方一眼都没法忍受了。这是意料之中的。是的，鉴于当时的情形，这是我们俩所能期待的最好结果。”

加斯科因纳闷这一对为什么不安排离婚，但他无法在不冒犯寡妇的情况下提出这个问题，便只是点了点头。

“你瞧，我在这方面是非常现代的，”莉迪娅补充道，“你肯定赞成我在这点上的慎重——坚持分居，而不是离婚！你是结过婚的，加斯科因先生。”

他注意到她娇媚地说出他的姓氏，便朝她露出微笑。“是的。”他说，“但咱们别再谈过去，而是说说现在，还有将来，以及未来的一切。告诉我，你打算怎么改造这家旅馆。”

莉迪娅很高兴有了表现的机会。她一跃而起，双手紧握在胸前，摆出唱诗班歌手的姿势，绕过圆脚凳走向前。她以脚跟为中心旋转，将目光投向客厅四周——看着直棂窗，抹了薄薄一层石灰的墙壁，破旧的英国国旗。国旗无疑是从沉船上打捞上来的，垂直地固定在朝窗户的墙壁上。

“当然，我会给它改个名字。”她说，“不再是游人旅馆，要改成游人好运楼。”

“这名字带有音乐感。”

这话令她感到得意。她从沙发旁走出几步，伸展开双臂，“我要布置窗帘——我没法住在一个不挂窗帘的房间里——还有躺椅，现代风格的那种。会客厅里要有带门的隔间，很像是一间忏悔室——非常像忏悔室。前客厅类似于一间等候室。当然，我将在那里举办通灵会。啊，我有五花八门的主意。我要解读运势，画出宇宙星宫图，还要玩塔罗牌。楼上……可这又怎么了？你仍然持怀疑态度，奥贝尔！”

“我不再心存疑虑！我已经放弃了。”加斯科因说，伸手去握她的手——他之所以这么做，一部分是为了忍住自己的笑意。（他仍然是个彻头彻尾的怀疑论者，听见她卷着舌头发塔罗里的 r 音时，他忍不住要大笑出来。）他捏紧她的手，补充道，“我非常希望因为改变想法而获得奖赏。”

“在这方面，我是专家，你是个门外汉。”莉迪娅·韦尔斯说，“你应该记住这一点——不管你对太空领域多么不看好。”

她的胳膊酥软地伸在两人中间，像一位女士伸出手上的戒指让人亲吻，加斯科因强忍着内心的冲动，没有抓起它来亲吻。

“你是对的，”他说，再次捏紧她的手，“你完全正确。”

他松开她的手，她移到了壁炉旁。

“我会用一个事实奖励你，”她说，“但条件是你必须非常认真地对待我——非常认真，像你对待其他男人一样。”

“当然。”加斯科因喃喃地说，变得非常严肃，坐了下来。

“是这样，”莉迪娅·韦尔斯说，“下个月是一个没有月亮的月份。”

“天啊！”加斯科因说。

“我的意思是，月亮一直不会完全变圆。二月份是短月。满月正好是二月一日之前，下一个满月正好是在二十八日之后——所以，二月份没有圆月。”

加斯科因朝她微笑，“这样的情况——每年都有吗？”

“绝对不是，”莉迪娅说，“这种现象十分罕见。”她用手指抚摸着壁炉的石膏压纹。

“罕见就意味着价值，对不对？或者意味着危险——？”

“每二十年才发生一次。”莉迪娅继续说，一边把座钟扶正。

“这预示着什么呢，莉迪娅小姐——一个没有月亮的月份？”

莉迪娅·韦尔斯朝他转过身，双手掐在腰上，说：“如果你给我一个先令，我就告诉你。”

加斯科因大笑，“且慢，我还没有得到你专业知识的证明。在我掏钱，或掏出属于这个时空领域的任何东西之前，我必须测试测试你。今晚有云——但我会查看星期一的报纸，观察潮汐。”

寡妇凝视着他，目光深不可测，说：“我不会错的，我有一本历书，我很擅长解读它。在云层之上，月亮现在正渐渐变圆。到星期一夜里就是满月了，从星期二开始变亏。下个月是一个没有月亮的月份。”

合相

糟糕的印象得到了改善；邀请倍增；过去向前滚动，跟当下相接。

牧师考埃尔·德夫林在宫殿旅馆的餐厅里一直待到下午三四点钟，感到头昏脑涨，思维迟钝，已经读不进去什么。他认为自己需要呼吸一些新鲜空气，便喝干咖啡，收起小册子，付了账单，竖起衣领挡住雨水，沿着海滩向北走去。下午的太阳明亮地悬在云层上方，为整个大地涂抹了一层银色的光芒，清晰地过滤出大海的颜色，沙滩上的白色光点斑斓耀眼。就连雨点本身似乎都在空中闪烁微光；海风送来凉意，并带来愉快和质朴的气息。所有这一切确实驱散了德夫林的倦意，没过多久，他便双颊红润，面带笑容，用手掌把宽檐帽紧紧按在头上。他决定充分利用这次漫步，在返回霍基蒂卡时绕道去一趟海景高坡：霍基蒂卡未来监狱的地址，德夫林自己的未来居所。

爬上山坡时，他稍微有点气喘，转过身，惊讶地发现有人在身后追他。一个年轻人，正在通向坡顶的小路上快步攀登，只穿着斜纹衬衫和裤子，衣服都湿乎乎地贴在身上。男人低着头，让人无法一眼认出他是谁；他走到二十码之内，德夫林才认出了他。啊，他想，这是绿玉神舟谷的人，就是那个毛利人，已故克罗斯比·韦尔斯的朋友。

考埃尔·德夫林没有受过传教的训练，来新西兰也不是为了这个目的。他非常惊讶地发现，大约在他来这里的二十年前，《圣经·新约》就已被翻译成毛利语了。更加令他吃惊的是，那个译本在达尼丁乔治街的文具店里有售，价格十分公道。德夫林把译本拿在手中翻阅，想知道神圣的信息如何被简化，以什么为代价。字母经过裁剪，成为他不熟悉的话语，看上去似乎幼稚，由不断重复的音节和胡言乱语构成——似乎面目全非，如同一个孩子牙牙学语。但接下来，他严厉地批评了自己，他自己的《圣经》是什么呢，不也是另外一种语言的译文吗？他不该如此草率，或者如此骄傲。为了忏悔自己没有说出口的疑问，他拿出了笔记本，从毛利语版本上仔细抄下一些重要的经文。神就是爱。我们爱，是因为他先爱我们。我就是道路、真理、生命。《约翰福音》第十四章第六节[①]。他写下来，然后，满心敬佩地写道，选自《保罗书》[②]。译者甚至连名字都做了相应的改变。

毛利人抬起头来，看见德夫林站在他上方的路坎上，便停了脚步。两人相隔几码的距离，默默无言地相互对视。

突然刮起了一阵风，把德夫林周围的草丛吹倒，把他鬓角的头发吹向脑后。“下午好。”他喊道。

“下午好。”对方回答，微微眯起眼睛。

“我看我们俩都没有因为天气恶劣而却步！”

“是啊。”

“这美景被狠狠地打了折扣，这是唯一可惜的。”德夫林补充道，挥舞着他的胳膊，指点他们面前云雨笼罩的景色。“当云雾降临时，我们似乎可以是在地球上的任何一个地方——你不觉得吗？我想象着，当云开雾散时，我们会发现自己在某个完全不同的地方！”

海景的台坡这个名字很合适，它前面是一望无际的大海，从这个高

① 原文为毛利语。

② 原文为毛利语，将保罗的英文名字 Paul 相应地改写成毛利语 Paora。

度看，海洋辽阔无垠，像一条颜色均匀的宽条带，海天同色，只不过天的颜色更浅一点。在这个高台上，看不见海岸线，因为下面的绝壁太陡峭——悬崖脚下突然变成碎石和黏土构成的缓坡——这景象的空白处被等分为三个部分：土、水、空气，没有树木打破层次，没有物体缓冲大地的形状，空茫茫的一片，令人感到紧张，迫使人们很快就转过身，背朝海洋，面向东方的山峦——而今天，白云如同移动的幕布，将高山遮蔽。在坡顶下面，看不见霍基蒂卡的一簇簇房顶，只见霍基蒂卡河口宽阔的棕色平原和灰色的沙嘴弧线；河的远方是向南的海岸线，因阴霾和距离而变得模糊，直到完全被迷雾吞噬。

"这是个很好的制高点。"毛利人说。

"绝对是的。不过我还是得说，在这个国家，我还没碰到过我不喜欢的风景。"德夫林朝坡下走了几步，伸出了手，"来，我叫考埃尔·德夫林。我恐怕不记得你的名字了。"

"泰老·老居。"

"泰老·老居。"德夫林严肃地重复道，"您好吗？"

老居不熟悉这句习惯用语，停下来苦苦思索。与此同时，德夫林继续说话。"你是克罗斯比·韦尔斯的好朋友，我记得。"

"他唯一的朋友。"老居纠正道。

"啊，即便只有一个好朋友，也应该认为自己是幸运的。"

老居没有立刻回答。停顿片刻后，他说："我教他讲[①]毛利语。"

德夫林点了点头，"你教他你的语言，你跟他讲你们老百姓的故事。建立在这种磐石般的基础上的友谊非常美好。"

"是的。"

"你称克罗斯比·韦尔斯为你的兄弟，"德夫林继续说，"我还记得，你说过这个词，那天夜里在警察营地——在他尸体下葬的前一天夜里。"

"这是个比喻。"

---

① 原文为毛利语（Korero）。

“是，没错——但它背后的情感非常美好。你为什么会这么说呢？只能说明你在乎这个人，并且爱他，如同你爱自己的兄弟一般。我认为，‘兄弟’是爱的同义词。我们愿意给出这份爱——并且是心甘情愿地。”

老居思考着这段话，然后说：“某些兄弟是由不得你选择的。”

“啊，”德夫林说，“的确如此。我们不能选择我们的血缘，对不对？不能选择我们的家庭。是的，你画了一条清楚的界线。很好。”

“而在一个家庭里，”老居得到赞扬，深受鼓舞，说道，“兄弟俩可能会是非常不同的人。”

德夫林大笑，“又说对了。兄弟可以截然不同。我只有姐姐，你知道。四个姐姐——都比我年龄大。她们都很宠着我。”他停顿了一下，意在给老居一个机会，让他主动谈谈自己的家庭，但老居只是又一次重复了他关于兄弟的观点，似乎为自己的洞察力感到得意。

“我想知道，泰老，我能不能问你一些关于克罗斯比·韦尔斯的问题。”德夫林突然说。

因为他没有忘记，今天上午在宫殿旅馆餐厅里，他无意中听到的那个故事。政治家阿利斯泰尔·劳德柏科出于某种神秘的原因，坚信已故的克罗斯比·韦尔斯与敲诈勒索的弗朗西斯·卡弗是兄弟俩，尽管二人并不是同一个姓。然而，劳德柏科为什么会这样认为，却不肯说出原因。老居是韦尔斯的好朋友，会知道一些情况。

老居皱着眉头，“不要问我关于横财的事，我不知道什么横财。已经有人问过我了，裁判官，警察，监狱的看守。我不想再回答了。”

“哦，不——我对横财不感兴趣。”德夫林说，“我想向你打听一个名叫卡弗的人。弗朗西斯·卡弗。”

老居身体突然僵住了，“为什么？”

“我听说他是韦尔斯先生的老相识。显然他们俩之间还有未竟的事宜。某种——犯罪行为。”

老居什么都没说。他的眼睛眯了起来。

“你都知道些什么呢？” 德夫林说。

在一月十四日上午，泰老·老居以两先令的价格，把克罗斯比·韦尔斯的住处告诉了弗朗西斯·卡弗，当时他没有意识到自己可能会将朋友置于危险的处境。买情报本身倒是很平常的事,这种表达方式也没什么。人们经常花钱买消息，为了寻找在金矿上失踪的伙伴：不仅是兄弟，也可能是父亲、叔伯、儿子、债务人、合作伙伴，以及搭档。当然，报纸上有寻人启事专栏，但不是每个淘金汉都认识字，而且很少有人有时间和闲情去及时了解每日新闻。因此，提供一笔悬赏，口耳相传便是一种更廉价、有时也更有效的方法。老居十分高兴地收了两先令；就在那天晚上的晚些时候，他看见卡弗走近韦尔斯小屋，敲门，走了进去，当时他根本没有想到有什么可疑的。他决定在山坡上捕鸟的罗网旁过夜，为卡弗和韦尔斯的团聚留下空间。他以为卡弗是韦尔斯当年在达尼丁时的合伙人，除此之外便没做任何别的猜想。

然而，第二天早上，韦尔斯就被发现已经死了。葬礼的当天，在他床底下发现了一小瓶鸦片酊。几天后，有消息披露，卡弗的船“一帆风顺号”于一月十四日在夜幕的掩护下,不经申报便起锚离港。老居吓坏了。所有的证据似乎都指向一个事实，弗朗西斯·韦尔斯在隐士的死亡中扮演了一个角色——如果这是真的，那么正是老居明确地告诉他在哪里能找到韦尔斯，为他提供了必要的手段！更可怕的是，老居还为自己的告密收了钱。

老居的自我克制是他自我评价的一部分，他不允许自己做出愚蠢的举动。得知自己为了钱而背叛了朋友，他感到深深的耻辱，这种耻辱升级为令他厌恶的愤怒，同时产生内向和外向爆发。在韦尔斯葬礼之后的日子里，他一直处于极强的抑郁情绪中，咬牙切齿，拉扯自己的头发，每走一步都会诅咒弗朗西斯·卡弗。

德夫林的询问重新勾起他的恶劣情绪。老居眼睛闪闪发光，下巴颏挺起来。“即使他们之间有未了的事情，”他愤怒地说，“现在已经了结了。”

"当然，"德夫林说，举起两个手掌来安抚对方情绪，"但是，我从某个地方听到传言，说他们是兄弟。克罗斯比·韦尔斯和卡弗。这可能只是一种比喻，如同你说的，但我想搞清楚。"

老居被这个说法搞糊涂了，为了掩饰内心的迷惑，他脸色非常阴沉地看着牧师。

"你知道些什么吗？"

"不。"老居说，狠狠地吐出这个字眼。

"韦尔斯从来没对你提过一个名叫卡弗的人吗？"

"没有。"

德夫林觉察到老居的情绪变坏了，便决定尝试另外一种方法，"克罗斯比·韦尔斯当时进展如何——学习毛利语？"

"不如我的英语这么好。"老居说。

"对此我不怀疑！你的英语说得棒极了。"

老居抬起下巴，"我陪测量师旅行过。我带领过很多人翻山越岭。"

德夫林面露微笑，"你知道吗，我认为我在你身上找到了知音的感觉，泰老。我认为我们并没有多大的差别，你和我——互相讲自己的故事，交流各自的语言，在对方身上发现兄弟之情。我认为我们其实没有多大的差别。"

德夫林随心所欲地说话，而不是站在理性的角度。他当牧师多年，经验使他知道，谨慎的做法总得要从某种关系入手，如果关系不存在，就必须创造一个。虽然确切地说，这种做法不算是不诚实，但事实上，如果受到追问，德夫林便只能泛泛而谈，说不出两人之间有什么明显的相似之处了。

"我不是个信上帝的人。"老居说，皱着眉头。

"但你的身上充满了神性，"德夫林回答，"我相信你一定有祷告的本能，泰老——你今天来到这里。来到你亲爱的朋友的墓地，向他表示敬意——为他祈祷，的确如此。"

老居摇了摇头，“我不为克罗斯比祈祷。我把他牢记在心中。”

“那很对，”德夫林说，“那很好。铭记是一个非常好的开端。”他带着微微的笑意，十指合拢，然后将合拢的手掌向下倾斜——他当牧师的姿势。“祈祷往往从回忆开始。当我们记住我们爱的人，想念他们的时候，自然希望他们安全和幸福，无论他们在什么地方。这种希望变成愿望，当这个愿望说出来时，哪怕是无声的，甚至是没有形成文字的，就变成了祈祷。也许我们不知道自己在对谁倾诉，也许我们在真正明白谁在倾听时，甚至在相信那位倾听者真的存在之前，就已经懂得祈求了。但我认为这是一个好的开端，把思念自己所爱的人变成常态。当我们怀着爱想念别人时，我们祝愿他们健康、幸福，以及所有美好的一切。这就是一个基督徒的祈祷。这个基督徒向外观看，泰老，他首先爱别人，然后爱自己。所以这个基督徒有许多兄弟。不管彼此相像或不相像。因为如果从整体来看，我们并没有太大的不同——你同意这一点吗？”

（我们利用这个整体的视角，的确观察到泰老·老居和考埃尔·德夫林在很多方面非常相似。然而，其中最有相关性的，却既没有被观察到，也没有被标识出来。他们俩都没有足够的好奇心去打扰对方傲然的平静，或真正企图吸引对方敞开胸怀：他们将永远近距离地守望对方。对一方来说，这是一种表现自我的行为；对另一方来说，则是为了证明自己。）

“当然，祈祷不必总是祈求，”德夫林又说道，“有些祈祷是喜悦的表达，有些是感激的表达，但所有美好的感情中都带着希望，泰老，甚至在怀念过去的感情里。虔诚的人，好人，永远都是怀着希望的人，永远都是乐观主义者。一个人通过祈祷而成为有希望的人。”

老居只是点头，心怀疑惑地接受了这些布道。“这些是有智慧的话。”他说，油然升起对说话者的怜悯之情。

总的来说，老居对祈祷的看法，仅限于仪式化和演讲式的类型。仪式演讲[①]在他身上产生的恭敬尊重的效果，如同所有的演讲和仪式，是一

① 原文为毛利语（whaikorero）。

种内心平衡与平静的感觉，是他不可能独自创造，也不愿意独自创造的。这种感觉截然不同于他对家庭的爱：一种内心的悄然跳跃；也不同于他为自己感到的骄傲：一种高压的兴奋，一种扬眉吐气的信心，认为别人都无法比拟，甚至不敢与之相比。这种感觉比他善良的天性更加深厚，看着母亲在海岸上剥开贻贝，将滑溜溜的贝肉放入大篮子里，他看着她时，知道他的爱是美好的，是完全纯洁的；劳动一天，堆叠储藏坑①，拖木材，或编结亚麻②用品，直到手指被扎破和擦伤，他的爱比这种勤勉的体力疲劳更加厚重。泰老·老居以爱的实际行动作为真正的宗教，这种宗教的祭台上没有偶像的位置。

“我们一同去墓地吧？”德夫林说。

标出克罗斯比·韦尔斯坟墓的木头墓碑，已经屈服于海岸性气候。隐士死亡两星期后，木碑已经肿胀，表面出现了一层黑色霉斑。桶匠雕制的压痕变软了，字迹上一层薄薄的白漆已经褪变成晦暗的黄灰色，虽然他的死亡年代写得很清楚，但怎么也无法驱散他已经死了很久的那种印象。这块地皮还没有被地衣和野草覆盖，尽管雨水充裕，却仍是贫瘠不毛的样子——不是土地被翻耕后的形态，而是土地已经停作，不会再被耕种了。

这里受青睐的墓志铭，主要来自《马太福音》的天国八福，或来自《诗篇》中经常被引用的诗句。然而，长眠和安息之类的祝愿，无法像在家乡一样，像在万里之外那个有树篱和鹅卵石路的教区那样，给人带来安慰。在迷失与溺水的灵魂陪伴下，克罗斯比·韦尔斯躺在这个永恒的安息之地，目前在海景墓地只有少数几座墓碑，大部分都是纪念在大海上失事或失踪的船只而修建的纪念碑："格拉斯哥号""达尼丁城号""新西兰号"——仿佛所有的城市，所有的国家，都向西海岸涌来，只是为了搁浅、沉没或失踪。在隐士的右边，是一条名叫“橡树号”的双桅帆

① 原文为毛利语（rua kumara）。

② 原文为毛利语（harakeke）。

船的纪念碑，它是在霍基蒂卡河口沉没的第一条船，一块发绿的石头上刻下了这个严酷的事实；在韦尔斯的左边，有一块只比小牌匾大一点的木头墓碑，死者无名无姓，只有一节出处不详的经文：我终身的事在你的手中[①]。离墓地不太远的地方，就是乔治·谢泼德未来监狱的地址，地基已经测量完毕，地上用铅白涂料标出了尺寸。

自从韦尔斯下葬之后，这是老居第一次来到海景。虽然那天下着瓢泼大雨，但葬礼仍在那几个虚以应付的出席者面前举行。由于这些因素，再加上传统祈福所需要的大致速度，韦尔斯的葬礼似乎体现了各种不便和万般的凄惨。不用说，没有人邀请泰老·老居为葬礼做任何贡献。事实上，乔治·谢泼德气势汹汹地摇动着他那关节粗大的手指，专门叮嘱老居在整个过程中保持沉默，只许跟着牧师说"阿门"二字——而在这个仪式中，泰老·老居没有在合声里加入自己的声音，因为德夫林的赐福祈祷基本上被倾盆大雨淹没了。不过，泰老·老居得到许可，协助把韦尔斯的棺材放到泥泞的墓穴中，之后在棺材上回填了三十、四十、五十铁锹的湿土。他宁愿自己一个人做这件事，因为那伙人将墓穴草草填满，让老居觉得一切似乎结束得太快。男人们把衣领竖在耳旁，扣紧外套的纽扣，拿起沾满泥土的工具，一行人鱼贯而行，绕下泥泞而蜿蜒的山坡，回到霍基蒂卡镇上温暖而明亮的室内，脱下大衣，擦干脸，将湿透的靴子换成室内的便鞋。

老居在沉默中来到朋友的墓前，德夫林跟随着他，他双手交叉，表情平静。老居在离木头墓碑五六英尺的地方突然停下来，看着墓地，就像从房间门口看着临终的人一样——仿佛不敢让自己的身体步入那个房间。

老居从未在绿玉神舟谷之外见过克罗斯比·韦尔斯。当然也没在这里见过他，在这被遗弃的高坡上，被天空蹂躏的地方。这个男人不是说过无数次，希望隐居在绿玉神舟谷中度过余生吗？真是没有道理，他怎么会被安葬在这里，在不是他兄弟的人们中间，在他没有工作过的土地上，

① 这句话引自《圣经·诗篇》第三十一章第十五节。

在他不爱的地方——而他亲爱的小破屋空在那里，被遗弃在约十二英里远的地方！那一方土地才应该是他的归宿。那一片土壤才应该将他的骨殖化成肥沃的生命。老居想,绿玉神舟谷才应该是韦尔斯最终的葬身之地。也许在林中空地的边缘……或他的小园子里……或小屋朝北的一面，有一片阳光地带。

泰老·老居靠上前——进入幽灵的密室，走到幽灵的床脚边。一阵愧疚难以自持。他是不是应该向牧师忏悔——是他，老居，导致了克罗斯比的死亡？是的，他要忏悔。德夫林会为他祈祷，就像为一个基督徒祈祷。老居蹲在地上,小心翼翼地把手掌罩在克罗斯比心脏位置的湿土上,按住不动。

“一宿虽然有哭泣，早晨便必欢呼[①]。”德夫林说。

“人去世了，但大地万世长存[②]。”

“愿上帝保佑他；愿上帝保佑我们，我们为他祈祷。”

老居的手掌在土壤上按出了印记。他发现后，把手抬起来一点，用手指抹掉了印记。

Φ

在焊缝街《西海岸时报》的办公室里，本杰明·勒文塔尔的安息日即将结束。查理·弗罗斯特发现他坐在厨房桌子前，吃完了晚餐。

勒文塔尔看见弗罗斯特，远不如下午早些时候看见托马斯·鲍尔弗时那么高兴，因为他已经准确无误地猜到弗罗斯特是来谈克罗斯比·韦尔斯地产的事——而这个话题他早已厌倦。不过，他还是礼貌地欢迎弗罗斯特进入他的厨房，并邀请这个年轻的银行经理入座。

弗罗斯特没有因为打扰勒文塔尔的灵修而道歉，因为他不谙世事，

---

① 引自《圣经·诗篇》第三十章第五节。

② 原文为毛利语。

不懂得什么是灵修。他在墨迹斑斑的桌子旁坐下，心想这可真奇怪，勒文塔尔竟然自己做了一顿丰富的晚餐，只供他自个儿享用。他认为那支蜡烛有点古怪，他瞥了它一眼。

“是关于地产的事。”他说。

勒文塔尔叹了口气，“看来是坏消息，我应该已经猜到了。”

弗罗斯特把那天下午中国城发生的事简单说了一遍，描述了曼纳林与阿桂先前结怨的某些细节。

“哪儿有坏消息呢？”对方说完后，勒文塔尔说。

“恐怕你的名字被提到了。”弗罗斯特含蓄地说。

“在什么样的语境中？”

“有人提出，”他说得更加含蓄了，“十四日的夜里，也许这个叫劳德柏科的家伙把你当成了棋子。我的意思是，他在隐士死亡的那个夜晚，直接来找你，告诉你一切。可能——只是可能——他来找你是个阴谋。”

“这真是荒唐，”勒文塔尔说，“劳德柏科怎么知道我会直接去找埃德加·克林奇呢？我肯定没有对他提过埃德加的名字……他也没有对我说什么不寻常的事。”

弗罗斯特张开双手，“嗯，我们正在列一个嫌疑人名单，仅此而已，劳德柏科先生的名字在名单上。”

“你的名单上还有谁？”

“一个名叫弗朗西斯·卡弗的男人。”

“啊。”勒文塔尔说，“还有谁？”

“当然还有那个寡妇韦尔斯。”

“当然。还有谁？”

“韦瑟雷尔小姐，”弗罗斯特说，“还有斯坦斯先生。”

勒文塔尔的表情深不可测。“真是形形色色的人都有啊。”他说，“继续说。”

弗罗斯特解释说，夜幕降临后，一小组男人将在皇冠旅馆召开会议，汇集信息，仔细讨论这件事。这组人包括那天下午出现在桂龙棚屋的每个人，还有埃德加·克林奇——韦尔斯地产的购买人，以及约瑟夫·普里查德——韦尔斯死亡后，在隐士小屋里发现了普里查德的鸦片酊。哈拉尔德·尼尔森为普里查德的人格做了担保。弗罗斯特则担保了克林奇。

“你担保了克林奇？”勒文塔尔说。

弗罗斯特肯定了这点，并补充说，如果勒文塔尔愿意出席，他也很高兴为勒文塔尔做担保。

勒文塔尔把椅子从桌子旁推开。“我会出席的。”他边说边站起来，走到门旁的一个架子前拿了一盒火柴，“但我认为还有一个人应该出席。”

弗罗斯特警惕地问：“那是谁呢？”

勒文塔尔挑出一根火柴，在门框上擦燃。“托马斯·鲍尔弗，”他说，把火柴侧过来，看着小火苗爬上火柴梗，“我相信他的信息对我们讨论的话题会有相当大的价值——当然，不知他是否愿意说出来。”他把火柴放低，小心翼翼地伸进桌子上方的壁灯里。

“托马斯·鲍尔弗。”弗罗斯特重复了一遍。

“托马斯·鲍尔弗，船运商。”勒文塔尔说。他转动旋钮，调大油灯的孔眼。油灯发出嘶嘶声，壁灯现出橘红色。“他今天上午去找过你，对不对？我想，他提到他在银行里见到了你。”

弗罗斯特皱起眉头，“是的，他去了银行。”他说，“可是他问了一些特别奇怪的问题，说实在的，我不是很清楚他的目的。”

“正是如此。”勒文塔尔说，摇灭他的火柴，“整个这件事还有另一个层面，而且汤姆也知道。他今天下午告诉我，阿利斯泰尔·劳德柏科有个秘密——天大的秘密。当然，他可能不愿辜负劳德柏科的信任，（他跟我相处不错）但如果我在这次会议上向他提出这个问题……嗯，他可能会自己决定他的选择。他可以自己做主。也许，他听到每个人都说出自己知道的信息，也会把他知道的说出来，因为受感动而一吐为快。”

“一吐为快。”弗罗斯特跟着重复了一遍，“好吧。但是，他可信吗——

能让他听到我们要谈的事情吗？”

勒文塔尔停顿了一下，把烧焦的火柴头捏在食指与拇指间。“如果我说错了，你可以纠正，”他冰冷地说，“但是我从你的邀请中理解，这是一个清白者参加的会议——没有阴谋家、同谋者或任何类型的罪犯。”

“当然没有。”弗罗斯特说，“可即便是——”

“而你却问是否能信任汤姆来参加会议，”勒文塔尔继续说，“你确定你没有藏着某个惹火烧身的信息？你确定你没有什么不愿大声说出来的话？当着一群为了共同目标而聚在一起的清白者？”

“当然没有。”弗罗斯特说，脸红了，“但我们依然需要当心——”

“当心？”勒文塔尔说。他松开手指，让火柴落在柴堆上，搓揉了一下手指，“我现在开始怀疑你究竟在担心什么，弗罗斯特先生，我现在开始考虑这是不是一个阴谋。”

他们的目光对峙了很长时间，但弗罗斯特的意志无法与勒文塔尔相比，他低下头，脸颊绯红，点了点头。

“你应该邀请鲍尔弗先生——当然，”他说，“当然应该。”

勒文塔尔弹了个响舌。当他的道德准则受到冒犯时，他的态度很像学校的班主任：他的训斥总是很严厉，而且总是奏效。此刻他带着恨其不争的表情，凝视着这个岁数比他小的年轻人，这使弗罗斯特绯红的脸颊烧得更烫，好像一个毁坏书本的学生被抓了个正着。

为了挽回局面，弗罗斯特有点慌不择言地说：“然而，的确有一些关于小屋销售的事还没有公开——我的意思是，克林奇先生不愿意把它们公开。”

勒文塔尔的目光几乎在喷火了。“让我把这点讲讲清楚。”他说，“我相信你的判断力，你也相信我的，而我们俩也都相信克林奇先生的判断力。但是判断力与保密不是一回事，弗罗斯特先生。我不认为我们中间有谁在法律意义上隐瞒消息。你认为呢？”

弗罗斯特用假装随意的语气说：“嗯，我想，我们只能希望克林奇先生的想法跟你一样。"—— 这意味着赞赏勒文塔尔的论据，讨他的欢心，不过做得有点笨拙。然而勒文塔尔摇了摇头。

"弗罗斯特先生，"他说，"你太不慎重了。我不建议你这么做事。"

本杰明·勒文塔尔来自汉诺威[1]，他离开欧洲后，这座城市便陷于普鲁士[2]的统治。（勒文塔尔留着一副海象小胡子，发际线严重后退，模样与奥托·冯·俾斯麦[3]有几分相似，但这种相似不是模仿来的：勒文塔尔绝不会采用模仿的方式设计自我造型。）他是一个纺织品商人的长子，父亲一辈子的野心就是让两个儿子接受良好的教育。令老人无限欣慰的是，他的心愿实现了。然而，儿子们刚完成学业，双亲均染上了流感。勒文塔尔后来才得知，父母去世的那天，正是汉诺威王国授予犹太民族的正式解放日。

这件事成为年轻的勒文塔尔的分水岭。然而他不迷信，这些事件的同时发生，并没有为事实增添任何价值，但不管怎样，在他心里它们还是互相关联的：这两件事竟然恰好发生在同一天，这使他对其中任何一件事都有一种深刻的游离感。当时，他得到在伊尔默瑙的《亨纳日报》[4]做见习记者的职位，父母如果活着，一定会鼓励他抓住这个机会——但由于图林根州尚未正式解放犹太公民，他感觉接受这份工作是对记忆中父母的不尊重。他内心备受煎熬。勒文塔尔怀有居安思危的心态，倾向于缜密思考、过度分析。他的每个行动都有充分的理由，把理性发挥到了极致。我们将略去这些理由，只说勒文塔尔既没有选择去伊尔默瑙，也

① 汉诺威（Hannover）位于莱纳河畔，是现德国下萨克森州的首府，位于北德平原和中德山地的相交处，工商业发达，历史丰富而悠久。

② 普鲁士（Preußen）王国（1772—1918）曾经是中北部欧洲的一个地域广泛、多政治变迁的邦国。

③ 奥托·冯·俾斯麦（Otto von Bismarck，1815—1898）是普鲁士王国首相（1862—1890），德意志帝国首任宰相，以"铁血宰相"著称。

④ 《亨纳日报》（*Die Henne*）是德国图林根州伊尔默瑙的日报，发行于1843年至1945年期间。

没有选择留在汉诺威。父母双亡后，他立刻告别欧洲，不再回头。弟弟海因里希接管了父亲在汉诺威的生意，本杰明·勒文塔尔手里握着学位，乘船穿越大西洋，前往美国——数月、数年、数十年之后，每当回忆起这段历史，他总是用同样的话语、同样的方式述说。

重复是最好的强化方式。随着时间的推移，勒文塔尔对往事的记忆已经固定，并且（凭借其固定性）变得不可动摇。除了按照既定的模式，他不能以其他方式谈自己的生活：他是个有道德的人，是个面对矛盾的人，是个行得正坐得直的人，过去如此，将来也会如此。在他的心里，他所有的选择都是明辨是非的选择。他不再能够区分个人喜好和道义责任，不再接受这种区分的可能性。正是因为所有这一切，他此刻才这样肆意地斥责了查理·弗罗斯特。

弗罗斯特的眼睛低垂下去。“我能做到谨慎行事，”他轻声地说，“你不必为我担心。”

“我要去亲自跟汤姆谈谈。”勒文塔尔说，两个箭步穿过房间，替银行经理拉开门，让他离开。“感谢你的邀请。我们今晚在皇冠再见。”

Φ

迪克·曼纳林从卡尼里回来后，立刻前往烤架旅馆，他发现埃德加·克林奇独自一人在他的私人办公室里，坐在办公桌后面。大亨未经邀请就坐下来，就下午发生的事聊了一会儿，又快速地描述了当天晚上将要举行的会议。为审慎起见，男人们决定在中立地点聚会，即皇冠旅馆的吸烟室，那是整个霍基蒂卡最不引人注意的旅馆中最不受欢迎的房间，与会者似乎都认为这是一个非常明智的选择。曼纳林兴致勃勃地说着，因为他非常喜欢召开秘密会议的想法。他一直渴望成为一个行会的成员，具有神秘历史、封建等级、清规戒律的那种行会。然而，他意识到旅馆老板似乎并没有专心听他说话。克林奇将一双手按在面前的办公桌上，仿佛是在大风中稳住自己的身体，在曼纳林冗长的讲话中，一直没有改变过这种姿势，但他的眼神却焦虑地瞟向四周。他通常红润的脸庞十分苍白，小胡子不住地抽搐着。

“你看上去像有什么心事——我敢断言。”曼纳林终于说道，口气十分不快，因为他敢断定，无论对方脑子里在想什么，总不会比他今天下午在中国城的遭遇更激动人心，也无法与讨论一个富豪失踪之谜的秘密会议相提并论。

“那个寡妇来过这里，”埃德加·克林奇说，神情恍惚，“她说她找安娜有事。她上了楼——不到半小时就下楼了，安娜跟在后面。”

“莉迪娅·韦尔斯？”

“莉迪娅·韦尔斯。”克林奇应声道。她的名字在他嘴里像一个诅咒。

“什么时候？”

“刚才，”克林奇说，“她们一起离开的，就在你进门之前。”他再次沉默下来。

曼纳林不耐烦地嘟囔了一声，“有话就痛快地说。”

“她们早就相互认识！”克林奇一口气说道，“她们相互认识——莉迪娅和安娜！她们是最要好的朋友！”

这件事对曼纳林来说并不是新闻，因为他是达尼丁众愿楼的常客，以前在那里见过这两个女人在一起：事实上，曼纳林最初正是在众愿楼雇用了安娜·韦瑟雷尔为他干活。他耸了耸肩。“好吧，”他说，“有什么问题吗？”

“她们是死党，”克林奇悲哀地说，“狼狈为奸，迪克，实际上就是奸贼。”

“谁是奸贼？”

“她们串通一气！”克林奇喊道。

真是的，曼纳林想，克林奇愤怒的时候，实在是令人心烦，他变得完全语无伦次。他大声地说：“这跟寡妇的申诉有关吗？”

“你知道我在说什么，”克林奇说，“你知道的。”

“什么？”曼纳林说，“是关于那笔横财吗？什么？”

“不是韦尔斯的横财。是另外一笔横财。”

“什么另外一笔横财？”

“你知道的！”

“恰恰相反，我根本就不知道。”

“我说的是安娜的衣服！”

这是克林奇第一次提到他去年冬天在安娜衣服里发现的金子——他把她抱上楼，放入浴缸，捡起她的长裙，感觉到接缝处的重量，弄断裙边的细线，用手指头摸出一小撮闪亮的金子。这件事长期压抑在心里，使他现在的爆发几乎带有一点疯狂。他仍然相信这位大亨卷入了某种阴谋，虽然他还不清楚这个阴谋具体是什么。

但是曼纳林似乎只是一头雾水。“什么？”他说，“这到底是怎么回事？”

克林奇气急败坏地说：“不要装蒜。”

“对不起，我不会做装蒜的事。”曼纳林说，“你到底在说什么，埃德加？一个妓女的时装跟什么钱到底有什么关系？”

克林奇端详着对方，感到一阵突如其来的疑虑。曼纳林的迷惑似乎完全是真实的。他不像是一个秘密被揭发的人。难道他真的不知道藏在安娜衣服里的金子？难道安娜一直与另一个男人勾结——背着曼纳林？克林奇也感到迷惑了，他决定改变话题。

“我说的是那件丧服。”他笨拙地说，“衣领蠢蠢的，她过去两星期一直穿着的那件。”

曼纳林一挥手，“她只是做做样子，”他说，“装腔作势。会过去的。”

“我可没那么肯定。”克林奇说，“你知道吗，上个星期，我对她说，还是先上街拉点生意，等把债还清了再说——我们吵了起来，我想我当时很生气，威胁要把她赶出旅馆。”

“这跟莉迪娅·韦尔斯有什么关系？”曼纳林没耐心地说，“就算你发了脾气。这又跟别的事有什么关系呢？”

“莉迪娅·韦尔斯刚替安娜把债还清了。”克林奇说。他终于把两只手从办公桌上拿了起来，他的手下躺着一张崭新的钞票，因为他手掌的按压而有点潮湿，数额为整整六英镑。“安娜搬到游人旅馆去了。无限期地。有了新的职业，她说。不会再被人称作妓女了。”

曼纳林看着钞票，好一阵子没说话。

“可这笔债是她欠你的，”他终于说，“只是房租。她还欠我一百英镑呢——后来又欠了一些！她到处借钱——欠了一屁股债——她得向我交差，该死的！不是你，更不该是该死的莉迪娅·韦尔斯！但是你那话是什么意思——不再被人称作妓女了？”

“就是这样，”埃德加·克林奇说，“她不再干这一行了。她就是这么说的。”

曼纳林的脸变成了猪肝色，“不能这样说不干就不干。我不管你是妓女、屠夫，还是该死的面包师！不能一走了之——还有债务没还清呢。”

“那是——”

“她在服丧，她说！”曼纳林大喊，跳了起来，“是暂时的，她说！真是得寸进尺！休想在我眼皮底下搞鬼！她名下还欠着一百英镑呢！休想！”

克林奇冷冷地看着大亨，“她说要告诉你，奥贝尔·加斯科因有钱付给你，那钱就藏在加斯科因的床底下。”

“这个奥贝尔·加斯科因是何许人？”

“是地方法院的一名文员，”克林奇说，“他负责整理寡妇申诉克罗斯比·韦尔斯横财的档案。”

“啊哈！”曼纳林说，“这么说还是绕到这个上面来啦，是不是，嗯？真他妈的该死！”

“还有一件事，”克林奇说，“加斯科因先生今天下午在安娜的房间里时有人开枪。开了两枪。我事后问过他——他反过来提到债务。我上楼查看。安娜的枕头上有一个洞眼。从中间穿过。填充物都掉出来了。”

“两个洞眼？”

“只有一个。”

“那个寡妇也看见了？”曼纳林说。

“没有，”克林奇说，“她是之后才来的。但是加斯科因先生离开时，的确说过要去与一位女士谈话……然后，大约两个小时后，那个寡妇就出现了。”

“另外一笔横财是什么？”曼纳林突然说，“你说过还有一笔横财。”

“我以为——”克林奇垂下目光，“不。没什么。我搞错了。不提也罢。”

曼纳林皱起眉头，“莉迪娅·韦尔斯有什么义务，要替安娜付清债务呢？她能从中得到什么利益？”

“我不知道。”克林奇说，“但是今天下午她们俩似乎很亲密。”

“亲密——又不等于利益。”

“我不知道。”克林奇又说了一遍。

“她们勾肩搭背，她们兴致勃勃，是吗？”

“是的，”克林奇说，“她们挽着对方的胳膊——寡妇说话时，安娜凑上去听。”

他沉默了，陷入回忆中。

“你就让她走了！”曼纳林突然咆哮起来，“你就让她走了——没有问一问我——没有把我叫过来？她是我最得意的姑娘，埃德加！你知道这点，不用我告诉你！其他姑娘远远不如安娜的一根毫毛！”

“我根本没有办法留住她，”克林奇说，看上去一副酸楚的样子，“我能怎么办呢——把她锁起来？而且，你当时在卡尼里。”

曼纳林从椅子里跳了起来。

“这么说，‘中国佬的安’不再是所有男人的安了！”他用帽子抽打着自己的大腿，“她把一切弄得好像很简单——是不是？放弃她的职业！仿佛我们都能一觉醒来就决定……！”

但是埃德加·克林奇不愿再听这样的修辞表达。他陷入了郁闷的沉思。明天就是星期天，几个月来，他第一次不再期待为安娜准备洗澡水。他大声说："也许你应该去，跟加斯科因先生谈谈钱的事。"

"你知道什么让我感到愤怒吗，埃德加？"曼纳林说，"二手消息让我感到愤怒。给别人擦屁股让我感到愤怒。从你这里听到这一切——让我感到愤怒。安娜到底要我怎么办？去敲一个我不认识的男人的门？我该说什么呢？'对不起，先生，我相信你床底下有一大堆钱，那是安娜·韦瑟雷尔欠我的钱！'这太失礼了。真是太失礼了。不,对于我来说，这姑娘仍然受我雇用。她仍然是个十足的妓女，而且她欠我的债仍没还清。"

克林奇点了点头。他的能量已经消耗殆尽，现在只想独自待着。他拿起钞票，叠好，放进自己的钱包，贴着心脏。"你刚才说今晚的会议是什么时间？"

"日落时分。"曼纳林说，"但可能你要稍微早一点或晚一点到，以免我们大队人马同时拥进去。你会发现这件事牵扯了不少人，感觉矛头指向某人。"

"我其实谈不上喜欢皇冠。"克林奇半是自言自语地说，"我认为他们用玻璃太抠门。门脸的窗户应该更宽一些——门廊上面应该加个顶。"

"嗯，那里很安静，那是最重要的。"

"是的。"

曼纳林戴上帽子，说："如果你上个星期问我谁该为这个烂摊子负责，我会猜测是那个犹太人。如果你昨天问我，我会猜测是那个寡妇。今天下午，我会告诉你是中国佬。现在呢？唉，埃德加，我他妈的要把赌注押在这个妓女身上。你记住我的话：安娜·韦瑟雷尔清楚地知道为什么那笔钱出现在克罗斯比·韦尔斯家里，清楚地知道埃默里·斯坦斯到底出了什么事——上帝让他的灵魂安息，不过我这话说得早了点。自杀未遂，鬼才信呢。服丧,鬼才信呢。她跟莉迪娅·韦尔斯狼狈为奸——串通一气，她们在合谋干什么勾当。"

Φ

苏永盛和桂龙迈着沉重的脚步，走在卡尼里路上，前往霍基蒂卡，同样的宽檐毡帽、呢子披肩、帆布套鞋。夜幕正在降临，气温随之迅速下降，路旁的积水从棕色变成烁烁闪光的蓝色。路上几乎空无一人，只有偶尔路过的马车，或一个孤独的骑手，赶往前方温暖而有亮光的镇子——还有大约两英里的路程，不过耳畔已经响起大海的喧嚣，一种沉闷的、没有音调的声音，偶尔被海鸟的叫声打破，雨声中鸟叫声听上去轻渺单薄。

两个男人在用粤语交谈。

"极光没有金子。"阿桂说。

"你敢肯定吗？"

"那个认领区是不毛之地。土地就像已经被翻过一遍似的。"

"被翻过的土地也会给人惊喜，"阿苏回答，"我就知道很多人在废渣堆里挣饭吃。"

"你知道的是许多中国人在废渣堆里挣饭吃，"阿桂纠正道，"然后他们被殴打，甚至被杀害，被那些眼睛不如他们尖的人。"

"金钱是负担。"阿苏说。这是一句他经常引用的谚语。

"是穷人感触最深的负担。"阿桂说着瞟了一眼身旁的人，"最近，你的行当也不景气。"

"是的。"阿苏不紧不慢地说。

"那个妓女对吸大烟没了兴趣。"

"是啊。我不明白是怎么回事。"

"也许她找到了别的供货人。"

"也许吧。"

"你不相信这点。"

"我不知道该相信什么。"

“你怀疑那个药剂师。”

“是的，他是怀疑对象之一。”

阿桂沉思了片刻，然后说：“我认为，我发现的那笔金子从来就不属于安娜本人。”

“是的，”阿苏同意，“很有可能。毕竟，她没有发现金子被窃。”

阿桂瞥了他一眼，“你认为我的行为是偷窃吗？”

“我不想攻击你的名誉。”阿苏说，但随后又迟疑了。

“你的含沙射影违背了你的愿望，苏永盛。”

阿苏低下头，“请原谅我。我很无知，我的无知盖过了我的本意。”

“即便是无知的人也能发表观点。”阿桂说，“告诉我，我在你眼里是一个贼吗？”

“是不是贼，要看是否希望保密。”这个“单帽”终于开口，说得有点牵强。

“这么说来，你攻击的不仅是我一个人的名誉！”

“如果我说的不属实，我就收回我的话。”

“你说的不属实。”阿桂厉声说，“当一个人在金矿上发现金子时，不会大声宣布。他会把它藏起来，不告诉同伴。在这里的矿上，每个人都希望保密。只有傻瓜才会大声宣布自己发现了什么。如果你碰上一堆金子，苏永盛，你也不会有什么不同的。”

“可你说的金子不是在矿上发现的，”阿苏说，“你在一个女人的口袋里发现了财富。你是从她身上拿走，而不是在地上捡起来的。”

“那个女人对她携带的东西毫不知情！她就像一个在富含金矿的河畔露营的人，什么都看不见，什么都没觉察。”

“但是河里的金子不属于任何人，也不属于那条河。”

“你自己刚说过，那些金子不属于安娜！”

“不属于安娜，但如果那个裁缝来索取它怎么办呢？那个裁缝把这么大一笔金子藏在一个女人的衣缝里，究竟是什么目的呢？”

“我对那个裁缝一无所知。”阿桂情绪激动地说，“当你拿着一枚银便士硬币，你会问是谁铸造的吗？不会！你只会问谁是最后一个摸它的人！我不是贼，我只是拿了别人丢失的东西。”

“丢失？”

“丢失。”阿桂说，“那笔财富一直无人认领。在我之前就被偷窃了，一直是失窃的东西。”

“请原谅我，”阿苏说，“我接受指正。”

“妓女不是姘妇，”阿桂说，他越说越激动，显然早就想在这个话题上为自己辩护了，“妓女不会有什么体面。妓女不会成为富人。一切声誉和利润都归妓院老板，从来不属于妓女。是的，唯一在这一行当中获得切实利益的，就是站在她身后的男人，一手捏着钱包，一手握着手枪。我没有从安娜身上偷什么！我能偷什么呢？她一无所有。那些金子根本不是她的。”

他们听见身后响起马蹄声，便转过身。是两个骑马赶路的人，两人都压低身体坐在马鞍上，马儿一溜小跑奔向霍基蒂卡。两匹马都已大汗淋漓，两个骑手依然肆意地挥动着手里的鞭子，鞭笞马儿跑得更快些。两个中国人站在路旁，让他们过去。

“请原谅我，”当骑马的人过去后，阿苏再次说道，“我弄错了。你不是贼，桂龙。”

他们继续往前走。“斯坦斯先生才是真正的贼，”金匠说，“他故意盗窃，然后毫无愧意地逃之夭夭。我愚蠢地信任了他。”

“斯坦斯和弗朗西斯·卡弗是一路货色。”阿苏说，“极光的报告就是证明。这种联合就足以令人怀疑他的人格价值。”

阿桂瞥了一眼同伴，“我不认识你说的这个弗朗西斯·卡弗，在今天之前，我从没听说过他的名字。”

“他是个贸易商，”阿苏面无表情地说，“我小时候还在广州时就认识他。他背叛了我的家人，我早就发誓要他偿命。”

“这个我已经知道了，”阿桂说，“我想知道更多一些。”

“这是个悲惨的故事。”

“那我就怀着怜悯来听。背叛我的同胞就是背叛我。”

阿苏皱起了眉头，“这个背叛应该由我来报仇雪恨。”

“我的意思只是我们必须互相帮助，苏永盛。”

“你为什么要说‘必须’呢？”

“在这个国家，中国人的生命太不值钱了。”

“在金矿上，所有的生命都不值钱。”

“你错了。”阿桂说，“今天你看见一个人打我，拽我的头发，侮辱我，以死来威胁我——完全肆无忌惮，却不用承担任何后果。霍基蒂卡的每个人迟早都会站在曼纳林一边，而不是我这一边，为什么呢？因为我是中国人，他不是中国人。你和我必须互相帮助，阿苏。必须。法律联合起来对付我们。我们必须想办法联合起来对付法律。”

这种情绪表达是阿苏从没有听到过的，他沉默了一会儿，领会它的意思。阿桂摘下帽子，用手掌拍打几下，然后又戴到头上。在附近树林中的某处，一只铃鸟精力充沛地展开歌喉，引起了一只又一只铃鸟的共鸣，一时间，周围的树林里鸟儿鸣啭，歌声悠扬。

苏永盛生活与工作都独来独往，这是出于他的喜好，而不是因为必须如此。他不是个性情粗暴的人，事实上他与人交朋友并不困难，而且友谊一旦形成，他也允许友谊的进一步加深。不过他宁愿独处。他不喜欢任何形式的责任和负担，尤其是别人期待的或强加于他的责任——在他的经验中，友谊几乎总是会沦为债务、内疚，以及期待。他选择成为亲密朋友的，总是那些从不索取，只是一味付出的人。因此，在阿苏过去的生活中，有过许多慷慨仁慈的人，但他很少对人表示出特别的喜爱。他有领导者的那种敏感性，独立，充满信念，至少这是他自己的看法，但几乎常常遭到误解。随着时间的推移，这种不断被整个世界低估的感觉，便发展成为一种自我煽动；他对自己丰富开阔的眼界充满信心，极少感到有跟别人解释的必要。总的来说，他的信仰是一个更简单、更美好的世界的投影，他喜欢幻想自己居住其中——他宁要自己孤独而完美的热情，而不要任何社会责任，因此，若有旁人在场，他往往显得很清高。对于这种倾向，他不是完全没有意识到，因为他具有高度的反省能力，并且善于做最严厉、最深刻而广泛的自我剖析。他分析自己的思想时，如同一个先知解剖自己的奇怪幻象——满怀敬意，总是相信自己注定是宇宙存在、全球计划的先驱者。

“我与弗朗西斯·卡弗的故事，”他终于说道，“有许多种开头，但我希望只有一个结尾。”

“说说吧。”阿桂说。

Φ

哈拉尔德·尼尔森关上他码头办公室的门，坐在办公桌旁，没有摘下帽子、脱掉外衣，就匆忙给约瑟夫·普里查德写了一张便条。便条的语气很狂躁，甚至写得很草率，但尼尔森无意再做任何修改。也没有再读一遍，就吸干墨迹，折叠起便条，在封蜡上加盖尼尔森合作公司的环形图案印章。然后，他叫来阿尔伯特，指示男孩将便条加急送往科林伍德街的药店，交给普里查德。

阿尔伯特离开后，尼尔森挂起帽子，换掉被雨浸透的外套，穿上一件干爽的长袍，伸手拿出了烟斗——但即便他点燃烟丝，稳坐下来，翘起双腿，交叉两脚，还是觉得缺乏安全感。他感到凉飕飕的。皮肤摸上去很潮湿，心跳的节奏慢不下来。他把烟斗塞进嘴角——他经常喜欢这样，将注意力转到令他坐卧不安的问题上：这天早些时候他对乔治·谢泼德——霍基蒂卡监狱的监狱长——做出的承诺。

尼尔森不知道他是否应该打破保持沉默的誓言，在晚上的会议上讲出谢泼德那个建议的细节。这件事肯定与大家的讨论相关，主要是因为它涉及克罗斯比·韦尔斯横财的一部分，还因为尼尔森怀疑谢泼德对政治家劳德柏科的反感，不局限于劳改犯、监狱和筑路。当考虑到政治家阿利斯泰尔·劳德柏科是第一个发现克罗斯比·韦尔斯尸体的人——嗯，尼尔森想，显然谢泼德监狱长跟其他人一样，也被牵扯进了克罗斯比·韦尔斯的阴谋中！但是谢泼德到底知道多少呢——除了他自己的利益外，他还为谁服务呢？他已经知道藏在克罗斯比·韦尔斯小屋里的横财了吗？劳德柏科已经知道了吗？尼尔森心事重重地重新交叉起双脚，重新摆正叼在嘴里的烟斗，把烟斗锅夹在食指弯和拇指垫之间。无论从哪个角度看，他想，都无法否认乔治·谢泼德已经掌握大量信息，远远超出他所透露出来的。

哈拉尔德·尼尔森习惯于得到公众的关注，通过睿智、口才和引人发笑的自我造型，他成功建立了一种权威。不知什么原因，当他必须站在一个拥挤房间的外围时，他很快就会感到非常无聊。他的虚荣心需要不断刺激，不断证明他的自我创造是由他自己掌控的一个项目。现在，他感到恼怒，认为被当成傻瓜耍了，不是因为他认为自己不该遭此待遇（尼尔森非常清楚他是容易受影响的一类人，而且经常调侃这个事实），而是因为他无法看透谢泼德这样对待他的动机。

他吸着烟斗，在脑海里想象着计划中的监狱、救济院，以及建立在悬崖高坡上的绞刑架的支架。所有这一切，都将在他的许可下，用他的佣金投入建设。绞死谢泼德监狱长，他突然在心里想。他没有替谢泼德保密的义务——是啊，确切地说，他甚至不知道这个秘密到底是什么！他会在晚上的会议上说出谢泼德的请求，除此之外，他还会说出自己对这个男人的怀疑。他没有签订保密合同。没有在任何文件上签字。而且，这有什么关系呢？监狱又不是私人财产。它属于霍基蒂卡的所有人。监狱是由政府修建的——代表守法的人民。

这时，尼尔森听见外间办公室的门被打开，然后又关上了。他一跃而起。原来是阿尔伯特，刚从约瑟夫·普里查德的药店返回。阿尔伯特的夹克湿透了，他走进尼尔森的办公室时，带来了雨水的土腥味儿。

“他把信烧掉了吗？”尼尔森焦虑地说，“你看着他烧掉的吗？你手里拿的什么东西？”

“普里查德的回信。”阿尔伯特说着举起一张折叠的纸。

“我说过不要回信！我说过！”

“是的，”阿尔伯特说，“我告诉他了——可他不管怎样还是写了一个。”

尼尔森看着阿尔伯特手里的信件，问：“他至少把我的信烧掉了吧？”

“是的。”阿尔伯特说，可随即又犹豫了。

“什么？什么？”

“嗯，”阿尔伯特说，“当我说必须把信烧掉的时候——他大声笑了起来。”

尼尔森眯缝起眼睛，“他为什么要笑？”

“我不知道，”阿尔伯特说，“但我想还是应该把他大笑的事告诉你。也许，这没有什么要紧的。”

尼尔森眼睛下面的肌肉开始颤抖，“他是在读信的时候大笑吗？当他读到那些话的时候？”

“不是，”阿尔伯特说，“只是在读信前笑了笑。在我说他必须把信烧掉的时候。”

“他觉得好笑，是不是？”

“因为你告诉他要把信烧掉。”阿尔伯特说着，点了点头。他用手指抚摸着回信的边缘。他很想问问老板所有这些事都是因为什么，但他不知道如何发问而不遭到训斥。他大声地说：“您想看看回信吗？”

尼尔森伸出手来说：“拿来。你没有偷看吧，有没有？”

“没有，”阿尔伯特说，一副受伤害的模样，“信是密封的。”

“哦，是的，是的。”尼尔森从阿尔伯特手里接过便条，把信封翻转过来，用手指拆开封蜡，在展开信纸前问道，“你还在等什么？你可以走了。”

“回家？”阿尔伯特说，口气里透出深深的遗憾。

“是的——回家，你个傻瓜。”尼尔森说，“回家前你可以把钥匙留在办公桌上。”

但是男孩磨蹭着不肯走。“在回来的路上，”他说，“我路过威尔士王子剧院，看见今晚有一场新戏首演：国外的演出。曼纳林先生在发放免费票——因为是首场——我给你拿了一张。”他飞快地说完这些话，皱起眉头，扭脸看着别处。

尼尔森还没有打开普里查德的信，问道：“什么？”

“《来自东方的风情》。”男孩说，“是顶层楼座——前排，正中。最佳位置。我特意要的。”

“你自己用吧，”尼尔森说，“你自己去吧。我不想要戏票。好了，走吧。”

男孩在地板上磨蹭着一只脚。“我给自己也拿了一张。”他说，“我以为——因为是星期六——赛马又推迟了——”

尼尔森摇了摇头，“我今晚不能去剧场。”

“哦，”阿尔伯特说，“为什么？”

“我感到不舒服。”

“只看第一幕。”男孩说，“应该还有香槟酒。如果您不舒服，香槟酒对您有好处。”

“你带亨利·富勒一起去吧。”

“在演员门旁，我看见一位打着小阳伞的女士。”

“带亨利去吧。”

“她是个日本人，”阿尔伯特哀怨地说，“看上去不像是油彩画的。看上去她真的是日本人。亨利·富勒在北沙滩呢。您为什么不去呢？”

“我病得厉害。”

“您看上去没病。您还在抽烟。”

“我敢肯定你能找到人跟你一起去。”尼尔森说，感到越来越不耐烦，“到明星旅馆去，挥舞着票走一圈。怎么样？”

阿尔伯特盯着地板看了一会儿，嘴唇嚅动着。终于他叹了一口气，说：

“嗯，那我期待星期一再见到您啦，尼尔森先生。”

“对，我想你会的，阿尔伯特。”

“再见。”

“再见。到时候好好给我讲讲这场表演。好吗？”

“也许我们可以一起再去。”阿尔伯特说，“只是这张票是今晚的。但也许我们能下次再去。”

“是的，”尼尔森说，“也许下个星期。等我身体恢复了。”

他等着失望的下属悄然离开房间，并轻轻地关上房门。然后，他打开普里查德的信，走向窗口光线较好的地方。

哈：

可以认定。但听着：今天下午安娜住所发生了怪事。涉及手枪。详情面谈。法院文员奥·加目睹了此事。如果你要扮演侦探，也许应该跟他谈谈。不管安娜搞什么鬼，我敢肯定奥·加知道内情。你信任他吗？我可不敢肯定：是的，就像俗话说的，尚无定论。阅后销毁！

约·普

Φ

下午晚些时候，托马斯·鲍尔弗回到宫殿旅馆，想找考埃尔·德夫林——早上无意中听见他与劳德柏科谈话的那位牧师。他希望为自己先前的粗鲁道歉，但也（更加迫切地）要询问牧师与失踪的探矿家埃默里·斯坦斯的关系。他可以肯定，德夫林在《西海岸时报》办公室的问询，多多少少与克罗斯比·韦尔斯的事件有关。

然而，德夫林不在宫殿旅馆。厨房工作人员告诉鲍尔弗，德夫林已在几小时前离开了餐厅。他不在海滨的帐篷里，不在警察营地的监狱中，不在任何一所教堂、任何一家商店或台球厅，也不在码头上。鲍尔弗在霍基蒂卡转悠了几个小时，垂头丧气，正当他打算放弃寻找，转身回家的时候，却发现了德夫林。牧师正走在雷维尔街上，帽子与外套都湿透了。他身旁有另一个男人，比他高大许多。鲍尔弗穿过大街。他伸手招呼德夫林停下来的同时，认出了德夫林身旁的同伴：就是当天早些时候和他说过话的那个毛利人，他当时对待他的粗鲁态度也是不可原谅的。

“嗨，你好，”他叫道，“德夫林牧师。你相信吗，我正想找你呢！你好，泰德，我也很高兴再次见到你。”

老居没有跟他打招呼，德夫林倒是露出了微笑。“看来你知道了我的姓，恐怕我还不知道你的。”

鲍尔弗伸出手去，笑容可掬地说：“我叫汤姆·鲍尔弗。”于是两人握手。“是的，我去看了本·勒文塔尔，在《时报》那儿，我们谈到你。事实上，在过去的几个小时里，我一直在寻找你。想问你一些事情。”

“看来我们的见面是双重的偶然。”德夫林说。

“是关于埃默里·斯坦斯的事。”鲍尔弗说，打断了对方的话，“我听说你打听过他的消息。想知道是谁在报上登了那条寻找他的启事。本告诉我，你去过他那里。我想知道你为什么要打听他的消息——我指的是斯坦斯——你跟这个男人有什么关系。”

考埃尔·德夫林犹豫了。当然，事实上埃默里·斯坦斯是写在馈赠契约上的三个名字中的一个，那份契约是隐士死亡的第二天他从克罗斯比·韦尔斯的炉灰抽屉里拣出来的。他一直没有给任何人看过契约，而且决定不拿给任何人看，直到获悉更多相关信息之后。他应该对鲍尔弗撒谎吗？他不喜欢说假话，但也许能说出部分真相。他咬着嘴唇。

鲍尔弗观察到牧师的犹豫，以为是在表示谴责。他举起双手，大声惊叹道：“你看看我，竟然在大街上问问题——而且在这种天气——一直被雨浇着，越来越湿！这样吧。咱们一块儿吃顿饭怎么样？吃点儿热乎的。在户外谈话真是没道理——特别是两旁都是温暖的旅馆，有美酒佳肴在等着咱们。”

德夫林瞟了一眼老居，老居虽然不喜欢鲍尔弗，但想到有饭吃便高兴起来。

鲍尔弗咳了一声，然后用拳头捶胸，瑟缩了一下，说道：“我今天早上失态了——状态不佳；失态了。很抱歉——我想弥补一下——对你们二位。我想给我们大家买点吃的，再一起喝一杯——都是朋友嘛。拜托，给心怀歉意的人一个道歉的机会吧。”

三个人很快就在麦克斯韦餐厅的角落桌子旁落座。鲍尔弗总是非常喜欢扮演慷慨的东道主的角色，他点了三碗清汤，还有面包、肥血肠、硬奶酪、油浸沙丁鱼、热黄油胡萝卜，外加一锅炖牡蛎和一坛烈性黑啤酒。他颇有先见之明，在两位客人都酒足饭饱之前，没有急着谈论克罗斯比·韦尔斯和埃默里·斯坦斯的事，只是大聊特聊捕鲸，这是三个男人都觉得最为浪漫的话题，有很多共同语言。大约四十五分钟后，当本杰明·勒文塔尔发现他们时，他们正聊得热火朝天。

“本！”鲍尔弗看见勒文塔尔朝他们走来，大声喊道，“你不是要守安息日的吗？”

他已经喝得酩酊大醉，这是那天第二次喝醉了。

“星星出来就结束了。”勒文塔尔简单地回答。他对着老居说：“我相信我们素未谋面。我是本杰明·勒文塔尔。我出版《西海岸时报》。”

“我是泰老·老居。”毛利人回答，十分坚定有力地跟他握手。

“他也被叫作泰德。”鲍尔弗说，“是克罗斯比·韦尔斯很要好的朋友。”

“真的？”勒文塔尔对老居说。

“是他最好的朋友。”德夫林说。

“胜似兄弟。”鲍尔弗说。

“嗯，如果是这样，”勒文塔尔说，“我的事跟你们三个人都有关。”

本杰明·勒文塔尔其实没有权利扩大皇冠旅馆会议的邀请范围，把德夫林和老居也拉进来。但是正如我们已经发现的，当勒文塔尔的道德准则受到冒犯时，他会变得十分令人生畏。这天下午，查理·弗罗斯特建议皇冠会议应局限于很少几个人，已经冒犯了他。勒文塔尔感觉有必要校正他观察到的弗罗斯特的道德错误，因此他把邀请扩大到老居和德夫林，作为一种隐晦的谴责。

“妙极了。”鲍尔弗说，“拉张椅子过来。”

勒文塔尔坐下，将手掌合在一起，用低沉的声音解释了当晚会议的目的——鲍尔弗立刻对此予以默许，老居也严肃地表示同意，考埃尔·德夫林经过长时间的、谨慎的沉默，也认可了。牧师想着他从隐士炉子里拿出来的那张馈赠契约，此刻契约夹在他的《圣经》里，在《旧约》与《新约》之间。他决定把《圣经》带到晚上的会议上，如果时机成熟就把契约拿出来。

Φ

加斯科因的烟囱里冒出炊烟，曼纳林刚一敲门，门便立刻被打开，加斯科因朝外张望。他手里拿着一支刚点燃的香烟，身上已经换下那件正装夹克，穿上了长袖衬衫和羊毛马甲。

“什么事？”他说。

“我得到可靠消息，你把持着一笔钱，”迪克·曼纳林说，“那笔钱是我的，我来取钱。”

奥贝尔·加斯科因看着他，然后把香烟放进嘴里，吸了一口，把一缕烟从曼纳林肩头吹进雨中，温和地问道：“你的可靠消息是听谁说的？”

“安娜·韦瑟雷尔小姐，通过埃德加·克林奇先生转述的。”曼纳林说。

加斯科因倚靠着门框，说道：“通过埃德加·克林奇先生的转述，安娜·韦瑟雷尔小姐想象你得到这条可靠消息后会采取什么行动呢？”

“别跟我耍小聪明，”曼纳林说，“少来这套。我只告诉你一次：我一点都不喜欢小聪明。安娜说钱就藏在你床底下。”

加斯科因耸了耸肩，“好吧，如果我为安娜保存一笔钱，我就要遵守诺言，没有理由打破这项承诺，把钱交给别人——就因为此人声称钱是他的。安娜绝对没有告诉过我，会有人来找我。”

“钱的确属于我。”

“怎么会呢？”

“这是一笔债务，”曼纳林说，“是安娜欠我的。”

“债务是私事。”加斯科因说。

“债务很容易被公开。如果我把你窝藏价值一百多英镑纯金的消息传播出去，你觉得会怎么样？我来告诉你吧。不到半夜，你的门就会被打破；不到天亮，强盗就已逃到了五十英里以外；不到明天这个时候，你就已经一命呜呼了。是啊，没有比这更容易的了——尤其是你独自一人居住，没有其他人对你效忠。”

加斯科因的表情阴沉下来，“我是那些金子的监护人，没有韦瑟雷尔小姐的同意，我不会把它们交出来。”

曼纳林微笑着说：“我可以凭此认为你认罪了。”

“我可以凭此证明你缺乏逻辑。”加斯科因说，“晚安。如果安娜想要她的钱，她可以自己来取。”

他作势要关门，但是曼纳林向前一步，伸出手阻止了他。

“很奇怪，是不是？”他说。

加斯科因皱起了眉头，“奇怪什么？”

“奇怪一个普通妓女怎么突然间变出一笔金子，足以付清她的全部债务——然后将所有的金子都藏在一个男人的床底下，那个男人在霍基蒂卡初来乍到，连知道这个妓女名字的时间都没有。”

“这的确是太奇怪了。”

“也许我应该做个自我介绍。”

“我知道你是谁，”加斯科因说，“而且知道你是干什么的。”

曼纳林解开外套的纽扣，露出他的手枪，问道：“你知道这些是什么吗？你知道它们能干什么吗？”

“知道，”加斯科因冷静地说，“这是两把撞击式左轮手枪，每把枪都能在六秒钟内发射六发子弹。”

“实际上是七发子弹。”曼纳林说，“史密斯－韦森的第二代产品。每膛七发子弹。但六秒钟说得没错。”

加斯科因又深深地吸了一口烟。

曼纳林把双手放在枪套上，脸上露出笑意，“我必须要求你请我进你家门，加斯科因先生。”

法国人没有回答，但片刻之后，他把烟头在门框上捻灭，松开手让烟头落在地上，站到门的一旁，用夸张的礼貌把曼纳林让进屋。曼纳林扫视房间的四角，故意让目光停留在加斯科因的床上。

加斯科因关上房门后，曼纳林逼近东道主面前，说：“你对谁忠诚？”

“我好像不明白你的问题。”加斯科因说，“你希望我列出一张我的朋友们的名单吗？”

曼纳林怒视着他，说：“我的问题是，你忠诚于安娜吗？”

“是的，”加斯科因说，“当然，在一定程度上。”他坐在条纹翼背扶手椅上，没有做出给客人让座的姿态。

曼纳林将双手交叉背在身后，“那么，即使你知道她在搞什么鬼名堂，也不会告诉我的。”

“嗯，这要看具体情况，当然。”加斯科因说，“你指的是什么样的‘鬼名堂’？”

“你在替她撒谎吗？”

“我同意为她藏一笔钱，”加斯科因说，“我把钱藏在了我的床底下。可这个你已经知道了。所以，我想我的答案是否定的。”

“她为什么得到你的忠诚？在一定程度上？”

加斯科因轻松地把一双手腕搭在椅子的扶手上，他坐得很随意，就像国王坐在宝座上。他解释说，安娜两个星期前被释放后，他曾经照顾过安娜，因此获得了她的友谊。他怜悯安娜，因为他相信有人居心不良地利用她，但他谈不上与安娜有过任何特殊的亲密关系，也从来没有付钱享受她的陪伴。他补充道，那件黑衣服属于他已故的妻子。他出于好心把衣服送给妓女，因为安娜卖娼的衣服在监狱里被损坏了。他没有料到安娜得到那套衣服后会开始服丧，事实上，他对这件事的发生感到非常失望，因为他认为安娜是一位非常美丽标致的女性，非常希望自己能以传统方式获得那种享受。

“你的故事不能解释你床底下的那些金子。”曼纳林说。

加斯科因耸了耸肩。他感觉太疲倦、太愤怒了，不想撒谎。“克罗斯比·韦尔斯死后的那天早上，”他说，“安娜在监狱里醒来，身上藏了大量的金子。金子缝在她的紧身胸衣里。她根本不知道是怎么拥有这么多金子的，自然感到非常害怕。她请求我的帮助。我认为最好的办法是把金子藏起来，因为我们不知道是谁在她身上藏了金子，出于什么目的。我们还没有给金子估价，但我敢打赌总价值肯定超过一百英镑——很可能远远高于这个数目。曼纳林先生，这就是全部的真相——至少就我所知是这样。”

曼纳林没有说话。这个解释在他听来根本说不通。

“我必须说，”加斯科因补充道，“你对我恶意中伤，在质疑我的清白之前就假定我有罪。我感到非常愤慨，你居然以这样咄咄逼人的方式侵犯我的时间和隐私。”

“你可以打住这副腔调了。”曼纳林说，“咄咄逼人！我是否端起枪对准你的脸？是否对你使用暴力威胁？”

“你还没有——不过，如果你解下皮带我倒更高兴些。”

“解下？”曼纳林一脸的轻蔑，“把它放在桌子中央，我猜测——让我们俩的距离平等——然后你突然动手，我慢了半拍！我才不会落入这个圈套呢，我见过这样的诡计。”

“那么，我再提另一个要求。”加斯科因说，“我要求你在我家里的时间越短越好。如果你还有问题，不妨现在就提出来——但我已经把我知道的关于那些金子的事都告诉你了。”

“听着，”曼纳林断然地说，（他不明白自己怎么这么快就失去了优势。）“我并没打算我们一见面就打架。”

“你肯定是故意的，”加斯科因说，“也许你现在感到后悔了，但你是故意的。”

曼纳林骂了起来，“我不后悔！”大喊道，“我根本就一点儿也不后悔！”

“难怪你这么平静。”

“我告诉你一件事。”曼纳林说，但他没能把话说完。因为就在这时，又传来了清脆的敲门声。

加斯科因立刻站起身。曼纳林似乎突然警觉起来，向后退了几步，从枪套里拔出一支手枪。他把枪紧贴在大腿旁，避开来人的视线，然后朝加斯科因点头，示意他打开门的插销。

门槛上站着一个人，拿手杖的姿势吊儿郎当，帽子推向额头后面，原来是哈拉尔德·尼尔森。他鞠了个躬，正要向加斯科因介绍自己，眼神越过他的肩头看见了曼纳林，曼纳林尴尬地站着，一只胳膊僵硬地放在身体一侧。尼尔森放声大笑。

“嗨，”他说，“看来我总是比你落后两步，迪克。我今天每到一处——都有你在，都被你抢了先！您好，加斯科因先生。我叫哈拉尔德·尼尔森。认识您非常荣幸。我真的希望没有打扰你们。”

加斯科因礼貌地鞠躬，但表情依然冷漠，“完全没有。请进。”

“我本来想跟你谈谈安娜·韦瑟雷尔的事，”尼尔森一边兴高采烈地说，一边擦了擦靴子，“但我明白有人抢先了！”

加斯科因关上门，说：“安娜的什么事？”

与此同时，曼纳林说：“慢慢说，尼尔森先生。”

尼尔森回答了加斯科因，“嗯，这涉及一件十分特别的事情，所以，也许不能让大家都听见。但是听着，我不想打扰你们。我可以再回来，在你们没事的时候。”

“不，请留步。”加斯科因说，“曼纳林先生正要离开，他刚才亲口告诉我的。”

这样被下了逐客令，曼纳林感到很恼怒。“究竟是怎么回事？”他对尼尔森说。

尼尔森微微鞠了一躬，“情况很微妙，我真的很抱歉。”

“让微妙见鬼去吧。”曼纳林说，“你不必对我隐瞒什么，看在上帝的分上，我们都是一伙的！是关于那个寡妇的事呢，还是关于那些金子？”

尼尔森一头雾水地说：“韦尔斯的横财？”他转身朝着加斯科因，“这么说，你也被卷进来了？”

加斯科因突然显得很感兴趣地说道：“我似乎同时遭到四面八方的审问。你也带着手枪吗，尼尔森先生？如果带了，真的应该坦白。”

“我没有携带手枪。”尼尔森说。他瞥了一眼曼纳林，看见了他手里的左轮手枪。“你拿那个做什么？你在干什么？”

但是曼纳林没有回答，他一时间左右为难，既不愿暴露他想对尼尔森隐瞒的一切，也不愿暴露他想对加斯科因隐瞒的一切。他迟疑着，后悔刚才不该提到寡妇和金子。

“曼纳林先生刚刚为我展示了他的史密斯－韦森第二代产品，”加斯科因像聊天一样随意地说，“这种枪膛显然可以同时装七颗子弹。”

“噢。”尼尔森说，仍是将信将疑，“可是为什么呢？”

曼纳林想解释，但又一次说不出话来。他不希望尼尔森知道藏在加斯科因床底下的那些金子……也不希望加斯科因得知克罗斯比·韦尔斯、阿桂、阿苏、鸦片，以及当天晚上将在皇冠旅馆讨论的一切。

“情况很微妙。”加斯科因说，为这个老人解了围。他探身向尼尔森靠近，“我所能告诉你的，就是曼纳林先生有一条来自安娜·韦瑟雷尔小姐的可靠消息，而这条消息又是通过埃德加·克林奇先生转述的。”

“你说得够多的了。”曼纳林说，终于找回了自己的舌头，“尼尔森，关于安娜你有什么消息？你有何贵干？”

但是尼尔森误解了曼纳林的用意，以为曼纳林逼他在加斯科因面前谈论这个话题。他记得普里查德在信里提到过手枪、安娜，还间接地提到埃德加·克林奇——因为普里查德说，那天下午在烤架旅馆安娜的房间里发生了一件非常奇怪的事。当然！尼尔森突然想到。他们的“情况微妙”肯定是指同一件事。

“听着，”他说，举起了他的手，“我相信我们说的其实是同一件事。如果加斯科因先生也卷入这个秘密，那么最好等每个人都到会以后，我们再把自己的故事讲出来。省得每件事都要讲两遍。我将在皇冠再次见到二位？”

曼纳林呼出一口气。

“恐怕我不知道什么秘密，”加斯科因随后说，“我也没有被邀请参加在皇冠召开的会议。”

一片沉默。加斯科因看着尼尔森，然后又看着曼纳林。曼纳林看着加斯科因，然后又看着尼尔森。尼尔森看着曼纳林，脸上的表情充满歉意。

“你得逞了。”大亨诅咒了一句，收起手枪，然后，用手指指着加斯科因，“好吧，没有什么好说的了——不过，我他妈的希望你的出席受人欢迎，我他妈的要一直盯紧你，直到今晚的会议结束，永远盯着你。穿上你的外套，跟我们一起走。”

水星在射手座

沃尔特·穆迪思索眼前的神秘案件；我们了解到他从达尼丁过来的路上发生了什么；一个信使带来了令人意外的消息。

沉默降临皇冠旅馆的吸烟室——这种沉默在片刻内似乎将每个人的呼吸凝固，只有来自烟斗、香烟和各种雪茄的一圈圈烟雾在盘旋上升。

时间已过午夜。黑暗笼罩了房间的角落，酒精灯投下的光柱显得明亮而温暖，而之前则是昏暗而寒冷的。星期六晚上的热闹声从街上传进来——一把手风琴的乐声，远方的叫喊声，偶尔的欢呼声，以及马蹄的奔腾声。雨已经停了，但乌云还没有散开，凸月①在低空中只显示出一丝补丁般的微光。

"就是这样，"托马斯·鲍尔弗说，"就是这样。这就是我们要说的。"

穆迪眨了眨眼睛，环顾四周。鲍尔弗的故事虽然零散而混乱，但的确解释了房间里每个人来这里的缘由。窗户旁的那个是毛利雕刻师，泰老·老居，是克罗斯比生前忠实的朋友，但后来无意中背叛了他。最远一个角落里的是查理·弗罗斯特，银行经理，负责策划销售韦尔斯的房子与土地；他对面的是报业人士本杰明·勒文塔尔，他在死亡事件发生的

① 凸月，天文学术语。满月前后的月相。月球圆面的一半以上是明亮的，故称凸月。

数小时内便得知了消息。埃德加·克林奇，韦尔斯房地产的购买者，坐在台球桌旁的沙发上，用食指和拇指捋着他的小胡子。坐在壁炉旁的是迪克·曼纳林，妓院老板兼剧场老板，埃默里·斯坦斯的亲密伙伴；他身后的是阿桂，他的敌人。手里拿着台球杆的是代理商哈拉尔德·尼尔森，他在克罗斯比·韦尔斯的小屋里不仅发现了一大笔横财，还发现了一小瓶空了一半的鸦片酊，那是从普里查德的药店购买的。普里查德，当然，是坐得靠穆迪最近的那个人；穆迪的另一旁是托马斯·鲍尔弗，政治家劳德柏科的哈巴狗，劳德柏科的货运板条箱最近失踪了。坐在鲍尔弗近旁的翼背扶手椅里的，是奥贝尔·加斯科因，他替安娜缴纳了保释金，意外发现了另一笔数额较小的、藏在安娜橙色卖娼衣服里的横财。他后面是阿苏，鸦片贩子，卡尼里鸦片窟的店主，弗朗西斯·卡弗从前的伙伴，他在当天下午发现克罗斯比·韦尔斯曾经发过大财。最后，双臂交叉在胸前，靠着台球桌的，是牧师考埃尔·德夫林，他把隐士的尸体安葬在了海景高坡。

据穆迪估计，这是一个非常外围的聚会。十二个男人通过他们与一月十四日事件的瓜葛而联合起来，在那天夜里，安娜·韦瑟雷尔差点死了，克罗斯比·韦尔斯已经死了，埃默里·斯坦斯消失，弗朗西斯·卡弗启航离开，阿利斯泰尔·劳德柏科来到了镇上。此刻穆迪想到的是，上述的几个人没有一个在场。同样缺席的还有诡计多端的寡妇莉迪娅·韦尔斯和那位管理监狱的谢泼德监狱长。

另一个思绪浮现在穆迪的脑海里：一月十四日那天夜里，正是他首次踏上新西兰土壤的时刻。他乘坐邮包蒸汽船从利物浦来到达尼丁，下船后，他将目光投向夜空，第一次对自己所在的地方产生了陌生感。天空是倒置的，星象完全陌生，北极星在他脚下，差点被吞食掉。起初，他试图寻找它，然后又愚蠢地希望凭借胳膊与之形成的角度，测量自己所在的纬度，他童年时在地球的另一面就是这样做的。他找出猎户座——形象完全颠倒，箭囊在下，宝剑朝上挂在皮带上；大犬座——像是一条挂在屠夫挂钩上的死狗。这似乎令人十分伤心，穆迪想。似乎亘古以来的星象图在这里没有任何意义。他好不容易找到了南十字座，企图回忆确定极点方位的规则，但没有同等的星体做参照，在这颠倒的黑暗中，一切都是倒置的、未形成的。是横着看？还是竖着看？他记不清楚了。有某种公式:指关节的长度,有个方程式。用英寸计算。他感到极度困扰的是,没有星星标出极点在哪儿。

穆迪凝视着壁炉中的火，煤炭早就烧成灰烬。托马斯·鲍尔弗杂乱无章地讲了他的故事，他的叙述因为无数次的中断、澄清，以及附和，而变得更加扑朔迷离——周而复始，循环往复，绕来绕去。这是多么令人费解的一幅画面啊——要纵观全貌多么困难啊！穆迪将思绪转向他今晚听到的那些信息。他试图把讲述的事件按照发生的顺序整理清楚。

大约在九个月前，前囚犯弗朗西斯·卡弗成功地把阿利斯泰尔·劳德柏科的帆船“一帆风顺号”骗到了手。在之后的某个时间，由于某种未知的枝节，卡弗丢失了那只他用来要挟那位政治家的货运板条箱。这只板条箱里藏有大约价值四千英镑的纯金，这一大笔财富被精心缝入五套衣裙的接缝里。那个裁缝是一个名叫莉迪娅·韦尔斯的女人，她当时冒充弗朗西斯·卡弗的妻子。

四千英镑是一笔大钱，卡弗一旦发现箱子丢失，自然希望把它追回。他启航来到霍基蒂卡,猜想板条箱大概是被错误地交送到了这里,便在《西海岸时报》上登了一则启事,悬赏寻找板条箱。他以克罗斯比·弗朗西斯·韦尔斯的名字刊登启事——拿出韦尔斯的出生证明来确认身份——虽然无论过去还是将来，他的名字一直都是弗朗西斯·卡弗。依然不清楚的是，为什么卡弗敲诈勒索劳德柏科时需要他（或激发他）使用化名。另一个模糊点是，克罗斯比·韦尔斯的出生证明——如果真是原件的话——当时为什么会在卡弗的手里。

真正的克罗斯比·韦尔斯（或许是另一个克罗斯比·韦尔斯，穆迪想）独自住在霍基蒂卡以北许多英里之外的绿玉神舟谷。韦尔斯不是个臭名昭著的人，他的熟人很少。死之前在霍基蒂卡几乎无人知晓，即便是认识他的人也从来不会想到他是个富人或重要人物。还是阿苏在九个月后调查他的死因时，才发现韦尔斯几年前曾在邓斯坦的金矿上发了大财，收入了数千英镑的财富。显然，不知出于什么原因，韦尔斯希望对此保密。

弗朗西斯·卡弗六月初在《时报》上登了他的启事（具体月份已经本杰明·勒文塔尔核准）。他在霍基蒂卡的时候，曾向泰老·老居私下悬赏寻找一个名叫克罗斯比·韦尔斯的男人的消息。然而，老居当时不认识叫这个名字或符合其相貌特征的男人，货运板条箱也没有被找到。卡弗空手返回达尼丁。

安娜·韦瑟雷尔也乘坐“一帆风顺号”到达霍基蒂卡，穿着从她的新雇主迪克·曼纳林那里租来的卖娼的紫色衣裙。在她到达的几个星期后，听说一只装有女士衣服的箱子从沉船中打捞上来，她便把那五套衣裙都买了下来。

似乎有理由推测，安娜完全不知道这些衣服里的财富，也不知道它们的来源。她从来没有对任何人讲过隐藏的金子，也似乎从来没有尝试以任何方式取出金子。穆迪思考着这个问题。她真的什么都不知道吗？作为一个吸食鸦片的人，也许在注意身上衣服的重量方面，不如一个清醒的女人那么敏感；另外，正如加斯科因确认的那样，她是莉迪娅·韦尔斯的老相识，也许她认出了那些衣服是莉迪娅的。嗯，穆迪想，无论何种情况，安娜从那时起就一直把整笔财富穿戴于身——当然，一次只穿一部分——除了九月和十月之间的一个月，当时她处于妊娠后期，不得不穿一套特制的产妇装。

当安娜的房东埃德加·克林奇发现隐藏在衣裙中的财富时，他得出的结论是，妓院老板迪克·曼纳林肯定在利用安娜将未冶炼的金子从金矿上走私出来，作为逃避银行税收的手段。想到这样的阴谋，克林奇极度悲伤，但他没有理由强迫双方解释，他也没有这么做。

然而，克林奇不是唯一一个无意中发现安娜衣裙中所藏财富的人，也不是唯一一个误解了其可能意义的人。淘金汉桂龙也发现了隐藏在安娜衣服接缝里的秘密——事实上大约就是同时——并快速地得出与克林奇完全相同的结论。桂龙有第一手的经验,知道曼纳林特别擅长欺骗作弊,因为桂龙自己就曾被这位大亨骗过。阿桂决定在曼纳林设计的游戏中击败他。他开始抽取安娜衣服里的金子,将碎金冶炼成金块,并把每一块金块都烙上极光金矿的名字——以保证金子存储在他工作的认领区名下,从而获得利润,这时,该认领区已被一个名叫埃默里·斯坦斯的年轻探矿家购买。

从安娜衣服内抽取金子的计划,历时几个月才完成。不管安娜什么时候拜访卡尼里中国城的阿桂,她都因为鸦片而变得神志不清,因此,阿桂能在她完全不知晓的情况下,趁她睡觉的时候,用针线取出金子。安娜去中国城的时候,从来没有穿过她卖娼的橙色衣裙。正是由于这个原因,那套橙色衣裙仍然携带着金子,而另外四套衣服里的财富早就被阿桂取走了。

没有人知道,阿桂冶炼的金块是怎么,或为什么,从营地分站的金库里被偷走的。根据目前所有的信息,最有可能的盗贼就是失踪了的探矿家斯坦斯——但他显然缺乏动机。这个年轻人是一位豪富,至少民众都认为他财运亨通。他为什么要从自己签约的工人那里偷窃呢?为什么要选择将金子窝藏在另一个男人的小屋里,远离自己的认领区呢?嗯,无论这个年轻人的理由是什么,穆迪想,至少有一件事是肯定的:他从来没有将阿桂的所得,按照他在法律上应该遵守的原则储存在极光的名下。这令人感到十分不解,因为那些被冶炼的金子一旦存入银行,极光金矿就会从一个废矿一夜之间变成一个大宝库。

而且,埃默里·斯坦斯奇怪地被牵连到考埃尔·德夫林在克罗斯比·韦尔斯炉子里发现的那张馈赠契约中——契约上虽然没有他的签名,但有他的名字。这份契约似乎意味着埃默里·斯坦斯与克罗斯比·韦尔斯之间有某种关系,出于某种原因,窝藏在那里的金子是打算作为埃默里·斯坦斯赠送给安娜·韦瑟雷尔的礼物。但这就更令人困惑了，因为不管从哪个方面看，那些金子都不归斯坦斯去支配赠送！

安娜在来霍基蒂卡之前就有孕在身——卡弗的孩子——春天时终于开始显露怀孕的身段。然而，她的妊娠没有持续到生产的时候，十月中旬，卡弗回到霍基蒂卡，对安娜挑起事端，暴打了她。未出生的胎儿在劫难逃。安娜后来向埃德加·克林奇描述当时的情形时，暗示是卡弗残忍地杀害了胎儿。

穆迪暂停整理事件的顺序，而开始沉思这件不幸的事。虽然今晚胎儿的夭折被顺口提了几次，但似乎在座的人都不十分清楚那场致命的口角是如何发生的。出于自然而微妙的原因，穆迪没有进一步要求男人们提供信息，而他现在感到奇怪的是，安娜与卡弗的关系在这个故事的大拼图中属于哪一个板块呢。他奇怪胎儿之死是否真的属于故意，若果真如此，弗朗西斯·卡弗犯下如此滔天罪孽的动机会是什么呢？当然，在座的十二个男人没有一个能带着客观的必然性回答这个问题；他们只能描述别人告诉他们的真相。

（不在场的那些男人与女人，他们的头脑是多么难以看透啊！他们的动机是多么难以捉摸啊！弗朗西斯·卡弗可能残忍地杀害了自己的孩子，但那是出于仇恨、为防后患，还是纯属意外事故，除非是直接问这个男人，否则无法做出判断。甚至安娜·韦瑟雷尔，她虽指出卡弗是凶手，但也可能会有许多理由撒谎。）

考虑过这点之后，穆迪继续思考下去。

泰老·老居在一月十四日早上巧遇卡弗，想起了这个男人去年曾经提过的悬赏。老居以两先令的价格，为卡弗提供了克罗斯比·韦尔斯的居住地址。两个男人握手成交，老居指引方向，卡弗在同一天进入绿玉神舟谷——那将是韦尔斯在世的最后一晚。也许卡弗见证了隐士的死亡，或许他是在隐士咽气前离开的，但无论哪一种情况，他带着一小瓶鸦片酊来到小屋，后来尸检过程中发现克罗斯比·韦尔斯的胃里有鸦片酊的残迹。两人碰面之后，卡弗返回霍基蒂卡，召集“一帆风顺号”船员，起锚，早在黎明到来之前就离港而去。离开霍基蒂卡后，卡弗没有前往广州（鲍尔弗曾猜测他可能会去那儿），而是前往达尼丁，这个事实穆迪本人可以证实，因为几天之后，穆迪在查默斯港口登上了同一条船。

阿利斯泰尔·劳德柏科在卡弗离开后到达韦尔斯小屋，发现隐士趴在他的厨房桌子上死了，头枕在胳膊上。劳德柏科继续前行，来到霍基蒂卡，接受编辑本杰明·勒文塔尔采访，勒文塔尔打算在星期一出版的《时报》上刊登一篇政治特刊。勒文塔尔从劳德柏科口中得知了克罗斯比·韦尔斯死亡的消息，推断韦尔斯的地产将随后上市出售。第二天早上，他便把这个可能的商机告知了旅馆老板埃德加·克林奇，因为他记得克林奇一直在伺机做土地投资。克林奇立刻拿出存款来到银行，银行经理查理·弗罗斯特协助办理了购买死者遗产的具体事宜。

然后，克林奇委托哈拉尔德·尼尔森清理死者的小屋，出售其动产。尼尔森执行任务——却大为震惊地发现了一大堆金子，隐藏在这座单间住宅中每个可以想象的犄角旮旯。那些金子，被银行提纯后，价值四千英镑多一点；支付了尼尔森百分之十的佣金后，还剩下三千六百多英镑；刨除死亡税、费用，各种苛捐杂税，包括赠送给银行经理查理·弗罗斯特的三十英镑，剩下的——仍然是名副其实的一大笔财富——目前被存放在储备银行，归第三方托管。然而，克林奇不大可能见到这笔钱中的一分一毫，莉迪娅·韦尔斯在隐士葬礼的几天之后神秘地从达尼丁来到这里，立刻提出撤销克林奇购买的上诉，理由是死者的房地产和动产在法律上都是属于她的。

当然，在克罗斯比小屋里发现的金子，并不是所涉及财富的总和。阿桂只从安娜五套衣裙中的四套抽取了金子。最后一部分被缝进安娜那件卖娼时穿的橙色衣裙里，是两个星期前安娜自己发现的，当时她经历了鸦片吸食过量的危机，在监狱中苏醒过来。她有充足的理由认为那些金子是刚刚被放在她身上的——因为她处于极度迷惑的状态中，对于被捕前十二个小时内到底发生了什么，丝毫没有记忆。她请求加斯科因的帮助，他们一同从橙色衣裙中取出所有的金子，藏在加斯科因床底下的一只面粉口袋里。

安娜随后返回烤架旅馆，穿着属于加斯科因已故妻子的黑衣服，埃德加·克林奇过去的怀疑又死灰复燃。他感觉——这一次的感觉是正确的——安娜换衣服肯定与那些隐藏的金子有关，他苦涩地注意到她那件卖娼时穿的橙色衣裙现在已经失踪。他感到十分愤慨的是，安娜声称自己无力偿还欠他的债务，而他明明知道她拥有大量的金子；他的愤慨令他失去了理智，他恶狠狠地对她说话，给她下了驱逐令。

但是克林奇的威胁没有达到预期的效果。安娜·韦瑟雷尔已经把她的债务一笔付清，但用的不是她衣裙里的金子，也不是她依法所得的收入。她的债务是那天下午向克罗斯比的寡妇莉迪娅·韦尔斯借了六英镑支付的；她欠曼纳林的债务，据大亨估计远远超过一百英镑，用她与加斯科因从橙色衣裙中发现的金子偿还是绰绰有余的。安娜从此彻底离开了烤架旅馆。从那以后，她受莉迪娅·韦尔斯邀请到游人好运楼居住，在那里她将不再称自己为妓女。

莉迪娅·韦尔斯是否知道，卡弗遗失的货运板条箱最后落在了霍基蒂卡，那些衣服被安娜·韦瑟雷尔购买，而克罗斯比·韦尔斯小屋里的财富，正是约十个月前卡弗用来敲诈政治家劳德柏科的那笔财富呢？这个问题完全取决于安娜。安娜对自己在这个环环相扣的事件里扮演的角色知道多少呢？对于这件事，她愿意向莉迪娅·韦尔斯披露多少呢？很可能安娜并不知道那些衣服曾经是莉迪娅的。既然这样，韦尔斯夫人可能也不知道这个事实，因为安娜仍然穿着曾属于加斯科因亡妻的黑衣裙，发誓要服丧一段时间。当然，穆迪想，安娜只需打开她房间里的衣橱，寡妇就会认出那些衣服……但是现在那些衣服都被金匠阿桂缝进了迷惑人的铅块，韦尔斯夫人单凭看一眼、摸一下，不可能意识到原先的一大笔财富已经被换成了毫无价值的替代品。克林奇就是这样被蒙蔽的。穆迪想知道，那天下午那个寡妇是不是就因为这个虚假的保障，而为安娜偿还债务的。

然而，如果安娜知道那五套衣裙曾经属于莉迪娅·韦尔斯，那么她肯定一直知道那一笔隐藏的财富，因此，她也知道十个月前劳德柏科遭敲诈勒索，被迫卖掉“一帆风顺号”的事。鉴于这种情况，穆迪心想，安娜胎儿夭亡时的情形突然似乎与眼前的神秘案件直接相关，因为安娜与弗朗西斯·卡弗的关系，正如她与莉迪娅·韦尔斯的关系一样，都是在座男人根本不知道的。

穆迪心不在焉地用手指抚摸着酒杯的边沿。所有这一切都不仅仅是机缘巧合的相关意外，应该有比这更好的解释。鲍尔弗几小时前是怎么说的？“一连串的巧合就不是巧合”？什么是巧合呢，穆迪心想，不就是有待解释的一连串事件中的某个特定时刻吗？

“至少，这是我们在其中的角色。”鲍尔弗用有些歉疚的口气补充说，“谈不上是答案，穆迪先生——但解释了我们今晚为什么聚在这里；也就是说，我们开会的目的。”

“也许有点超出了他的意料。”迪克·曼纳林说。

“总是这样——如果是真相的话。”鲍尔弗回答。

穆迪逐一看着每个人的脸。没有一个人可以真的被称为“有罪”，也没有一个人可以真的被称为“清白无辜”。他们都是——相关？涉及？被卷入？穆迪愁眉不展。他感觉没有确切的字眼来描述他们彼此之间的关系。普里查德用了“阴谋”这个词……但这个词不太合适，因为每个人的卷入都是这样偶然，每个人与事件的关系都是这样明显地不同。不，真正的肇事者，真正的阴谋家，肯定是那些不在场的男人与女人——他们各自都有企图隐藏的秘密！

穆迪考虑那些缺席的人。

弗朗西斯·卡弗，正如这天晚上被多次断言的那样，肯定“操纵”了某些事件。至少根据劳德柏科的说法，卡弗是个喜欢敲诈勒索的大阴谋家；而且，他在克罗斯比·韦尔斯死亡那天访问过他，甚至是看着韦尔斯咽气的。卡弗的这种名声不该忘记，但也不该过分相信，穆迪想。卡弗不可能同时“操纵”每一件事，肯定不可能设计出如此缜密而规模庞大的阴谋，竟能同时指控十二个男人。

还有那个莉迪娅·韦尔斯，据称是韦尔斯和卡弗两人的妻子，阿利斯泰尔·劳德柏科昔日的情妇，而现在（如她最近向加斯科因透露的）又成为一个不知名的男子的秘密未婚妻。韦尔斯夫人像卡弗一样，证明自己有能力进行最心狠手辣的敲诈勒索，说出最精致的谎言。她以前曾与卡弗搭档。她认领克罗斯比·韦尔斯财富的有效性将在适当时候受到法律裁定……穆迪想，即便她的申诉是有效的，她认领的方法往好处说不够礼貌，往坏处说，简直就是无情无义。穆迪感觉他对莉迪娅·韦尔斯的不信任要强过对卡弗的——当然，这说起来没有道理，因为他与莉迪娅素未谋面，从未见过她一眼。他只是从报告中听说她，而且这是一份各执一词、五花八门的报告。

穆迪现在转向另外两个人，安娜·韦瑟雷尔和埃默里·斯坦斯——一月十四日晚上，在安娜陷入昏迷、埃默里失踪的数小时前，他们一直在一起。那天晚上到底发生了什么，他们在克罗斯比·韦尔斯事件中扮演了什么角色，无论是知情还是不知情？从表面上看，好像是埃默里·斯坦斯集所有的好运于一身，安娜却处处倒霉——然而安娜与死神擦肩而过，活了下来，而斯坦斯则大概没有。穆迪突然想到，在场的每个人，都以自己的方式，非常羡慕斯坦斯，非常猜忌安娜。斯坦斯作为探矿家，将好运气一人独揽；而安娜作为营地妓女，是一种共同财产，被大家共享。

还剩下政治家和狱守。穆迪将他们放在一起考虑。阿利斯泰尔·劳德柏科，如同他的对手乔治·谢泼德，是发号施令的人，是受到豁免的，无须对其行动的影响负全部责任，因为他们的突发奇想往往由别人贯彻执行。他们还有其他相似之处。劳德柏科很快就要获得韦斯特兰国会议员的席位；谢泼德很快就要在海景高坡上开始建设他的监狱和救济院。劳德柏科与莉迪娅·韦尔斯有私交，莉迪娅曾是他在赌场的情妇，谢泼德与弗朗西斯·卡弗也有私交，卡弗曾是悉尼监狱里的囚徒。

穆迪在脑海里把这些外围的人排成三对：寡妇与贸易商；政治家与狱守；探矿家与妓女。这种安排令他高兴——因为穆迪的思维是秩序井然的，任何类型的规律都会让他感到欣慰。在这个关系错综复杂、尚未解决的奇怪纠纷中，他突发奇想地开始琢磨自己扮演了什么角色。他想知道自己是否也有一个对应者。也许是克罗斯比·韦尔斯？他的对应者是那个死者吗？突然，穆迪想起了三桅帆船“一帆风顺号”上的那个幻影，不由自主地打了个寒战。

“说说你在想什么吧。”哈拉尔德·尼尔森说，穆迪意识到房间里的人等他开口已经有一段时间了。他们或多或少地带着期待的表情凝视着他——这些人因为个性不同，有的流露出自己的情绪，有的能够控制，有的则明明白白地写在脸上。穆迪想，这么说，我是解密人。侦探，这就是我要扮演的角色。

“不要催他，”哈拉尔德·尼尔森又对整个房间的人说——其实正是他在催促穆迪打破沉默，“让他按自己的节奏说。”

但是穆迪发现自己说不出话来。他逐一看着每个人的脸，不知道该说什么。

片刻之后，普里查德身体前倾，将一根长长的手指按在穆迪的椅子扶手上。“听着，”他说，“你说过你在‘一帆风顺号’的货物中发现了什么东西，穆迪先生——那种东西令你怀疑它的货运是否正当。那到底是什么呢？”

“可能是货运板条箱吧？”鲍尔弗说。

“鸦片？”曼纳林说，“跟鸦片有关的东西？”

“不要催他，”尼尔森又说了一遍，“让他自愿回答。”

沃尔特·穆迪这天晚上进入吸烟室的时候，并未打算泄露从达尼丁来的一路上发生的事情。他对自己都几乎无法说清楚当时到底目睹了什么，更何况要讲给别人听，并且让他们听得明白。不过，在他刚刚听到的这个故事的上下文中，他看到自己最近的经历似乎为故事提供了某种解释。

“先生们，”他终于说，“我今晚荣幸地得到你们的信任，感谢你们讲的故事。我有一个故事回报你们。我认为我的故事中有几点是你们感兴趣的，虽然我所能做的，恐怕只是把你们现在的问题换成不同的问题。”

“好，好。”鲍尔弗说，“舞台是您的，穆迪先生，您请吧。”

穆迪顺从地站起来，转身背朝着壁炉。然而，他立刻感到这样做很愚蠢，后悔自己没有坐着不动。他将双手交叉背在身后，把身体重心放在脚后跟上，身体前后摇动几次，才开口讲话。

“我想在一开头就告诉大家，”他终于说，“我相信我有埃默里·斯坦斯的消息。”

“是好消息还是坏消息？”曼纳林说，“他还活着？你见过他？”

每当曼纳林张嘴说话，奥贝尔·加斯科因的脸色都变得越来越难看，他还没有原谅大亨今天下午的鲁莽，也不打算原谅。加斯科因受了侮辱会一直耿耿于怀，记仇的时间很长。对于曼纳林的插话，他反感地咬牙切齿，嘴里发出嘶声。

“我不能完全肯定。”穆迪回答，“我必须警告你，曼纳林先生，也要警告你们所有的人，我的故事里包含某些特殊枝节，不能（我该如何解释呢？）使我立刻得出理智的结论。希望你们原谅我没有在今晚早些时候讲述我的整个旅程。坦白地说，当时我自己都没理清头绪。”

房间立刻变得非常安静。

“你们会记得，”穆迪说，“我从达尼丁来西海岸的旅程非常艰难。我希望你们还会记得，我在百般仓促中购买的船票，居然没有为我提供一张真正意义上的床铺，而只是统舱中的一个狭小空间。这个空间黑得伸手不见五指，散发着恶臭的气味，根本不是人待的地方。当暴风雨来临时，先生们，我在甲板上，因为我几乎整个旅程都待在那里。

“暴风雨最初似乎只是天气特别恶劣，只是一阵子风雨吹打。然而，当它不断凝聚力量时，我变得越来越警觉。有人警告过我，前往西海岸附近的海域十分凶险，每一次前往矿区的旅程，都是死神跟噩梦女神的博弈。我开始感到害怕。

“我手里拿着手提箱。我希望把它送回舱内，那样的话，如果我被冲进海里，我的文件能保存下来，我可以用自己的真实名字得到一个像样的葬礼。因为我在码头时对水手说的是一个假名，你们还记得吧，我给他们看的是另一个人的证件。想到在我的葬礼上用一个假名——”

“可怕。”克林奇说。

穆迪鞠躬致礼，“您能理解。嗯，我在甲板上挣扎，紧紧地抱着手提箱，万分艰难地去开前舱门，因为风大极了，船体摇晃得很厉害。我终于勉强地推开舱门，把我的手提箱扔进黑洞……可是我的准头太差了。箱子砸到舱内甲板的边缘，箱盖被砸开了，箱子里的东西撒了出来。我的物品全部散落在货舱内，我必须摇摇晃晃地走下楼梯，把它们捡拾起来。

“我花了一些时间才爬下楼梯。舱内一片昏暗；然而，随着船身的摇晃和改变方向，从敞开的舱门投下的光照到货舱里，移动不定，转瞬即逝。这里有一种恶魔的气息。手提箱的扣带与链条摩擦着发出呻吟，这声音似乎直接来自地狱。货舱内有好几笼子鹅，还有很多山羊。这些可怜的动物嘎嘎、咩咩地叫着，用各种方式喊出它们的悲楚。我尽量手脚麻利地捡拾我的物品，因为除非绝对必要，我不愿在这种地方多待一会儿。虽然周围噪声四起，但我依然注意到另外一个声音。

“一种敲击声，是从靠我最近的一只货运板条箱里传出来的——一种狂怒的敲击声，很响，盖过了其他的喧嚣声。”

鲍尔弗看上去十分警觉。

“听上去，”穆迪继续说，“仿佛有个人被困在里面，用四肢拼命捶打着。我大喊一声‘喂’，打了个趔趄走过去——船晃动得厉害——箱子里一遍又一遍地呼唤一个名字：玛格达莱纳，玛格达莱纳，玛格达莱纳。于是我知道被困在里面的是一个男人，不是老鼠或任何其他动物。我挪过去，用最快的速度撬箱盖上的钉子，终于，箱盖被撬开了。我认为那大约是下午两点钟，”穆迪补充道，语气里带着微妙的强调，“反正，大约是在我们到达霍基蒂卡的四五个小时之前。”

“玛格达莱纳，”曼纳林说，“那是安娜。”

加斯科因看上去怒火中烧。

穆迪看着曼纳林，说：“请原谅，恐怕我没听明白。玛格达莱纳是安娜·韦瑟雷尔小姐的中间名吗？”

“这是给妓女的名字。”曼纳林解释道。

穆迪摇了摇头，表示依然不明白。

“就像每条狗都叫菲多，每头母牛都叫贝丝。”

“哦——是的，我明白了。”穆迪说，私下里想，此人自己就是从事娼妓业务的，完全可以举两个更吸引人的例子。

“也许，”本杰明·勒文塔尔慢悠悠地说，“也许我们可以说——当然啦，带着合理的怀疑——那个在货运板条箱里的男人就是埃默里·斯坦斯。”

“他喜欢上了安娜，那是肯定的。”曼纳林同意。

“斯坦斯是在卡弗起锚的当天失踪的！”鲍尔弗说，身体前倾地坐着，“我的箱子也是那天丢失的！对了，原来如此！斯坦斯钻进了那只箱子——卡弗偷走了箱子——卡弗启航离开！”

“但出于什么目的呢？”普里查德说。

“你没有碰巧看一眼码头对接条？看一眼提货单？”

“没有。”穆迪简短地说。他的故事还没有讲完，不喜欢在演讲中被打断。但房间里原本全神贯注的观众，再一次发出一片杂乱无章的窃窃私语，每个人都表达自己的假设，抒发自己的惊讶。

“埃默里·斯坦斯——在卡弗的船上！”只听曼纳林说道，“当然，问题在于，他是不是自己钻进去的——这是一种可能，还是被意外带上了船——这是另一种可能，还是卡弗抓获了他，决定把他锁在货运板条箱里，对这一切完全知情——这是第三种可能。”

尼尔森摇了摇头，“那么，他当时说了什么——要知道盖子是被钉上的！人从里面是没法做到这点的！”

“你干脆说它是一口棺材吧。人怎么呼吸呢？”

“是松木板条——有缝隙——”

“肯定不够呼吸的！”

“汤姆，你的货运板条箱，里面的空间足够容纳一个成人吗？”

“货运板条箱究竟有多大？”

“千万不要忘记卡弗与斯坦斯是生意上的合作伙伴。”

“大约跟运货板车那么大。你肯定见过的，沿码头堆放着。一个男人可以舒舒服服地躺在里面。”

“废矿认领区的生意合作伙伴！”

“说来奇怪，从达尼丁返回的旅途中，他仍然在板条箱里。这是不是很奇怪呢？这似乎可以说明，卡弗并不知道他在箱子里。”

“我们应该让穆迪先生把话说完。”

“你就是这么对待生意伙伴的吗——把他锁起来，让他自生自灭！”

唯一没有参与这番七嘴八舌讨论的，就是那两个中国人，桂龙和苏永盛，他们正襟危坐，眼睛严肃地盯着穆迪——整个晚上他们都是这样。穆迪碰到阿苏的眼光——虽然后者的表情没有变化，穆迪却觉得他表达了一种同情，似乎非常理解穆迪不耐烦的感觉。

因为说的不是同一种语言，阿苏无法把他与弗朗西斯·卡弗打交道的故事完整地讲给当晚的与会者听，结果，除了卡弗犯了谋杀罪，阿苏决心报复之外，讲英语的人对他的这个昔日伙伴的详情依然一无所知。此刻穆迪看着阿苏，用自己淡色的眼睛对视着阿苏黑色的眼睛。他想知道阿苏与卡弗两人之间共同的历史。阿苏只是吐露自己小时候就认识卡弗了，他没有披露其他任何消息。穆迪猜测阿苏的年龄为四十五岁，这意味着他出生于二十年代初。那么，他与卡弗也许是在中国战争[1]期间认识的。

“穆迪先生，”考埃尔·德夫林说，“我们想问你这样一个问题。你相信货运板条箱里的那个人会是埃默里·斯坦斯吗？”

整个房间立刻安静下来。

“我从来没见过斯坦斯先生，所以不会认出他来。”穆迪僵硬地说，“不过，是的，据我猜测是他。”

普里查德在心里计算着。“如果从卡弗前往达尼丁开始，斯坦斯就一直待在那只货运板条箱里，”他说，“一共是十三天没有水和空气。”

“不吉利的数字。”有人嘀咕道，这使穆迪想到目前聚集在吸烟室里的人也是十三个——他自己就是那第十三个。

“有这种可能吗——十三天？”加斯科因说。

“没有水？几乎不可能，”普里查德抚摸着下巴颏，“但没有空气，当然……不可能。”

“但他可能不是在离开霍基蒂卡之后就在箱子里的，”鲍尔弗指出，“他可能是在达尼丁时被放进去的——不知是出于他自己的意愿，还是被人强迫——”

“我的故事还没有说完。”穆迪说。

“对，”曼纳林说，“安静！他还没有讲完。闭上你们的嘴。”

人们停止了各种猜测。穆迪再次把重心放在后脚跟上摇晃，片刻后，重新开始说话。

“一旦我确定困在板条箱里的是一个人，”他说，“就赶紧帮助他出来——费了九牛二虎之力，因为他非常虚弱，呼吸极度困难。他似乎在敲打中耗费了所有的力气。我松开他的衣领——他戴着领巾——恰好在这个时候，他的胸口开始流血。”

“你是不是弄伤他了？”尼尔森说。

① 这里指的是中英第一次鸦片战争（1840—1842）。

但是这次穆迪没有回答，他闭上眼睛，继续说下去，仿佛陷入一种恍惚状态，“鲜血涌了上来——冒着泡泡，像抽水泵一样；那人抓住自己的胸口，试图把血止住，同时抽泣着呼唤那个名字，玛格达莱纳，玛格达莱纳……我惊恐地看着他，先生们。我说不出话来。那音量——”

“他是在箱子上划伤自己的吗？”尼尔森固执地再次问道。

“鲜血无疑是从身体内部涌出来的，”穆迪说，睁开了眼睛，“绝对不是划伤，先生。我不可能划伤他，除非是用指甲，而你们可以看到，我的指甲总是很短。我再重复一遍，他从箱子里出来，坐直了身体以后，鲜血才开始迸涌而出。我想或许他的领巾上别着领带夹——但他没有戴领带夹，他的领巾系成一个结。”

普里查德皱起眉头，“那么在你打开箱子前，他一定已经受伤了。也许他划伤了自己——在你到来之前。”

“也许吧。”穆迪说，不置可否，“恐怕我对这件事的理解不那么……”

“什么？”

“嗯，”穆迪说，整理自己的思路，“让我换种方式说吧。他的伤似乎——非自然。”

“非自然？”曼纳林说。

穆迪显得尴尬。他对理智的分析抱有信心：他相信逻辑，并以同样平静的信念，相信自己对逻辑的感知能力。对于他来说，真理是可以被完善的，一个完善的真理总是全然美丽、完全清楚的。我们已经提到穆迪没有宗教信仰——因此，他感知的真理没有神秘感，不会难以言表或无法解释，不会像物质性的乌云遮蔽霍基蒂卡的天空那样，让疑惑的迷雾模糊他的科学认识。

“我知道这听起来非常离奇，”他说，“但我甚至完全不能肯定板条箱里的男人还活着。通过船舱里的光线——和阴影——”他的声音逐渐消失，然后，他用更加严峻的声音说，“让我这么说吧。我甚至不敢肯定那个东西可以称之为人。”

“还能是什么呢？”鲍尔弗说，“如果不是人，还能是什么呢？”

“一个幻影，”穆迪回答，“某种幻觉，一个幽灵，我知道这听上去很荒唐。也许莉迪娅·韦尔斯能描述得比我强一些。”

接着是短暂的平静。

“接下来发生了什么，穆迪先生？”弗罗斯特说。

穆迪转身对银行经理说：“恐怕我的下一个行动有点像个懦夫。我转过身，抓住我的手提包，手忙脚乱地爬上梯子。我撇下他在那里——仍然在流血。”

“我想，你没有看见提货单吧——在板条箱上？”鲍尔弗又问道，但穆迪没有回答。

“这是你最后一次见到这个人吗？”勒文塔尔说。

“是，”穆迪沉重地说，“我没有再进入船舱——到达霍基蒂卡时，乘客们都被平底船运送到岸上。如果那个男人的确是真人——如果他就是埃默里·斯坦斯——那么就在我们说话的这会儿，他仍然还在‘一帆风顺号’上……当然，弗朗西斯·卡弗也是。他们俩都在海上，就在河口外面，等候着潮汐。不过也许这都是我的想象。那个男人，那些鲜血，所有的一切。我以前从未有过幻觉，可是……唉，你们知道，我不能完全确定。然而在当时，我相信自己看见的是幽灵。”

“也许确实如此。”德夫林说。

“也许是的，”穆迪说着，点头致礼，“如果有令人信服的证据，我会承认这个解释就是真相。但是请您原谅，在我头脑中，我知道这个解释是荒诞不经的。”

“不管是不是幽灵，我们似乎终于有了某种解决方案。”勒文塔尔说——他看上去相当疲倦了，“明天早上，当穆迪先生去码头领取他的行李——”

但勒文塔尔的话被打断了。吸烟室的门突然被推开，门猛烈地撞在墙上，使房间里所有的人都大吃一惊。他们同时转过身——看见站在门口的是曼纳林手下的那个男孩，他气喘吁吁，紧紧地按着腰的一侧。

“灯。”他上气不接下气。

“怎么啦？”曼纳林说，费力地抬起身子，“什么灯？出什么事了？”

“沙嘴上的灯。”男孩说，依然捂着身体的一侧——呼吸急促而困难。

“快说！”

“我不行——”他开始咳嗽。

“你究竟为什么要跑成这样？”曼纳林大叫，“你现在应该在门外站岗！一动不动地站岗，该死的！我花钱雇你不是为了让你他妈的锻炼身体的！”

“是‘一帆风顺号’。”男孩好不容易说了出来。

突然间，房间里异常安静。

“‘一帆风顺号’？”曼纳林吼道，两个眼球暴突着，“它怎么了？快说，你这傻瓜！”

“沙嘴上的导航灯，”男孩说，“灯灭了——刮着大风，还有——潮水——”

“发生了什么事？”

“‘一帆风顺号’触礁了，”男孩说，“在浅滩里沉没——它翻了，不到十分钟前。”他抽搐着吸了口气，“主桅杆断了——然后它又翻了一次——接着大浪冲进船舱，把它拖下了水。它完蛋了，先生。它完蛋了。它失事了。”